實事與構想

——中國小說史論釋

馬幼垣　著

賀

業師饒宗頤教授

九秩華誕之喜

作者與饒宗頤教授合照

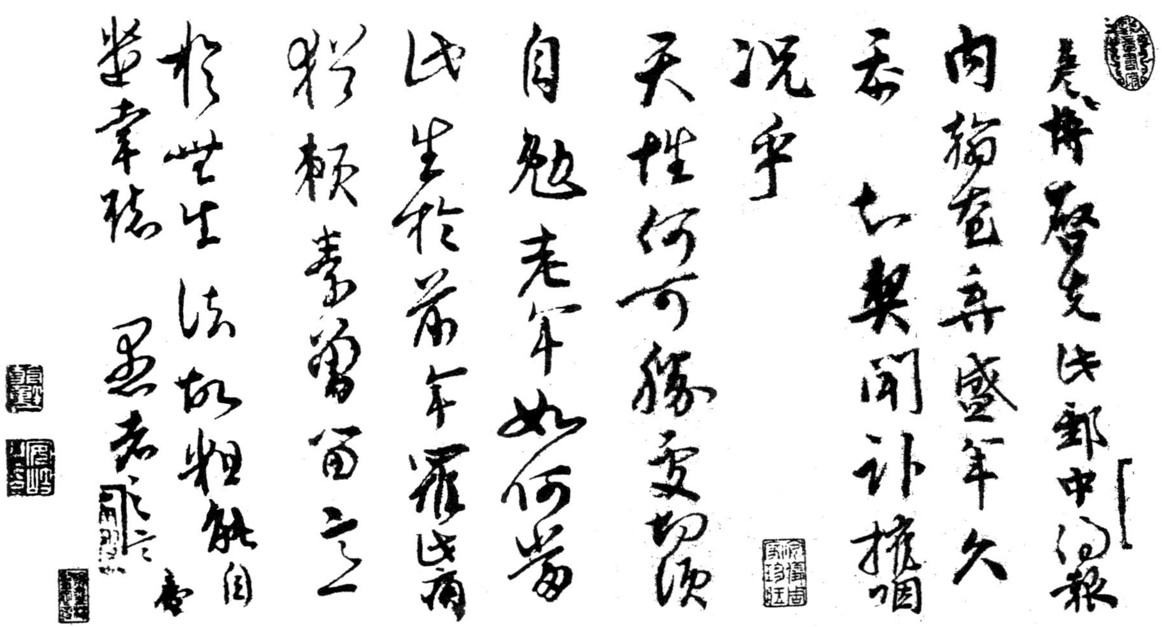

插圖一
文彥博的書法（見本集頁23）

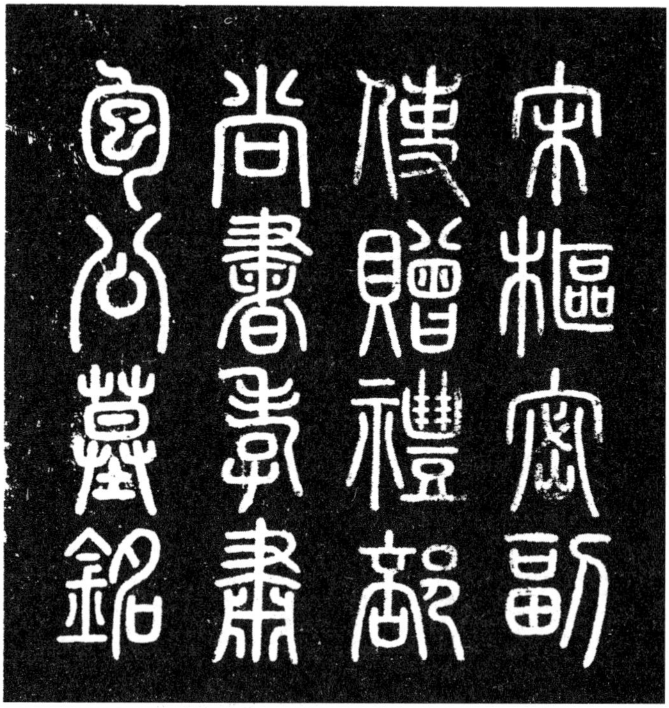

插圖二
文勛所寫包拯墓誌蓋（見本集頁28）

咸豐戊午年新鐫

萬花樓楊包
狄演義

內附楊家將　五虎觧征衣
後續南北宋　包公審郭槐

第丹桂堂板

插圖五

成化說唱詞話中講述包公故事的一種（見本集頁43）

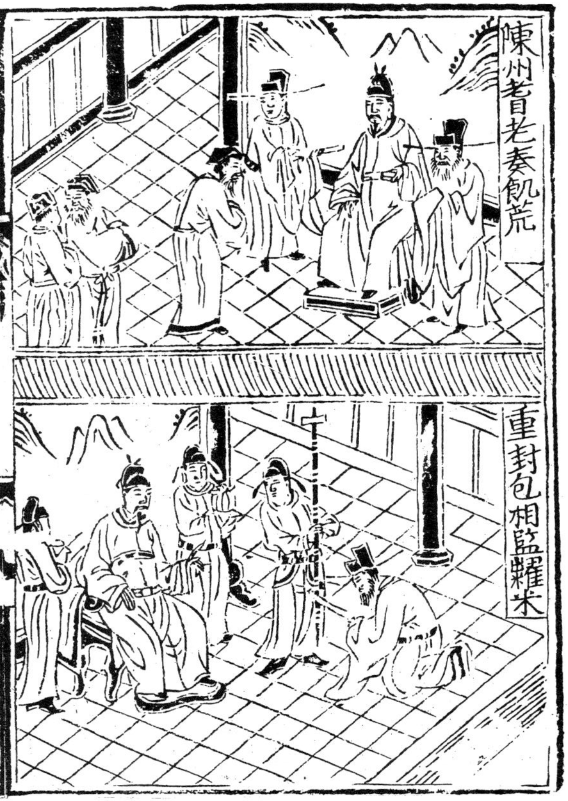

新刊全相說唱包龍圖陳州糶米記

太祖太宗王有道　真宗三帝政咸平　四帝仁宗登宝殿

佛保天差羅漢身　仁宗七宝真羅漢　二班文武上方星

文官護国金鑾帳　武将江山玉版門　三日一凤五一雨

夜間下雨日間晴　東海漁公来進宝　山中獵戶進麒麟

喜得太平无事月　凤調雨順国安寧　仁宗皇帝傳聖旨

御酒三盃賞武文　殿下衆官呼万歲　太平无事罷烟塵

仁宗皇帝龙顏喜　閤門宣使奏明君　一塲禍事前来到

閙了東華龙鳳門　百十公〻耆父老　直要朝中見聖人

仁宗皇帝傳聖旨　宣進朝中見寡人　諫议大夫前来奏

山呼万歲奏明君　【說】諫议大夫奏上天子這百十个父

老都宣入朝听挪一个底是只可宣一个為頭底入来問則个

目斷其陽生民無不沾恩澤

夜判其陰死魂盡浮雲覓恕

判百家公案

書林與畊堂朱仁齋繡梓

全補包龍圖

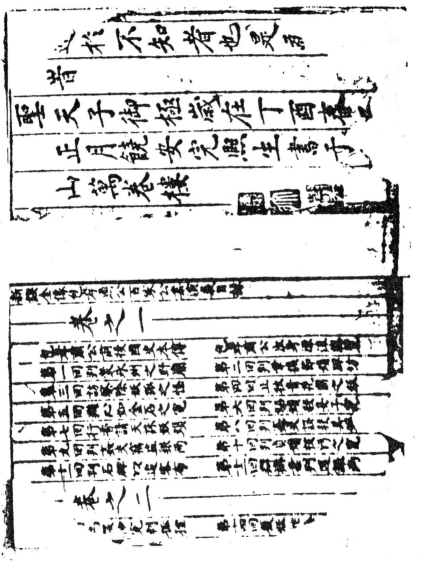

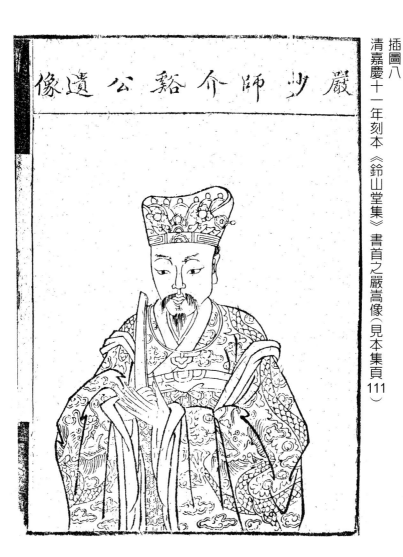

嚴少師介谿公遺像

插圖八

清嘉慶十一年刻本《鈐山堂集》書首之嚴嵩像（見本集頁111）

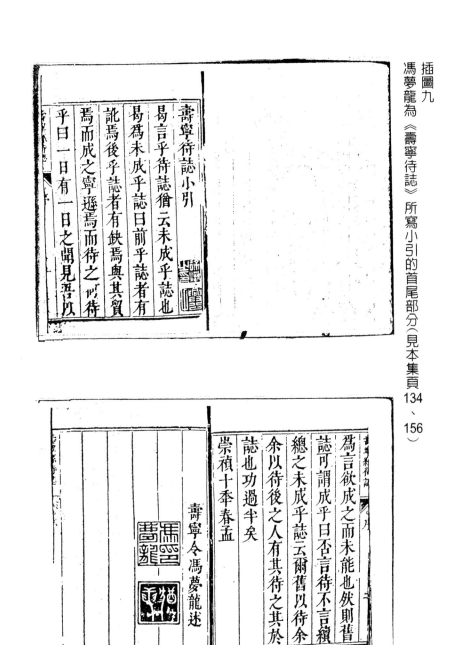

插圖九
馮夢龍為《壽寧待誌》所寫小引的首尾部分（見本集頁134、156）

插圖十

劉鶚（左）及其兄劉孟熊（見本集頁179）

津日日新聞三頁　九月初四日

老殘遊記二集卷七

泗都百鍊生撰

銀漢浮槎仰瞻月姊　森羅寶殿伏見閻王

話說德慧生攜眷自赴揚州去了老殘却一車逕拉到淮安城內投親戚你道

他親戚是誰原來就是老殘的姊丈這人姓高名維字曰摩詰讀書雖多不以

功名爲意家有田原數十頃就算得個小小的富翁了住在淮安城內勻湖邊

上這勻湖不過城內西北角一個小湖風景到十分可愛湖中有個大悲閣四

面皆水南面一道板橋有數十丈長紅欄圍護湖西便是城隍城外帆檣林立

往來不斷到了薄暮時候女牆上露出一角風帆挂着通紅的夕陽煞是入畫

這高摩詰在這勻湖東面又買了一境地不過一畝有餘圈了一個橢籬蓋了

插圖十二
阿英（錢杏邨）（見本集頁227）

長澤規矩也在孫楷第書目上補入存於日本的《三國演義》本子(見本集頁298)

中國通俗小說書目卷二　明清講史部

二八

靜軒詩據鄭西諦氏所記。

古今
演義　三國志十二卷

未見　見也是圖目十

按此十二卷本似亦二百四十則書題與周曰校本夏振宇本均不同，為

另一刻本。

右十二卷本二百四十則

新刊
全像　按鑑
批評　三國志傳二十卷二百四十則

存　明萬歷壬辰(二十年)余氏雙峯堂刊本上評中圖下文。【英國不

列顛博物院】

此書增加批評及詩稍異舊本所評者為事實不涉文字有周靜軒詩云

云據鄭西諦氏所記。

新刊京本校
巴濱義全像之□志伯評林
吳氏

存

明萬卷樓刊本圖嵌正文中左右各半葉爲一幅圖左右有題句正文寫

刻甚工半葉十三行行二十六字板心上題『全像包公演義』　日本

朝鮮總督府藏此書殘本存七十餘囘此包公案祖本書極不多見。

明無名氏撰自序署『饒安完熙生』記年曰丁酉歲疑即萬歷二十五年。

存

龍圖公案十卷

明無名氏撰書不題撰人序署『江左陶烺元乃斌父題於虎丘之悟石軒』

此書有繁簡二本分志如下：

一　繁本（百則）

清初刊大本每則後附聽五齋評插圖【馬隅卿】　四美堂刊本中型。
板心題『種樹堂』有圖半葉十行行二十二字題『李卓吾評』實無評。

中國通俗小說書目卷三　明清小說部甲

一五一

十三行二十八字五卷大本尚有
四史本修囘五卷五案龍圖
案對偶目次（思聽五齋新
評）每偶後有『聽五齋曰』

題『芙蓉主人輯』『情痴子批校』此書在閒雜志卷二引王餘堂覆明本東西晉演義無名氏序亦引此書疑亦明人作也丁日昌禁書目著錄

此書本以文言演述而頗淺露以甚通俗姑著其目於此

以上明

肉蒲團六卷二十回 一名覺後禪坊本改題名目曰耶蒲緣

存 舊刊本半葉十行行二十五字寫刻。 醉月軒刊本劣。 日本寶永刊本明治刊本。

清無名氏撰題『情痴反正道人編次』『情死還魂社友批評』別題『情隱先生編次』首西陵如如居士序此書在猥藝小說中頗為傑出，世傳李漁所作殆為近之嘉慶十五年御史伯依保奏禁丁日昌禁書目著錄。

燈月緣十二回

陳繼儒序題『雲開陳繼儒重校』『姑蘇龔紹山梓行』此為十行本

【日本內閣文庫】 又萬曆乙卯（四十三年）本正文半葉十一行，行

二十字陳序外有朱鼎序亦龔紹山梓與前一本同本而不同版蓋重刊

本【國立北平圖書館】

新列國志一百零八回 不分卷

存 明金閶葉敬池梓本圖五十四葉正文半葉十行，行二十二字，【日本內

閣文庫】 清初覆本【國立北平圖書館】【馬隅卿】【博古齋】

明馮夢龍新編凡余邵魚書疏陋處皆根據古書加以改訂夢龍字猶龍一字

江蘇吳縣人官福建壽寧縣知縣。

存 東周列國志二十三卷一百零八回

原本像二十四葉半葉十二行行二十六字 書聚堂本【兄弟】義合齋

清楊庸撰

列國志輯要八卷 一百九十葉 有 乾隆洞 第三堂

刊本【傳惜華】蔡元放 評定本

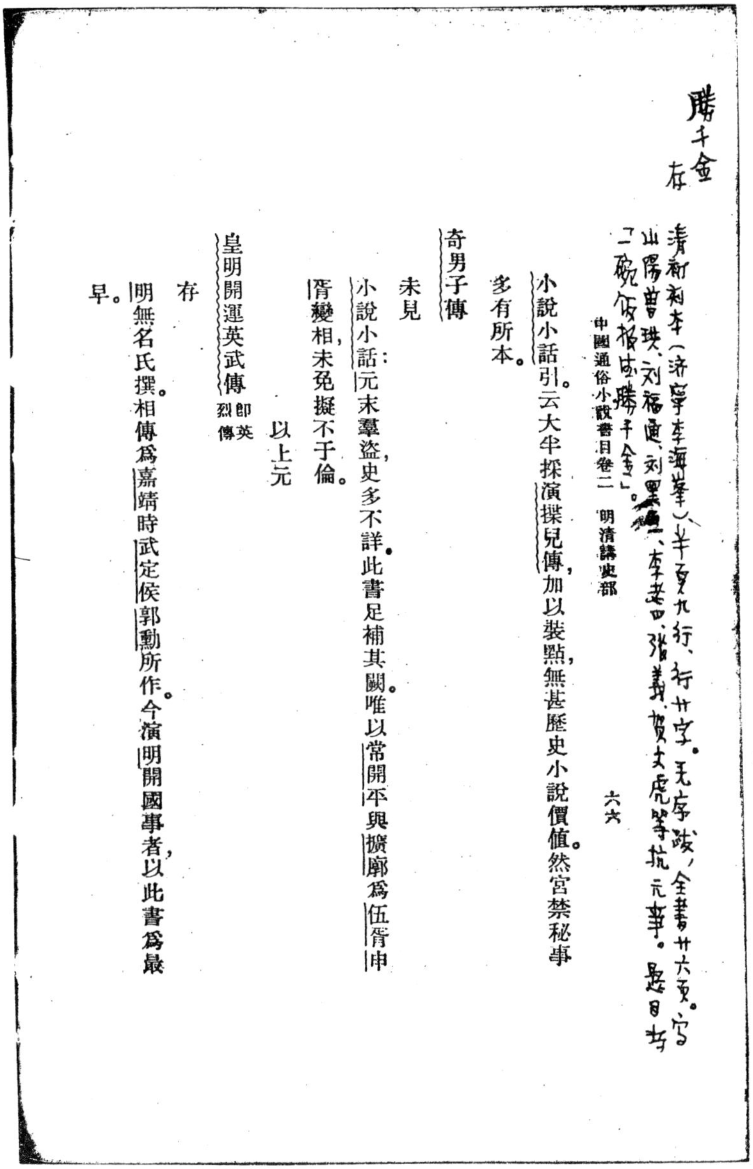

插圖十七　吳曉鈴在孫楷第書目上補入《勝千金》的版本資料（見本集頁301）

勝千金

在

清新刊本（濟寧李海峯）、半頁九行、行廿字、无序跋，全書廿六葉，寫山陽曹珖、刘福通、刘黑畾、李老四張義、賀太虎等抗元事。題目为「□碗飯報恩勝千金」　六六

中國通俗小說書目卷二　明清講史部

小說小話引云大牛採演楪兒傳加以裝點，無甚歷史小說價值然宮禁秘事多有所本。

奇男子傳

未見

小說小話：元末羣盜史多不詳此書足補其闕唯以常開平與擴廓爲伍胥申胥變相未免擬不于倫

以上元

皇明開運英武傳　即英烈傳

存

明無名氏撰相傳爲嘉靖時武定侯郭勳所作今演明開國事者以此書爲最早。

插圖十八

《新編五代史平話》原本有嚴重磨損處一例（與插圖十九相應）（見本集頁317）

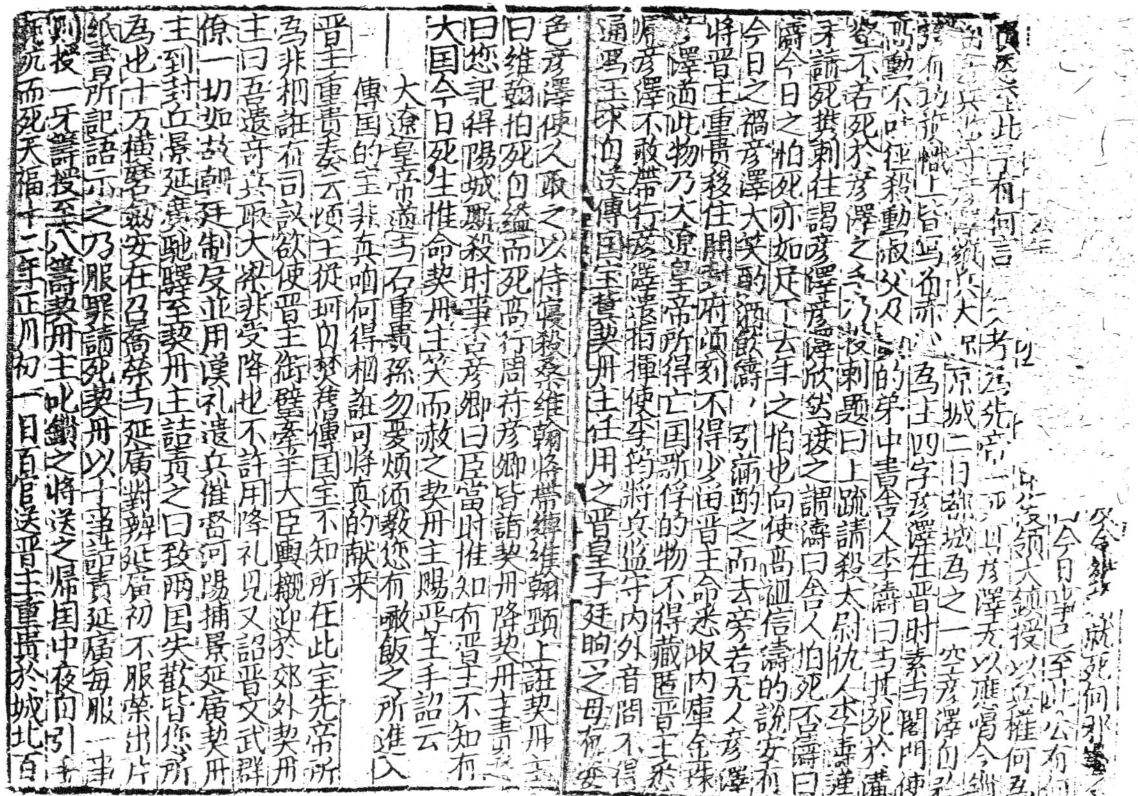

[illegible]

而動不必征殺動寂父及[illegible]的弟中書舍人李濤曰吾與其死於溝

鑒不若死於彥澤之手乃投刺題曰上疏請殺太尉伉人李濤謹

王謫死拱刺往謁彥澤彥澤欣然接之謂濤曰舍人怕死否濤曰

濤今日之怕死亦如足下去年之怕也向使高迎信濤的說安有

今日之禍彥澤大笑酌酒飲濤，引領酌之而去旁若無人彥澤

將晉主重貴移往開封府須刻不得少留晉主命悉收內庫金珠

寶彥澤適此物乃大遼皇帝所得亡國所得的物不得藏匿晉主怒

歸彥澤不敢帶行彥澤退指揮使李筠將兵監守內外音問不得

通焉王取回送傳國寶契丹主任用之晉皇子延煦之母布安

色彥澤使人取之以侍寢殺桑維翰將帶縛維翰頸上誑契丹主言

曰維翰自縊而死高行周苻彥卿皆詣契丹降契丹主責彥卿

曰您記得陽城戰時事否彥卿曰臣當時惟知有晉主不知有

大國今日死生惟命契丹主笑而赦之契丹主賜晉主手詔云

大遼皇帝道與石重貴孫勿憂煩須教您有噉飯之所進入

傳國的寶非真的何得相誑可將真的獻來

晉主重貴奏云頃王從珂自焚舊傳國寶不知所在此寶先帝所

爲非相誑有司議欲使晉主銜璧牽羊大臣輿櫬迎於郊外契丹

主曰吾遣奇兵取大梁非受降也不許用降禮見又詔晉文武群

僚一切如故朝廷制度並用漢禮遣兵催督河陽捕景延廣契丹

主到封丘景延廣馳驛至契丹主詰責之曰致兩國失歡皆您所

爲也十萬橫磨劍安在召喬榮與延廣對辨延廣初不服榮出片

紙書所記語示之乃服罪請死契丹以十事詰責延廣每服一事

則授一牙籌授至八籌契丹主叱鎖之將送之歸國中夜自引手

扼亢而死天福十二年正月初一日百官送晉主重貴於城北百

插圖十九

誦芬室本《新編五代史平話》如何處理原本有嚴重磨損處一例（與插圖十八相應）（見本集頁317）

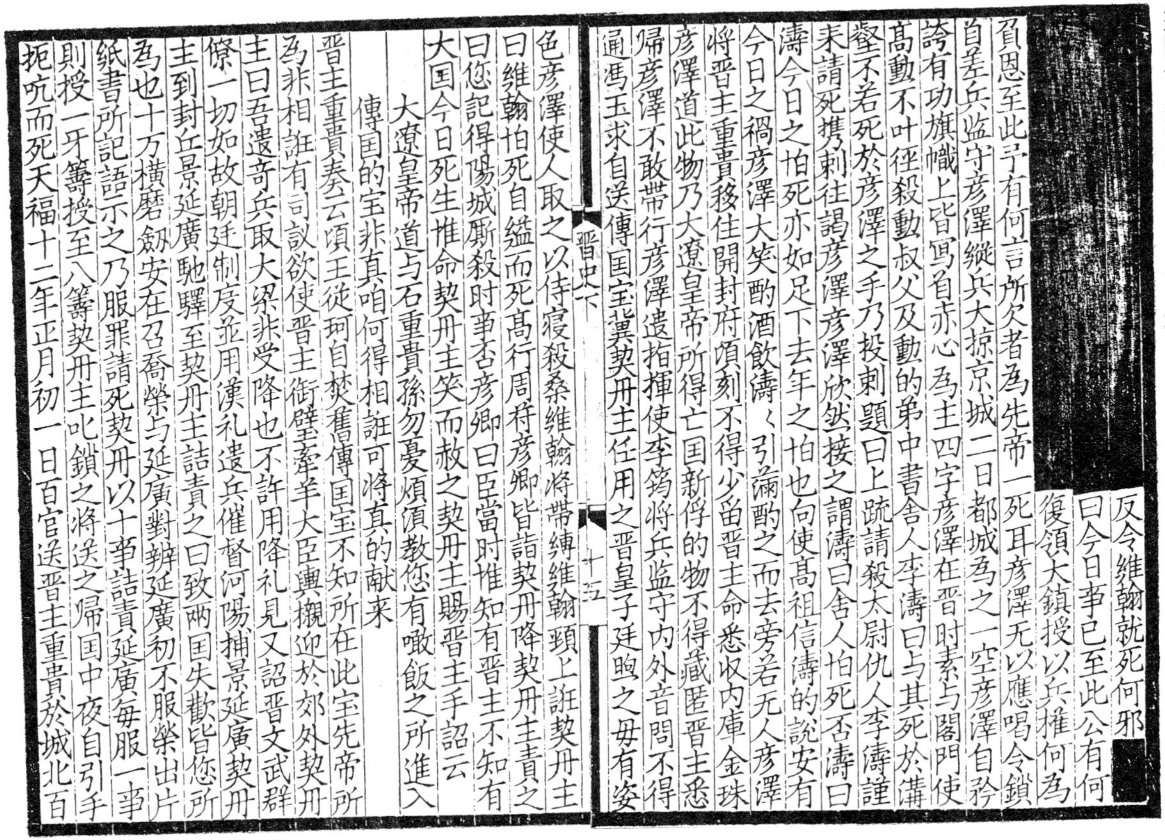
反令維翰就死何邪
曰今日事已至此公有何
復領大鎮授以兵權何為
負恩至此乎有何言所欠者為先帝一死耳彥澤无以應喝令鎖
自差兵監守彥澤縱兵大掠京城二日都城為之一空彥澤自矜
誇有功旗幟上皆寫自赤心為主四字彥澤在晉時素与閤門使
高勳不叶徑殺勳叔父及勳的弟中書舍人李濤曰与其死於溝
壑不若死於彥澤之手乃投刺題曰上疏請殺太尉仇人李濤謹
来請死携刺往謁彥澤彥澤欣然接之謂濤曰舍人怕死否濤曰
濤今日之怕死亦如足下去年之怕也向使高祖信濤的說安有
今日之禍彥澤大笑酌酒飲濤〻引滿酌之而去旁若无人彥澤
將晉主重貴移住開封府須刻不得少留晉主命悉收內庫金珠
彥澤道此物乃大遼皇帝所得亡国新俘的物不得藏匿晉主悉
歸彥澤不敢帶行彥澤遣指揮使李筠將兵監守內外音問不得
通馮玉求自送傳国宝冀契丹主任用之晉皇子延煦之母有姿
晉史下　十五
色彥澤使人取之以侍寢殺桑維翰將帶縛維翰頸上誑契丹主
曰維翰怕死自縊而死高行周符彥卿皆詣契丹降契丹主責之
曰您記得陽城廝殺时事否彥卿曰臣當时惟知有晉主不知有
大国今日死生惟命契丹主笑而赦之契丹主賜晉主手詔云
大遼皇帝道与石重貴孫勿憂煩須教您有噉飯之所進入
傳国的宝非真咱何得相誑可將真的献来
晉主重貴奏云頃王從珂自焚舊傳国宝不知所在此宝先帝所
為非相誑有司議欲使晉主銜璧牽羊大臣輿櫬迎於郊外契丹
主曰吾遣奇兵取大梁非受降也不許用降礼見又詔晉文武群
僚一切如故朝廷制度並用漢礼遣兵催督何陽捕景延廣契丹
主到封丘景延廣馳驛至契丹主詰責之曰致兩国失歡皆您所
為也十万橫磨劍安在召喬榮与延廣對辨延廣初不服榮出片
紙書所記語示之乃服罪請死契丹以十事詰責延廣每服一事
則授一牙籌授至八籌契丹主叱鎖之將送之帰国中夜自引手
扼吭而死天福十二年正月初一日百官送晉主重貴於城北百

《新編五代史平話》原本《唐史平話》卷首（與插圖二十一相應）（見本集頁317）

插圖二十一

誦芬室本《新編五代史平話》中《唐史平話》的卷首部分（與插圖二十相應）（見本集頁317）

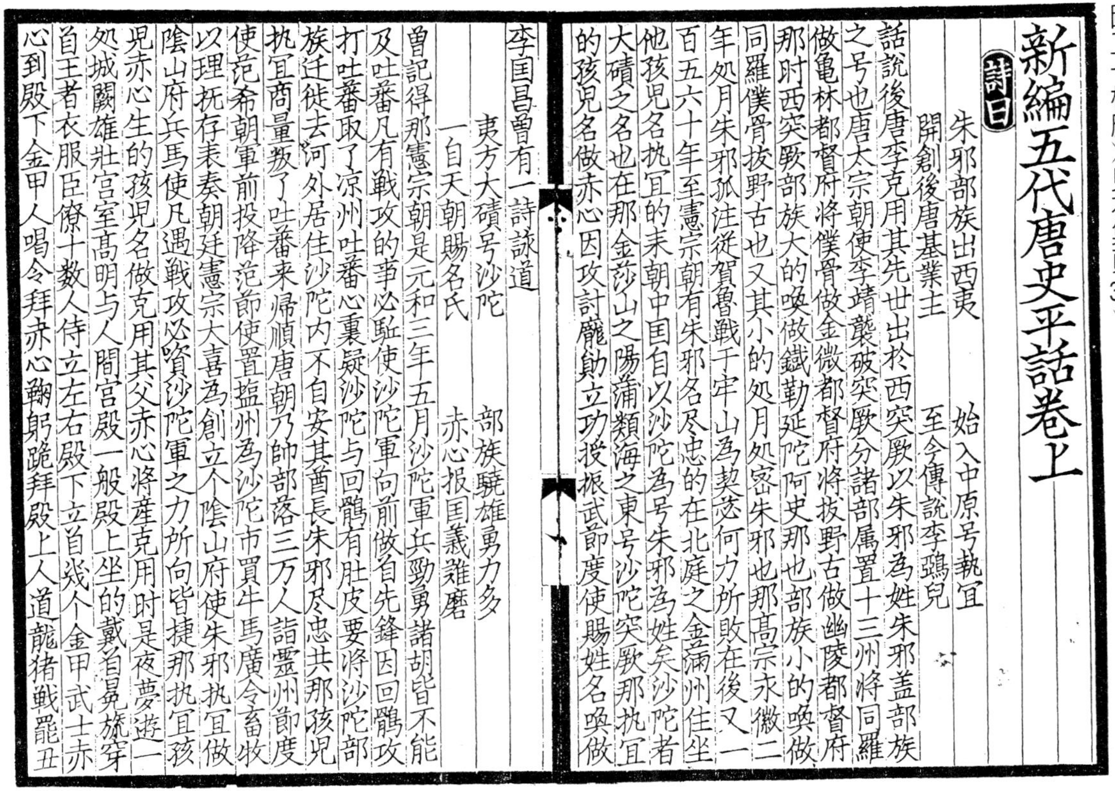
新編五代唐史平話卷上

詩曰

朱邪部族出西夷　始入中原号執宜
開創後唐基業主　至今傳說李鵶兒

話說後唐李克用其先世出於西突厥以朱邪為姓朱邪盖部族之号也唐太宗朝使李靖襲破突厥分諸部屬置十三州將同羅做亀林都督府將僕骨做金微都督府將拔野古做幽陵都督府那时西突厥部族大的喚做鐵勒延陀阿史那也部族小的喚做同羅僕骨拔野古也又其小的処月処密朱邪也那高宗永徽二年処月朱邪孤注從賀魯戰于牢山為契苾何力所敗在後又一百五六十年至憲宗朝有朱邪名尽忠的在北庭之金滿州住坐他孩兒名执宜的未朝中国自以沙陀為号朱邪為姓矣沙陀者大磧之名也在那金莎山之陽蒲類海之東号沙陀突厥那执宜的孩兒名做赤心因攻討龐勛立功授振武節度使賜姓名喚做李国昌曾有一詩詠道

夷方大磧号沙陀　部族驍雄勇力多
一自天朝賜名氏　赤心报国義難磨

曾記得那憲宗朝是元和三年五月沙陀軍兵勁勇諸胡皆不能及吐蕃凡有戰攻的事必驅使沙陀軍向前做自先鋒因回鶻攻打吐蕃取了凉州吐蕃心裏疑沙陀与回鶻有肚皮要将沙陀部族迁徙去河外居住沙陀内不自安其酋長朱邪尽忠共那孩兒执宜商量叛了吐蕃来帰順唐朝乃帥部落三万人詣霊州節度使范希朝軍前投降范節使置塩州為沙陀市買牛馬廣令畜牧以理抚存表奏朝廷憲宗大喜為創立个陰山府使朱邪执宜做陰山府兵馬使凡遇戰攻必資沙陀軍之力所向皆捷那执宜孩兒赤心生的孩兒名做克用其父赤心將産克用时是夜夢遊一処城闕雄壮宮室高明与人間宮殿一般殿上坐的戴着冕旒穿着王者衣服臣僚十数人侍立左右殿下立着幾个金甲武士赤心到殿下金甲人喝令拜赤心鞠躬跪拜殿上人道龐猪戰罷丑

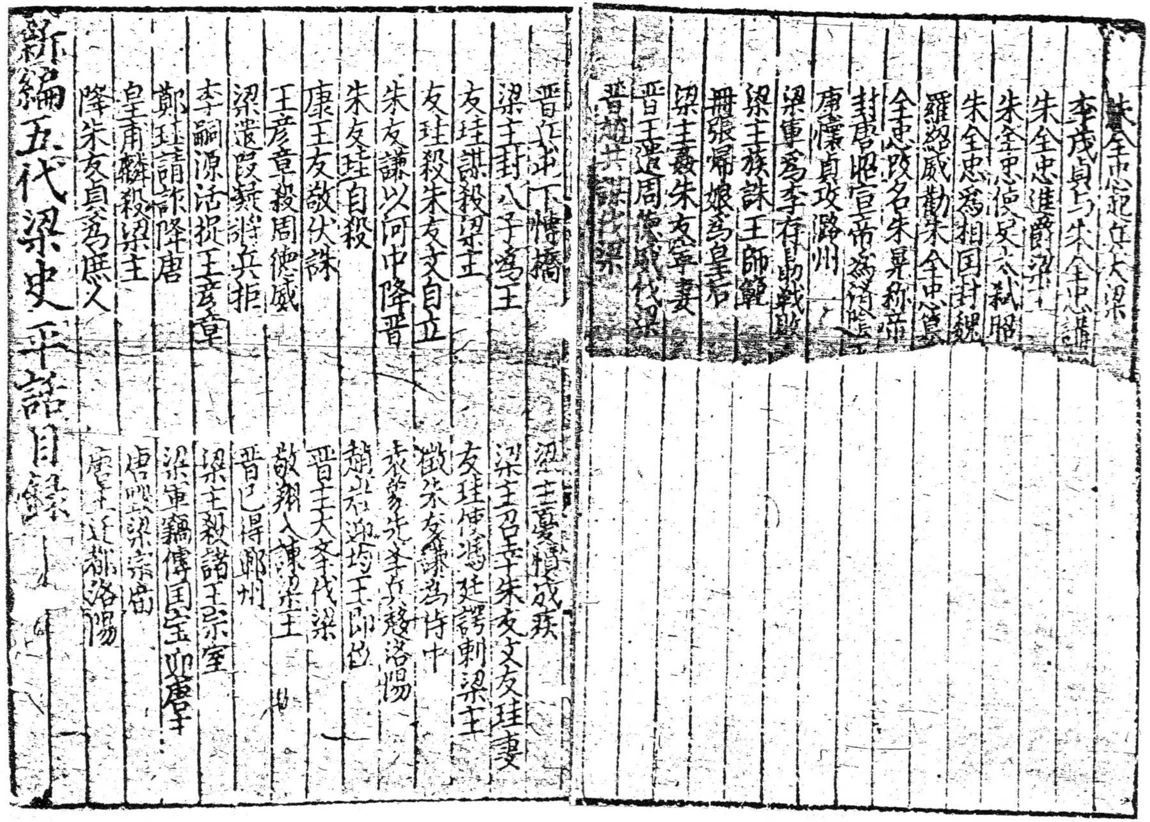

插圖二十二
《新編五代史平話》原本《梁史平話》之目錄部分（見本集頁318）

自序

　　我研究小說由雜至專，近年集中精神於《水滸傳》，自己也記不清楚在《水滸》範圍之外究竟寫過甚麼了。一經統計，便發覺自二十多年前結集出版《中國小說史集稿》以後，《水滸》以外的題目，自唐人傳奇至近代的武俠小說，林林總總的課題確實討論過不少，質量均足再次合集。

　　組織仍與前書差不多。「專研」部分所收各文，用注與否，以及所用注釋的多寡均取決於題目的性質和原刊的體制，現在並沒有強求劃一的必要。另外，近十年寫的較長文章一般都分節，每節各立標題。若較前所成諸文現亦因圖統一而分節，行文勢必得作無謂更動；這種徒添額外工作而不帶來實際成效之舉是不用考慮的。

　　然而確有兩事要統一。這二十餘年寫出的文章有前後截分之別。引用書籍時，前期諸文多不注明出版地和出版社，後期各文則早照料了此等數據。現在要添上前未記下的資料卻非易事。研究環境不同、消息來源更易，使悉數填補這些空隙幾屬絕不可能，唯有勉力試爲之而已。此其一。前期所寫的文章很少提供重要人物的生卒年，後期之作則採爲常規。茲重新整理，按文章排次的先後，在人物姓名首見處（或雖非首見，卻較起眼處）附列生卒年。倘某人屬稿時尚在世，而今已作古，亦生卒年並列，以求資料完整。見於引文的人物，原文均不注生卒年，現同樣按此原則補入此等資料。此其二。

　　除了這些體例的調整外，收入「專研」之文一般即使需要多說

幾句話,在文末附加「後記」,或「補記」(如原先發表時已有「後記」)就夠了(詳後)。需特別在此說明的僅兩篇。

該組的〈香港《星島日報》「俗文學」副刊全目〉原先計畫續寫為一系列。三四十年代北平、上海、香港等地多家報紙以出版研究通俗文學的副刊為特色。雖然知道這類副刊收了很多名家之作,但因這些報紙早成了奇罕之物,當年也沒有幾人特意保存那些副刊,現在要知道這幾份副刊究竟刊登過甚麼文章自然難比登天。那些副刊主要的幾種我有幸複印得相當齊。編目固然是很值得做的工作,但僅列出題目未必足以顯示內容,況且不少文章後來另見別處,提供互見的消息方可使後學省不少腳步。集齊了香港《星島日報》、上海《中央日報》、北平《華北日報》的「俗文學」副刊,和上海《大晚報》的「通俗文學」副刊後(最近還另得了《大晚報》性質相同的「火炬通俗文學」副刊),原擬各給它們備一份附解題的全目。全目編來不難,解題則因固執所引刊物必須核對原件的守則,不肯偷工減料地來個「天下文章一大抄」,而能複查之物又受環境所局限,弄起來十分費勁。當時一鼓作氣地去幹,就僅清理了戴望舒(1905-1950)主編的《星島日報》「俗文學」副刊。慚愧,其它的至今仍說不出還要再拖多少時間。或者祇有期待別的有心人去完成這些工作了,那麼就容我用講那份《星島日報》副刊的一篇來充作示範吧。

特別抽出這篇文章在這講還另有一重意義要藉此來說明。中國古典通俗文學的研究紮根於二三十年代,五六十年代可喜成績雖接踵出現,卻旋即為文革所阻,發展遂續由大陸以外的學者來繼承。直至最近二十年,因為大陸開放,加上信息傳遞科技的突飛猛進,海內外才有配合的研究行動(大陸學者看境外研究作品至今仍遠不及境外學者參據大陸書刊之便),但四十年代對任何人來說始終是一段失落的時光。四十年代是大動盪時期,抗戰和內戰大大減少發表研究成果的機會,更使出版媒體長期陷入不正常運作的困境。這

可是陳汝衡（1900-1989）、吳曉鈴（1914-1995）、葉德均（1911-
1956）、杜穎陶（1908-1963）、關德棟（1920-2005）那輩俗文學研究
者風華英發、勤於著述的時代。受環境所限，那些「俗文學」副刊
就成了他們發表研究成果的主要場所。可惜那些報紙早奇罕得連鳳
毛麟角也不足以形容（臺灣就沒有圖書館藏有那時代的有關報紙任
何一天）。登在那些副刊的文章若非以後另刊別處，就連紀錄也難
存，更不要說找來看了。因此說這是一個失落的時代。要把那些遺
珠重新納入大家用得到的資料庫，需要兩方面的有心人的鼎力合
作，一為實力足的出版社肯擔起這項賺錢機會不高的工程，二為藏
有那些副刊者肯拿出來。據我所知，庋藏者都願意公開（其實這批
副刊全部集齊者祇有我和關家錚〔關德棟哲嗣〕二人），祇要有出版
社肯承擔便一拍即合。就讓我在此呼籲。這是一項十分有意義的文
化大業。

　　另一篇得加的補充資料並不適合列為「後記」，還是在這裡交
代較妥。我為學雜得很，所喜者南轅北轍，性質和涉及的時代經常
截然不同，資料遂鮮能共用，治學因而極之費力，也格外覺得這樣
讀書方真夠味道。年富力強時，野心祇嫌不足。到年紀大了，力不
從心，就得調整。厚逾六百頁的《水滸二論》（聯經，2005）就是我
研究《水滸》的壓軸戲。這本《實事與構想》同樣可以作為我論釋
《水滸》以外小說的工作到了差不多可以結束的里程碑。退休以
後，環境和活動自然與前不同，會多放時間在雖早有興趣，卻長久
無暇兼顧的中西交通史和本草學，花在海軍史的時間也祇會增加。
《水滸》以及其它小說得退居一旁，也就無可避免。究竟我治中西
交通史和本草學的功力如何？這兩套學問有可能和小說配搭起來研
究嗎？那篇絕非一般小說探討文章，寫來也夠稱心快意的〈《三寶
太監西洋記》與《西洋番國志》〉正好回答這些問題。

　　「說林雜志」收的是箚記式短章，筆調雖可以輕鬆得有如閒
談，所談的始終保持我的一貫作風，貨真價實。收入此組的諸文有

三篇首次在此發表（即文末不注明原刊何處的幾篇）。

附錄收了兩篇序文。第一篇看似是應酬文章，其實不然。這篇為梅節、馬力（1952-　）兩位的1988年港版《紅學耦耕集》所寫的序文很值得保留。我從未正式加入紅學行列，但對紅學的情況則不無可分享的觀察；那些觀察所涉之事又絕非紅學所獨有，而實為常見於古典小說研究的現象。因為梅、馬兩位這本書於2000年由文化藝術出版社在北京重排再版時沒有了這篇序文，採之入本集可免其變成遺珠。

第二篇是應北京三聯書店出版《水滸論衡》、《水滸人物之最》、《水滸二論》簡體字本時所要求而寫，並冠三書的總序，內總括報告了我專研《水滸》二十餘年的成績，也說明了我打算在退休後如何定出研究項目的次第和如何分配可用的時間。收此總序入附錄，向關心我的朋友交代計畫中的動向，當是較簡單的法子。

合集不當祇是重印一堆未經修訂的舊文，起碼有關課題在文章刊出至今行頭內有何討論是要交代的。刊出愈早，這需要就愈明顯。本集所收諸文屬稿時間早晚相去達二十多年，所談的事更涉連很廣的範圍。問題在好些課題在文章脫稿後再沒有保持興趣了，時間一久，修訂就僅能做到補入漏列資料和改善文句的層次而已。要是對文章涉及的課題曾續留意，修訂便採二法來進行：（一）增強原先的論據的新資料，直接添入文內和注內。（二）得與原先發表的文字劃清界線時，新資料就用「後記」或「補記」的方式附於文末。

我最近出版的書都安排封面和封底的設計與書的內容配合。這次也不例外。用來設計封面的包公像出自咸豐八年丹桂堂本《萬花樓楊包狄演義》，提供給部署封底的嚴嵩像得自道光二年萬卷樓本《海公大紅袍》。這安排既給集內的幾篇文章配上圖解，復助彰顯實事與構想這兩大因素如何串連集中諸文，更還藉著封面封底的象徵意義帶出正邪對立的本質來。

本集的書名當然也得說明。以史證文，以文述史，是我治學的法門，而中國古典小說雖喜借用史事，甚至用擬構之事充作實事，實則所講者經常以幻設和虛構爲核心。集中各文所涉實事與構想雖程度不一，總離不開這兩基本因素相互關係的闡釋，以此定書名還算順理成章吧。

這書的呈獻同樣需要說明。今年適逢業師饒宗頤教授九秩華誕，用這本蕪雜之書來賀壽原難表敬意，惟念這是解釋我治學手法來源的最好機會，遂敢厚顏獻上此書。

固庵師資質天稟，博古通今，縱橫學海與藝林，處處創新，闊度之宏，深度之徹，配上產量的龐大，既前無古人，後亦難有來者。成就如此，天資、毅力、環境缺一不可，然具備此等條件者頗不乏人，成績卻難以相較。究其原因，關鍵當在研究的態度和研治之法。這些都很易歸納言之：資料不管一手，還是二手，悉圖盡數網羅；論析雖不刻意求新，卻能達到破立兼顧的境界。道理固然簡單，實踐則殊不易，光是突破地域和語言局限去配齊資料就沒有幾人能辦得到。固庵師譽滿寰宇，可以從這角度去理解。

我雖然是個行頭不少的雜家，但除中西交通外，與固庵師並無共同興趣。敢說學到了的就是治學態度和方法。找起資料來，上窮碧落下黃泉（花二十多年去配齊《水滸》罕本便是一例。尋覓海軍資料所達到的透徹程度更較此高出數倍），立論懂得破立的道理，而不以趨時尚爲滿足。這些都師承有自。這樣一說，拿出來的成績就希望老師會說合格了。

退休在即，公私兩忙，每件事都要爭取時間去做。這本集子準備起來就由研究《水滸》志同道合，大小事情幫過我不少忙的香港城市大學研究生黃海星和長期助我處理各種稿件，甚至私人書信的系秘書李穎芝小姐分別代勞；前者掃描已有印件的舊文，後者打出剛完成的新稿。做完補充新資料和校對的程序後，再由穎芝統一整理。沒有兩位給予第一時間的幫忙，這份書稿絕無可能這樣快就準

備好。

馬幼垣

2006年4月30日

於香港屯門望海之居

目次

說林雜誌

附錄

專研

唐人小説中的實事與幻設[*]

姜臺芬譯

　　安史亂後，唐肅宗即位，玄宗遂以太上皇的身分退隱內廷[1]，在長年的絕望與孤獨中，不禁更加殷念死去的楊貴妃[2]。陳鴻(829年在世)的〈長恨歌傳〉敘述至此，便出現一轉捩點[3]，原先至楊

[*]　此文原以英文出之，收入本集者既爲漢譯，因讀者的背景殊異，原注所列唐人小説的英譯資料現均刪去。

[1]　參閱 E. G. Pulleyblank, *The Background of the Rebellion of An Lu-shan* (London: Oxford University Press, 1955)，以及 Howard S. Levy, *Biography of An Lu-shan* (Berkeley: University of California Press, 1960)。

[2]　有關楊貴妃的生平可參閱《舊唐書》(百衲本)，卷51，葉11下至13上、《新唐書》(百衲本)，卷76，葉16上至18上，以及 Howard S. Levy, "The Career of Yang Kuei-fei," *T'oung Pao*, 45(1957), pp. 451-487；大野實之助，《楊貴妃》(東京：春秋社，1969年)。

[3]　此故事有三種不同版本；較長的一種收入《文苑英華》(隆慶元年本)，卷794，葉7下至10下；較短的兩種，一在《太平廣記》(槐蔭草堂，乾隆四十年本)，卷486，葉1上至3上；一在張君房(?-1019年以後)，《麗情集》，此本見《文苑英華》，卷794，葉10下至12上。Philip S. Y. Sun 孫述宇(1934-), "The Head Ornaments on the Ground: A Note on 'Ch'ang Hen Ko' and 'Jen Shih Chuan'," *Tsing Hua Journal of Chinese Studies*, NS 7:1(Aug. 1968), p. 210, 誤記《麗情集》者爲最長的一篇，而以《文苑英華》及《太平廣記》所錄者爲較短。就此處所引的版本而言，《麗情集》的有1,248字，《太平廣記》的1,252字，《文苑英華》的1,386字。《麗情集》的在措辭與内容上與其它兩種有顯著的不同，而《文苑英華》本的結尾部分較《太平廣記》本長了許多。本文討論以《文苑英華》本爲準，因其終結時所用的方法較契合本文以後將論及的唐人小説作者所常用的議論形式。各本異同可參看近藤春雄，〈〈長恨歌傳〉について——文字の異

貴妃之死的實事描繪，乃轉變爲遜位皇帝如何尋求與已死的愛妃重會。故事的前半建築在可證的資料上，後半則截然不同，演爲杜其恩(J. R. R. Tolkien, 1892-1973)所謂故事敘述者的「再創造」(subcreation)了 [4]。由於這故事源出唐朝一樁國家大事，恰好作爲我們研析唐人小說中實事與幻設間相互關係的起點 [5]。

首先，應詮釋實事和幻設兩詞。實事包括而非局限於史實及寫實文學中描述有高度眞實性的事情。小說中的實事誠然應包括可肯定的資料，即其實在性可依故事情節加以確認者。史實和具高度眞實性之事可視爲外在或確切性的事實，而可驗證的資料則視爲內在或象徵性的事實。換句話說，這兩類的差異也就是實質的寫實與處理手法上的寫實之間的區別。在決定小說中實事的性質時，重點並不在所描述的事件是否眞的發生過，或者是否符合實際經驗的情況，而是在於事件在故事敘述者所擬設的眞實尺度內，是否能被認爲是眞實而可驗證的。因此，爲了建立一個內在的持恆性標準，小說中的實事便不一定要符合現世的準則，而祇要與故事情節相契合就行了。

幻設與實際性的現實相對，爲了造成一個眞正超乎現世的背景，幻設儘量超越日常世界的藩籬，而致力於激起讀者的好奇感。在幻設文學中，重點並不在基於因果關係而可能發生的事，而是在符合「再創造」原則的「第二世界」(secondary world，再借用杜

(續)

　　同〉，《說林》，20期(1972年2月)，頁93-109。

4　杜其恩有關幻設的理論，最重要的一篇論文是"On Fairy-Stories"，原爲1938年在聖安德路大學(University of St. Andrews)發表的一篇演講，後收於Dorothy L. Sayers, *et al.*, *Essays Presented to Charles Williams* (London: Oxford University Press, 1947), pp. 38-89，最後定稿則可以氏著*Tree and Leaf* (London: Allen & Unwin, 1964), pp. 3-84. 及*The Tolkien Reader* (New York: Bellantine Books, 1966), pp. 3-84，二書所收者爲據。

5　楊貴妃的故事從唐代流傳至今，已變爲一種複雜的文學傳統，孕育了各類不同的詩歌、戲劇，和小說。但有關楊貴妃的文學作品仍有待系統而詳備的整理研究。

其恩的另一名詞)裡所發生的事。「再創造」的原則或許異於日常
生活所經驗者,卻必須具有其本身的獨立性與持久性,同時必須可
信而清楚地建立一種合理的內在邏輯。幻設類型的文學作品往往企
圖超越人生經驗的限界,以求取情節上廣闊領域所映托出的新觀
點、新感受;此處的情節並不拘限於日常的經驗,而是依據作品中
人物與情節之間的關係。一方面,幻設小說的價值與特質視情節與
再創造世界的結構原則之間相互關係的趣味與複雜性而定;另一方
面,小說的成功端賴作者的想像力如何在這種文學型式的領域裡作
有效而自由的發揮。這樣概述實事與幻設間的區別以為導論後,我
們可以繼續討論楊貴妃的故事 [6]。

〈長恨歌傳〉的後半敘述玄宗思念貴妃,經歷三年的絕望,始
遇自蜀而來的道士為其請命。道士不遺餘力,上下求索,極大海,
跨蓬壺,終於得會貴妃。許多批評家以道士的出現及其後來與楊妃
會面的情形完全違背歷史原則,其實這祇是對文學本質的誤解而
已 [7]。這種情節上的大轉變所造成的幻設使作者能夠「再創造」一

---

[6] 實事與幻設分劃的理論根據,主要參考以下諸書:Tzvetan Todorov, *The
Fantastic: A Structural Approach to a Literary Genre*, Translated by Richard
Howard (Cleveland: Press of Case Western Reserve University, 1973); W. R.
Irwin, *The Game of the Impossible: A Rhetoric of Fantasy* (Urbana: University
of Illinois Press, 1976); Eric S. Rabkin, *The Fantastic in Literature* (Princeton:
Princeton University Press, 1976); C. N. Manlove, *Modern Fantasy: Five
Studies* (Cambridge: Cambridge University Press, 1975),以及各種討論杜其
恩的著述,如N. D. Issacs and R. A. Zimbardo, ed. *Tolkien and His Critics:
Essays on J. R. R. Tolkien's The Lord of the Rings* (Notre Dame: University of
Notre Dame Press, 1968); Paul H. Kocher, *Master of Middle Earth: The
Fiction of J. R. R. Tolkien* (Boston: Houghton Mifflin, 1972); Lin Carter,
Tolkien: A Look Behind the Lord of the Rings (New York: Ballantine Books,
1969); Gunnar Urang, *Shadows of Heavens: Religion and Fantasy in the
Fiction of Charles Williams and J. R. R. Tolkien* (Philadelphia: Pilgrim Press,
1971)。

[7] 中國學者一向視文學為史學的延續,總要求描述歷史事件的文學作品在所
有細節上均能與已確定的史實相符,並以史學方法來研究文學,俞平伯
(1900-1990)攻擊〈長恨歌傳〉所犯的史實錯誤便是個典型的例子;見俞

個「第二世界」，它具有獨立的法則，和「第一世界」（primary world）——即人世——裡的完全不同。這個第二世界不一定是不真實的，它可以藉著實事與幻設間的巧妙揉合，而以一種我們或可稱為「自存的實質」（autonomous reality）的形態出現。

　　儘管當時的情景神秘，而她已死去多年，楊貴妃在接見道士時並未顯出和從前有何不同。七八個侍女擁她入廳見客的樣子，微妙地提醒著讀者前時她在宮中浴罷，由婢女相扶出水的香艷鏡頭。從她還得詢問道士「皇帝安否」及「天寶十四載以還事」這點看來，她實在仍是個凡人。她在安史之亂最為煊熾的時候離開人世，其後之事她又全然不知，這兩點或許有助於讀者了解，她在這期間是一直處於焦慮和疑懼之中的，作者並未把她描繪成一個全知的快樂仙子。甚至未曾解釋她如何在絞刑之後仍能復活過來。如此，這本來屬於純粹想像的一幕，其虛幻性便大大地被削減了，而另一項設計則更加強了真實的一面。在道士將離去前，楊貴妃取出金釵鈿合，都折為半，授予道士，請其帶給玄宗以示愛念。道士對於這些飾物的能使玄宗相信他曾與楊妃一會卻無把握。於是楊貴妃不得不把秘密告訴他，這些飾物代表她與玄宗在八年前某日許下的密誓。道士帶著這故事的世界裡能夠確認的兩件「實證」（折半的金釵鈿合及楊貴妃吐露的密誓）回返人間，遂使玄宗對他的奇遇深信不移。作者這樣的安排，不僅在去除玄宗心中可能產生的疑團，也是為了使故事中的兩個世界得以藉可驗證的實體媒介相互銜接起。

（續）————————————

　　平伯，〈〈長恨歌傳〉的質疑〉，《小說月報》，20卷2期（1929年2月），頁357-361，後收入氏著《雜拌兒之二》（上海：開明書店，1933年），頁86-101。在以楊貴妃事蹟為主題的文學作品（此處指白居易[772-846]的敘事詩〈長恨歌〉）中尋求史實性的傾向亦見於陳寅恪（1890-1969），〈〈長恨歌〉箋證〉，《清華學報》，14卷1期（1947年10月），頁134，修訂後併入氏著《元白詩箋證稿》，修訂本（北京：文學古籍刊行社，1955年）的第一章，頁1-44；羅錦堂（1929-），〈〈長恨歌〉疏證〉，《學術季刊》，6卷2期（1957年12月），頁104-126，修訂後收入國立歷史博物館所編，《包遵彭先生紀念論文集》（臺北：中央圖書館等，1971年），頁295-330。

　　時間是人類活動的客觀見證，而此篇的作者更藉以把故事安架在具體的時間界限之中；這種時間的界限規劃了故事的敘述層次。固定的時間架構可以激發眞實感，和加強作者所求的實在性。如上所示，〈長恨歌傳〉以兩種不同的方式來運用這個技巧。從故事開始至道士出現，一連串的日期將若干重要事件(外在的實事)安排在確定的位置上，而爲第二世界預鋪了一個堅固、實在的基礎。故事的後半也有一組足以相比的日期，用以固定道士漫遊三界尋覓楊妃魂魄的時間，玄宗與楊妃許下密誓的時間(這還是個確切的日期)，以及玄宗去世的時間。這第二組的日期(內在的實事)是作者有意要在故事前半的基礎上，爲後半段想像的情節建立可信性。我們可以舉例來說明這一點：玄宗得楊貴妃後不久，兩人便密相立誓，並以金釵鈿合爲憑。作者在故事的前半故意保留此事發生的確切日期，以俾在後半場楊妃密告道士這項誓約時加以更有效的運用，使成爲一項「眞實的」證據。

　　其它的唐傳奇作家也都十分了解，巧爲安排的時間架構是可以縮短讀者和幻設故事間的距離的。假如一個含有幻設成分的故事交代了發生的時間，其交代方式往往是特別清楚的，這點〈古鏡記〉可引爲例證，而大家多以此篇是隋末唐初王度的自傳性故事[8]。從王度自其師獲得這面神奇的古鏡開始，到最後古鏡神秘失蹤爲止，作者共交代了十一項時間，其中祇有一項泛指隋煬帝大業十年(614)，其餘各條都要明確多了：三條指出季節、三條指出月份，

8　汪國垣(字辟疆，1887-1966)，《唐人小説》(上海：古典文學出版社，1955年)，頁3-9，所錄〈古鏡記〉，以版本來説明相當可靠(汪書原於1933年在上海初版)。此篇故事的作者(乃至創作年代)問題太過複雜，不宜在此討論。此問題持不同看法的重要記述，則不妨簡列於此：劉開榮，《唐代小説研究》，修訂本(上海：商務印書館，1955年)，頁45-56；段熙中，〈〈古鏡記〉的作者及其它〉，《文學遺產增刊》，10期(1962年7月)，頁108-116；馮承基，〈〈古鏡記〉著成之時代及有關問題〉，《文史哲學報》，14期(1965年11月)，頁159-172。

另四條甚至指出了明確的日期,包括古鏡失蹤的那天在內。讀者要是好奇的話,還可以算出王度擁有古鏡的前後確切月數來。這些瑣細的日期構成了一張實事網,而故事裡的奇蹟及幻設成分的可信性便建立在這個基礎上。由於所有事件都能各自獨立,又都圍繞著同一件事物(古鏡),作者便需不時加以調整,以構成一連貫的敘述。

別的唐代作家使用近眞的年代日期,很少有像王度這樣頻繁而規律化的;相較之下,大多數作家都不必如陳鴻和王度這樣仰賴明確的時間架構來建立憑信性。他們通常不以各項時間日期標明故事的進展,而是在故事一開頭交代一個確切的時間,其後事件的發展便祇有大略的時間說明(如「數月之後」)。

沈既濟(824年在世)的〈任氏傳〉便是很好的例子[9]。故事的男主角鄭子於玄宗天寶九年夏六月的某一天邂逅了任氏──她其實是狐妖。讀者可以把隨後的時間說明都總合起來,而輕易地歸結出他們的羅曼史前後大約經兩曆兩年。故事中關於時間的推進大致沒有甚麼模糊不清的地方,而作者在故事開始時交代一條明確的年月日,就已經在讀者心中建立了一個確切的印象。這篇故事的立意和〈古鏡記〉的顯然不同,因爲沈既濟祇在開頭說明一個日期,而有意地在故事與讀者之間保持一段距離,王度則確切地指明所有的時間日期,以使故事和讀者更爲接近。

有時候時間架構會以二元的形態出現,客觀的與主觀的時間交織在一起,這樣一來往往導致世界中還有世界的情形,即具有客觀時間的世界中還包含著一個具主觀時間的世界。兩種時間尺度的不同使這兩個世界壁壘分明,而主角人物在兩個世界裡的活動卻在兩者間架起了橋樑。熟悉唐代文學的讀者或許很快地就會想到兩篇著名的夢境傳奇便是這種情形。一是李公佐(819年在世)[10]的〈南柯

9　王夢鷗(1907-2002)曾加以校勘,收入《唐人小說研究二集》(臺北:藝文印書館,1973年),頁86-192。

10　有關李公佐的生平及其作品之簡略討論,可參閱山內知也,〈李公佐とこ

太守傳）[11]，一是沈既濟的〈枕中記〉[12]。兩篇故事有許多相同的地方：兩者的主角都在無意中走入了另一個世界，在那裡度過大半生，備經榮辱成敗，等到返回人間世界時，卻驚訝地發現夢中經歷的所有時間祇不過是人世間的一瞬而已。這兩篇故事的獨特之處在於兩者都呈現了個第一世界及一個第二世界，並使兩個世界區分明；其它的唐代幻設故事則大多祇有一個第二世界，而且是當成第一世界來呈現的。

要描繪兩個不同的世界，就會碰上如何協調實事與幻設的問題，其複雜程度是前面列舉的那些故事裡所做不到的，因為那些故事的作者祇是把幻設的成分當作明白白的實事來處理。現在這兩篇故事裡的第二世界則實在祇是一場夢，作者明確地將主角（以及讀者）帶入其中。不僅進入夢境的界線定得清清楚楚，其過渡點還明確地記錄下來，彷彿那時刻和地點都要被密封凍結住，以待主角自夢鄉回返似的。這兩篇傳奇都以人世為始，以同樣的現實世界為終，而夢界祇是其間的一段過渡。像這樣三段的結構，坦然的說明第二世界是一場夢，兩個世界時間上的差異，以及第二世界必須回歸到第一世界等現象，在在都使第二世界與日常經驗的人世顯然不同。如此，則第二世界祇是個幻設想像的世界，與真實存在的世界截然分開；它可以脫離後者，但終歸回返其中。作者雖然承認夢境祇是幻設的，卻又在故事主題許可的範圍內，儘量將它描述得有如真實一般。稍後我們還會談到這點。

（續）────────
の小說〉，《大東文化大學紀要（文學部）》，7期（1969年2月），頁105-128。

11 故事原文可參閱王夢鷗，《唐人小說研究二集》，頁201-208。

12 故事原文見王夢鷗，《唐人小說研究二集》，頁196-200。此篇故事另有一本，作〈櫻桃青衣〉，見任蕃（900年後尚在世），《夢遊錄》（《香艷叢書》本）。與〈枕中記〉相比，此篇敘述較為著實和規律化。孫國棟曾據此考證唐代士人遷進問題，見其〈從《夢遊錄》看唐代文人遷官的最優途徑〉，《東方文化》，10卷2期（1972年2月），頁187-202。此種史料價值亦可證明是篇敘事的真實程度。

在這種情形下，作者仍舊是利用時間來增加夢幻世界的眞實性。夢幻世界本身的性質使作者無法使用方便的年號紀年法。但是以直進的方式安排年代，並以普通的詞語（像是兩事件相隔多少年、月等）依序說明時間的推進，也能獲致同樣的效果，使每一事件都能順應夢幻世界的內在邏輯，同時也勾勒出夢境的暫時領域。李公佐和沈既濟便是藉著這種敘事方法來使讀者逐漸明白，〈南柯太守傳〉中的淳于棼是如何在夢裡做了二十餘年的南柯郡太守，以及〈枕中記〉裡的盧生是如何在其夢中度過更長的，約五十年的生涯的。

儘管以這樣契合其自成一體形成的實在手法來呈現，夢終歸還是夢，除非它與實際世界之間有著具體的關連。夢的描繪尤其如此，因爲它並不像楊貴妃的「玉妃太眞院」一樣占有空間（至少表面上是如此），而祇存在於幻覺之中：在這樣的虛幻世界裡走上一遭幾乎也不占人世甚麼時間。除非在兩個世界間加上一些可以察覺的聯繫，否則實體基礎的缺乏可能祇會使第二世界成爲一個純然幻設的領域，至多也祇是一種心理狀況，其經驗導致平常道理的理解而已。可是這兩篇故事並非如此，因爲其中的兩個世界是用不祇一種的具體方式來相互聯繫的。淳于棼進入夢境的前一刻，他的兩位朋友正要去餵馬和洗洗他們的腳，等他醒返人世時，二友仍坐在床邊洗腳。盧生的經歷也是一樣，當他自夢中醒來時，發覺旅店主人原先所蒸的黍米到那時候尚未煮熟。人世客觀的時間和再創造世界可以濃縮得不成比例的主觀時間形成了尖銳的對比，這使得兩個世界互不相同，卻非截然不相干。夢幻世界的無時間性使其中所有事件都能納入第一世界的秩序，也正由這種無時間性可以看出兩個世界是如何巧妙地相互契合，而人們在兩個世界之間又可以如何隨意往返。除了接近日常的人生經驗這點以外，還有其它的方式來增強第二世界的眞實性。

在夢中，兩個年輕人事實上都同樣追求著他們在人世所懷抱的

目標——權勢、地位、富貴與榮華。假如說他們努力所得的報酬一樣，那他們付出的代價——他們應付嫉妒、批判、不幸、誹謗，和猜忌時所遭受的種種虧失與折磨——也是一樣的。對於受到感動的讀者而言，這種虛構的步步艱危的人生百態就和現實世界裡發生的一樣眞實。在〈南柯太守傳〉中，眞實甚至超越了這個象徵的層面。其夢中世界便是淳于棼住宅南方一株古槐樹下的螞蟻社會，淳于氏夢中奇遇的各個細節都見於螞蟻社會的種種形象之中。此外，夢中世界的一切在淳于氏離開後仍繼續進行下去，且與他離開之前聽到的預言殊無二致。在夢中經他推薦而當上南柯司憲司農的周弁、田子華兩位所遭遇的，以及他本人日後將遭遇的都與所夢完全符合。如此，則夢幻世界透過過去、現在、未來三個時間層次的融合而與眞實世界相互聯繫起來。如此說來，夢幻世界並不僅僅是夢而已，作者是有意要將它構築成一個可信的世界的。

儘管這種夢的形式對以後的文學產生了很大的影響[13]，唐代作家處理世界中另有世界的情況卻不止於這種方式。假如由第一世界進入第二世界的界線沒有明顯的交代，由夢幻領域重返人間世界時也就不需怎麼切實的標明，而兩個世界之間的界線以及客觀的日常時間與主觀的情境時間之間的對比便也因此消失無形了。這種情節上的安排可以用幾個結構相似的故事來說明。

《纂異記》[14]（李玫〔835年在世〕著）[15]中的〈張生〉一則便是其中較爲複雜的一個例子。這篇故事的夢境擁有具體的空間及客觀的時間，因而突破了夢幻世界的基本限制。無論在中國文學或西方文學裡，夢都是屬於私人而無法爲他人所共有的，其時間便難免經過

13　參閱譚正璧(1901-1991)，《話本與古劇》（上海：古典文學出版社，1956年），頁61-92，〈唐代傳奇給予後代文學的影響〉一文。

14　王夢鷗，《唐人小說研究》（臺北：藝文印書館，1971年），頁28-29，著錄是編校本。

15　王夢鷗，《唐人小說研究》，頁8-15，曾詳考李玫生平。

濃縮，而得以容納更多實際作夢的短暫時間所無法容納下的事件，但〈張生〉一則正是在這方面開闢了新的領域。

張生離家五年後，在趕回家的途中經歷了一場別人的夢。在抵家前夕，他取捷徑，卻撞上在荒野草莽中宴飲的一群人。他驚訝地發現，他妻子不僅身列其中，還在其它諸人的強逼下，一巡又一巡地喝酒唱歌。盛怒中，他拾起兩片瓦朝那群人扔去，第二片擲中了其妻之額，但一切景物突然消失無蹤。第二天一早，張生一返回家門，就驚聞其妻頭痛劇烈，原因是她前夜夢見在草莽之處受六七人強逼唱歌飲酒，而後被一從外飛來之瓦擊中。

這篇故事雖短，卻有許多重要的特點。其中的夢不再是虛空的幻覺，而是具有三度空間的實體存在，第二者可以走入其中，以行動改變其過程。好奇的讀者或許會問，其它宴飲者是否像張妻一樣真有其人，他們是否也做了和她相同的夢。這是唐代及後來作家都未曾加以利用的一個發展方向。這篇故事雖然沒有充分發展情節上的可能變化，其直進的呈現方式卻造成了故事裡緊湊的懸疑。無論如何，清醒的張生能在家外某處參與其妻之夢，已經足夠減低第一世界與第二世間原來顯著的差異了。直進的呈現方法也有助於造成一種其它大多數夢境故事的三段式結構所沒有的連續敘述的印象。此外，用相等的手法去表現這兩世界亦使第二世界不必再依通常經過濃縮的時間來進行，而需採用正常的客觀時間。有了這樣的空間與時間，作者可以不作任何預示，便把主角（以及讀者）投入一個想像的領域，也可以不作任何解釋地將此領域的「真相」呈示出來。這種以情境為限的寫實方法使讀者較易於接受未經說明的兩個世界間的迭換，而不需與自己的平常意識作任何妥協。但儘管如此，這次的奇遇仍舊是一場夢。像這樣在普通經驗的架構裡描繪一場夢的方法，正是顯示唐代作家具有嘗試新方法以加強幻設故事裡真實氣

氛的創新精神的一個好例子[16]。

　　幾位作家採用同一種情節是唐人小說中一個常見的現象，不過這還是個沒有人作過深入研究的課題。大多數讀者在碰到幾個故事講同一情節時，迭取的不是較複雜的一種，便是作者較出名的一種。在此我們顯然無法對此問題作一專門的探討，不過我們卻可以說〈張生〉一則頗能契合本文的研究討方向，因為藉著分析與它相似的幾則故事，我們可以對這個特別的夢境主題獲得更深入的認識。

　　有一則與〈張生〉近似的故事，以主角獨孤遐叔的名字為篇名[17]，其主要情節和〈張生〉的幾乎完全一致，細節部分卻有顯著的不同。〈張生〉裡少有瑣細的說明，〈獨孤遐叔〉的作者卻十分費心地交代每個細節。他不但說出主角的全名(而不似不具名的張生)，還加以說明，和〈張生〉模糊不清的背景恰成對比。作家將主角——以及讀者——帶至長安西南鄠縣城西金光門外五、六里的路旁佛堂，讓他看見宴會籌備的情形。這是按部就班使讀者明白跟著下來的夢境與遭遇並不是意外的，而是實實在在的事情。如果從懸疑與微妙著眼，我們或許會推許〈張生〉的敘述方法，也就是令張生突然碰上正在宴飲的一夥人，一下子扣住了沒有心理準備的張生與讀者。雖然〈獨孤遐叔〉一絲不苟的敘述也許真嫌鬆散，其方法卻正顯示出作者欲加強幻設故事的逼真性的認真態度。

　　唐人幻設小說中的時間架構還有一項特點，亦即往往以作者生存的時代為背景。唐代的小說作家都少有興趣對遙遠的過去作深入的描述，或自創一套年代來安置其故事。他們多半不是以當前為故事背景，便是把故事放在剛剛過去的幾年間，連幻設故事也不例

16　經常被誤視為白行簡(776-826)所撰之〈三夢記〉中的第一夢也是用同樣的主題。此篇故事比〈張生〉短了許多。〈三夢記〉原文見汪國垣，《唐人小說》，頁108-110，並參閱注17。

17　〈張生〉與〈獨孤遐叔〉均收入任蕃之《夢遊錄》(見注12)。

外。由於大多數唐代小說作家的生平資料都不充分,我們也許多半無法確切地指出故事發生的時間與其作者生存的年代究竟相隔多久,不過幾個作者生平資料的例子或許可以說明一般的情形。〈任氏傳〉與〈枕中記〉都是沈既濟所作,他的生存年代大約是在玄宗開元廿八年(740)與順宗永貞元年(805)之間[18]。據他所述,〈任氏傳〉的故事發生在天寶九年(750)至天寶十二年(752)之間,〈枕中記〉則發生在太宗開元七年(719)。陳鴻最活躍的時間是在德宗貞元元年(785)與文宗大和三年(829)之間[19],〈長恨歌傳〉的故事則發生於開元元年(713)至肅宗寶應元年(762)之間。假如這些年代有些啟示性,似乎就在於它們顯示出作者都希望讀者能視他們的故事為發生不久的真實事件的記錄,而非虛構的小說。

各種不同類型的明確時間架構藉著以具體形式描繪幻設故事的效用,助使小說作品獲致敘事的連貫性,暫時的真實基礎、情節的完整性,以及邏輯上的和諧。然而儘管時間架構頗有助於建立一個自身一體的結構。它在這方面的功能卻僅是造成真實經驗的幻覺所需的一半而已,逼真感還需要一些可靠的地點以及其它因素去輔助的。

在這方面,地理方位支持故事真實基礎的功能是和時間架構一樣的,實際環境的複雜性則視故事的內在機動因素而定。像〈枕中記〉、〈南柯太守傳〉這樣的故事祇涉及一個地點,時間也是固定的,因此祇需在一開始時說明這個地點便可以了。但由於這樣的情節需要十分明確的地點,故事發生的實際環境便需特別確切的說明,於是〈枕中記〉的故事發生在邯鄲道上的客店(也有引用歷史的作用),〈南柯太守傳〉的故事則發生在廣陵郡(揚州)東十里,

---

18 參閱山內知也,〈沈既濟と小說〉,《東方學》,32期(1966年6月),頁14-29。

19 參閱《全唐文》(嘉慶十九年本),卷612,葉1上;及《新唐書》,卷59,葉11下。

主角淳于棼的家中。這兩篇故事也許代表著最簡單的一型。假如一個故事涉及的地點不祇一處,作者仍需以同樣的方法去維持充分的擬眞性。極端複雜的可以〈洞庭靈姻〉(習稱〈柳毅〉)[20],(著者李朝威)[21]爲代表,其故事場景始終不停地變換著:長安(唐代首都、近今日陝西省的西安市)、涇陽縣(今陝西境內)、涇川、洞庭湖、錢塘江、揚州(在今江蘇省)、淮右、金陵(今南京,江蘇省境內)、范陽郡(今河北省境內)、清流縣(今安徽省境內)、清河縣(今河北省境內)、濯錦江,以及南海郡,所有這些地名都很容易看出是眞實的。在這一連串地點當中,洞庭湖尤爲重要,也是一般讀者所熟知的。這些地名連貫起來爲故事奠定了眞實的基礎,作用和〈古鏡記〉裡那一連串的年代日期是一樣的。

引用史實是增加幻設故事可信性的另一種方法,我們可以再以〈枕中記〉來作說明。做夢之人盧生,不用說,自是個虛構的人物。但在進一步審察下,我們不難發現夢中諸事均具有令人難以相信的高度眞實性。除了與盧生及其家人有關的以外,其它幾乎每一重要事件都是史實。吐蕃將軍悉抹邏恭祿(Stagra Konlog)及燭龍莽布支(Čogro Manpoči)入侵敦煌,節度使王君㚇(728年在世)因而被殺等都是眞正在開元十五年(727)發生過的事[22]。引用這些是頗不尋常的,因爲吐蕃姓氏燭龍相當罕見,即使在唐代也未必廣爲人知[23]。其後,盧生與蕭嵩(640以前-749)、裴光庭(676-733)二人並爲同中書門下平章,共執政十餘年,也是相當接近史實的事,因爲

20　汪國垣,《唐人小說》,頁62-68,有校本。

21　生平失考。

22　此事件可參閱Paul Pelliot, *Histoire ancienne du Tibet* (Paris: Libraire d'Amérique et d'Orient, 1961), pp. 17-18, 99-100.

23　本篇故事曾被收入近代多種選集,也曾被譯成多種外國文字,包括英文及日文,因此已有不少專攻小說的學者及翻譯家處理過「獨龍」一詞。他們對此名詞的解釋各有不同,從部落名到地名(並以爲在今甘肅、寧夏等地境內),到在大唐遙治下的中亞某地區。我們可以斷定,即使在唐代也不會有太多人知道這個名詞是個吐蕃姓氏。

事實上蕭、裴二人的確在開元十七至二十一年間(729-733)同居此要職[24]。此外，盧生因擊退入侵吐蕃有功，而得遷戶部尚書兼御史大夫，其實正與歷史上蕭嵩的際遇相符[25]。當夢接近終結時，皇上派遣寵信的太監高力士(682-762)前去探視病危的盧生；這時，高力士的身分是驃騎大將軍，而根據史乘，高氏是於天寶七年(748)受此冊封的[26]，這真有助於我們斷定盧生是死於天寶七年與德宗寶應元年(762)之間(高氏死於寶應元年)[27]。這一連串的史實使夢有了貫通的年代秩序，也有了循實敘事的基礎。利用這樣的歷史架構，幻設也得以真實的姿態出現[28]。

如此著重運用歷史資料的現象亦見於裴鉶(878年在世)在〈崔煒〉一則故事中所述崔煒在超凡世的那段奇遇[29]。裴氏在此大大展現一番他豐富的歷史知識；他將家喻戶曉的史事與冷僻的歷史事件揉合穿插在一起，俾使故事具有史實的分量。蔡文姬(174-?)[30]、田橫(?-前202年)[31]的著名事蹟於是和鮮為人知的任囂(晉人)[32]、趙佗

---

24 有關蕭嵩的生平，可參閱《舊唐書》，卷99，葉4下至6上，與《新唐書》，卷101，葉3下至4下；裴光庭的生平，則見《舊唐書》，卷84，葉12上，與《新唐書》，卷108，葉6下。

25 參閱注24所引之生平資料。

26 參閱《舊唐書》，卷184，葉4上，和《新唐書》，卷207，葉2下之〈高力士傳〉，以及彭澤周，〈高力士について〉，《東方學》，18期(1959年6月)，頁60-76。

27 參閱注26所引之資料。

28 這種處理方法很容易教人想起杜其恩的一位好友，批評家C. S. Lewis(1898-1963)的一句話：「性質顯明的幻設作品正是從不騙人的那種文學(Admitted fantasy is precisely the kind of literature which never deceives at all)」。參閱C. S. Lewis, *An Experiment in Criticism* (Cambridge: Cambridge University Press, 1961), p. 67.

29 裴鉶的《傳奇》有王夢鷗輯校本，收入《唐人小說研究》，頁99-199；〈崔煒〉一則見頁147-153。

30 生平見《後漢書》(百衲本)，卷84，葉22上至26上。

31 生平見《史記》(百衲本)，卷94，葉1上至6上。

32 生平見《史記》，卷23，葉1上至2上，並參閱注33所引之資料。

（秦、漢間人）[33]、鮑靚（312年在世）[34]等人攪在一起。作者提及這些和南中國及廣州有關的小人物的事蹟，又爲故事安排一個特殊的地理背景，並不衹是爲了造成寫實逼眞的氣氛，因爲所有這些都各有其作用，沒有他們，故事的後半便會大不相同了。在這篇故事裡，我們發現上面討論過的各種技巧都被用上了：第一世界的客觀時間與第二世界主觀時間（與前面兩則說夢故事裡的近似，但形式恰好相反）的合而爲一、第一世界本身具有一個可信的時間架構、一個描繪細緻而包括了許多廣州名蹟的地理背景以及一個由歷史事蹟和傳說神話搭成的故事基礎。至於那些故事增添了不少趣味的地方色彩，衹不過是一種額外的特色而已。

幻設本身的特質也能增進這些故事的眞實性。讀者在這些故事裡很少碰到妖魔、鬼怪、巨人、蜘蛛、女巫，或龍之類的東西，見到的是像楊貴妃、淳于棼、盧生這樣的人。他們不是以死後的魂魄出現，便是暫時離開日常生活的世界，要不就是赴超自然的世界一遊。但不論如何，他們在居留幻設世界的期間（無論永久與否），總仍保有著人的素質。即使非人者在各方面也都與人無異：任氏（一個具人形的女狐）、蟻國公主、洞庭湖的龍王及其女兒，無論外形、舉止都和常人一模一樣。他們或許能做些超人的事，但他們的能力是有極限的；他們很少被要求或自願去做其力所不及的工作，他們也像常人一樣有著七情六慾。此外，他們絕非刀槍不入，他們也會受傷或死亡的。譬如任氏，儘管擁有各種神奇的力量，卻終難逃獵犬的利爪。他們如果屬於人世，則幾乎無法與常人區分開來；如果居於幻設的世界，其生活環境也與常人無異，社會的結構一樣，社會關係也都相同。這些非人者所具有的人的特質，基本上是

---

33 生平見《漢書》（百衲本），卷95，葉8上至12上，並參考注32所引之資料。

34 生平見《晉書》（百衲本），卷95，葉10上下，及大淵忍爾，〈鮑靚傳考〉，《東方學》，18期（1959年6月），頁22-33，後收入氏著《道教史の研究》（岡山：岡山大學共濟會書籍部，1964年），頁117-135。

與故事發生的情境及其作者寫作的嚴肅態度息息相關的。

這些似乎都意味著唐傳奇作家最不願意承認他們所記述的是幻設的故事。事實上，他們的態度確是如此。儘管各種擬眞的技巧也能把幻設的成分提升到內在或象徵的「實事」的境界，大多數唐傳奇作者仍舊希望讀者把他們的故事當作史實看待。他們往往在主要的情節結束，故事快要終結時，以作者和評論人的雙重身分出現，在結語中，他們擺出又是作者，又是身逢其事的敘述者的姿態，告訴讀者他們是如何獲知其事的，是主角本人告訴他的（如〈南柯太守傳〉），還是透過某個可靠的來源（如〈任氏傳〉）。往往爲了更進一步增加故事的眞實性，作者甚至會詳確地說明他是在甚麼時候、甚麼場合獲聞其事的[35]。在〈任氏傳〉裡，作者沈既濟甚至列出當時與聞其事的聽眾，以輔證其事之眞。在結語中，沈氏說他在建中二年(781)官左拾遺，和金吾將軍裴冀(777年在世)、京兆少尹孫成(?-789)、戶部郎中崔煒[36]、右拾遺陸焞(?-805)、前拾遺朱放，適同赴東南。這五人雖非歷史上的重要人物，我們卻至少能找到其中兩人的個別資料[37]。此五人聽了任氏的故事歎駭不已，因而請沈既濟把故事傳錄下來。他們對任氏的「同情」也就是對這個故事可信性的一種確認。

這類故事作者以評論者或故事中人或二者兼具的姿態在故事末了所作的結語極似杜其恩在其幻設三部曲 *The Lord of the Rings*(1954-1955)第三集末了所附的一百三十頁左右的附錄（從附錄A至F），二者都是爲了使故事更形逼眞，即使嚴格說來它們是否能算作故事的一部分將永遠是個引人爭論的問題。杜其恩在書裡祇

---

35 例如海光寺及蒲澗寺；有關這些廟宇在唐代的情形，包括它們與崔煒的關係，見羅香林(1905-1978)，《廣州光孝寺與中印交通之關係》（香港：中國學社，1960年），頁176-178, 186。

36 一般的版本常誤作「儒」字。

37 據《唐文拾遺》（光緒十四年本），卷24，葉1上，崔煒爲德宗(780-805)時人。陸焞生平見《全唐文》，卷618，葉1上。

自稱是把得自某些未說明來源而涉及「中土」（Middle Earth）第三
紀之古老記載加以編纂翻譯的一個現代學者而已。沈既濟和其它唐
傳奇作家則聲稱他們是在記述並評論一些近年發生的，關係到倫理
道理的事件。在這樣的聲明下，作者因具備故事見證人的身分，便
把自己也處理成小說中的人物了。

　　唐人小說中實事與幻設的交互關係可以從其發展原因作更進一
步的說明。一般研究中國文學的人都以為貞元（785-805）、元和
（806-820）年間及其後傳奇小說在唐代士人間空前流行的原因之一是
「行卷」的蔚為風尚[38]。此外韓愈（768-824）、柳宗元（773-819）亦
率先寫作傳奇，或許也是個原因[39]。行卷、溫卷變成科舉中考生預

38　有關唐代小說的發展，見下列三種通論性的研究：劉開榮，《唐代小
　　說》，頁1-44；張長弓，《唐宋傳奇作者及其時代》（上海：商務印書
　　館，1951年），頁1-19；祝秀俠，《唐代傳奇研究》（臺北：中華文化出版
　　事業委員會，1957年），頁1-44。最為詳盡的當是吳庚舜，〈關於唐代繁
　　榮的原因〉，《文學研究集刊》，新1期（1964年6月），頁79-100。

39　史學家陳寅恪在 "Han Yü and the T'ang Novel," *Harvard Journal of Asiatic
　　Studies*, 1（1936）, pp. 39-43,（英譯者James R. Ware［魏魯男，1901- ?］誤譯
　　之處甚多）一文中首先注意到行卷與唐代小說發展的關係；其它由程會昌
　　（後易名為程千帆，1913-2000）再譯成中文，〈韓愈與唐代小說〉，《國
　　文月刊》，57期（1947年7月），頁25-27。Y. W. Ma馬幼垣, "Prose Writings
　　of Han Yü and Ch'uan-ch'i Literature," *Journal of Oriental Studies,* 7:2（July
　　1969）, pp. 195-223. 對陳氏的理論復有補充修正。其它的相關研究尚有：
　　馮承基，〈論《雲麓漫鈔》所述傳奇與行卷之關係〉，《大陸雜誌》，35
　　卷8期（1967年10月），頁8-10；羅龍治，《進士科舉與唐代文學社會》（臺
　　北：臺灣大學文學院，1971年），特別是第六章；臺靜農，〈論唐代士風
　　與文學〉，《文史哲學報》，14期（1965年11月），頁1-14。儘管陳寅恪是
　　位著名的學者，他這篇論文又經常被徵引，他的理論卻非想像中那樣廣被
　　接受。不幸地，許多學者仍然相信韓愈、柳宗元及其它諸人的作品是受了
　　當時傳奇流行的影響，如龔書熾，《韓愈及其古文運動》（重慶：商務印
　　書館，1945年），頁119-124（其實龔氏不少材料得自陳文，卻未加注明）；
　　臺靜農（1902-1990），〈論碑傳文及傳奇文〉，《傳記文學》，4卷3期
　　（1964年3月），頁4-6，後收入劉紹唐等著《甚麼是傳記文學》（臺北：傳
　　記文學出版社，1967年），頁219-227；王運熙，〈試論唐傳奇與古文運動
　　的關係〉，《光明日報》，1957年11月10日（「文學遺產」，182期），後
　　收入《文學遺產選集》，3期（1960年5月），頁321-332。最近梅煒恆

先求得考官印象的途徑[40]，一旦成爲風氣，便使得原已競爭劇烈的科舉考試更形間不容髮了。在溫卷作品中，詩歌、議論之文逐漸爲傳奇小說所取代，因爲後者更能爲終日忙碌的考官提供消遣。不過考生仍需注意兩事：一是自我推銷的限度，一是弄巧反拙的危險[41]。因爲其最終目的還是在考試及第，所以引起考官注意或許要比供給他一晚的消遣讀物來得重要了。要達到這個目的，考生便最好能成功地表現出自己具有從政的才能，也就是除了以詩表現自己的文采之外，還得顯出自己具有觀察和批評的能力，以及史家著述的素養。如此，則行卷、溫卷便有如預試一樣重要了。不過，除非考生能避開小說寫作所有遭人詬病的地方，否則他在這方面的一切努力都將徒然無功。謹愼的考生在採用小說這種在中國一向不被認爲是正統的文體時[42]，便得時時提防與此「無益的」雕蟲小技扯上關係。反過來說，假如他們能證明自己的故事乃歷史上的眞事，且具有警世的價值時，這些「眞的記載」便很可能對他們有利了。總之，唐傳奇作家在幻設的領域裡探索，眼光卻放在現世的報酬上。

(續)————————

　　(Victor H. Mair)有長文"Scroll Presentation in the T'ang Dynasty," *Harvard Journal of Asiastic Studies*, 38: 1(June 1978), pp. 35-60, 討論行卷諸問題，梅氏此文也可說是對上述馮承基〈論《雲麓漫鈔》所述傳奇與行卷之關係〉一文的反駁。

40　有助於了解唐代考試制度的資料除了注39提到的羅龍治一書外，尚有：侯紹文，《唐宋考試制度》(臺北：臺灣商務印書館，1973年)，尤其是第二及第四部分；Dennis Twitchett, "The Composition of the Ruling Class: New Evidence from Tun-huang," in *Perspectives on the T'ang*, Edited by Arthur R, Wright and Dennis Twitchett (New Haven: Yale University Press, 1973), pp. 76-80; Robert des Rotours, *Le Traité des examens, traduit de la Nouvelle Histoire des T'ang* (*Chap. XLIV: XLV*)(Paris: E. Leroux, 1932).

41　譬如，韓愈在其作品——如〈毛穎傳〉——中加入虛構成份，曾頗受時人非議，見Y. W. Ma, "Prose Writings of Han Yü," pp. 200-203, 並見小崎純一，〈〈毛穎傳〉小考〉，《中國古典研究》，20期(1975年1月)，頁33-49，以及William H. Nienhauser, Jr., "An Allegorical Reading of Han Yü's 'Mao Ying Chuan' (Biography of Fur Point)," *Oriens Extremus*, 23: 2(Dec. 1976), pp. 153-174.

42　譬如，孔子的名言：「子不語怪、力、亂、神。」

　　儘管唐代小說作者以各種方式聲明故事的真實性，其中的幻設
世界卻仍祇能算是依其自己的一套寫實法則所塑造的想像產物而
已。這樣的幻設世界能使讀者獲得滿足，因為它是作者透過神話的
眼光，用心刻繪出的一個如意圓滿境界。從這方面看，則幻設世界
頗近於神話。這種想像的領域對於英國文學浪漫主義新時期開創者
柯勒律治(Samuel Taylor Coleridge, 1772-1834)著名的「寧可暫信其
真是(willing suspension of disbelief)」的觀念（《文學傳記》
Biographia Literature, 14)將是一項挑戰[43]，因為讀者受邀來共享作
者這個再創造的世界，其內的每樣事物都契合再創造世界的法則，
也都因著那世界的不受束縛而變為可信。唐代幻設故事的作者塑造
他們自己所需的情境，以使不可能的事變為可能。依這種方式寫出
的小說恰能顯示幻設世界如何能藉寫實的手法表現出來，一個幻設
的架構如何能提供探討嚴肅問題的基礎，非現實事物的描述如何能
因史實及其它具體資料的運用而更形實在與豐富，奇異與熟悉事物
間頻繁活潑的交互作用如何能產生極端複雜的結果，自然與超自然
如何能相輔相乘，以及對實際的關注和追求如何能促成一種新的文
學傳統[44]。

43　參閱Samuel Taylor Coleridge, *Biographia Litrearia, or Biographical Sketches*
　　of My Literary Life and Opinions, Edited by George Watson (London: Dent,
　　1962), p. 169.

44　日文中有不少探索唐人小說中幻設的討論，雖然在探討的方向和方法上，
　　與本文有顯著的不同，不過下列幾種對於有興趣進一步探討此問題的讀者
　　必會有些用處：牧尾良海，〈唐代傳奇の世界構造〉，《智山學報》，7
　　期(1959年2月)，頁113-124；山內知也，〈唐代小說の夢について〉，
　　《中國文化研究會會報》，11期(1955年11月)，頁63-70；清水榮吉，
　　〈中國の説話と小説における夢〉，《天理大學學報》，20期(1956年3
　　月)，頁81-91；日道夫，〈唐代小説における夢と幻説〉，《集刊東洋
　　學》，1期(1959年5月)，頁2-12。此外，David R. Knechtges, "Dream
　　Adventure Stories in Europe and T'ang China," *Tamkang Review*, 4: 2(Oct
　　1973), pp. 101-119，曾比較唐代小說與中世紀歐洲、阿拉伯兩地流行故事
　　在夢的處理上的巧合相似之處。

譯者附記

本文譯自Y. W. Ma, "Fact and Fantasy in T'ang Tales," *Chinese Literature: Essays, Articles, Reviews*, 2: 2 (July 1980), pp. 167-181. 翻譯之先曾徵得原作者同意，譯文原稿並承作者核校，特此致謝。

──侯健編，《國外學者看中國文學》

（臺北：中央文物供應社，1982）

史實與構想的邂逅——包公與文彥博

　　雖然通俗文學裡的包公和歷史上的包拯(999-1062)，關係不大，要理解各種包公俗文學作品，對歷史上的包拯仍是需要有相當認識的。直接有關包拯的傳統史料，如《包孝肅公奏議》、《續資治通鑑長編》等，數量有限，即使善為利用，對於包拯的行實，還是有許多無法交代的地方。比方說，我從來就沒有把包拯和北宋名臣文彥博(1006-1097，其書法見本集插圖一)連在一起。

　　包拯和文彥博是同時代人，都是京官，自然有認識的可能，衹是從前接觸過的史料，並沒有顯示他們有甚麼特別來往。在俗文學裡則不然，他們有過一次涉及國家安危的拍檔，那就是平定貝州王則之變。

　　仁宗慶曆七年(1047)，王則起事，歷時僅六十六日，卻是北宋中朝轟動一時的大事，還涉及彌勒教在中國之傳播等宗教問題。當日負責平王則的，便是文彥博。明人小說《平妖傳》所敘述的，正是此事。包公在長篇章回小說中第一次出現，也是在《平妖傳》。

　　《平妖傳》有兩種分別很大的本子——二十卷本和四十卷本。二十卷本相傳出自羅貫中手，現僅存兩部，一在北京大學，一在日本天理大學。四十卷本是馮夢龍(1574-1646)改編的，善本尚易見。有關包公的章節，兩種版本都差不多。最大的分別，在馮本的第三十五回說包公推薦文彥博去征剿王則，二十卷本(第十七回)則讓別人去荐介。文彥博位居中樞，是樞密副使參知政事，何用開封府尹去舉賢？自是小說家言——當然小說家也有自圓其說之法，謂

包公升了樞密使，文則為西京留守──故始終沒有想到這種虛構竟也有幾分史實背景。

1973年4月至8月間安徽合肥清整包氏家族墓群，發掘了包拯及其妻董氏在南宋初年改葬的合墓，和幾座直系親屬的墓穴，包括長子包繶與長媳崔氏的合墓，次子包綬（又名綖）和次媳文氏的合墓，以及長孫包永年（繶繼子）的墓，另無名墓六座。發掘所得，計有包拯諸人墓誌銘六方（均有墓誌蓋），陪葬物若干，還有包拯的頭蓋骨及四肢骨碎片。

這批新出土文物當中，自然以那六方墓誌銘最為重要，全部銘文最近已發表，見《文物資料叢刊》，3期（1980年5月）（其實今年初夏始出版）。另外，參加整理工作的程如峰（1926- ）也有幾篇報告登在《書法》，1980年3期（1980年5月），和《安徽大學學報》（哲學社會科學），1979年3期（1979年9月）（署名茹風），及1980年2期（1980年6月）。綜合這些新資料及其它文獻，既可增補以前對包拯家族各人所知的不足（如生卒年和行實等），還可以糾正不少以前文字紀錄譌奪之處，復可得知好一些包拯和文彥博間之事。

這六方墓誌銘以前均不見紀錄，而且因為時代有先後之別，撰人及書寫者頗有異同。其中包拯一方，撰人為諫議大夫吳奎（1010-1067）。據包夫人董氏墓誌銘所說，那是包夫人所委託的，加上吳奎是包拯當御史的老同事，述事應可靠。

包拯墓誌銘末尾說：「（一女適？）國子監主簿文效。以公之薨，朝命效為保信軍節度推官，俾護喪歸。即以（仁宗）嘉祐癸卯（1063）八月癸酉日，葬公於合肥縣公城鄉公城里。」何以歸葬大事由女婿承擔？原來包拯長子繶早卒，去世時不過二十出頭，惟包拯於喪子時已五十五歲（包終年六十四）。後來包拯在五十九歲，遣已懷孕的侍姬（當時的名稱為媵）孫氏返娘家，旋生一子。繶妻崔氏密撫其母子二人，繼以繶已卒，遂接幼子回家撫養，這就是包拯之次子包綬（初名綖）。包拯謝世時，次子不過五歲，歸葬事遂由女婿文

效負責。

朝廷對歸葬事的關切，可自文效的調職爲保信軍節度使推官看出來。保信軍節度在盧州府治，調職顯是爲了治喪之便（官階則沒有陞遷）。

上面所說包拯二子，包繶和包綖，均見《宋史》〈包拯傳〉，但後人根據片段的記載，多不知包綖即包綬，遂指綬爲繶子。這樣一錯，包拯的次子竟變成了他的孫兒。

包拯生前確是有孫兒的。原來包繶有一子，名包文輔，五歲早夭。這裡涉及一件頗爲費解的事。包拯在嘉祐二年（1057）逐出懷孕侍姬孫氏時，行年五十九，獨子已卒，唯一的孫兒說不定也已死去，爲何不爲血脈著想？包繶卒於仁宗皇祐五年（1053），與崔氏結婚才兩年。換言之，包文輔最早生於1052年，最晚（以遺腹子計）亦不過生於1054年。以前者算，包拯出媵時，孫兒已死去一年；即以後者計，孫兒亦僅四歲左右。香火之繼，包拯總不能全不著意，難道有家庭糾紛牽涉其間？通俗文學的包公長於斷案，歷史上的包拯則不一定有善處自己家庭中事的本領。

無論如何，包拯出媵，以及長媳暗撫小叔，則是當日傳誦一時之事。待包拯死後六年（1068），夫人董氏繼卒，享年六十八歲，包綬猶十歲孩童，乃由嫂崔氏延師教導成人。崔氏之於包門，可謂鞠躬盡瘁，遂因是於哲宗元祐四年（1089）受封爲永嘉郡君（此事除崔氏墓誌銘外，《宋會要》〈儀制〉十，以及《經進東坡文集事略》，卷39，亦有記載）。

崔氏原來是另一北宋名臣呂蒙正（946-1011）的外孫女，而蒙正投窯在通俗文學的領域裡是流傳相當廣遠的故事。通俗文學諸傳統之間，經常在史實和構想上有互相交織、互相增益的情形（如楊家將傳統與狄青傳統的關係密切）。包拯的賢媳出於呂蒙正家，固然是歷史實事，多少也有點兩個傳統交相互用的意味。

話說回來，要明白包拯和文彥博的交情，關鍵倒在包綬及其繼

室身上。包綬活到徽宗崇寧四年底(1105),上距生於嘉祐三年(1058),享壽四十八歲,官職由大理評事做到潭州通判,清苦守節,崇奉道教,本乏可陳,但其婚姻反映出包家的世誼。包綬初娶張田女。張田為包拯門生,歷任蘄州、湖州、廬州(包家老鄉)、廣州知州等職。包拯的遺集《包孝肅公奏議》就是他編輯的,包夫人董氏的墓誌銘也是他撰寫的,並嘗為崔氏立傳,他和包家交情的深厚,不用細考而明。惜張氏早卒,包綬續娶汾州文氏為繼室,即文彥博的季女。

包夫人董氏逝時,包綬僅十一歲,文氏自無奉事舅姑的可能。崔氏卒於哲宗紹聖元年(1094),年六十二,時包綬已三十七歲,下距其歿不過十一、二年,文氏則早包綬四年卒(徽宗崇寧元年正月,1102),年三十餘,入門後育子三人,女一或二人,故崔氏當及見包綬之續娶。以文氏的生育情形計算,其入包門諒在元祐中年間(並見後論)。文彥博逝於元祐七年,或尚及見,婚事由他建議也說不定。但從年紀推算,文氏在包拯去世後才誕生。

據文氏墓誌銘所說,包拯和文彥博的訂交,早在二人準備參加進士考試的時候,未幾同登仁宗天聖年甲科。以後文彥博歷任將相首輔之職,包拯以直言敢諫,名滿天下,兩家仍往還不絕。崔氏墓誌銘的抄寫人就是文彥博的第六子文及甫(又單名及)。兩家終結秦晉之好,自是順理成章。包、文兩家的世誼,當時必傳為佳話,可惜文獻乏錄,日久遂湮沒無聞。

明白了這一點以後,最近逐批影印流通的文淵閣鈔本《四庫全書》中有文彥博的《潞公文集》善本,當然沒有不查之理。一檢之下,果然發現不少新資料。

包拯早期的傳記,如在《東都事略》、《隆平集》、《宋史》等處的,都告訴我們包拯字希仁,此外就不見他有別的名字。後世通俗文學給他添了「號文正」或「號文拯」(還有包待制、包龍圖一類官名帶姓的名稱),那是另一回事。在《潞公文集》,卷3,有

詩題曰:〈寄友人包兼濟拯〉,原來包拯還有兼濟之名,大概是別號吧。

包拯的詩,今尚未見,時人詠包拯的詩,以前也無所聞。文彥博此詩,可謂甚罕,不妨錄出:

> 締文何止號如龍　發篋疇年緯帳同
> 方領聚游多雅致　幅巾嘉論有清風
> 名高闕里二三子　學繼臺城百六公
> 別後愈知崐氣大　可能持久在江東
> 每策事,則生之條疏常多。生意詩有「枕戈待旦」之句。

文彥博對包拯的觀感,包、文二人早歲同窗之雅,詩中均有說明,與新出土資料,可相互發明。另外,末句的自注指出包拯雖然不是以詩名世,也是能詩的,未必像我們想像中的木訥寡趣。

《潞公文集》,卷40,有題名〈舉包綬〉的奏章。文彥博因覺得「故樞密副使包拯身備忠孝,秉節清勁,直道立朝,中外嚴憚。先帝以其德望之重,擢為輔臣,未盡其才,不久薨謝」,而其子包綬「能世其家,恬靜自守,不苟求進……包拯之後,惟綬一身,孤立不倚」,宜特獎擢,故有是懇奏。除了照顧老朋友之後外,文彥博對包綬的好感,亦可得見。奏章的日期是元祐三年十月二十七日,正因為奏章的目的是在薦荐包綬,文氏之歸包門,必在此事之後,否則文彥博地位再高,聲威再隆,也免不了假公濟私之譏。

如此說來,包、文二人的關係主要還是在私交上,公事上大概不會有太大的關連。私交方面,可以歸納為三點:同窗、同年、和文彥博晚年(包拯已死多年)所締結的兒女姻親。

但是上面所說的包拯婿文效,是否也是文彥博本家的人?這點可從正反兩面來說。文效娶的是包拯次女,所以另外還有大女婿硤

石縣主簿王向。王、文兩人既均爲主簿,何以朝廷捨大女婿而命二女婿主喪事?假如是文彥博子,這樣的選擇自然容易明白。問題是我們無法證明或否定這一點。《宋史》〈文彥博傳〉謂文有八子,但僅列出一人之名,另外加上在《潞公文集》所出現的名字,我們僅知四人之名:貽慶、恭祖、居中、及甫,既尚有四人名字不詳,各子的命名又沒有明顯的系統,故文效爲文彥博子的可能性是存在的。不過,文效雖並見於包拯及董氏的墓誌銘,兩處都不提文彥博,以包、文兩人的交情以及文本人的名震邇遐,如文效爲文彥博子,實不該如此處理。試看在包綬及文氏兩墓誌銘內,即大書特書文彥博如何如何,亦可作爲文效非出於文彥博本家之證。事實如何,祇有待以後再考定。

在新出土的文物紀錄中尚有一人姓文。包拯、董氏,和崔氏三人的墓誌蓋都是文勛撰寫的(文勛所寫包拯墓誌蓋見本集插圖二)。三者前後相隔三十多年,在包拯墓誌銘內,文勛自稱「甥」,在董氏墓誌銘內則以「外生」自稱,意義均同。對證明文勛和包家關係的密切,以及他爲包拯的晚輩親戚,這些都很有用。但究竟文勛是包家的甚麼親戚?他和文彥博有無關係?實不易解答。

文勛是北宋中期頗有名的書畫家,尤以篆書著稱於時,蘇軾、黃庭堅、李之儀等均給他的書法很高的評價。他的傳記資料卻少得很,連籍貫也不得而知(文效也一樣)。替包拯寫墓誌蓋時,他是溫州瑞安縣令;到董氏逝世時,他是海州懷仁縣令;至書崔氏墓誌蓋時,他的職位是福建路轉運判官。根據這些資料去查有關的縣志、府志,和通志,都得不到進一步的消息。原因大概是因爲一般明清方志記明以前職官任期等多甚殘缺。

文彥博是汾州府介休縣人,嘉慶《介休縣志》中並無文勛和文效的紀錄。文效非負時名(董氏棄世時,彼不過是一個區區常州團練判官),方志不收,可以說得過去。但文勛頗有聲望,縣志應有所載,故文勛諒非介休人,亦即非文彥博本家。

　　儘管文效和文勛不一定和文彥博本家有關，包拯和文彥博兩家的關係，就我們確知的，已是相當不尋常。通家之好的兩種不同意義，世交與姻親，都具備了。祇是因爲這些不過是兩家之間的私事，不載於習見的文獻，時間一久，便無從知曉。明人作《平妖傳》，述貝州王則事。王則爲文彥博所平定，史有明文，包拯和文彥博爲同時人，並爲京官，遂把包公也拉進小說裡去湊湊熱鬧，不料竟和失傳的史事偶合。史實和構想的邂逅，有時確是不可思議的。

──《中國時報》，1981年10月10-11日
（「人間」）；《明報月刊》，16卷11
期（1981年11月）；《包公研究與史料
彙編》（新加坡：新加坡天聖壇，
1998）

後記

　　黃啓方在〈包拯、文彥博與《平妖傳》──談小說研究的史實查考〉，《古典文學》，3期（1981年12月），頁289-306（後收入其《兩宋文史論叢》［臺北：學海出版社，1985］，頁246-263），強調包拯及文彥博並見於《平妖傳》是有意的牽合附會，而不是無意間的邂逅。這樣講，忽略了好幾件事：

　　二三流小說（不必說品流更低下者）的作家多爲村學究，學識淺，卻勇於胡湊發明。作二十卷本《平妖傳》者絕非高明之士（縱使他就是羅貫中），指他知道（即使僅有限地）包拯、文彥博間隱奧，要待今代學者爬梳鉤玄方曉得的關係，從而有意牽合是不切實情的說法。這裡不妨附加一句與此事不無直接關係的話。羅貫中雖眞有其人，掛上其名的眾多小說其實卻沒有一本能確證出其筆下，連《三國演義》也不例外。

不是單憑包拯和文彥博是同時代的京官,便足說他們必有密切的關係。呂夷簡(979-1044)、范仲淹(989-1052)、晏殊(991-1055)、蘇洵(1006-1066)、歐陽修(1007-1072)、韓琦(1008-1075)等何嘗不是同時代的京官,難道他們全悉和包拯有良好的密切關係嗎?我們現在知道包拯和文彥博不僅關係密切,兩家在包拯謝世多年後還結兒女姻親,消息是近年有機會細讀文彥博的《潞公文集》才得知的(包拯的集子裡則全無相應的信息,不然二人的關係早就是一般文史常識了)。這裡涉及今人治學的一通病:以為今人得讀的古籍,無論如何罕僻,古人也必讀得到。這樣去看全忘記了今人享用千方百計去滿足讀者需求的書業服務,完善的圖書館制度,種類繁多且日新月異的複製和傳遞工具,種種古人無從夢想的方便,找珍本,覓僻籍,遂不難有求必應。現今檢讀文彥博《潞公文集》,唾手可得,就是拜近年文淵閣本《四庫全書》在兩岸複印多次之所賜,不然要找這本集子來看談何容易!且不說此書晚到二十世紀九十年代才有新式排印本,傳統刻本現今寰宇不過僅存二十多部,如果《四庫全書》本未嘗廣事流通,遲至八十年代末不少學者即使費盡九牛二虎之力亦未必能找到一部刻本來看。這種實際情況,看看四川大學古籍整理研究所編,《現存宋人別集版本目錄》(成都:巴蜀書社,1990年),頁31,和祝尚書(1944-),《宋人別集敘錄》(北京:中華書局,1999年),上冊,頁154-156,的記述便會知曉。能期望一介鄉曲之士的二十卷本《平妖傳》作者有找來《潞公文集》刻本的本領嗎?除了難得一見的《潞公文集》外,他還可以從甚麼地方得知包拯和文彥博的關係?不要忘記,連包拯的集子也沒有這關係的紀錄。以為古人必然看得到今人得讀的古籍是今代學者恒犯之病。本集所收的〈《三寶太監西洋記》與《西洋番國志》〉一文講的正是另外一個類似之例。

正如上述,包拯的時人當京官者大不缺史上知名之士。其中後世知名度在文彥博之上者更有好幾人。如果所知有限的小說作者

(特別是對沒有可能檢讀《潞公文集》那類不習見史料之輩而言)憑對包拯及其時人京官的丁點兒認識來牽合附會,那麼范仲淹等知名度較高者中選的機會就會較文彥博高得多。清人撰的小說《群英傑》(三十四回)正是把包拯和范仲淹拉在一起之例;此書連活動時期較早的寇準(961-1023)也和包拯、范仲淹串聯起來。這才是有意的牽合附會。

要解釋因何包拯和文彥博會在《平妖傳》邂逅並不困難。文彥博奉命討王則史有明文,並不是需窮搜祕籍始能得知之事,而經過元雜劇洗禮後的包拯已成了宋仁宗朝故事的必備布景板包公,不管他能扮演甚麼角色總要把他拉進去。這樣一來,通俗文學所講的就和包、文兩人在世時確實密切卻在史上隱晦得幾乎不留痕跡的關係便暗合了。除非能證明《平妖傳》的作者確知包文二人在世時的特殊關係,就不能說兩人在《平妖傳》裡的相遇是有意的牽合而非無意的邂逅。

因為今人讀古籍太方便了,執起影印本和新式排印本就用,已沒有多少人會先搜求傳統刻本來看了,以致食古不化,弄不清楚在昔在今讀書難易之大不同,故此講到這裡仍得把話說完。我寫那篇邂逅文以及黃先生和我討論都是八十年代剛開始時之事,那時看《四庫全書》本的《潞公文集》已經夠方便。時至今日,方便的程度還更大大增加。曾棗莊(1937-)、劉琳(1939-)編,在1988年至1994年間陸續由巴蜀書社(成都)排印刊行的《全宋文》,在第十五冊(1991年)內包括了《潞公文集》。在四川大學古籍整理研究所編的《宋集珍本叢刊》(北京:線裝書局,2004年)裡更可以找到嘉靖五年刊本的影印本。我希望後學之士不要因而誤以為古人讀書也享有同樣方便,更不要隨意膨脹曲士讀書能及的範圍。

2006年2月10日

天涯海角訪包公

　　我的學位論文，題目是 "The Pao-kung Tradition in Chinese Popular Literature"（《包公故事源流考》），完成至今，整整十二年。內子不時和我說：「又是一年了，怎麼還是拿不出來？」自己也覺得委實拖得太久，長短和範圍不同的包公文章，雖然寫過好幾篇，整體的討論，何時能交卷，則始終連個大概日期都說不出來。包公專家這個封號則早已不脛而走，推也推不掉。

　　出版學位論文是要靠衝勁，一鼓作氣的。學位剛到手時，沒有幾人不覺得自己的論文差不多盡善盡美。修飾一下文辭，充其量添加三幾款資料，不僅可以面世，還可以創立學說，一新行頭的耳目。這種初生之犢的心理，加上剛出道時為了維持飯碗的出版數目的壓力，不少行家在完成學位後不出兩三年，便通過原來就讀學校的出版社，或者通過任職學校的出版社，順理成章地拿出來。如果是留校任教的（此種情形愈來愈普遍，倒不一定是賞識自己教出來的學生那麼簡單，空缺實在太珍貴了。這十多年來，中國文學的非臨時性空缺，全美平均每年不到一個，這樣僧多粥無，苟有一缺，誰有勇氣讓肥水外流），辦起事來，人事熟，環境熟，更是事半功倍。

　　不走這條路的，五六年一過，終於不把論文拿出來的可能性便會隨歲月而增。漸漸看出原有論文並不是那麼完美，取學位有餘而存世不足，甚至誤漏百出，不堪再讀，那時倒反慶幸當年沒有和時間賽跑般把它推出來。時間一久，興趣改變，無暇回到論文舊題目

去的，情形亦甚普遍。總而言之，畢業後十多二十年才出版原有學位論文的，並不是常見的事。有的話，修改的程度也會較大。

我的情形和後者相似，開始的三四年確曾希望修飾一下便付梓。後來愈看愈不滿意，問題不限於文字，主要困難還是在內容。加上包公這個題目，時代性濃厚，時下的評價可以正反變更好幾次；別的不說，文革時，包公代表狗彘不食、荼毒生靈的清官，現在搖身一變，又是香花，代表以平反冤獄爲職志的正人君子。這段時間之內新資料復接二連三的出現，舊有資料待訪求的數目亦不少，既然應接不暇，放在別的題目的時間也就漸漸多起來，包公祇好退居末位了。這並不是說我的包公研究工作早已停頓下來。訪尋材料這一點，我從未放鬆過，一直到現在仍無可能辦得到的是安靜地坐下來分析整理這些數目繁多的新材料。

我所以用包公爲論文題目，多少有點求突破之意。學位論文，基本上是新八股的一種，選題目以易於操制、範圍明確爲妙。論文之以一人（如王維、姜白石）或一書（如《詩經》、《三國演義》）爲主的，占了絕大多數，不是沒有道理的。包公這題目不僅是貫串一段漫長時間，自北宋至清末，一直講到現在也可以，還不受文體的局限，各種各類的筆記、小說、戲曲外，更涉及數不清楚的俗文學文體，應該是深具挑戰性的。

寫包公論文時的基本資料，可分爲五大類：

第一類是有關包拯眞人眞事的史料。這段時間的史料不多不少，官修私修都有，重要的如《包孝肅公奏議》、《續資治通鑑長編》、《東都事略》、《隆平集》等，找來不難。研究宋人行實，非要靠可遇不可求的祕笈的，並不多見。

歷史上的包拯絕對稱不上風雲人物。他當過好一段時期的諫官，留下來的奏議多半是那時寫的。他最爲人樂道的幾件政績多爲權知開封府任內之事，用現代名詞，就是代理市長。按他有限度的事功，能在原始史料中遺留還不算少的紀錄，已是相當難得的了。

這組不該有困難的史料，我還是碰到一難題。記得1963年前後，我尚未來美，有一天逛商務時，明明看見桌上放著一堆冊數不算少的《包拯集》，淺黃色的封面，中華出的。那時我對包公毫無興趣，翻一下便放下來。到要寫包公論文時，很自然地便想到這份應該是不可或缺的基本資料。說來奇怪，哈佛(Harvard)、耶魯(Yale)、哥倫比亞(Columbia)、普林斯頓(Princeton)、加州大學柏克萊校本部(University of California at Berkeley)五間大學的圖書館，加上美國國會圖書館(Library of Congress)，全都沒有此書。以近年正式公開發售的學術書籍來說，這幾乎是絕不可能的事。查查京都大學按年出版的《東洋學文獻類目》，一樣無影無蹤。舍弟泰來那時尚在香港，託他去香港的幾間主要圖書館查，也是沒有，商務的職員亦無此書的印象。結果泰來說，我那天一定是眼花。寫論文時，祇有放棄此書。

一直到六七年後，才在京都大學中文系的圖書館內找到此書。原來是《包孝肅公奏議》的標點排印本，當年寫論文時沒有找著，不算是損失。既然在京都遇到，內容雖與舊版無異，也順手影印了一份，始有心安理得之感。

第二類是宋元筆記雜著。歷史上的包拯和通俗文學裡的包公是兩碼子的事，後者幾乎純是基於幻想虛構和剪接抄襲，和包拯眞人即使偶有關連也是極皮毛和象徵式的。這種拋棄史實，隨意發揮的情形，早在元雜劇中已表現無遺，歷明清兩代，直至現在，更是變本加厲，少有節制。究竟這種趨勢是如何產生的，答案當在宋元雜著中求之。但筆記雜著數目恒河沙數，又多不單行，僅散存於叢書之中，除了搜集前人引用過的以外(這是基本步驟，算不上研究，但時下多少學位論文僅是串連若干前人用過的資料，便算了事)，就祇有勤翻檢，靠運氣，點點滴滴地積聚起來，這種工作是急不了的。

到目前為止，所得這類資料數量還是很有限，僅能粗窺從實到

虛的肇始大略。要充分理解，為何言行事功都並不算真的夠突出的包拯，怎會在百餘年間便開始以另一差不多不相干的新姿勢新事蹟出現，現在仍是言之過早。

第三類是宋明戲曲。這類資料有點反常的現象，早出的元及明初雜劇幾乎是唾手可得之物，倒是後出的明人傳奇得來不易。元及明初雜劇的年代，不易逐一考定，祇能依嚴敦易(1903-1962)、傅惜華(1907-1970)諸家的說法，大致分配。在這些作品中，包公劇現存十種(佚者七種)，其它判官的存十二種(佚者十八種)，無論就總數論，還是就佚存論，包公都壟斷元和明初的公案劇。這段時間去宋未遠，元朝本身歷時又短，有此情形出現，確是很特別的現象。要尋求答案，大概還得先通過宋元筆記去明瞭包公是如何從真人真事走進通俗文學世界，進而達到脫胎換骨的境界。

從剛結束的暑假開始，我休假一年，自然不乏計畫，其中之一就是希望能夠把宋元筆記和文集盡數全翻一次。主要目的是在找尋水滸故事的源頭，如果碰上和包公有關的資料，諒不致走眼吧。成績如何，明秋再上課時始有分曉。

話說回來，這批早期包公雜劇找來不難，全見於《元曲選》、《元曲選外編》、《脈望館鈔校古今雜劇》、《息機子古今雜劇選》等通行集刊。可是要看包公在明代戲曲(雜劇和傳奇)裡的表現，便困難多了。明人雜劇(除去可上歸元代的明初作品)數逾五百，傳奇近千種，比元雜劇多出一倍(元人無傳奇)，公案劇的數目則少多了，這種題材在明代顯已不合時尚。

話雖如此，明代包公劇還是有的，除已入上述統計的元及明初作品外，《曲海總目提要》收了十六部包公劇的本事大綱，另從別處得知兩包公劇目，這些起碼有三分之一是明人作品。可惜這十多種劇本，不論作於明還是編於清，祇有少數存世，散見於吳曉鈴(1914-1995)等所編《古本戲曲叢刊》第一、二、三各輯。這套叢書是研究元明清三代戲曲所不能缺乏的大型集刊，僅出過五輯(另

兩輯爲第四及第九），但首三輯，在美國僅兩三間圖書館有顯微膠
卷。在海外要找原書，可能僅巴黎的法國國立圖書館（Bibliothèque
nationale）及荷蘭的萊頓大學（Rijksuniversiteit te Leiden）五輯俱
全。首三輯所收包公劇五種，我都託友人萊頓大學教授伊維德
（Wilt. L. Idema, 1944- ）影錄了，那是論文交卷以後的事。

　　第四類是話本小說和章回小說。如果祇數到馮夢龍編的「三
言」爲止，講包公故事的話本小說僅兩篇。一篇是〈合同文字
記〉，內容與元代包公雜劇《包待制智勘灰欄記》大同小異，講的
是所羅門王式的判案。另一篇是〈三現身包龍圖斷冤〉，影響到後
來清人小說《清風閘》的產生，重要性不用多說。這兩篇話本可能
年代比一般元代包公劇爲早，或可窺見包公在通俗文學中建立新形
象的早期面貌。在搜集材料過程當中，這兩篇均毫無困難，前者見
於《六十家小說》（即《清平山堂話本》），後者見於《警世通
言》，均普通得很。

　　究竟包公在幾部明清章回小說內出現過，我到現在還未數清
楚。寫論文時用了三本。第一本是明人小說《平妖傳》。這本小說
有兩種分別很大的本子，即原有的二十回本（有人說是羅貫中寫
的，我不信），書中還有給包公特寫鏡頭的插圖（見本集插圖三），
和馮夢龍改寫擴充的四十回本。後者的明刻本不算奇罕，前者則僅
得兩部存世（一在北大，爲馬廉[1893-1935]舊物，一在天理大
學）。二十回本我是用柯迁儒（James I. Crump, Jr., 1921- ）五十年代
攝自天理，然後複製發售的膠卷（此書前年天理大學已影印精裝行
世，讀來更方便。那是後話）。這兩種不同本子的《平妖傳》，雖
然篇幅差了一倍，和包公有關的情節均很短，亦無大分別，包公僅
是客串式的曇花一現而已。不過，《平妖傳》成書頗早，包公之在
章回小說內出現，這可能還是第一次，值得特別注意。

　　接著下來的是《萬花樓》（見本集插圖四），這是清人作品，成
書不會晚於清中葉，和《平妖傳》在時差上距離很大。包公在書中

不獨占了頗重的分量，且有很明確的神化跡象。此書中的包公更不能孤立地看。《萬花樓》的主角是狄青(1008-1057)。在通俗文學裡，包公是文曲星，狄青是武曲星，一對好夥伴，宋仁宗的左右手。講狄青的小說和戲曲，有包公的一份兒，幾乎是理所當然的事（以包公為主的作品卻很少給狄青出場機會）。

值得留心的是《萬花樓》上接《楊家將》，下開《五虎平西》、《五虎平南》。這祇是簡化地說。《楊家將》和《平妖傳》一樣，有回數內容不同的本子，講五虎將故事的小說復不限於這兩本，加上呼家將故事亦涉及這個大範圍，一下子就散及幾個既可以獨立，又可以連接的系統。要是不自限於小說（當然不應收窄門面），則這幾個系統都各有永遠數不清的戲曲和講唱文學作品。全管的話，不上兩三個回合，必然變成蜘蛛網一般錯綜交織，極難處理。寫論文時，時間和資料都不容走這種漁翁撒網的門徑，乾脆暫時單談《萬花樓》一書。

當日用的第三本小說是《三俠五義》，即坊間流通的《七俠五義》（這是樸學大師俞樾[1821-1907]多此一舉的改本）。在這本小說開始的二十餘回，包公占盡風頭，但一待御貓展昭等俠士站穩腳後，包公便消聲匿跡，僅在幕後掛個空名字而已。這本一分為二的小說，影響力卻很大。它本身產生了《小五義》、《續小五義》以及以後十幾套續書，加起來逾千回！就它的包公情節而言，這一兩百年間多少北方戲曲是取材於這本小說的，影響的深遠自不待言。

這樣去介紹《三俠五義》，話祇說了一半。此書原名《忠烈俠義傳》，耶魯大學有光緒五年原刊本，寫論文時即以此為據。這本小說的成立過程其實相當複雜，簡單地說，道咸間北京藝人石玉崑用他編製的石派書（大鼓的一種）講唱包公和眾俠士扶弱鋤強、保國安民的故事，當時的紀錄，叫做《龍圖公案》，是有說有唱的腳本。晚至三四十年代，這些唱本尚有不止一套存世，中央研究院的李家瑞(1895-1975)和復旦大學的王虹均收藏過，並各有簡單的報

導。自唱本到《三俠五義》，中間還經過刪削唱詞，演爲語體的過渡階段，也有幾套抄本存世，名爲《龍圖耳錄》，孫楷第（1898-1986）早有著錄。這種碩果僅存之物，在海外原是沒有看到的機會，傅惜華又在《北京傳統曲藝總錄》（北京：中華書局，1962年）的序言斬釘截鐵地說，劉復（1891-1934）和李家瑞在二三十年代替中研院搜集得的大量唱本（包括石派書《龍圖公案》在內），抗日戰爭時，在運往大後方途中，爲日機所襲，盡沉江底，言之鑿鑿，自然不必找了。在論文裡，僅根據李家瑞和王虹的報導，稍爲解釋一下自唱本到小說之間演變過程的大概。

以上交代的四大類資料，雖然尚有一時未及兼顧的，以及看來不可能彙齊的，總括來說，爲論文而能搜集到此程度，已算是無愧於心。嚴格言之，突破性仍嫌不足。眞的講求突破，還得靠下面說的第五類資料：明末短篇公案小說。

講包公故事，大家都知道有本《包公案》，一般坊本祇有六十二個大致獨立的短篇。此書正名爲《龍圖公案》（與石派書《龍圖公案》體製內容全異），足本有一百個故事，也有幾種不到此數的簡本。清代和民國新編的包公故事和戲曲（除開《三俠五義》系統內的自具獨立性外），大多依此書改編而成，特別是那本僅得六十二個故事的《包公案》簡本。最要命的是，這本《龍圖公案》（《包公案》少了幾十個故事，更糟）是一部不折不扣、僅用剪刀漿糊、亂併而成的書。自明末以來，包公的事蹟和形象，因此書之極爲流通，基本上是從這裡以及《三俠五義》系統來的，造成另起爐灶，和自宋迄明末長期發展的包公傳統脫節的現象。

原來萬曆年間福建建陽一帶和金陵（活動較少）的書坊出了一批數目相當、專以清官斷案爲題材的公案小說集。除了《龍圖公案》外，其它的集子均僅得一兩套孤本存世，分散在東京、名古屋、大連、臺北等地。以前讀過這些公案集的學者，做的工作僅限於記錄版式，談不上研究，更談不上把這些資料盡數集中在眼前，一篇篇

併著來讀。再加上大家總以爲包公是個箭靶式的人物，歷代人物的斷案經驗，不論眞假，必然早晚歸到他身上去，變成他的故事，結果無人能夠看透自明末以來的包公廬山眞面目，以爲是直線發展下來而且兼容並蓄的傳統。

歷代斷案故事，有無史實背景都好，涉及的多是普通的人際活動，往往不能說是某人所專有。即使是灰闌判子一類客觀條件相當明確的故事，以後再三出現，早已成爲公有之物，任取任攜。說包公故事陳陳相因，缺乏新鮮感可以，說別人的故事都集中到他身上去，則是看不清楚民間故事傳播演變的本質。任何一個判官給寫上一兩百個長度有限、結構不複雜、不追求新意的故事，在這種情形之下，都無法避免不成爲箭靶人物。

開始時我也以爲包公充其量不過是這樣一個集大成的人物。在論文動工後不久，短短半年間，很幸運地把這批明代公案集子全部集齊，各本的故事可以併著來讀，眞相遂大白。《龍圖公案》裡的一百個故事，除了十來個極短且糟透的故事（就是說，從《龍圖公案》本身已經夠糟的水準來看），其它各篇俱可一一指明出處，全是移自其它公案集（包括一本稍早期而且頗具獨立性的包公集子《百家公案》），改換判官的名字外，連文字的更動都很少。這本雞尾集一出，竟盡取代了其它集子，意外地製造出一個和傳統脫節、卻又大大影響後世的新包公來。可以這樣說，現在大家心目中的包公，他的特性不少是這個僅知動用剪刀和漿糊的《龍圖公案》編者所搞出來的惡作劇！這一發現，可說是整本論文最重要的成績。

正如開始時所說的，這本論文一放下來便是十二載。這段日子裡，精神時間確是多花在別的方面，對包公的照顧僅能利用空隙，做到天涯追蹤，繼續網羅資料。上面五大類資料的缺漏，補了不少。零零碎碎的宋人史料和講包公的冷門清人小說（如《清風閘》、《說呼全傳》）」，均有添增。流落在漢城的《全像包公演

義》(《百家公案》的同書異本),是當年唯一看不到的明公案集,也終從不同的來源併合起來。各種清版百則本《龍圖公案》亦多找了好幾款,明版的則始終未見。

此外,包拯家族墓群的在合肥出土,連包拯的頭骨也找到了,更是大事。在發掘報告尚未發表前,我因和主持人程如峰取得聯絡,報告一出便能立刻利用(否則大陸所刊學報期刊上千種,要知道文章刊於何處,即以我不算差的查書本領,也非一兩年不辦),寫了篇小文章,交代了若干包拯的逸事,也澄清了他家中幾件頗為纏繞,卻可以看得出他私生活的一面的秘聞。這些零星的小成績,主要是為以後徹底修訂論文之用,在此不必多說。

這十餘年的追訪資料,有一事是不能不說的。這大半世紀以來,因胡適(1891-1962)、鄭振鐸(1898-1958)、孫楷第諸人的推動,小說戲曲已不再是旁門左道,圖書館漸多購備這類書籍。歐美漢學界,因沒有中國文化的沉重包袱,大經正史、詩詞散文,和小說戲曲早就等量齊觀,購買不遺餘力更時有所聞(如哈佛大學購入齊如山〔1875-1962〕珍藏,萊頓大學收入高羅佩〔Robert Hans van Gulik, 1910-1967〕藏品,都是例子);如果一套宋版《楚辭》和一套萬曆以前的《三國演義》以同價求沽,我不會驚異不少歐美圖書館會選擇後者。可是,講唱文學的作品仍是不入流,圖書館很少會自動採購,已入藏的往往是中國通、傳教士等捐贈的。這種冷落的情形,大學不設此類課程是部分原因,主要還是這種研究未成氣候。對治包公這一類題目的人,自然增加不少困難,需要自己從頭動手搜集。

以包公為例,關於他的講唱文學作品,寶卷、彈詞、鼓詞、子弟書、木魚書,收集起來,每類都可以堆積盈尺。這些年來,這幾類內的包公作品我搜集得不算少,有時範圍更推及包公以外。寶卷、子弟書、彈詞,和鼓詞得自哈佛大學教授韓南(Patrick Hanan, 1927-)(他在五十年代留學京華時購入不少,其中合我用的很

多)、中央研究院(詳後)、京都大學、倫敦大學,和萊頓大學。其中質量最好的是寶卷,但有關包公的,知而未見,僅一種而已。

木魚書我收藏不少(個人藏木魚書,當以旅居三藩市的梁培熾為最豐富),七十年代初香港五桂堂尚在營業時大批購入的。五桂堂老舖原在廣州,是上百年歷史專賣坊本小說和廣府話講唱文學作品的老字號,1972年港店關閉後(廣州的早就不存),香港再沒有印行這類作品的地方了,當年幾毛錢港幣一冊的書,現在書商可以索價美金數十元。我藏的木魚書內,有關包公的僅幾種,後來在康乃爾大學(Cornell University)補了一些,他們的木魚書藏量不錯,也是七十年代初購入的。在西德慕尼黑(München)的邦立巴威略圖書館(Bayerische Staatsbibliothek),亦找到兩種我需要的木魚書。另外,普林斯頓大學也有一批數目相當的木魚書,其中大概沒有可補我不足的包公資料。

在香港、歐美和日本能見到的講唱文學資料,總數固然不少,比起中央研究院一館便有一萬四千多款,仍是小巫見大巫之別。原來昔日劉復、李家瑞收集的唱本,並不如傅惜華所說的被日人炸沉江底,而是戰後整批隨中研院遷臺,今藏於該院歷史語言研究所傅斯年圖書館內。我第一次得知此消息是1974年,現執教於達特茅斯學院(Dartmouth College)的白素貞(Susan Blader, 1943-)路過夏威夷,和我談包公時說的(她的興趣在石派書《龍圖公案》)。在這段時期左右,哈佛大學把這批唱本拍成膠卷(是否整批全攝,不詳),後來牛津大學和康乃爾大學各複製了一套。1976-77年,我在臺五個多月,大概有三分之一時間花在中研院,把整批僅按文類和大小排次的唱本,逐一翻檢,查明究竟有幾種與包公有關。這次的成績,可說超過其它各地的總和。除了和包公有關的寶卷、彈詞、鼓詞,和子弟書外,最珍貴的收穫還是《龍圖耳錄》鈔本(此書赴臺前兩年已通過白素貞的安排拍了膠卷)和石派書《龍圖公案》。前

年，謝藍齋鈔本《龍圖耳錄》由上海古籍出版社排印行世，又多了一個校勘的機會。

石派書《龍圖公案》爲大型鈔本，五十冊，總有一英呎半厚，古色古香，說不定就是當日石玉崑獻技時所用之物，起碼該是很早期的複鈔本。這套唱本並不全，但《三俠五義》中有關包公的情節，這裡俱齊，對研究包公來說，十分重要。石派書《龍圖公案》跟《龍圖耳錄》一樣，鈔本不止一種。遇到這種情形，自是韓信點兵，多多益善。去年初吳曉鈴復讓我影印了他珍藏的一種，薄薄的，不全，和中研院藏本顯有大別（慚愧，到現在還沒有併讀過）。這樣一來，從前即夢寐也不敢求的理想資料，俱先後盡入懷中。

談及講唱文學中的包公，自然不能不提1967年（文革時期）在江蘇嘉定宣氏婦人墓中出土，初發現時泡水積壓成塊，後奇蹟般能逐葉分開，且可修復幾如新的「成化說唱詞話」。這套令明代講唱文學（以及小說戲曲）研究耳目一新的資料對探討包公的形象和故事如何演化十分重要，因爲在出土的十七種資料當中，講包公者竟多達八種（見本集插圖五），使包公成爲整套詞話中最重複出現的人物。自這套詞話的複製品在1978年由文物出版社（北京）公開發售以來（鼎文書局［臺北］有複製得不精的1979年海盜版），研究文字（包括學位論文）雖已不少，有關包公的幾種，倘配合其它資料去考索，必仍有增加新知的可能。

至此，朋友們多以爲天地間的包公資料已盡爲我所有，其實不然，最少有三組資料還需要繼續努力。第一組是昔日車王府所藏的唱本，今尚存，其中包括另一套石派書《龍圖公案》鈔本，別的包公唱本數目亦必不少。第二組是巴黎大學教授施舟人（Kristofer Schipper）的藏品，他收藏的俗文學作品極爲豐富，單是臺灣歌仔戲唱本便數逾五百。多年前他送我一份家藏包公資料目錄，琳琅滿目，不可多得，眞是說不過去，到現在我尚未向他請教。第三組是蘇聯列寧格勒科學院東方研究所的收藏，所內藏書早有目錄印行，

其中頗有幾種罕見的包公唱本。天涯海角訪包公，仍有未走的路。是否要待每一里路都路過，才回頭去收拾那早已冷卻的論文？現在還不敢說。

──《明報月刊》，18卷11期（1983年11月）

後記

白駒過隙，本以為祇是老生常談，待光陰真已飛逝，再回頭看時，竟會覺得連這類成語也未必足以形容。

再過幾個月，我就第二次退休了。完成我的包公論文好像祇是昨天之事；算一算，怎會不吃驚，原來三十五年已經彈指過去了。當年審閱我的論文的各位考試委員早悉作了古人。本文所說窮搜包公資料的意念和配合的行動基本上是七十年代初至八十年代初這段時間之事。自從以《水滸傳》為文學研究的重心和重拾舊歡去治海軍史以後，不可能即時運用的包公資料誠難兼顧，要正巧遇上才會收集了。這情形起碼已維持了二十年。退休後的研究計畫會包括包公在內；進行起來，資料的收集想仍得重新出發。包公研究在過去的三十五年發展神速。當年我辛辛苦苦逐本配足的明代公案小說集早有不同的影印本和排印本隨人選用了。好些昔年絕無可能得讀的明清小說和戲曲也因幾種大型叢刊的出現而機會大增（仍不能期望全在其中）。至於地區性的包公文學作品能否搜集至足用的程度主要得看近年曾否正式複製刊售。車王府舊藏的唱本和中央研究院現藏的唱本的悉數印行自然是震撼學壇，足令俗文學研究改觀之大事。就包公文學作品而言，故宮博物院（北京）所藏石韻書鈔本《三俠五義》（分前後套）、《包公案》等祕笈的影印刊行亦同樣重要。不過其它作品要蒐求起來，現在的情形並不較往昔為佳，因為此等作品的分布嚴重受制於地域因素。處理起來，選擇大概祇有一個，就是集中以我最易掌握資料的廣東木魚書為說明之例，另輔以若干

找得的彈詞和寶卷。其它地域性的文體和作品或者祇有等專治那類文學者去補充了。

網羅上述幾種資料看來還不及找學報論文之難。近年的中日文學報，數量多至無法點算，碰上討論包公的文章（以歷史上的包拯和包公公案文學為兩大研究重點）復有愈刊愈盛之勢，兩者合起來就成了無窮無盡，卻不追讀就必落伍的局面。上面聲明中日文學報並重，因為近年所刊最重要、最有創見的包公公案文學研究文章起碼有半數是用日文寫的。要知道發展如何日新月異，以及最新研討究竟達到甚麼境界，設法盡讀此等日文文章幾乎是唯一可行之方。

要是這幾個範圍的資料俱搜集得成功，然後研讀分析，寫下心得，就等於原先的學位論文整本都要重寫了。我的教研日子既以包公論文為始，退休後再配齊材料重頭研治，用來繫記事業的兩端，當是很有意義之事。

2006年1月8日

《全像包公演義》補釋

　　《龍圖公案》出現以前，以包公爲中心的公案小說集，現知者有兩種。一是日本名古屋蓬左文庫所藏建陽書林與畊堂萬曆二十二年（1594）刊本《新刊京本通俗演義增像包龍圖判百家公案》（見本集插圖六）[1]，二是日治時期原藏朝鮮總督府，現歸漢城大學圖書館所有的金陵萬卷樓萬曆二十五年（1597）刊本《新鐫全像包孝肅公百家公案演義》（見本集插圖七）。前者是全本，刊印年份較早，後者殘缺，復較晚出，如果兩本差別不大，研究自應以前者爲主要根據，袛是直至最近大家才有併著兩本來看的機會，異同之處，還有不少地方需要說明。

　　兩本的全名實在太冗長，爲了行文之便，與畊堂本按蓬左文庫藏本首冊封面所書簡名，稱爲《百家公案》，我和韓南在撰文時，都用此簡稱，諒可成立。萬卷樓本版心題《全像包公演義》，故不妨以《包公演義》爲簡名，而且在好幾種目錄內，此本的著錄早採用此簡稱。

　　上面所說我和韓南二文，均詳細討論《百家公案》各問題，分別發表在1975年及1980年的《哈佛亞洲學報》[2]。拙文屬稿時，

1　書名按目錄上所標示，扉葉上作《全補包龍圖判百家公案》，正文卷首作《新刊京本通俗演義全像百家公案全傳》，而正文上欄插圖版心作《包公傳》。

2　Y. W. Ma, "The Textual Tradition of Ming *Kung-an* Fiction: A Study of the *Lung-t'u kung-an*," *Harvard Journal of Asiatic Studies*, 35(1975), pp. 190-220; Patrick Hanan, "Judge Bao's Hundred Cases Reconstructed," *Harvard*

《包公演義》尚未讀，可用的資料如孫楷第《中國通俗小說書目》，修訂本（北京：作家出版社，1957年）[3]，均不足以指明《百家公案》和《包公演義》兩本間的異同（孫氏根本未見過《百家公案》），遂根據《續修四庫全書提要》（臺北：臺灣商務印書局，1972年），冊11，〈《全像包公演義》〉條所提供的線索，暫定兩本頗為近似，討論則仍以《百家公案》為限。

待後來看到德國漢學家包吾剛（Wolfgang Bauer, 1930-1997）發表在荷蘭《東方》學報（Oriens），講《龍圖公案》及有關明代公案集的論述[4]，始知《包公演義》大概就是《百家公案》的異版。至韓南撰文時，他已自包吾剛處獲得《包公演義》的部分照片，確知《包公演義》是《百家公案》的後出異版，故其研論之以《百家公案》為限，可說是理由更充分了。同時，包吾剛亦惠我《包公演義》部分照片，加上自韓南處添補者，資料雖未算理想（《包公演義》究竟是殘本），已可明確地報導兩本之間的異同。

《包公演義》雖然相當殘破，目錄部分幸大抵尚完整。由此可知《百家公案》書首的兩項附錄性資料──〈國史本傳〉、〈包待制出身源流〉，《包公演義》原來也是有的，而且亦是安排在書首（可惜此幾葉已缺）。《包公演義》各回故事篇目的次序，跟《百家公案》的亦沒有不同。字句則間有小異。這是指第一回至第七十三

(續)─────────────────────────

Journal of Asiatic Studies, 40: 2(Dec 1980), pp. 301-323.拙文有宏建燊漢譯，〈明代公案小說的版本傳統──《龍圖公案》考〉，刊《中國小說研究專集》，2期(1980年6月)，頁245-279，並收入拙著《中國小說史集稿》，修訂本(臺北：時報文化出版公司，1987年)，頁147-182。韓南一文有王心玲漢譯，題作〈《百家公案》考〉，收入侯健(1926-1990)編，《國外學者看中國文學》(臺北：中央文物供應社，1982年)，頁195-228。下面談到我和韓南的意見，均出自此二文，不重複注明。

3　孫目初版(北平：北平圖書館中國大辭典編纂處，1933年)和修訂本分別有限，《包公演義》一條更是全同。

4　Wolfgang Bauer, "The Tradition of the 'Criminal Cases of Master Pao' *Pao-kung-an* (*Lung-t'u kung-an*)," *Oriens*, 23-24(1974), pp. 433-449。

回的篇目而言，以後目錄缺一葉（一直缺至第一回的中間），但是餘下來的二十多回，是沒有理由估計和前面七十餘回的情形不一樣的。各回文字上的差異，亦很有限，主要的分別多半在故事後面的評語，這點包吾剛及韓南已略有說明。《包公演義》是《百家公案》後出的異版，這結論諒無大問題。

雖然因為最近有幾篇談論《百家公案》的研究文字，讀者對這本書的名字大概不致太陌生，這本書本身還是十分罕見的。蓬左文庫有者是知存的唯一全本，加上該館所索影印費極昂，僅少數大學圖書館及學者有複本。《包公演義》現歸漢城大學所有，因各種關係，比《百家公案》更難一見。《續修四庫全書提要》僅錄出《包公演義》數回的篇目，包吾剛文沒有注出兩本的任何篇目，而我和韓南二文，為了避免行文上的繁瑣，引述時均用故事在《百家公案》中先後次序的號碼為代表。這裡牽涉到資料存案的問題，現在我倒覺得有點不便讀者之感，因此不妨開列《百家公案》各回篇目於後，並注明《包公演義》書中所用篇目的異同，以及這些故事重見於《龍圖公案》時所用的篇目和先後次序，想不無查檢之便：

A. 百家公案	B. 包公演義	C. 龍圖公案（十卷及八卷百則本）	備　注
〈國史本傳〉	〈包孝肅公前後國史本傳〉		A 本目錄不注明此兩項資料。所見的各種 C 本（包括各款不到百則故事的本子）均無此兩項資料。
〈包待制出身源〉	〈包孝肅公出身源流總覽〉		
1.判焚永州之野廟	1.同		
2.判革停猴節婦坊牌	2.判革猴節婦牌坊		

3.訪察除妖狐之怪	3.同		
4.止狄青家之花妖	4.止狄青花園之妖		
5.辨心如金石之冤	5.同		
6.判妒婦殺妾子之冤	6.判妒婦殺妾子冤	40.手牽二子	
7.行香請天誅妖婦	7.同		
8.判姦夫誤殺其婦	8.同	63.斗粟三升米	
9.判姦夫竊盜銀	9.同	30.陰溝賊	
10.判貞婦被污之冤	10.同	53.移椅倚桐同玩月	
11.判石牌以追客布	11.同	74.石牌	
12.辨樹葉判還銀	12.同	47.蟲蛀葉	
13.為眾伸冤刺狐狸	13.同		
14.獲妖蛇除百穀災	14.獲妖蛇除□□□		B 本目錄此處殘破，缺字諒與 A 本同，惜正文亦未得見。
15.出興福罪捉黃洪	15.同	50.騙馬	
16.密捉孫趙放糞人	16.同	29.氈套客	
17.伸黃仁冤斬白犬	17.同		
18.神判八旬通姦事	18.鞫出八旬通姦事	45.牙簪插地	
19.還蔣欽穀捉王虛	19.同	20.青靛記穀	
20.伸蘭嬰冤捉和尚	20.同	13.偷鞋	
21.減苦株賊伸客冤	21.同	16.鳥喚孤客	
22.鍾馗證元弼絞罪	22.同		
23.獲學吏開國財獄	23.同	54.龍騎龍背試梅花	A 本正文篇目及該篇內文，「國財」均作「國材」
24.判停妻再娶充軍	24.同		

25.配弘禹決王婆死	25.同	21.裁縫選官	A 本正文篇目，弘禹前多「姚」字。
26.秦氏還魂配世美	26.同		
27.拯判明合同文字	27.辨劉氏合同文字		
28.判李中立謀夫占妻	28.判李中立謀本榮	65.地窖	
29.判劉花園除三怪	29.判除劉花園三怪		
30.貴善冤魂明出現	30.判貴善冤魂伸散		
31.鎖大王小兒還魂	31.同		
32.失銀子論五里牌	32.追客本論五里牌	72.牌下土地	
33.枷城隍拏捉妖精	33.同		
34.斷瀛州鹽酒之贓	34.同		
35.鵲鳥亦知訴其冤	35.判鳥鵲訴冤枉事		
36.孫寬謀殺董順婦	36.判孫寬謀殺董妻	23.殺假僧	
37.阿柳打死前妻之子	37.阿柳打死前婦子	39.耳畔有聲	A 本正文篇目，「子」作「女」，誤，與情節不合。
38.王萬謀併客人財	38.判王萬謀客人財		
39.晏寔與許氏謀殺其夫	39.晏寔謀殺許氏夫		
40.斬石鬼盜金瓶之怪	40.斬石鬼盜瓶之怪		
41.妖僧感攝善王錢	41.判妖僧攝善王錢		A 本「感」字目錄原作「惑」，今依正文篇目改。
42.屠夫謀黃婦首飾	42.同	19.血衫叫街	
43.寫廁後池蛙之冤	43.同		
44.金鯉魚迷人之異	44.同	51.金鯉魚	
45.除惡僧理索氏冤	45.同	24.賣真靴	
46.斷謀劫布商之冤	46.同	73.木印	

47.笤孫仰雪張虛冤	47.同	22.廚子做酒	
48.東京判斬趙皇親	48.同	11.黃菜葉	
49.當場判放曹國舅	49.同	61.獅兒巷	
50.琴童代主人伸冤	50.判琴童代主伸冤	42.港口漁翁	
51.包公智捉白猴精	51.同		
52.重義氣代友伸冤	52.同	17.臨江亭	
53.義婦與前夫報讎	53.同	36.岳州屠	A 本正文篇目，「與」作「為」。
54.潘用中奇遇成姻	54.潘用中奇遇成婚		
55.斷江僧而釋鮑僕	55.判江僧而釋鮑僕	43.紅衣婦	
56.杖奸僧決配遠方	56.同	14.烘衣	
57.續姻緣而盟舊約	57.同		
58.決戮五鼠鬧東京	58.同	52.玉面貓	
59.東京決判劉駙馬	59.同	12.石獅子	
60.究巨龜井得死屍	60.同	15.龜入廢井	
61.證盜而釋謝翁冤	61.同	34.妝飾無異	
62.汴京判就臙脂記	62.同		
63.判僧行明前世冤	63.同	71.江岸黑龍	
64.決淫婦謀害親夫	64.同	66.龍窟	
65.究狐精而開何達	65.同	58.廢花園	A 本正文篇目，「究」作「決」。
66.決李寶而開念六	66.同	46.繡履埋泥	
67.決袁僕而釋楊氏	67.同	41.外黑猿	
68.決客商而開張獄	68.決客商而開張僕	64.聿姓走東邊	B 本「僕」字誤。
69.旋風鬼來證冤枉	69.同	35.遼東軍	
70.枷判官監令證冤	70.同		
71.證兒童捉謀人賊	71.同	33.乳臭不凋	
72.除黃二郎兄弟刁惡	72.除黃氏兄弟刁惡		

73.包文拯斷斬趙皇親	73.東京復判趙皇親		
74.斷斬王御史之贓	74.目錄缺,正文未見	62.桑林鎮	
75.仁宗皇帝認母親	75.目錄缺,正文未見		
76.阿吳夫死不分明	76.目錄缺,正文未見	18.白石塔	
77.判阿楊謀殺前夫	77.目錄缺,正文未見		
78.兩家願指腹爲婚	78.目錄缺,正文未見		
79.勘斷李吉之罪死	79.目錄缺,正文未見		A 本正文篇目,「斷」作「判」,「罪死」作「死罪」。
80.判濠州急腳運王眞	80.目錄缺,正文未見		A 本正文篇目,「判」作「斷」。
81.判劾張轉運之罪	81.目錄缺,正文未見		A 本正文篇目,「判」作「斷」。
82.劾兒子爲官之虐	82.目錄缺,正文未見		
83.判張皇妃國法失儀	83.目錄缺,正文未見		
84.斷趙省滄州之軍	84.目錄缺,正文未見		A 本正文誤記爲第八十五回。
85.決秦衙內之斬罪	85.目錄缺,正文未見		A 本正文誤記爲第八十六回。
86.石啞子獻棒分財	86.目錄缺,正文未見	48.啞子棒	A 本正文記此爲第八十六回,是。
87.瓦盆子叫屈之異	87.目錄缺,正文未見	44.烏盆子	A 本正文誤記爲第八十四回。
88.老犬變作夫主之怪	88.目錄缺,正文未見		

89.劉婆子訴論猛虎	89.目錄缺，正文未見		
90.柳芳冤魂抱虎頭	90.目錄缺，正文未見		
91.卜安割牛舌之異	91.目錄缺，正文未見	49.割牛	
92.斷魯千郎勢焰之害	92.目錄缺，正文未見		
93.潘秀誤了花羞女	93.目錄缺，正文未見	57.紅牙毬	
94.花羞還魂累李辛	94.目錄缺，正文未見		
95.包公花園救月蝕	95.目錄缺，正文未見		
96.賭錢論注祿判官	96.目錄缺，正文未見		
97.陳長者誤失銀盆	97.目錄缺，正文未見		
98.白禽飛來報冤枉	98.目錄缺，正文未見		
99.一捻金贈太平錢	99.目錄缺，正文未見		
100.勸戒買紙錢之客	100.目錄缺，正文未見		

　　表內不管原書的顯明刊誤以及個別異字，但有一事值得注意，「龜」字在第六十回內出現次數不少，《百家公案》和《包公演義》均作「𪓟」（此異字不見於《大漢和辭典》），而且兩本正文均誤記此回為第六十四回。這表示兩本之間是有關連的，祇是兩者在文字上差別相當微小（這點篇目異同的程度可為代表），頗難明確地決定它們的因承關係是直接的，還是間接的。不過，下面列舉的證據或者尚嫌不足，《包公演義》直接源出《百家公案》的可能性還是存在的。

　　版式整齊的本子通常後於版式參差的本子，這雖然不能說是中國小說演化過程的公式，最少可以說是常見的情形。《百家公案》的篇目，字數殊不一致，《包公演義》則全是七字句，而且「第幾回」中的數目字，自一位至三位，皆盡可能排在一定大小的位置，所以每一篇目都占十個字位，整齊得很。二本之間篇目有分別的幾處，《包公演義》的篇目雖然相當粗拙，比起《百家公案》，往往還是稍勝。最顯明的當推第五十九回和第七十三回，這兩回在內容

和篇目上不無類似之處，《百家公案》顯然把他們看成是獨立的兩回，《包公演義》則改後一回的篇目爲〈東京復判趙皇親〉，企圖在這兩回之間建立一點相關性，這是後出轉精的現象。

另外，二者書首均有兩項傳記性的包公資料，標題、字數，和處理方法卻不同。《百家公案》的，僅見於本文，葉數和正文各篇故事的連貫無間，目錄上卻不著錄，使人對這兩項資料是否臨時添增，不無疑問。《包公演義》的一律用十字句，跟以後篇目（連「第幾回」數字）的各占十個字位，完全一致。但這兩項傳記資料的十字標題實在牽強，好幾個字顯然是爲了字數整齊才加添的。

這種版式上的「改良」，其實十分有限。這點下面二表所歸納兩本的分卷情形可以說明：

A. 百家公案					B. 包公演義				
卷數	回數	總回數	實際總回數	葉數	卷數	回數	總回數	實際總回數	葉數
1	1-7	7	7	27	1	1-12	12	12	48
2	8-19	12	12	27	2	13-29	17	17	不詳
3	20-29	10	10	30	3	30-47	18	18	不詳
4	30-42	13	13	24	4	48-58	11	11	不詳
5	43-49	7	7	27	5	59-71	13	13	不詳
6	50-57	8	8	25	6	72-100	29	25	不詳
7	58-64	7	7	28					
8	65-71	7	7	25					
9	72-86	15	13	21					
10	87-100	14	12	22					

《百家公案》共十卷，既有一百篇故事，大可整整齊齊每卷十篇。事實上回數的分配卻極分歧，最少的四卷（卷一、四、六、七）各有七回，最多的兩卷（卷九、十）分別有十五及十四回。《包公演義》同樣是那百篇故事，卻分爲六卷，最少的一卷有十一回（卷

四），最多者竟有二十九回（卷六）。這樣同樣混淆的情形，可作爲兩本距離之近的部分說明。

《百家公案》的分卷，卻有一不大明顯的準則，大概連《包公演義》的編者也沒有看出來，就是每卷約有二十六葉。第一卷連兩項包公傳記資料在內，也不過是二十七葉。最後兩卷故事數目最多，葉數反而最少。這可補充我以前說過的，《百家公案》的編者要達到百篇故事的理想整數，到終結時，材料不足，草草了事，以致把其中四篇故事，硬拆爲八篇，各繫獨立篇目，結果最後兩卷仍是最短的。

《包公演義》每卷的葉數，多無從知曉。書本身已夠殘破，能看到的又僅殘本的部分照片。但是最後一卷的回數既然倍於卷一、四、五，要全書各卷葉數平均差不多是沒有可能的事。

《百家公案》（或《包公演義》）是《龍圖公案》重要來源之一。至目前爲止，我們尚未能明確地考出《龍圖公案》的成書年代。我以前用《百家公案》的刊行年份（1574）作爲《龍圖公案》成書年代的上限。現在既明白《百家公案》和《包公演義》的極度相近，如果能夠查出《龍圖公案》究竟取材自哪一本，對其成書上限年代可以有三幾年的調整，說不定還可以由此多理解一點《龍圖公案》的成書過程。可惜的是，《龍圖公案》和《百家公案》（或《包公演義》）共有的各篇故事，《龍圖公案》都簡化得很。換言之，《龍圖公案》和《百家公案》、《包公演義》兩本間的文字殊異，比《百家公案》、《包公演義》兩者之間的文字差別大得多，文字比勘很難幫助我們找出答案。

至於《包公演義》的殘缺情形，到現在仍沒有準確的報導。研究中國通俗文學的專家有機緣親驗是書的，可能僅孫楷第及包吾剛二人，但他們的報告以及其它記錄，均嫌不夠詳細，而且不無牴牾之處。該本的現存情形，就我所知，可分述如下：

1921年，朝鮮總督府所刊《朝鮮總督府古圖書目錄》（京城

府：朝鮮總督府），大概是該殘本的首次公開記錄。此目因體裁關係，提供的消息相當有限：《包公演義》（沒有說明這衹是版心所書簡名），六卷，五冊，印本，完熙生著，缺一冊（頁288）。編印年代沒有交代，也沒有指明所缺者究爲何冊。

在1933年的《中國通俗小說書目》初版中，孫楷第對該殘本的報導還不算粗疏，書的全名、簡名、版式、行款、作者、書坊，以及刊行日期，均逐一講明（頁150-151）。可惜沒有著錄缺的究竟是哪一部分，或哪幾部分，以及實存故事的數目。

二三十年代，日本東方文化事業委員會所主持的《續修四庫全書提要》編修計畫（後期由橋川時雄[1894-1982]董其事），遲至1972年始由臺灣商務印書館據已有油印稿者，重編刊印爲十三冊（並索引一冊）。其中通俗小說類收書頗富，提要亦每言之有物。其間所收〈《全像包公演義》〉一條[5]，即使不是由孫楷第執筆，資料亦必定是他供給的。資料大致和《中國通俗小說書目》者差不多（卻遺漏了書的全名），所添補有關若干故事篇目的消息，在未見《包公演義》照片前，我曾據以考訂了《百家公案》和《包公演義》的近似，前已說過，不必再贅。對於《包公演義》的殘缺情形，此條亦沒有更進一步的解釋。

第二次世界大戰後，前朝鮮總督府的書多歸漢城大學所有。該校圖書館所編藏書目內即有《包公演義》的著錄，見《奎章閣圖書——中國本總目錄》（1972年），頁297，內注明該書全名、作者、版面大小、出版年份，最重要的是指出共存零本五冊，缺者爲卷三的一冊。另外奎章閣的較新藏書目錄，《奎章閣圖書——中國本綜合目錄》（漢城：漢城大學圖書館，1982年），頁238，亦提供同樣消息[6]。

5　見冊11，頁1854-1855。

6　此外，鄭炳昱（1922- ），《樂善齋文庫本目錄與解題》（1969年），頁54，記有《包公演義》一種，九卷，九冊，421葉。我以前以爲即朝鮮總督府

　　包吾剛親檢《包公演義》還在奎章閣目錄出版之前，他的報導
是：卷六全缺，其它五卷缺葉甚多。這裡顯然和奎章閣目錄所說的
不相符，究竟缺的是卷三的一冊，還是卷六的一冊（一卷一冊，這
點無問題）？不過，奎章閣目誤刊「六」為「三」的可能性是有的。

　　據我所見部分殘本的照片，該書尚存的部分的確很殘破，故書
首雖然保存第一回至第七十三回的篇目（最後兩回屬卷六），能看到
的故事一定不到此數。這是指缺的是卷六而言，因卷六按篇目計就
占了二十九回。如果缺的是卷三，卷三僅有十八回，但以其它五卷
的極度殘破來說，也很難達到如孫楷第在《中國通俗小說書目》所
說的「存七十餘回」[7]。孫氏所說的可能僅據目錄而言，或未曾詳
檢正文。

　　至韓南論《百家公案》時談及《包公演義》，因他自包吾剛所
得後者殘本照片為第一至十二回及第五十九至七十一回者，遂以為
卷一和卷五是該本現存的僅有部分。

　　因為上述這種資料不完整與不一致的情形，如果我們覺得在擁
有更全更早的《百家公案》之餘，仍需要詳細分析《包公演義》的
話，親檢原書，作全盤性的考察，看來還是不妨一試的。

　　還有一件事可在此附帶說明。阿英遺著《小說三談》（上海：
上海古籍出版社，1979年）內有〈明刊包公傳內容述略〉一文，原
作於1940年，或未嘗發表。原來阿英曾見（卻未必是他擁有之物）
《百家公案》前半部，共有故事四十九篇，內容與蓬左文庫藏本無
顯著分別。刊行者的不同，可能是兩本的最大差異，蓬左本是「書
林朱氏與畔堂刊行」，此本則是「書林景生楊文高刊行」。《百家
公案》起碼有兩種不同書肆刊印的本子。

（續）————————————

　　舊物，於論《百家公案》時（見前引文注4），遂視此與孫楷第所著錄者為
　　同一物。現在資料雖仍不足，無法確斷，但看情形，這可能僅是韓人據包
　　公故事改寫（甚至獨立撰寫）而成的短篇小說集。
7　上引《續修四庫全書提要》的〈《全像包公演義》〉條也是這樣說。

附記

　　注2所引拙文，英文原稿並未注明《龍圖公案》各回篇目，僅以故事編排次序的號碼爲代表，因當時所見諸百則本（十卷本及八卷本）內的故事，先後均一樣。待籌備譯文時因覺得該補上原有篇目於文後，以便讀者，遂逕以其後購備的天一出版社影印五卷百則本的篇目錄置譯文之後，殆以爲五卷本和十卷本及八卷本，同是百則本，故事次序當無異。今因草此文，檢對各本互有的故事，始發覺五卷本的故事次序竟與十卷及八卷本者間有不同，所以前述譯文附錄篇目的次序和該文用號碼代表的並不盡符合。亡羊補牢，茲重錄十卷百則本（八卷本同）《龍圖公案》的篇目於此，用正前失，疏忽之罪自不敢辭。

1. 阿彌陀佛講和	2. 觀音菩薩托夢	3. 嚼舌吐血	4. 咬舌扣喉
5. 鎖匙	6. 包袱	7. 葛葉飄來	8. 招帖收去
9. 夾底船	10. 接跡渡	11. 黃菜葉	12. 石獅子
13. 偷鞋	14. 烘衣	15. 龜入廢井	16. 鳥喚孤客
17. 臨江亭	18. 白石塔	19. 血衫叫街	20. 青靛記穀
21. 裁縫選官	22. 廚子做酒	23. 殺假僧	24. 賣眞靴
25. 忠節隱匿	26. 巧拙顛倒	27. 試假反試眞	28. 死酒實死色
29. 氈套客	30. 陰溝賊	31. 三寶殿	32. 二陰筶
33. 乳臭不琱	34. 妝飾無異	35. 遼東軍	36. 岳州屠
37. 久鰥	38. 絕嗣	39. 耳畔有聲	40. 手牽二子
41. 牕外黑猿	42. 港口漁翁	43. 紅衣婦	44. 烏盆子
45. 牙簪插地	46. 繡履埋泥	47. 蟲蛀葉	48. 啞子棒
49. 割牛	50. 騙馬	51. 金鯉魚	52. 玉面貓
53. 移椅倚桐同玩月	54. 龍騎龍背試梅花	55. 奪傘破傘	56. 瞞刀還刀

57. 紅牙毬	58. 廢花園	59. 惡師誤徒	60. 獸公私媳
61. 獅兒卷	62. 桑林鎮	63. 斗粟三升米	64. 聿姓走東邊
65. 地窖	66. 龍窟	67. 善惡周報	68. 壽夭不均
69. 三娘子	70. 賊總甲	71. 江岸黑龍	72. 牌下土地
73. 木印	74. 石牌	75. 屈殺英才	76. 侵冒大功
77. 扯畫軸	78. 味遺囑	79. 箕帚帶入	80. 房門誰開
81. 兔戴帽	82. 鹿隨獐	83. 遺帕	84. 借衣
85. 壁隙窺光	86. 枏上得穴	87. 黑痣	88. 青糞
89. 和尚皺眉	90. 西瓜開花	91. 銅錢插壁	92. 蜘蛛食卷
93. 屍數椽	94. 鬼推磨	95. 裁贓	96. 扮戲
97. 瓷器燈盞	98. 床被雜物	99. 玉樞經	100. 三官經

——《中國古典小說研究專集》，5 期

（1982年11月）

後記

收這篇文章入集內是想保存大家初研究《包公演義》時的進展情形。自韓國的朴在淵教授在八十年代用影印和校注的方式公開《包公演義》以來，已有些小說叢刊用排印方式收了它入去，要找這本書來看已沒有大困難了。

2006年3月4日

《三寶太監西洋記》與《西洋番國志》

一、引言

萬曆時人羅懋登（1597年在世）的章回小說《三寶太監西洋記通俗演義》（以下簡稱《西洋記》）是套用《西遊記》的模式來寫的百回神魔小說[1]。鄭和（1371-1433）下西洋畢竟是不算久以前的盛事，既然以此入稗，在創作魔幻故事之餘，實事總不能全置於不顧。羅懋登雖對域外情形並無認識可言，但鄭和的隨員多名有行紀行世，利用此等行紀當是處理實事最方便之法。理論雖如此，羅懋登是否確曾利用這些行紀？倘真的用過，用了甚麼？如何使用？這些問題不僅有趣，還十分重要，因為這些問題倘沒有答案，就無法確知這部章回小說的史料價值。

在鄭和研究的領域裡篳路藍縷的向達（1900-1966）早在1929年已宣稱：「《西洋記》一書，大半根據《瀛涯勝覽》演述而成。」[2]

---

1 幾乎任何以明代小說為論述範圍的書都會講及《西洋記》的性質及其如何套用《西遊記》的模式，其中最現成之例為隨後注3所介紹的趙景深文（頁289-290），一般均不必細表。確值得細讀的是Roderich Ptak, "*Hsi-yang chi* — An Interpretation and Some comparisons with *Hsi-yu chi*," *Chinese Literature: Essays, Articles, Reviews*, 7:1-2 (July 1985), pp. 117-141。此文考述《西洋記》和《西遊記》之異同較任何報告精詳。

2 覺明（向達），〈關於三寶太盛下西洋的幾種資料〉，《小說月報》，20卷1期（1929年1月）頁63；修訂本見向達，《唐代長安與西域文明》（北京：三聯書店，1957年），頁561。

但所列例證殊寡，「大半」的斷言顯嫌誇張，也未及其它隨鄭和下西洋者所作的行紀。

在這方面眞正花過功夫，且見成績的是趙景深（1902-1985）。在三十年代中期他用過很大的勁去證明羅懋登確曾利用者並不限於馬歡（1451年在世）的《瀛涯勝覽》，還用了費信（1388-1436？）的《星槎勝覽》[3]。這點很重要，因爲在講述地域的廣泛程度上，費書遠超過馬書。説趙景深花了很大的勁去做這工作，因爲他不嫻中西交通之學，考證地名祇能做到販抄的層次，但尙能把羅懋登錄用自馬歡和費信兩書的部分整整齊齊地列出來。

約十年後趙景深還另查檢了黃省曾（1490-1540）的《西洋朝貢典錄》。此書前有署正德庚辰（十五年，1520年）的自序，是羅懋登可以看得到的書[4]。趙景深考察的結論是，羅懋登著《西洋記》所用的素材並不包括《西洋朝貢典錄》[5]。

考察還是應該先照料較基本的層次。鄭和的隨從撰寫行紀者不止馬歡和費信二人。現在能看得到的還有鞏珍（1434年在世）的《西洋番國志》。此書奇罕，孤本於五十年代初才歸公，待有向達的整理本排印行世已是六十年代初了[6]。趙景深晚年的研究集中在戲

3　趙景深在這方面的主要貢獻是〈《三寶太監下西洋記》〉，《青年界》，9卷1期（1936年1月），頁121-144，後收入趙景深，《小説閒話》（上海：北新書局，1937年），頁153-207，和趙景深，《中國小説叢考》（濟南：齊魯書社，1980年），頁264-295，以及陸樹侖（1931-1984）、竺少華校點的《三寶太監西洋記通俗演義》（上海：上海古籍出版社，1985年），下冊，頁1298-1328。趙景深此文以下簡稱爲趙文，並以見於《中國小説叢考》者爲據。

4　陳參青，〈關於《西洋朝貢典錄》的成書年代〉，《文史》，30期（1988年7月），頁146，以爲該書寫成於正德十三年至十五年之間。

5　此文未知原刊何處，而在趙景深諸小説研究結集中，並見於《小説論叢》（上海：日新出版社，1947年），頁66-71，和《中國小説叢考》，頁296-300。幸收入《中國小説叢考》時，在文末補説寫於1946年，尙能指出其在趙景深考索此問題的歷程中所代表的層次。

6　向達整理本的出版數據隨後正文有交代。自孤本歸公至向達的整理本行世，祇有少數專家有幸看到影件，其中卻有疑其爲僞書者。此書應是眞

曲，或對《西洋記》興趣已不大，並無繼續追查《西洋記》和《西
洋番國志》究竟有無關係。

　　從趙景深探討羅懋登如何利用鄭和史料至今，六七十年過去
了，向達刊行《西洋番國志》整理本也已是四十多年前的事。近年
《西洋記》的研究雖偶見佳作，焦點卻經常集中在宗教和民俗問
題[7]，或書中角色的歷史人物背景[8]，或從民族國家觀念的角度去

（續）————

品，有關討論見陳育崧，〈《西洋番國志》鈔本的發現〉，《南洋學
報》，14卷1-2期（1958年12月），頁1-2，並收入氏著《椰陰館文存》（星
加坡：南洋學會，1984年），冊1，頁168-181；陳育崧，〈罕珍《西洋番
國志》的真偽問題〉，《南洋學報》，15:2（1959年12月），頁1-8，並收
入《椰陰館文存》，冊1，頁172-185；饒宗頤，〈《西洋番國志》書
後〉，《南洋學報》，16卷1-2期（1960年），頁15-17；徐玉虎，〈罕珍
《西洋番國志》度藏經過考〉，《大陸雜誌》，30卷6期（1965年3月），頁
17-21，並收入氏著《明鄭和之研究》（臺北：德馨室出版社，1980年），
頁67-577；徐玉虎，〈罕珍《西洋番國志》之研究〉，《輔仁學誌》（文
學院之部），8期（1979年6月），頁251-292。

7　如J.J.L. Duyendak, "A Chinese *Divina Commedia*," *T'oung Pao*, 41（1952），
pp. 255-316；包遵彭，〈論《三寶太監下西洋記演義》與天后故事的影
響〉，《幼獅月刊》，3卷6期（1955年6月），頁8-12，並收入中國青年寫
作協會編，《文藝論評集》（臺北：正中書局，1955年），頁1-20，以及
《包遵彭文存》（臺北：國立中央圖書館、國立歷史博物館，1980年），頁
115-131；W. Goode, "On the *Sanbao taijian xia xiyang ji* and its Sources,"
Unpublished Ph.D. Dissertation, Australian National University, 1976；二階堂
善弘，〈《三寶太監西洋記》への他小說の影響〉，收入道教文化研究會
編，《道教文化への展望》（東京：平河出版社，1994年），頁242-267；
二階堂善弘，〈《西洋記》に見える玄天上帝下凡說話〉，《中國古典小
說研究》，2期（1996年7月），頁42-51。

8　如蘇興，〈《西洋記通俗演義》的金碧峰長老與張天師〉，《明清小說論
叢》，4期（1986年6月），頁213-220；時覺非，〈《三寶太監西洋記通俗
演義》人物辨析〉，《鄭和研究》，1993年4期（1993年11月），頁19-20；
黃永年，〈《西洋記》裡金碧峰的本來面目〉，《中國典籍與文化論
叢》，2期（1995年2月），頁144-155，並收入黃永年，《文史探微》（北
京：中華書局，2000年），頁590-601，又以〈《西洋記》之金碧峰〉為題
（有修訂）收入黃永年，《樹新義室筆談》（上海：上海書店出版社，2000
年），頁248-255；廖可斌，〈《三寶太監西洋記通俗演義》主人公金碧峰
本事考〉，《文獻》，1996年1期（1996年），頁24-46。

解釋此書的思想觀念和時代意義[9]，續研鄭和史料與《西洋記》之關係者則尚未見。《西洋番國志》仍未從這角度納入研究程序是十分明顯的空隙[10]。

我和晚年的趙景深有過一段稱得上頻密的來往，而我留心中西交通之學逾四十年(雖然自大學畢業後已久沒有寫這類文章了)，由我來試續完此事，應是相當有意義的。況且在我認識的古典小說研究朋友當中，也想不起還有何人兼治中西交通，遂亦難免有當仁不讓之感。

二、三種行紀的所記地域的分別

雖然《瀛涯勝覽》、《星槎勝覽》、《西洋番國志》三書均出於鄭和隨軺之手，所記地域的數目則頗有分別。費信的《星槎勝覽》記錄四十五處，數目最多。馬歡記入其《瀛涯勝覽》者尚不到此數之半──二十處，但其中有兩處不見費信書。鞏珍所記地域與馬歡書無異，即同是那二十處[11]。

《西洋記》把鄭和七下西洋作一次旅途來處理，所記地域又遠少於鄭和實際途經之地，兼且採用行紀資料之主要理由不外借用橋

---

9 如張火慶，〈《西洋記》的兩個問題──出使動機和西洋所在〉，《興大中文學報》，1期(1988年5月)，頁69-82；張火慶，〈論《三寶太監西洋記通俗演義》的華夷之辨〉，《小說戲曲研究》，2期(1989年8月)，頁129-158。

10 張穎、陳速為劉葉秋等所編《中國古典小說大辭典》(石家莊：河北人民出版社，1998年)，寫的〈《三寶太監西洋記》〉條，謂《西洋記》「通篇雜取《瀛涯勝覽》、《星槎勝覽》、《西洋番國志》」(頁677)。另外，薛克翹，《西洋記》(瀋陽：春風文藝出版社，1999年)，頁41，和劉紅林，〈《三寶太監西洋記通俗演義》神魔化淺談〉，《明清小說研究》，2005年3期(2005年)，頁210，俱謂羅懋登書用了《西洋番國志》。這類斷言雖悉未言何所據，顯屬想當然的說法。

11 三書所記地域之異同，向達編有簡明對照表，用作其《西洋番國志》整理本的一附錄(頁58-60)。

段來鋪陳情節，和填充創作部分之間的過渡空間，加上往往不依地望因素及實際航行次序來講述地域，隨意安插，單採《星槎勝覽》一書本已足用。

這是就理論而言，實際情形是否如此就得賴勘對資料來找答案了。

三、探討的範圍與目標

本文基本上按照趙景深所用的模式，把《西洋番國志》和《西洋記》相應的段落配搭起來。但這樣並不能解答羅懋登是否錄用和如何錄用的問題。趙景深那篇文章的弱點也正在此處。他配抄《西洋記》、《瀛涯勝覽》和／或《星槎勝覽》的相應部分在一起，就算說明了羅懋登如何運用鄭和西航的行紀資料了。假如馬歡和費信兩書當中僅一種有《西洋記》某段的相應部分，或者尚可以直指其為史源。要是兩書某段落都與《西洋記》相應，而兩書該段卻有互異之處，指羅懋登兩書齊用了，顯然不對。趙景深那篇文章有它的優點，且因重複刊行，流通夠廣，本無再治的必要。但趙文因有以下幾種不足之處，仍得另文去處理，才易解答現在提出來的問題：(一)沒有查對過《西洋番國志》，自然不能回答與鞏珍書有關的任何問題。(二)沒有注明《星槎勝覽》用的是甚麼版本(《瀛涯勝覽》用馮承鈞[1887-1946]校注本[出版數據見後])。他顯然用不到後兩三年才出版，目前仍為最佳的《星槎勝覽》馮承鈞校注本(詳後)[12]。(三)標點間有問題，致有誤讀[13]。(四)遇到多過一種行紀有

---

12 此事說明參考近人著述，務必要用原版。引用重印資料而不提供原版的數據，僅記下重印日期，學術演進之先後層次就會被淹沒了，甚至因而得出錯誤結論。

13 引文條7有此情形之一例。趙文謂：「令弟兄子任權(下有脫字)國王往……。」(頁269)，其實該句可讀作：「令弟兄子任權國，王往……。」，而不必視為有脫字。

與《西洋記》相應的段落時，不試圖解答羅懋登引用者究竟是哪一種。(五)引文不準確注明位置，不便覆查。(六)解釋域外事物僅做到信手販抄一二的程度，漏者誤者俱多[14]。因此，本文除了試答《西洋番國志》是否爲《西洋記》的史源的問題外，遇到有關段落《瀛涯勝覽》和／或《星槎勝覽》亦有相應部分時，也會嘗試解答羅懋登在這兩三種資料之間如何選用的問題，處理域外事物亦會援引中外研究成果來試加詮釋。

勘對工作所用各書的版本和勘對的規則得先作交代：《西洋記》用萬曆原版《三寶太監西洋記通俗演義》。那三種行紀分別用馮承鈞校注，《瀛涯勝覽校注》(上海：商務印書館，1935年)；馮承鈞校注，《星槎勝覽校注》(長沙：商務印書館，1938年)；向達校注，《西洋番國志》(北京：中華書局，1961年)。其中《星槎勝覽》有內容不同的兩系列，幸馮承鈞做校注時均分別錄出。此外還得留意，此書分前後兩集；在馮承鈞的校注本中，後集的頁碼從頭算起。在隨後的討論裡，這三種行紀每用簡稱——「馬書」、「鞏書」、「費書」[15]。《西洋記》引文按該書述事的次序，分地域錄出，三種行紀則先錄「馬書」，次及鞏書和費書。若《西洋記》某部分僅馬書和／或費書有相應文字，而鞏書沒有，便不收《西洋記》該條。關鍵字下用黑點顯明。

---

14 這樣說總不應忘記趙景深該文是抗戰以前的作品，劃時代的價值很明顯。和注6所引徐玉虎(1926-)四十多年後所作〈鞏珍《西洋番國志》之研究〉一文相較，情形便會更清楚。在那篇頗長的文章裡，以研究鄭和著稱的徐玉虎祇管把《西洋番國志》的原文大量整段、機械地抄錄過去，人名、地名，和方物均絲毫不試作任何解釋，好像那些絕大多數都艱僻得很的詞彙讀者會一目瞭然似的。到了七十年代末，鞏珍書的排印本早就唾手可得，還用他大耗篇幅去抄錄，卻不加注釋，復不與其它行紀的相應段落作比較嗎？這篇冗長而無聊的文章充分證明在這知識爆發時代裡，學術急劇倒退仍是可能發生的事。

15 陳信雄亦贊成這三種行紀都運用時，先後次序應爲馬書、鞏書、費書；見陳信雄，〈評龍村倪迷人的貢禮——龍涎香〉，收入陳信雄、陳玉女編，《鄭和下西洋國際學術研討會》(臺北：稻鄉出版社，2003年)，頁352。

四、《西洋記》和《西洋番國志》的相應部分

(一)金蓮寶象國(Champa)[16]

1. 這個婦人頭,原是本國有這等一個婦人,面貌身體俱與人無
   異,只是眼無瞳人。到夜來撇了身體,其頭會飛,飛到那裡,
   就要害人。專一要吃小娃娃的穢物,小娃娃受了他的妖氣,
   命不能存。到了五更鼓,其頭又飛將回來,合在身子上,
   又是一個婦人。……這叫做個屍致魚。(卷7,葉13上至14上)

---

16 Champa,宋元以來稱占城,在今越南中部。林邑、環王、占婆、摩訶瞻
   波、占波、臨邑等皆此國之別稱或別譯。參看Henry Yule and A.C. Burnell,
   *Hobson-Jobson: A Glossary of Colloquial Anglo-Indian Words and Phrases,
   and of Kindred Terms Etymological, Historical, Geographical and Discursive*
   (London: John Murray, 1903), p. 183(以下該書簡稱Yule and Burnell);
   Friedrich Hirth and W.W. Rockhill, *Chau Ju-hua: His Work on the Chinese
   and Arab Trade in the Twelfth and Thirteenth Centuries* (St. Petersburg:
   Imperial Academy of Sciences, 1911), p. 54(以下該書簡稱Hirth and
   Rockhill);小川博譯注,《馬歡瀛涯勝覽——鄭和西征見聞錄》(東京:
   吉川弘文館,1969年),頁13(以下該書簡稱小川書);J.V.G. Mills (1887-
   1987), *Ma Huan: Ying-yai Sheng-lan—The Overall Survey of the Ocean's
   Shores* (Cambridge: Cambridge University Press, 1970), p. 77(以下該書簡稱
   Mills);陳佳榮(1937-)、謝方、陸峻嶺,《古代南海地名匯釋》(北京:
   中華書局,1986年),頁277-280、481-482、493-496(以下該書簡稱《南海
   地名》);海軍海洋測繪研究所、大連海運學院航海史研究室,《新編鄭
   和航海圖集》(北京:人民交通出版社,1988年),頁48(以下該書簡稱
   《航圖集》);韓振華,〈鄭和航海圖所載有關東南亞各國的地名考釋〉
   (原刊於1996年),收入韓振華,《中外關係歷史研究》(香港:香港大學
   亞洲研究中心,1999年),頁392-393(以下該文簡稱〈航圖地名考釋〉);
   韓振華,《諸蕃志注補》(香港:香港大學亞洲研究中心,2000年),頁
   12-13(以下該書簡稱《韓注補》)。至於何以《西洋記》用金蓮寶象國之
   名,趙景深以為既因馬書記該地番人騎象出入,復因費書又記其首長頭戴
   金花(趙文,頁266)。其實「頭戴金鈒三山玲瓏花冠」、「出入騎象」之
   語,馬書盡皆有之。況且依此處所引占城國各條去看,也難確指羅懋登寫
   此國之事時曾用過費書。

馬書：其曰屍致魚[17]，本是人家一婦女也。但眼無瞳人爲異。夜寢則飛頭去，食人家小兒糞尖。其兒被妖氣侵腹必死。飛頭回合其體，則如舊。若知而候其頭飛去時，移體別處，回不能合則死。於人家若有此婦不報官，除殺者，罪及一家。(頁5-6)

鞏書：其國中有人家婦人，呼名尸只于者，唯以目無瞳人爲異。夜寢時頭能飛去，食人家小兒糞尖，則妖氣入兒腹必死。其頭復回本體，相合如舊。曾有人能以婦人之體移置他處，其婦亦死。但知人家有此妖異不報官者，罪及合家。(頁4)

費書：相傳屍頭蠻者，本是婦人也，但無瞳人爲異。其婦與家人同寢，夜深飛頭而去，食人穢物。飛頭而回，復合其體，仍活如舊。若知而封固其項，或移體別處，則死矣。人有病者，臨糞時遭之，妖氣入腹，病者必死。此婦人亦罕有，民間有而不報官者，罪及一家[18]。(前集，頁3)。

觀察：馬書、鞏書此段相似，難指《西洋記》據何者。費書分別較大，則當非羅懋登所本。

2. 小國不出鵝鴨，就是雞，至大者不過二斤，腳高寸半或二寸爲止。但雄雞則耳白冠紅，腰矮尾窵。人拿在手裡他亦啼，最是可愛。(卷7，葉22下至23上)

---

17 馮承鈞校本謂馬歡書之《紀錄彙編》本原本，此處雖作屍致魚，實爲屍頭蠻之訛。茲仍用屍致魚，以較易與《西洋記》勘讀。

18 費書此處隨後有「番人愛其頭，或有觸弄其頭者，必有生死之恨」句。Mills, p. 85, 和J.V.G. Mills, tr., *Hsing-Ch'a Sheng-Lan: The Overall Survey of the Star Raft by Fei Hsin*, Revised, annotated and edited by Roderich Ptak (Wiesbaden: Harrassowitz Verlag, 1996), p. 37(以下該書簡稱Mills-Ptak)，以爲或應下屬。

　　馬書：鵝鴨稀少，雞矮小。至大者不過二斤，腳高寸半，及二
　　　　　寸止。其雄雞紅冠白耳，細腰高尾。人拏手中亦啼，甚
　　　　　可愛也。（頁3）

　　鞏書：鵝鴨少，雞至小，腳僅高寸半或二寸。雄雞則紅冠白
　　　　　耳，亞腰翹尾。人執手中猶啼，其可愛也。（頁2）

　　費書：該書兩系統均無相應文字。

　　觀察：馬書、鞏書此段相似，難指《西洋記》據何者。

3.　咂甕酒……此酒初然以飯拌藥，封于甕中，俟其自熟。欲飲則
　　以長節小竹筒長三四尺者，插于酒甕中，賓客圍坐，照人數入
　　水，輪次咂飲。吸之至乾，再入水而飲，直至無酒味而止。
　　（卷7，葉23上）

　　馬書：其酒則以飯拌藥，封於甕中候熟。欲飲則以長節小竹
　　　　　筒長三四尺者插入酒甕中，環坐，照人數入水，輪次咂
　　　　　飲。吸乾再添入水而飲，至無味而止。（頁4）

　　鞏書：其酒以藥和飯，封甕中候熟。但飲時先數主客人數多
　　　　　少，以長節竹筒插入甕中，人皆圍坐輪次而起，扶筒咂
　　　　　飲，乾而增水，味盡方止。（頁3）

　　費書：該書兩系統均無相應文字。

　　觀察：馬書、鞏書此段雖相似，然細察用辭，則《西洋記》顯
　　　　　據馬書。

4.　書寫等閒，沒有紙筆，用羊皮搥之使薄，用樹皮薰之使黑，摺
　　成經摺兒，以白粉寫字為記。（卷7，葉23上）

　　馬書：其書寫無紙筆，用羊皮搥薄，或樹皮薰黑，摺成經摺，
　　　　　以白粉載字為記。（頁4）

　　　鞏書：書寫無紙筆，搥羊皮令薄，或摺樹皮，以白粉書之。
　　　　　　（頁3）

　　　費書：該書兩系統均無相應文字。

　　　觀察：馬書、鞏書此段雖相似，然細察用辭，則《西洋記》顯
　　　　　　據馬書。

5. 我國中無閏月，以十二月為一年。晝夜各分五十刻，用打更鼓
　　　者記之。（卷7，葉23上至24下［中有兩個半葉為插圖］）

　　　馬書：其日月之定無閏月，但十二月為一年。晝夜分為十更，
　　　　　　用鼓打記。（頁5）

　　　鞏書：歲無閏月，但以十二月為一年。晝夜分十更，擊鼓以記
　　　　　　之。（頁3）

　　　費書：該書兩系統均無相應文字。

　　　觀察：馬書、鞏書此段相似，難指《西洋記》據何者。

6. 若爭訟有難明之事，官不能決者，則令爭訟二人騎水牛過鱷
　　　魚潭。理屈者，鱷魚出而食之；理直者，雖過十數次，魚亦
　　　不食。（卷7，葉24下）

　　　馬書：再有一通海大潭，名鱷魚潭。如人有爭訟難明之事，官
　　　　　　不能決者，則爭訟二人騎水牛赴過其潭。理虧者，鱷魚
　　　　　　出而食之；理直者，雖過十次，亦不被食，最可奇也。
　　　　　　（頁6）

　　　鞏書：又有一大潭通海，其中有鱷魚。國人有告爭訟難明，官
　　　　　　不能決者，則令各騎水牛過潭。鱷魚見理曲者，輒出
　　　　　　食之；其理直者，雖過潭十餘次無事，最為異也。
　　　　　　（頁4）

費書：該書兩系統均無相應文字。

觀察：馬書、鞏書此段相似，難指《西洋記》據何者。

7. 俺國國王，大凡在位三十年者，即退位出家，令弟兄子侄權國。王往東山持齋受戒，茹素獨居，呼天誓曰：「我先在位不道，當爲狼虎食之，或病死之。」若一年滿不死，則再登王位，復理國事。國人稱呼爲昔黎馬哈剌扎（Sri Maharaja），蓋至尊至大之稱也。（卷7，葉25上）

馬書：其國王爲王三十年，則退位出家，令弟兄子侄權管國事。王往深山持齋受戒，或吃素，獨居一年，對天誓曰：「我先爲王，在位無道，願狼虎食我，或病死之。若一年滿足不死，再登其位，復登國事。」國人呼爲昔嚟馬哈剌扎，此至尊至聖之稱也。（頁5）

鞏書：王居位三十年，令別弟兄子姪權國事，自往深山持齋受戒，對天誓曰：「我在先爲王，若無道，願虎狼食我，或即病死。若一年不死，則復爲王。」人皆呼爲昔嚟馬哈剌扎，蓋至尊至聖之稱也。（頁3）

費書：該書兩系統均無相應文字。

觀察：羅懋登誤把此事作爲每個國王皆必須經歷的程序來處理。但他用的究竟是馬書還是鞏書，情形則不夠明顯。

(二) 羅斛國（Siam）[19]

8. 大凡有事，夫決于妻。婦人智量，果勝男子。……本國風俗，有婦人與中國人通好者，盛酒筵待之，且贈以金寶，即與其夫

---

19 羅斛國之情形，見Yule and Burnell, pp. 833-834；《南海地名》，頁513-514。

同飲食，同寢臥，其夫恬不爲怪，反說道：「我妻色美，得中國人愛，藉以寵光矣。」（卷7，葉45上至46下［中有兩個半葉爲插圖］）

馬書：其俗凡事皆是婦人主掌。其國王及下民若有謀議刑罰輕重，買賣，一應巨細之事，皆決於妻。其婦人志量果勝於男子。若有妻與中國人通好者，則置酒飯同飲坐寢，其夫恬不爲怪，乃曰：「我妻美，爲中國人喜愛」。（頁19）

鞏書：國王謀議刑罰，下民買賣交易，一應鉅細事皆決於妻。其婦人才識亦果勝於男子。若其妻與中國男子情好，則喜曰：「我妻有美，能悅中國人。」即待以酒飯，或與同坐寢不爲怪。（頁13）

費者：其酋長及民下謀議，大小之事，悉決於婦。其男一聽苟合無序，遇我中國男子甚愛之，必置酒致待而敬之，歡歌留宿。（前集，頁11）

觀察：《西洋記》採用馬書，十分明顯。費書則與馬、鞏書二書分別甚大。

9. 大凡男子二十餘歲，則將莖物周圍之皮用細刀兒挑開，嵌入錫珠數十顆，用藥封護。俟瘡口好日，方才出門。就如賴葡萄的形狀。富貴者金銀，貧賤者銅錫。行路有聲，……。（卷7，葉46下）

馬書：凡男子年二十餘歲，則將莖物週迴之皮如韮菜樣細刀挑開，嵌入錫珠十數顆皮內，用藥封護。待瘡口好，纔出行走，其狀纍纍如葡萄一般。……如國王或大頭目或富人，則以金爲虛珠，內安砂子一粒嵌之，行走玎玎有

聲，乃以爲美。不嵌珠之男子，爲下等人。（頁20）

鞏書：凡男子年二十餘，隨貴賤以金銀爲珠嵌飾陽物。（頁13）

費書：該書兩系統均無相應文字。

觀察：《西洋記》這段文字當出自馬書。

（三）爪哇（Java）[20]

10. 昔日有一個鬼子魔天，與一象罔（誤：罔象）[21]，紅頭髮，青面孔，相合于此地，生子百餘，專一吸人血，啖人肉，把這一國的人吃得將次淨盡。忽一日，雷聲大震，震破一塊石頭。那石頭裡面，端端正正坐着一個漢子。眾人看見，吃了一驚，……尊爲國王。那國王果眞有些作用，領了那吃不了的眾人，驅逐罔象，才除了這一害。（卷7，葉49上）[22]

　　馬書：舊傳鬼子魔王，青面紅身赤髮，正于此地與一罔象相合，而生子百餘，常啖血爲食，人多被食。忽一日，雷

20　元代以降稱爲爪哇之島，南北朝時稱耶婆提（法顯《佛國記》）、唐時作訶陵（《舊唐書》）、宋時稱闍婆（《諸蕃志》）。參據資料包括Yule and Burnell, pp. 454-456; Hirth and Rockhill, pp. 78-79; Paul Pelliot, *Notes on Marco Polo*, Vol. II (Paris: Imprimerie Nationale, 1963), pp. 755-757; Mills, pp. 86;《南海地名》，頁203-204；《航圖集》，頁53；〈航圖地名考釋〉，頁408；《韓注補》，頁96-97。

21　William Woodville Rockhill柔克義（1854-1914）在處理馬書及費書之相應段落時，譯罔象爲goblin（惡鬼）；見W.W. Rockhill, "Notes on the Relations and Trade of China with the Eastern Archipelago and the Coast of the Indian Ocean during the Fourteenth Century, Part II," *T'oung Pao*, 16 (1915), pp. 243, 246。其言雖是，卻尚未夠準確，殆因「罔象」爲水怪。「罔象」語出《莊子》〈達生〉篇：「水有罔象，丘有羊，山有夔，野有彷徨，澤有委蛇」，所言悉指兇惡妖異之物。郭慶藩（1844-1896）《莊子集釋》（掃葉山房本），卷7，葉6下，所引疏文謂罔象「狀如小兒，黑色，赤衣，大耳，長臂」。怎也不可能如隨後正文所錄鞏書之連番指其爲象。

22　書中此段首句之前解釋此地云：「這個國漢晉以前不曾聞名。唐朝始通中國，叫做訶陵。宋朝叫做闍婆。元朝才叫做爪哇。佛書卻又叫做鬼子國。」

震石裂，中坐一人，眾稱異之，遂推爲王，即令精兵馳
逐罔象等眾，而不爲害。（頁12）

鞏書：人云昔有鬼子魔王，青面紺髮紅身，與一象合生子百
餘，常啖食人。忽震雷裂石，中有一人，眾立爲王，盡
降於象，而不爲害。（頁8）

費書：舊傳鬼子魔天，正在此地與一罔象青面紅身赤髮相合，
凡生子百餘，常食啖人血肉。……人被啖幾盡。忽一
日，雷震石裂，中坐一人，眾稱異之，遂爲國王，即領
兵驅逐罔象，而不爲害。（前集，頁13）

觀察：鞏書刪簡得句不成句，且連番誤罔象爲象（故不能視之
爲手民之失），顯非羅懋登所本。然而馬書與費書十分
相近，難指羅懋登究用何者。

11. 杜板（Tuban, 6°35'S, 112°04'E）[23]，番名賭板。此處約有千餘
家，有兩個頭目爲主，其間多有我南朝廣東人及漳州人流落在
此，居住成家。（卷7，葉49下）

馬書：杜板，番名賭斑，地名也。此處約千餘家，以二頭目爲
主，其間多有中國廣東及漳州人流居此地。（頁8）

鞏書：杜板，番名賭班。此地約千餘家。中國廣東及漳州人多
逃居於此，以二頭目爲主。（頁6）

費書：杜板一村，亦地名也。（頁15）

觀察：馬書當爲《西洋記》所本，細節與述事次序均同。

12. 新村，原係沙灘之地。因中國人來此居住，遂成村落。有一個

---

23 今名廚閩；參見 M.A.P. Meilink-Roelofsz, *Asian Trade and European
Influences in the Indonesian Archipelago between 1500 and about 1630* (The
Hague: Martinus Nijhoff, 1962), pp. 105-107;《航圖集》，頁53。

頭目，民甚殷富。各國番船到此貨賣。（卷7，葉49下）

馬書：新村，番名革兒昔（Gresik, 7°09'S, 112°39'E）[24]，原係
沙灘之地，蓋因中國之人來此創居，遂名新村。至今村
主廣東人也。約有千餘家。各處番人多到此處買賣。其
金子諸般寶石一應番貨，多有賣者。民甚殷富。（頁9）

鞏書：新村，番名革兒昔。此地原爲枯灘，因中國人逃來，遂
名新村，至今村主廣東人也。約千餘家。各處番舡皆
聚此，出賣金寶石及一應諸番貨。居人甚殷富。（頁
6-7）

費書：該書兩系統均無相應文字。

觀察：馬書、鞏書此段雖相似，然「原係沙灘之地」句尚可指
《西洋記》所本者爲馬書。

13. 從二村往南，船行半日，卻到蘇魯馬益港口。其港沙淺，止用
小船。行二十多里，才是蘇魯馬益，番名蘇兒把牙（Surabaja,
7° 12'S, 112°44'E）[25]，……。大約有千餘家。有一個頭目。其
港口有一大洲，林木森茂，有長尾猢猻數萬。中有一老雄爲
主，劫一老番婦隨之。風俗：婦人求嗣者，備酒肉餅果等物，
眾小猴隨而分食之，隨有雌雄二猴前來交感爲驗。此婦歸家，
便即有孕，否則沒有。且又能作禍，人多備食物祭之。（卷7，
葉49下）

馬書：自新村投南，船行二十餘里，到蘇魯馬益，番名蘇兒把

---

24 其它在爪哇東岸，今名錦石；參見Meilink-Roelofsz, *Asian Trade*, pp. 107-
110；《南海地名》，頁820-821；《航圖集》，頁53。

25 其地在爪哇東岸，今名泗水；參見《南海地名》，頁416；《航圖集》，
頁53。

牙。其港口流出淡水。自此大船難進，用小船行二十餘里，始至其地。亦有村主，掌管番人千餘家，其間亦有中國人。其港口有一洲，林木森茂，有長尾猢猻萬數聚於其上。有一黑色老雄獼猴爲主，卻有一老番婦隨伴在側。其國中婦人無子嗣者，備酒飯果餅之類，往禱于老獼猴。其老猴喜，則先食其物，餘令眾猴爭食。食盡，隨有二猴來前交感爲驗。此婦回家即便有孕，否則無子也。甚爲可怪。（頁9-10）

鞏書：新村向南行日許到蘇魯馬益港口，水淡沙淺，大舡難進。用小舡行二十餘里到蘇魯馬益，番名蘇兒把牙。亦有村主，管番人千餘家門。亦有中國人。其港口有一洲，林木森森，上有長尾猴萬數，中有黑色老雄猴爲主，有一老番婦人隨其側。國人婦女無子者，皆備酒飯果餅往禱，老猴喜則先食其物，眾猴爭食其餘。食盡隨有公母二猴近前交應。此婦回即有孕，否則無也。可怪哉。（頁7）

費書：該書兩系統均無相應文字。

觀察：馬書、鞏書此段相似，而鞏書在用字上雖較近《西洋記》，然其接近程度尚未足指鞏書爲羅懋登所本。

14. 自蘇兒把牙小船行八十里，到一個埠頭，番名漳沽（Canggu, 約7° 25'S, 112° 26'E）[26]。登岸望西南陸行半日，到滿者白夷（Majapahit, 約7° 34'S, 112° 22'E）[27]。這是第四處，大約有二三百家，有七八個頭目。（卷7，葉49下至50上）

---

26 其地在東爪哇；參見Mills, p. 91；《南海地名》，頁836。
27 今名Mojokerto（惹班）；參見《南海地名》，頁818；《航圖集》，頁53。

馬書：自蘇兒把牙小船行七八十里到埠頭，名漳沽[28]。登岸投
西南行一日半[29]，到滿者伯夷，即王之居處也。其處番
人二三百家，頭目七八人以輔其王。（頁10）

鞏書：於蘇魯馬益小舡行八十里，到埠頭，名漳沽。登岸向西
南行半日，到滿者伯夷，則王居處也。其處有番人二三
百家，頭目七八人輔王。（頁7）

費書：該書兩系統均無相應文字。

觀察：馬書、鞏書此段分別殊微，倘據注29所云「半日」與
「一日半」之異，便判定羅懋登採鞏書則得考慮版本支
持是否已足。

（四）舊港（Palembang）[30]

15. 這個國水多地少，除了國王，止是將領在岸上有房屋。其餘的
庶民俱在水牌上蓋屋而居，任其移徙，不勞財力。……番名浡
淋國（誤：邦），華言舊港國。……田土其肥，倍于他壤。俗語
有云：「一季種谷（誤：穀），三季收金。」……國人都是南朝
廣東潮泉洲（誤：州）人，慣習水戰。（卷9，葉54下至55上）

馬書：舊港，即古名三佛齊國是也，番名曰浡淋邦（Palembang）。

---

28 此地馮承鈞從用作底本之《紀錄彙編》本作章姑，而注謂《勝朝遺事》本
和《西洋朝貢典錄》所錄得者均作漳沽。此處採漳沽，因《西洋記》及鞏
書均作漳沽，易於比勘。

29 此處馮承鈞從《勝朝遺事》本作「一日半」，而注謂《紀錄彙編》本作
「日半」。二者並無實質之殊，悉指登岸後行了一日有半，亦即與《西洋
記》及鞏書所說的半日路程頗有分別。

30 舊港（亦因閩南語訛為巨港），3°00'S，104°45'E，是蘇門答臘島東南部的
重要海港，七世紀時是室利佛逝（Srivijaya）王國的首都，宋以後稱為三佛
齊（Samboja）。參考資料包括Hirth and Rockhill，p.63；Mills, p. 191；《南
海地名》，頁129-131、272-273、616；《航圖集》，頁54；〈航圖地名
考釋〉，頁410；《韓注補》，頁57-58。另外，Mills-Ptak, p. 51, 用兩長
注詳論此地。

……國人多是廣東漳泉州人，逃居此地，人甚富饒，地
土甚肥。諺云：「一季種穀，三季收稻。」正此地也。
地方不廣，人多操習水戰。其處水多地少，頭目之家都
在岸地造屋而居，其餘民庶皆在木筏上蓋屋居之，用椿
纜拴擊在岸，水長則筏浮，不能淹沒，或欲於別處居
者，則起椿連屋移去，不勞搬徙。（頁15-16）

鞏書：舊港國即三佛齊國也，番名佛林邦。……國多廣東、福
　　　建漳泉水。地土肥美，諺謂：「一季種穀，三季收
　　　稻。」止此處也。其處水多地少，人多習水戰。頭目皆
　　　岸上造屋以居，其餘民庶俱於水上編竹為筏，莘葉作房
　　　居之。筏用椿纜隨水長落，欲遷居則連筏移去，不勞搬
　　　徙，亦甚便。（頁11）

費書：（舊港），古名三佛齊國。……田土甚肥，倍於他壤。古
　　　云：「一季種穀，三季生金。」言其米穀盛而為金也。
　　　民故富饒，俗囂好淫，有操略，水戰甚慣。其處水多地
　　　少，部領者皆在岸邊，居室之用，匝民僕而宿。其餘民
　　　庶皆置木筏上，蓋屋而居，若近溪船以木椿拴閘。設其
　　　水漲，則筏浮起，不能潗沒也。或欲別居，起椿去之，
　　　連屋移拔，不勞其力。（前集，頁18）

觀察：馬書、鞏書、費書三者之間，分別不大，難斷羅懋登採
　　　用何者。雖自費書較易指認與《西洋記》該段相同的字
　　　句，但費者不提中國人移居該處。

16. 廣東潮洲（誤：州）府人，姓施名進卿，洪武年間遭遇海賊剽
掠，全家移徙在這裡。……施進卿道：「只因小的有一個同鄉
人，姓陳名祖義，因私通外國，事發之後，逃在這裡來。年深
日久，充為頭目，豪橫不可言，尚一劫掠客商財物，……」。
（卷9，葉55上下）（陳祖義事隨後的發展融入虛構的故事內引伸

述出）。

> 馬書：昔洪武年間，廣東人陳祖義等全家逃於此處，充爲頭
> 目，甚是豪橫，凡有經過客人船隻，輒便劫奪財物。至
> 永樂五年，朝廷差太監鄭和等統領西洋大䑸寶船到此
> 處，有施進卿者，亦廣東人也，來報陳祖義兇橫等情，
> 被太監鄭和生擒陳祖義等回朝伏誅，就賜施進卿冠帶，
> 歸舊港爲大頭目，以主其地。本人死，位不傳子，是
> 其女施二姊爲王，一切賞罪黜陟皆從其制。（頁16-
> 17）
>
> 鞏書：洪武初，廣東人陳祖義等挈家逃竄于此。後祖義充頭目
> 橫甚，往往劫奪客舡財物。有施進卿者廣東人，永樂五
> 年奉朝命往西洋，寶舡過此。施進卿來執擒祖義等送京
> 斬之。朝廷命進卿爲大頭目，以主其地。進卿死，位不
> 傳子，其女二姊爲主，賞罰黜陟，番聽裁制。（頁11-
> 12）
>
> 費書：該書兩系統均無相應文字。
>
> 觀察：羅懋登衹是借用故事輪廓，原不必（亦無法）確指其所
> 本，但鞏書刪湊過甚，竟把鄭和下西洋說成是施進卿之
> 事。《西洋記》並無此失，故羅懋登參據者當爲述事較
> 備，較合邏輯之馬書。

17. 神鹿（tapir，貘，在東南亞的品種爲*Tapirus indicus*）一對（雙行
夾注：大如巨豬，高三尺許，前半截甚黑，後半截白花，毛純
短可愛，止食草木，不食葷腥）[31]。鶴頂鳥（rhinoceros hornbill,

---

31 神鹿之爲貘，早在1879年荷蘭漢學家 Wilem Pieter Groeneveldt（1841-
1915）已有考明；見 W. P. Groeneveldt, "Notes on the Malay Archipelago and
Malacca"（1879年在荷蘭原刊），in Reinhold Rost, ed., *Miscelleneous Papers*

Buceros rhinoceros)一對(雙行夾注：大如鴨，毛黑項長嘴尖，其腦骨厚半餘，外紅色，內嬌黃可愛，堪作腰帶)[32]。火雞(Cassowary, *Casuarius casuarius*, 食火雞)一對(雙行夾注：頂有軟紅冠，如紅絹二片，渾身如羊毛，青色。其爪甚利，傷人致死。好食火炭，故名。雖棍棒不能致死)[33]。……金銀香(馬

(續)————————————————

Relating to Indo-China and the Indian Archipelago (London: Trübner & Co., 1887), I, p. 199。現已瀕臨絕種的貘在東南亞的情形，見G. H. H. Tate, *Mammals of Eastern Asia* (New York, The Macmillian Company, 1947), pp. 349-351; Ernest P. Walker, *Mammals of the World* (Baltimore: The John Hopkins Press, 1965), Vol. II, pp. 1347-1348; Desmond Morris, *The Mammals: A Guide to the Living Species* (London: Hodder and Stoughton, 1965), pp. 347, 354; Lord Medway, *The Wild Mammals of Malaya (Peninsula Malaysia) and Singapore* (Kuala Lumpur: Oxford University Press, 1978), p. 101; Junaidi Payne, *et al., A Field Guide to the Mammals of Borneo* (Kuala Lumpur: The Sabath Society with World Wildlife Fund Malaysia, 1985), pp. 292-293; Joseph Forshaw, *et al., Encyclopedia of Mammals and Birds* (San Francisco: Fog City Press, 1990), pp. 180-191 (以下該書簡稱*Mammals-Birds*); G. B. Corbet and J. E. Hill, *The Mammals of the Indomalayan Region: A Systematic Review* (Oxford: Oxford University Press, 1992), p. 241。另可參看劉昌芝，〈鄭和下西洋引進的珍稀動植物研究〉，《海交史研究》，1990年1期(1990年6月)，頁15；Earl of Cranbrook, *Mammals of South-East Asia*, Second edition (Singapore: Oxford University Press, 1991), pp. 47-49, 86。

32 I.H. Burkill, *A Dictionary of the Economic Products of the Malay Peninsula* (London: Governments of the Straits Settlements and Federated Malay States, 1935), I, pp. 1214-1215; Jean Delacour, *Birds of Malaysia* (New York: The Macmillan Company, 1947), pp. 164-165; Bertram E. Smythies, *The Birds of Borneo* (Sabah: The Sabah Society and the Malayan Nature Society, 1960), pp. 222-223; John Mac Kinnon, *Field Guide to the Birds of Java and Bali* (Yogyakarta, Indonesia: Gadjah Mada University Press, 1988), p. 210; Derek Holmes, *The Birds of Java and Bali* (Singapore: Oxford University Press, 1989), pp. 41, 97; Mills, p. 100; 劉昌芝，〈鄭和引進的動植物〉，頁15; Derek Holmes, *The Birds of Sumatra and Kalimantan* (Singapore: Oxford University Press, 1990), pp. 29-30。

33 Mills, p. 101, 指火雞為White Manchurian crane (*Grus viridirostris*)。其說顯誤，地域(為何寒帶動物可以在赤道一帶繁殖？)、毛色、特徵全不合。況且White Manchurian crane丹頂鶴的學名是*Grus japonensis*，見《中國藥用動物誌》，第二冊(天津：天津科學技術出版社，1983年)，頁375-376。劉昌芝，〈鄭和引進的動植物〉，頁15，雖提及火雞，卻不加解釋，難說

來語*kemenyan*的對音，gum benjamin 或 benzoin）二箱（雙行夾
注：其色如銀匠鈒花銀器黑膠相似。中有一白塊，好者白多，
低者黑多。氣味甚冽，能觸人鼻）[34]。（卷9，葉58上）

馬書：金銀香，中國與他國皆不出。其香如銀匠鈒銀器黑膠相
似，中有一塊似白蠟一般在內。好者白多黑少，低者黑
多白少。燒其香氣味甚烈，爲觸人鼻。西番並鎖俚
（Chola，約10° 46'N）[35]人甚愛此香。鶴頂鳥大如鴨，毛
黑，頸長，嘴尖，其腦蓋骨厚寸餘，外紅裡如黃蠟之
嬌，甚可愛，謂之鶴頂，堪作腰刀靶鞘擠機之類。又出
一等火雞，大如仙鶴，圓身簇頸，比鶴頸更長。頭上有

<hr />

（續）

他能否指認。其實伯希和（Paul Pelliot, 1878-1945）在其 "Les grandes
voyages maritimes chinois au début du XVᵉ siécle," *T'oung Pao*, 30 (1933), p.
382，早已辨認出火雞是casoar（法文）。此即英文的cassowary，食火雞（又
名鶴鴕）。這種今產於澳洲、新幾內亞地域（Australo-Papuan region），高可
至5呎許，重可達130磅，翼已退化而不能飛的鳥，因口腔內呈赤色，如食
火狀，故名，非謂其好食火炭也。食火雞確會猛烈攻擊其以爲具威脅性之
人，其利爪也可把人撕破，故今日澳洲在其出沒之處經常提出明顯警告。
有關食火雞諸事，見Graham Pizzey, *A Field Guide to the Birds of Australia*
(Princeton: Princeton University Press, 1980), p. 22; Ken Simpson and
Nicholas Day, *The Birds of Australia: A Book of Identification-760 Birds in
Colour* (South Yarra, Victoria: Lloyd O'Neil, 1984), pp. 16-17, 284; Colin
Harrison, *Birds of Australia* (London: Bison Books, 1988), p. 66; *Mammals-
Birds*, pp. 268-269; Penny Olsen, *et al., Birds of Prey and Ground Birds of
Australia* (Sydney: Angus & Robertson, 1993), pp. 183-187。

34 William Marsden, *The History of Sumatra*, 3rd ed. (London: Private printing,
   1811), p. 154; Groeneveldt, "Notes," p. 261; Paul Wheatley, "Geograpical
   Notes on Some Commodities Involved in Sung Maritime Trade," *Journal of the
   Malayan Branch of the Royal Asiatic Society*, 32:2 (June 1959), pp. 55-59;
   O.W. Wolters, "The Po-ssu Pine Trees," *Bulletin of the School of Oriental and
   African Studies*, 23:2 (1960), p. 336; Edward H. Schafer, *The Golden Peaches
   of Samarkand: A Study of T'ang Exotics* (Berkeley: University of California
   Press, 1963), pp. 169-170；山田憲太郎，《東亞香料史研究》（東京：中央
   公論美術出版，1976年），頁140-150。
35 此地漢籍通常作瑣里，在印度東岸；見Mills, p. 218。

軟紅冠，似紅帽之狀。又有二片生於頸中。嘴尖。渾身毛如羊毛稀長，青色。腳長鐵黑，爪甚利害，亦能破人腹，腸出即死。好吃炊炭，遂名火雞。用棍打碎，莫能死。又山產一等神獸，名曰神鹿，如巨豬，高三尺許，前半截黑，後半截白花，毛純短可愛。嘴如豬嘴不平，四蹄亦如豬蹄，卻有三跲。止食草木，不食葷腥。（頁17-18）

鞏書：其金銀香如中國銀匠所用黑膠，中有白塊如蠟，白多黑少者為上，黑多白少者次之。此香氣烈，觸鼻薰腦，西番併鎖俚人甚愛之。其鶴頂之鳥大如鴨形，黑色頸尖嘴。腦骨厚寸餘，外紅內黃如蠟，嬌潤可愛。其嘴之尖極紅，但作帶鉤環。鋸解腦骨作坯，卻刮取嘴尖之紅，貼為花樣，以燒熱鐵板鉗合成塊，任意製造，亦可作刀靶擠機之類。又產火雞、神鹿。其火雞大如鶴，圓身長頸，尖嘴高腳。頸比鶴長，有軟冠二片如紅絹子，生於頸中。腳如鐵黑，能爪人破腹出腸。或以杖之，卒莫能死。食炊炭，因名火雞。神鹿大如巨豕，高三尺許，前半體黑，後半體白，毛色可愛。蹄與喙皆如豕，蹄有三跲而喙不尖。食草木，不茹腥穢（頁12）。

費書：該書兩系統均無相應文字。

觀察：羅懋登易史源所開方物為貢品，復改列原有解釋之詞為雙行夾注。馬書與鞏書此段雖相近，然辭彙之同足指羅所據者為馬書。

（五）滿剌伽（Malacca）[36]

---

36 即今之麻六甲，2°12'N，102°15'E，馬來半島西岸主要海港。參考有

18. 城裡有一個大溪，溪上架一座大木橋，橋上有一二十個木亭子。一夥番人都在那裡做買做賣。（卷10，葉64下）

馬書：有一大溪河水，下流從王居前過入海。其王於溪上建立木橋，上造橋亭二十餘間，諸物買賣俱在其上。（頁23）

鞏書：有一大溪□紅王居前過□入海（句有誤）。王於溪上建立木橋，橋上造亭二十餘間，諸貨買賣者皆集於此。（頁15）

費書：該書兩系統均無相應文字。

觀察：馬書、鞏書此段相似，原難指《西洋記》據何者，但鞏書有嚴重句誤，採用馬書的可能遂因而增加。

19. 番王住的房屋都是些樓閣重重，上面又不鋪板，只用椰子木劈成片條兒，稀稀的擺着，黃藤縛着，就像個羊棚一般，一層又一層，直到上面。大凡客來，連床就榻，盤膝而坐。飲食臥起俱在上面，就是廚竈廁屋也在上面。（卷10，葉64下至65上）

馬書：房屋如樓閣之制，上不鋪板，但高四尺許之際以椰子樹劈成片條，稀布於上，用藤縛定，如羊棚樣，自有層次。連床就榻，盤膝而坐。飲臥廚灶皆在上也。（頁23）

鞏書：居屋如樓，各有層次。每高四尺許，即以椰木劈片，藤扎縛如羊棚狀。連床就榻，盤膝而坐，廚竈亦在其上。（頁16）

費書：房屋如樓閣，即不鋪設，但有不（木）條稀布，高低層

Yule and Burnell, pp. 544-545；《南海地名》，頁816-818；《航圖集》，頁62；〈航圖地名考釋〉，頁414。

次。連床就榻，箕倨而坐，飲食廚廁俱在其上也。（前
集，頁20）

觀察：從用字相同和細節此有彼無的角度去看，羅懋登用者當
　　　是馬書。用起來卻自作主張，把民房說成是番王之居，
　　　視「連床就榻，盤膝而坐」之習爲「大凡客來」才有的
　　　現象。羅書胡鬧，不可充作史料，此一例也。

20. 就于滿刺伽國笠立排柵城垣，仍舊有四門，仍舊有鐘樓，仍舊
　　有鼓樓。裡面又立一重排柵小城，蓋造庫藏倉廒，一應寶貨錢
　　糧頓於在內。（卷11，葉2下）

馬書：中國寶船到彼，則立排柵如城垣，設四門更鼓樓，夜則
　　　提鈴巡警。內又立重柵如小城，蓋造庫藏倉廒，一應錢
　　　糧頓在其內。（頁25）

鞏書：中國下西洋舡以此爲外府，立擺（排？）柵墻垣，設四門
　　　更鼓樓。內又立重城，蓋造庫藏完備。大䑸寶舡……一
　　　應錢糧皆入庫內□貯。（頁16）

費書：該書兩系統均無相應文字。

觀察：《西洋記》此段雖僅約略依據史源，但其借用馬書文字
　　　尚易指認。

（六）蘇門答剌國（Semudera）[37]

21. 此國先前的國王，名字叫做行勒，和(那)孤兒國(詳後)花面王
　　廝殺，中藥箭身死。子幼不能復仇，其妻出下一道榜文，招賢

---

37 其地在今門答臘島北端東岸薩馬朗如河(Kreueng Samalanga)口內一浬
　處。十六世紀後，國雖亡而其名成爲全島之稱——蘇門答臘島(Pulau
　Sumatera)。有關資料，見Mills, p. 115；《南海地名》，頁416-418；《航
　圖集》，頁68。

納士,說道:「有能爲我報復夫仇,得全國土,情願以身事之,以國與之。」只見三日之後,有一撒網的漁翁揭了招賢榜文,高叫道:「我能爲國報仇,全復國土!」……果然……一刀就殺了花面王。國王之妻不負前約,就與他配合,尊敬他做個老王,家寶地賦悉憑他掌管。後來年深日久,前面國王的兒子,名字叫做宰奴里阿必可(Zainal Abidin)[38]長大成人,……一日帶了些部曲,把個漁父也是一刀,復了自家的位,管了自家的國,……。漁翁的兒子,名字叫做蘇幹剌(Sekandar/Iskandar),如今統了軍馬,費了糧食,在這國中要和父王報仇,每日間廝殺不了。(卷11,葉4上下)(後來鄭和捉獲蘇幹剌,見卷12,葉8上)。

馬書:其蘇門答剌國王先被那孤兒花面王侵掠,戰鬥身中藥箭而死。有一子幼小,不能與父報仇。其王之妻與眾誓曰:「有能報夫死之仇,復全其地者,吾願妻之,共主國事。」言訖,本處有一漁翁奮志而言:「我能報之。」遂領兵眾當先殺敗花面王,復雪其仇。花面王被殺,其眾退伏,不敢侵擾。王妻於是不負前盟,即與漁翁配合,稱爲老王,家室地賦之類悉聽老王裁制。……其先王之子長成,陰與部領合謀弒義父漁翁,奪其位,管其國。漁翁有嫡子名蘇幹剌,領眾挈家逃去,鄰山自立一寨,不時率眾侵復父仇。永樂十三年正使太監鄭和等統領大䑸寶船到彼,發兵擒獲蘇幹剌,赴闕明正其罪。(頁27-28)

鞏書:先是蘇門答剌國王被那孤兒王侵掠,中藥箭死。其子幼

---

38 宰奴里阿必丁在1405-1433年間統治蘇門答剌;見Paul Pelliot, "Notes additionelles sur Tcheng Houo et sur ses voyages," *T'oung Pao*, 31 (1935), p. 313。

小不能復仇。王妻下令曰：「有能復夫仇深，全此土者，吾願與爲妻，共主國事。」有一漁翁奮前曰：「我能克之。」遂殺敗那孤兒王，其眾退伏不敢動。王妻遂嫁漁翁，稱爲老國王，政事地賦悉聽老王裁制。……前王子長成，陰與部屬合謀，殺老王而取其國。老王子蘇幹刺挈家逃入山，立寨以居，時率眾復父仇。永樂十三年太監正使等到，爲發兵捽獲蘇幹刺送京，王子位始固。（頁18-19）

費書：永樂十一年，僞王蘇幹刺寇竊其國，王遣使赴闕，陳訴請救。上命正使太監鄭和等統率官兵勦捕，生擒僞王，至永樂十三年歸獻闕下，諸番振服。（前集，頁23）

觀察：費書文字內容大異，自非《西洋記》所本。馬書和鞏書此段分別不大，但那孤兒國王名花面王一事僅見馬書和《西洋記》，或可證羅懋登用的是馬書。然而此處有一事可疑。鄭和隨員的三種行紀均不提前王名行勒，亦不說其子名宰奴里阿必丁，而《西洋記》皆有之。羅懋登當另有所本。

22. 竹雞二百隻（雙行夾注：略煮即爛，味美）、……臭果（雙行夾注：其長八九寸，開之甚臭，內有大酥白肉十四五片，甜美可食）。（卷11，葉8上）

馬書：有一等臭果，番名賭爾烏（durian, *Durio zibethinus*，榴槤）[39]，如中國水雞頭樣，長八九寸，皮生尖刺，熟則

---

39 指賭爾烏，以及隨後所列鞏書的「都爾烏」爲馬來語durian，對音嫌不切。幸此事馮承鈞已考定。他說馬書《國朝典故》本作「賭爾焉」，遂知「烏」爲「焉」之訛。其實Groeneveldt, "Notes," p. 209, 早已指出「烏」爲「焉」之訛，雖然他手邊的版本資料並不豐富。至於durian這種果實，

五六瓣裂開，若爛牛肉之臭。內有栗子大酥白肉十四五塊，甚甜美可食。……雞無剜者，……大者七斤，略賣便軟，其味甚美。（頁29-30）

鞏書：又有一種臭果，番名都爾烏，狀如雞頭，長八九寸，皮生尖刺。及熟有瓣裂開，氣如臭牛肉。內有肉十四五塊，大如栗，其白如酥，甜美可食。……雞無線者，其大者重六七斤，煮易爛，味美。（頁19-20）

費書：有一等菓，皮若荔枝，如瓜大。未剖之時，甚如爛蒜之臭。剖開取囊如酥油，美香可口。（前集頁23）

觀察：費書僅記臭果，而不及竹雞，述臭果文字內容復大異，決非羅懋登所據。此處羅懋登重施故技（見條17），易方物為貢品，改列原有解釋為雙行夾注。馬書和鞏書此處雖相似，然據辭彙仍可指羅懋登用的是馬書。

（七）（那）孤兒國（Nagur）[40]

23. 有（那）孤兒國，即花面王國。地方不廣，人民止千餘家，田少，不出稻米。多以漁為業，風俗淳厚。男子俱從小時用墨刺面，為花獸之狀。猱頭赤着身子，止用單布圍腰。婦女圍花布，披手巾，椎髻腦後，卻不盜不驕，頗知禮義。（卷11，葉9上）

（續）——————————

見Marsden, *Sumatra*, p. 98; Yule and Burnell, pp. 331-333; Burkill, *Economic Products*, I, pp. 888-889; Mills, p. 118；小川書，頁83；Franklin W. Martin, "Durian and Mangosteen," in Steven Nagy and Philip E. Shaw, ed., *Tropical and Subtropical Fruits: Composition, Properties and Uses*（Westport, Conn., 1980），pp. 407-414; W. Veevers-Carter, *Riches of the Rain Forest: An Introduction to the Trees and Fruits of the Indonesian and Malaysian Rain Forests*（Singapore: Oxford University Press, 1984），pp. 39-45; Jacqueline M. Piper, *Fruits of South-East Asia*（Singapore: Oxford University Press, 1989），pp. 17-22; 劉昌芝，〈鄭和引進的動植物〉，頁14。

40 在蘇門答臘島北岸，約96° 35'E。今為巴達人（Buttaks）居地，巴達宋時作拔沓。參見Pelliot, *Notes on Marco Polo*, II, pp. 613-614; Mills, pp. 121, 219；《南海地名》，頁393。

馬書：那孤兒王，又名花面王，……止是一大山村。但所管人
民皆於面上刺三尖青花爲號，所以稱爲花面王。地方不
廣，人民祇有千餘家。田少，人多以耕陸爲生。(頁31)

鞏書：那孤兒，小邦也。……只是一大山村，人民千餘
家。……凡其人皆於面刺三尖青花爲號，所以其王又呼
爲花面王。田少，人多以陸種爲生。(頁25)

費書：(花面國)，逶迤山地。田足稻禾，氣候不常，風俗尚
厚。男女大小皆以黑汁刺面爲花獸之狀。猱頭裸體，單
布圍腰。……強不奪弱，上下自耕自食，富不倚驕，貧
不生盜，可謂一區之善也。(前集，頁24)

觀察：查檢至此，方見《西洋記》明顯依據費書之首例。惟羅
懋登仍平添發明。鄭和隨員所寫的三種行紀均記此處爲
山村／山地，又說其它居民以陸耕爲生，費書甚至明言
「田足稻禾」，羅懋登卻強謂該地之人「不出稻米，多
以漁爲業」！盛稱《西洋記》史料價值高者應先細讀該
書和詳察其史源。

(八)黎代國(Lide)[41]

24. 黎代國，其國亦小，國民僅二三千家，自推一人做頭目。曾附
蘇門答剌進貢中國。(卷11，葉10上)

馬書：黎代之地亦一小邦也。……國人三千家，自推一人爲王，
以主其事。……隨同蘇門答剌以進貢于中國。(頁31-32)

鞏書：黎代亦小邦也。……國人一二千家，自推一人爲主，以
主國事。……隨蘇門答剌進貢。(頁20-21)

---

41 黎代在蘇門答臘島北岸，約96°15'E；見Mills, pp. 122, 202；《南海地
名》，頁849。

費書：無黎代國紀錄。

觀察：馬書、鞏書此段雖分別極微，小異之處仍可指羅懋登用
的是馬書。

（九）帽山（Pulau We）[42]

25. 帽山下有好珊瑚樹。（卷12，葉50上）

馬書：(帽山)山邊二丈上下淺水內，生海樹。被人撈起取爲寶
物貨賣，即珊瑚也。（頁33）

鞏書：(帽山)山邊約二丈許，有海樹生淺水中名曰珊瑚。（頁21）

費書：無帽山紀錄。

觀察：馬書、鞏書此段雖分別極微，但鞏書沒有明言此處所產
珊瑚樹之珍貴，故馬書所記與《西洋記》的「好」字較
相應。

（十）溜山國（The Maldive and Laccadive Islands）[43]

---

42 此爲蘇門答臘島西北岸外海最大的Pulau We島嶼，5°48'N，95°18'E；
見小川書，頁94；Mills, p. 207；《南海地名》，頁770-771；《航圖
集》，頁68。

43 馬爾代夫群島（Maldive Islands，現爲共和國）在印度半島南端科摩林角
（Cape Comorin）西南偏南約六百哩，唐時稱之爲那羅稽羅洲。拉克代夫群
島（Laccadive Islands已於1973年易名Lakshadweep，爲印度屬地）距印度約
二百哩。兩者合起來爲散布在南北七百五十哩，東西一百哩的大範圍內，
數目極多的珊瑚島和岩礁。至於溜山何所指，Clarence Maloney, *People
of the Maldive Islands* (Bombay: Orient Longman, 1980), p. 44，及隨後所引
Roderich Ptak, "Maldive and Laccadive Islands in Ming Records," p. 676，謂
「溜」爲梵文*diu*(異式拼法有*tivu, dvipa, dipa, diva, dive, diba, dupa, dū*等)
的對音，義爲「島」，「山」則爲梵文*giri*(山)的意譯。因爲《西洋記》
此條所記溜名有不少錯誤，即使更正後始附記對音和地望仍可造成種種不
必要的困擾和誤會，故這條調整處理方法，係對音和地望於馬書的引文。
參考Yule and Burnell, pp. 500, 546-548；R. H. Ellis, *A Short Account of the
Laccadive Islands and Minicoy* (Madras: Government Press, 1924), pp. 1-2;

26. 山在海中，天生的三個石門，如城關之樣。其水各溜，故此叫
做溜山。且這溜山有八大處：第一處叫做沙溜，第二叫做人不
知溜，第三叫做處(誤：起)來溜[44]，第四叫做麻里滑溜，第五
叫做加半年溜，第六叫做加加溜，第七叫做安都里溜，第八叫
做官鳴溜。八溜外還有一個半浮溜，約有三千餘里[45]，正是西
洋弱水三千。(卷12，葉51上下)

　　馬書：海中天生石門一座，如城關樣。有八大處，溜各有其
　　　　　名，一曰沙溜(Mulaku Atoll 之 Mulaku 島，2°57'N,
　　　　　73°36'E)[46]，二曰人不知溜(在馬爾代夫群島北端的
　　　　　North Malosmadulu群島南部之Fenfusi)[47]，三曰起來溜

(續)——————————

　　Mills, p. 146；謝方，〈中國史籍中之馬爾代夫考〉，《南亞研究》，
　　1982年2期(1982年6月)，頁1-6；《南海地名》，頁816；Roderich Ptak,
　　"The Maldive and Laccadive Islands (Liu Shan溜山) in Ming Records,"
　　Journal of the American Oriental Society, 107: 4 (Oct.-Dec. 1987), pp. 675-
　　694, 並收入Roderich Ptak, *China's Seaborne Trade with South and Southest
　　Asia (1200-1750)* (Aldershot, Hampshire: Ashgate Publishing Limited, 1998),
　　pp. 675-694；《航圖集》，頁67；Satish Chandra, "Introduction," in Satish
　　Chandra, *et al.*, ed., *The Indian Ocean and Its Islands: Strategic, Scientific, and
　　Historical Perspectives* (New Delhi: Saga Publications, 1993), p. 9。

44 「處來」無從理解，應是「起來」之誤。馬書相應之處，《紀錄彙編》
　　本、馮承鈞校注本從馬書作「起泉溜」，雖可解，但「泉」仍是「來」字
　　之訛。某些馮承鈞看不到的馬書《國朝典故》本的本子(見Mills, pp. 39,
　　147)，以及《星槎勝覽》和黃省曾錄入《西洋朝貢典錄》中的馬書(見
　　1982年中華書局[北京]所刊謝方校注本，頁78-79)，均作「起來溜」，應
　　是，因「起來」始易找出對音和地望。

45 此處句有誤。「半浮」似通不通。溜既是atoll(環礁)，又怎可能一個溜便
　　長三千餘里！謂「三千餘」指溜的數目較合理。

46 〈鄭和航海圖〉作沙剌溜。其地《航海圖》，頁73，指為馬爾代夫群島南
　　部的Suvadia Atoll, 0°30'N, 73°16'E。較早出版的《南海地名》，頁453-
　　454，則認為是馬爾代夫群島中部之Mulaku。其實在此二書之前，
　　Clarence Maloney, *People of the Maldive Islands*, pp. 421, 425, 已確指其為
　　Mulaku Atoll之Mulaku Island，今從之。

47 《航圖集》，頁73，指人不知溜為馬爾代夫群島東南部之Fadippolu(應作
　　Fadiffolu) Atoll，5°24'N, 73°40'E。《南海地名》，頁110，則說在Kelai

(Kelai Island, 6°58'N, 73°12'E)[48]，四日麻里奇溜
(Malicut Island, 8°17'N, 73°04'E)[49]，五日加半年溜
(Kalenpi Atoll, 10°05'N, 73°39'E)[50]，六日加加溜
(Kavarathi Island, 10°33'N, 72°38'E)[51]　，七日安
都里溜（今作Androth Island之Andaru Island，10°49'N,
73°41'E)[52]，八日官瑞（誤：嶼）溜(Male，又稱Sultan's
Island, 4°10'N, 73°30'E)[53]。此八處皆有所主，而通
商船。再有小窄之溜，傳云三千有餘溜。此謂弱水三
千，此處是也。（頁50）

鞏書：有天生石門，海中狀如城闕。有八大處，曰沙溜，曰人
不知溜，曰起來溜，曰麻里奇溜，曰加半年溜，曰加加

（續）————————————

　　Island和Male之間（此二地隨即有解釋），講得嫌太泛。Mills, p. 198，亦採
　　Fadiffolu説。惟熟悉馬爾代夫情形之Clarence Maloney則以為是Fenfusi，
　　見其*People of the Maldive Islands*，pp. 421, 425；今採之，以其對音較切
　　也。

48　在馬爾代夫群島北部之Tiladummati Atoll；見Mills, p. 147；《南海地
　　名》，頁628；《航圖集》，頁73。此處馮承鈞校注本作「起泉溜」，
　　誤，見注[44]。

49　此歐人詑為Minicoy Island之島在印屬拉克代夫群島，位於Kelai Island以北
　　80浬；見Ellis, *Laccadive and Minicoy*, pp. 103-104; Mills, p. 147；《南海地
　　名》，頁746；《航圖集》，頁73; George Abraham, *Lakshadweep:
　　Economy and Society* (New Delhi: Inter-India Publications, 1987), p. 34. 遇
　　到各書所紀經緯度有分別時（即使有分別，均甚微），從Abraham書，以其
　　資料較新也。涉及的拉克代夫群島諸島，悉用此法處理。

50　在拉克代夫群島東南部；見Ellis, *Laccadive and Minicoy*, p. 96; Mills, p.
　　148；《南海地名》，頁308；《航圖集》，頁73; George Abraham,
　　Lakshadweep, p. 30。

51　在拉克代夫群島，位於Kalenpi Atoll及Androth Island偏西之處；見Ellis,
　　Laccadive and Minicoy, p. 100;《南海地名》，頁306；《航圖集》，頁
　　74；George Abraham, *Lakshadweep*, p. 28。

52　在拉克代夫群島，南距Kalenpi Atoll約45浬；見Ellis, *Laccadive and
　　Minicoy*, p. 91; Mills, p. 148；《南海地名》，頁375；《航圖集》，頁74；
　　George Abraham, *Lakshadweep*, p. 29。

53　此居印度洋交通要津之島，在昔在今均為馬爾代夫群島的首府；見Mills,
　　p. 148；《南海地名》，頁534；《航圖集》，頁73。

溜，曰安都里溜，曰官塢溜。此八處皆有地主而通商
賈。其餘小溜尚有三千餘處，水皆緩散無力，舟至彼處
而沉，故行船謹避，不敢近此經過。古傳弱水三千，即
此處也。(頁32)

費書：海中天巧，石門有三，遠遠如城門，中過船。溜山有
八：曰沙溜、官嶼溜、壬不知溜、起來溜、麻里溪溜、
加平年溜、加加溜、安都里溜，皆人聚居，亦有主者，
而通商舶。……傳聞有三[萬八]千餘溜山，即弱水三千
之言也。(後集，頁22-23)

觀察：各書所述，基本雖同，但小異很多，以致溜名不易統
一，而各書所記溜名復有不少版本問題，因襲關係幸尚
可追溯。費書與其它三書分別最大，應非羅懋登所本。
鞏書謂弱水不足載舟，雖不失爲傳統說法，卻極離譜。
《西洋記》不這樣講，或可用作無關之證。馬書與《西
洋記》所列溜名有同有異，而異者多可解釋爲《西洋
記》的刊誤，如「奇」作「滑」，「嶼」作「鳴」均可
視爲形似之訛。況且各書中僅《西洋記》和馬書講及弱
水之名，前者稱之爲牛滘溜，後者謂之小窄之溜，算
近。合而觀之，當可指羅懋登用的是馬書。

(十一) 小葛蘭(Quilon)[54]

27. 胡椒(pepper, *Piper nigrum*)[55] 十担、椰子(coconut, *Cocos*

---

[54] 其地今爲印度南部海港奎隆，8°53′N, 76°35′E。明以前史籍中之故臨、
柯蘭、小唄喃即此地之早期別稱。參考資料包括：Yule and Burnell, pp.
751-753；藤田豐八，〈大小葛蘭考──《星槎勝覽》の價值〉，《史學
雜誌》，25卷2期(1914年2月)，頁90-103，並收入藤田豐八(池內宏編)，
《東西交涉史の研究──南海篇》(東京：星文館，1943年)，頁79-93；
小川書，頁108；Mills, p. 130；《南海地名》，頁162-163、570、574；
《航圖集》，頁72。

nucifera)[56]二十担、溜魚(shark, *Mustelus manazo*)[57]五千斤、檳榔(areca-palm/ betel-nut, *Areca catechu*)[58]五千斤(卷12，葉64

(續)——————

55 關於胡椒，見Marsden, *Sumatra*, pp. 129-146; Yule and Burnell, pp. 697-698; Hirth and Rockhill, pp. 222-223; G.A. Stuart, *Chinese Materia Medica: Vegetable Kingdom*（Shanghai: American Presbyterian Mission Press, 1911），p. 334（以下該書簡稱*CMM-Veg*）; Berthold Laufer, *Sino-Iranica: Chinese Contributions to the History of Civilization in Ancient Iran*（Chicago: Field Museum of Natural History, 1919），pp. 374-375; Burkill, *Economic Products*, II, pp. 1776-1781; Wheatley, "Commodities," pp. 100-101 ; J.W. Purseglove, *Tropical Crops: Dicotyledons*（Essex: Longman Scientific and Technical, 1968），pp. 441-450; Frederic Rosengarten, Jr., *The Book of Spices*（Wynnewood, Pennsylvania: Livingston Publishing Company, 1969），pp. 350-361; 小川書，頁108-109；山田憲太郎，《東亞香料史研究》，頁223-261；劉昌芝，〈鄭和引進的動植物〉，頁14；Joanna Hall Brierley, *Spices: The Story of Indonesia's Spice Trade*（Kuala Lumpur: Oxford University Press, 1994），pp. 26-29；李良松等編，《香藥本草》（北京：中國醫藥科技出版社，2000年），頁111-112；吳文青等編，《食用本草》（北京：中國醫藥科技出版社，2003年），頁322-323；程超寰、杜漢陽，《本草藥名匯考》（上海：上海古籍出版社，2004年），頁439-441；劉杰，《中國八卦本草》（青島：青島出版社，2005年），頁378-380。有謂搜求此條所講的胡椒和蘇木，以及條35列述的麒麟（長頸鹿）正是推動鄭和下西洋的經濟原因，說見陳國棟，〈鄭和船隊下西洋的動機——蘇木、胡椒與長頸鹿〉，《船史研究》，17期(2002年)，頁121-134，並收入陳國棟，《東亞海域一千年》（臺北：遠流出版公司，2005年），頁103-126。

56 關於椰子，見Hirth and Rockhill, pp. 214-215；Burkill, *Economic Products*, I, pp. 606-624；Wheatley, "Commodities," p. 64；小川書，頁131；Piper, *Fruits of South-East Asia*, pp. 48-53；吳文青等，《食用本草》，頁201-202。

57 溜魚為鮫魚的別稱，即鯊魚，見Pelliot, "Les grands voyages," pp. 416-418；Bernard E. Read, *Chinese Materia Media: Fish Drugs*（Peiping: Peking Natural History Bulletin, 1939），pp. 86-89;馮洪錢，《獸醫本草補遺》（北京：科學技術文獻出版社，1999年），頁750-751；蕭林溶等主編，《海洋本草》（北京：中國醫藥科技出版社，2003年），頁204-205。

58 檳榔一詞出自馬來語*pinang*；見Yule and Burnell, pp. 35, 711; Hirth and Rockhill, pp. 213-214; Burkill, *Economic Proucts*, I, pp. 223-231 ; Wheatley, "Commodities," pp. 67-69；Pelliot, *Notes on Marco Pole*, Vol. I（1959），pp. 400-401; Piper, *Fruits of South-East Asia*, pp. 57-59；趙存義、趙春塘，《本草名考》（北京：中醫古籍出版社，2000年），頁608-610；馬子密、傅延齡編，《歷代本草藥性匯解》（北京：中國醫藥科技出版社，2002年），頁

下）。……胡椒十石、蘇木（sapanwood, *Caesalpinia sappan*）[59] 五十担、乾檳榔五十石、波羅蜜（Jackfruit, *Artocarpus heterophyllus*）[60]五百斤、麝香[61]一百斤。（卷12，葉65下）

馬書：土產蘇木、胡椒不多。（頁38）

鞏書：土產蘇木、胡椒，但不多。（頁25）

費書：地產胡椒，……乾檳榔、波羅蜜、……、蘇木、……。
　　　貨用……麝香。（前集，頁31-32）

觀察：費書此段的土產單長，且能配足《西洋記》所列者（包

（續）—————————————

597-600；王意成等，《藥用食用香用花卉》（南京：江蘇科學技術出版社，2002年），頁190-193；吳文青等，《食用本草》，頁171-172；程超寰、杜漢陽，《本草藥名匯考》，頁693-694。

59 蘇木一詞出自馬來語*supang*；參考資料有Marsden, *Sumatra*, p. 95; Yule and Burnell, pp. 794-795; Hirth and Rockhill, p. 217; *CMM-Veg*, p. 78; Burkill, *Economic Products*, I, pp. 394-397; Pelliot, *Notes of Marco Polo*, I, pp. 103-104; Wheatley, "Commodities," p. 108; Schafer, *Samarkand*, p. 211；小川書，頁32；劉昌芝，〈鄭和引進的動植物〉，頁14；趙存義等，《本草名考》，頁266-267；馬子密等，《歷代本草藥性匯解》，頁564-565；程超寰、杜漢陽，《本草藥名匯考》，頁303-304；劉杰，《中國八卦本草》，頁720-722。

60 Jackfruit之名出自馬來語*nangka*；參考資料有Marsden, *Sumatra*, pp. 98-99; Hirth and Rockhill, pp. 212-213; Burkill, *Economic Products*, I, pp. 256-259; Wheatley, "Commodities," p. 73；Purseglove, *Tropical Crops: Dicotyledons*, pp. 384-387；小川書，頁15-16、70；Veevers-Carter, *Riches of the Rain Forest*, pp. 46-53; Piper, *Fruits of South-East Asia*, pp. 22-26；劉昌芝，〈鄭和引進的動植物〉，頁14；吳文青等，《食用本草》，頁198-199。

61 麝香諒為麝香木（musk-wood）之誤，故指有一百斤之多。南印度無可能如下引費書之以麝香為貨用。疑費書脫木字，而《西洋記》沿之。趙汝适《諸蕃志》立專項講麝香木，可證確有此木。Hirth and Rockhill, p. 212，謂此木難證諸中國載籍。幸《韓注補》，頁370，考出宋人陶穀（903-970）《清異錄》記江南山谷所產奇木飥饉香亦有麝香樹之稱。試檢二卷本《清異錄》（文淵閣《四庫全書》本），卷下，葉75上，〈飥饉香〉條云：「江南山谷間有一種奇木曰麝香樹，其老根焚之亦清烈，號飥饉香。」四卷本（《寶顏堂秘笈》本），卷4，葉35下，之〈飥饉香〉條與此全同。

括均指麝香木爲麝香），當是羅懋登所本。

(十二) 柯枝國（Cochin）[62]

28. 國王是鎖里人氏。頭上纏一段黃白布，上身不穿衣服，下身圍
着一條花手巾，再加一疋顏色紵絲，名字叫做壓腰。（卷12，
葉66上）

    馬書：其國王亦鎖俚人氏[63]，頭纏黃白布，上不穿衣，下圍紵
          絲手巾，再用顏色紵絲一匹纏之於腰，名曰壓腰。（頁
          38）

    鞏書：王鎖里人，頭纏黃白布，上不着衣，下圍紵絲手巾，又
          加顏色紵絲一疋爲壓腰。（頁25）

    費書：該書兩系統均無相應文字。

    觀察：馬書、鞏書此段雖分別甚微，倘馬書這段沒有「與民」
          二字（見注63），則馬書和《西洋記》接近多了，而可視
          之爲羅懋登所本。

29. 國中有五等人：第一等是南昆人（詳後），與國王相似；其中剃
了頭髮，掛綠在頭上的，最爲貴族。第二等是回回人。第三等
叫做哲地（chetty）[64]，這卻是有金銀財寶的主兒。第四等叫革
令（kling）[65]，專一替人做牙做保，買賣貨物。第五等叫做木瓜

---

62 地域在印度西南岸，約9°58'N, 76°19'E；見Yule and Burnell, pp. 225-
   226; Mills, p. 132；《南海地名》，頁570；《航圖集》，頁72。

63 馮承鈞校注本此處作「其國王與民亦鎖里人氏」，「與民」二字移自馬書
   《勝朝遺事》本。此舉不妥，一則國王衣著與國民同並不合邏輯，二則隨
   後謂「其頭目及富人服用與王者頗同」，頗同即有分別，如此連高層人士
   的衣著尚且與王有異，一般國民更應分別明顯，三則再看下去，講到國人
   分五等，衣著更是殊異至極。

64 解釋見Yule and Burnell, pp. 189-190; 小川書，頁117；Mills, p. 133。

65 解釋見Yule and Burnell, pp. 487-490; 小川書，頁117；Mills, p. 133。

(mucoa或mukuva)[66]。木瓜是個最低賤之稱。這一等人，穴居巢樹，男女裸體。只是細編樹葉或草頸遮其前後，路上撞着南昆人或哲地人，即時蹲踞路傍，待人過去，卻才起來。（卷12，葉66上下）

馬書：國有五等人：一等名南昆，與王同類；內有剃頭挂線在頸者，最爲貴族。二等回回人。三等人名哲地，係有錢財主。四等人名革令，專與人做牙保。五等人名木瓜。木瓜者，至低賤之人也。至今此輩在海濱居住，房簷高不過三尺。高者有罪。其穿衣上不過臍，下不過膝。其出於途，如遇南昆、哲地人，即伏於地，候過即起而行。木瓜之輩，專以漁樵及擡負挑擔爲生。（頁39）

鞏書：國人有五等：一等名南毘，與王同類；中有剃頭掛線在頸者，最爲貴族。二等回回人。三等名哲地，乃是國中財主。四等名革令，專爲牙保。五等名木瓜，最卑賤。木瓜居住俱在海濱，屋簷不得過三尺。着衣上不過臍，下不過膝。路過南毘、哲地，皆俯伏，候過乃起。不許爲商賈，只以漁樵及擡負重物爲生。（頁25-26）

費書：其有一種曰木瓜，無屋居之，惟穴居樹巢，臨海捕魚爲業。男女倮體，紉結樹葉或草數莖遮其前後之羞。行路遇人則蹲縮於道傍，伺過方行也。（前集，頁33）

觀察：這是《西洋記》中這類地域描述，一段分據兩史源之首例。上半得自馬書或鞏書，下半則顯採費書。馬書和鞏書此段甚相似，原不易指出羅懋登究用何書。這裡倒有一可用的證據。國中第一等人，馬書大多數本子均作南昆，《西洋記》亦作南昆。南昆的對音卻無從考明。鞏

---

66 解釋見Yule and Burnell, pp. 592-593; 小川書，頁117；Mills, p. 133。

書作南毘，則可視爲坦米爾(Tamil)語*nampi*之對音，義指社會高層分子[67]。《西洋記》既誤作南昆，則羅懋登在此段上半所用者自非鞏書。

30. 國王崇奉佛教，尊敬象和牛，蓋造殿屋，鑄佛像坐其中。佛座下週圍砌成水溝，傍穿一井。每日清早上，撞鐘擂鼓，汲井水于佛頂澆之，澆之再三，羅拜而去。（卷12，葉66下）

    馬書：其國王崇信佛教，尊敬象牛。建造佛殿，以銅鑄佛像，用青石砌座。佛座週圍砌成水溝，傍穿一井。每日侵晨，則鳴鐘擊鼓，汲井水，於佛頂澆之再三，眾皆羅拜而退。（頁39-40）

    鞏書：國王崇信佛教，敬象及牛。建造佛殿，以銅鑄象，以青石爲座，週遭爲溝，傍鑿井。每早起鳴鐘鼓，汲井澆佛頂三，羅群而退。（頁26）

    費書：該書兩系統均無相應文字。

    觀察：馬書、鞏書此段雖相似，用字之近仍足指《西洋記》所據者爲馬書。

31. 時候常熱，就像我南朝的夏月天道。五六月間，日夜霧靄大雨，街市成河。俗語說道：「半年下雨半年晴。」就是這裡。（卷12，葉66下）

    馬書：其國氣候常煖如夏，無霜雪。……，至五六月，日夜間下滂沱大雨，街市成河，……。（頁40）

    鞏書：此地氣候常暖如夏，無霜雪。……，五月六月日夜大

---

67 說見小川書，頁116；Mills, p. 133。

雨，街市成河，……。(頁26)

費書：該書兩系統均無相應文字。

觀察：馬書、鞏書此段都按月講全年氣候，且分別甚微。《西
洋記》卻僅選用講五六兩月的部分，比例太有限，不易
確指用的是馬書還是鞏書。倘謂「霧霑／滂沱」一詞
足指《西洋記》與馬書的連繫，說來難免牽強。

(十三) 吸葛剌國(Bengal)[68]

32. 地方廣闊，物穰人稀。……男子多黑，白者百中一二。婦人
齊整，不施脂粉，自然嫩白。男子盡皆削髮，白布纏頭，上
身穿白布長衫，從頭上套下去。員(誤：圓)領長衣，都是如此。
下身圍各色闊布手巾，腳穿金線羊皮鞋。婦人鬏堆腦後，
四腕都是金鐲[頭]。手指頭、腳指頭，都是渾金戒指。另
有一種名字，叫做印度。這個人物，又有好處：男女不同飲
食，婦人夫死不再嫁，男人妻死不重娶。若孤寡無依者，
原是那一村人，還是那一村人家輪流供養，不容他到
別村乞食。……風俗淳厚，冠婚婚喪祭皆依回回教門。(卷
15，葉15上-16下[中有兩個半葉爲插圖])

馬書：其國地方廣闊，物穰民稠。舉國皆是回回人，民俗淳
善。……人之容體皆黑，間有一白者。男子皆剃髮，以
白布纏之，身服從頭套下圓領長衣，下圍各色闊手巾，
足穿淺面皮鞋。……民俗冠喪祭婚姻之禮，皆依回回教
門禮制。(頁59-60)

鞏書：地廣人稠，風俗良善。……國中皆回回人。男婦皆黑，

---

68 其地在印度恒河(Ganga)三角洲(21°31'-22°38'N, 88°05'-90°28'E)及北鄰
之地。參考見Yule and Burnell, pp. 85-86; Mills, p. 159；《南海地名》，頁
828-829；《航圖集》，頁70。

間有一白者。男子剃頭，以白布纏裹。身服圓領長
衣，自首而入，下圍各色闊手巾，足着淺面皮鞋。
（頁38）

費書：其國風俗甚淳。男子白布纏頭，穿白布長衫，足穿金線
羊皮靴。……婦女穿短衫，圍色布絲棉，然不施脂粉，
其色自然嬌白。兩耳垂寶鈿，項掛瓔珞，堆髻腦後，四
腕金鐲，手足戒指，可爲一觀。其中一種人曰印度，不
食牛肉。凡飲食，男女不同處。夫死妻不再嫁，妻喪夫
不再娶。若孤寡無倚，一村之家輪養之，不容別村求
食。（前集，頁40）

觀察：這是羅懋登相混馬書、費書來用的首例。有關細節，鞏
書講得最少，故非羅所本。馬書、鞏書、費書均稱此地
爲「榜葛剌」，獨《西洋記》無端易之爲「吸葛剌」。說
其無端，因尚未見任何典籍以「吸葛剌」爲此地之名。

（十四）祖法兒國（Dhufar）[69]

33.　倘伽（tanga）一千文（雙行夾注：王所鑄金錢，每文重二錢，徑
寸五分。一面有紋，一面有人形之紋）[70]。（卷16，葉40下）

馬書：其王鑄金錢名倘伽。每箇重官秤二錢，徑一寸五分，一
面有紋，一面人形之紋。（頁54）

鞏書：王以金鑄，名倘加。每錢官秤重二錢，徑一寸五分，一
面有紋，一面爲人形。（頁35）

69　祖法兒的對音爲阿拉伯中古城名Zufar或Zafar。今名Dhufar或Dhafar則指地
域，即17°00'N沿海岸53°56'至54°25'E。參考Hirth and Rockhill, p. 121;
Mills, pp. 151, 223;《南海地名》，頁607-608；《航圖集》，頁81。

70　Yule and Burnell, pp. 896-898，有對tanga的解釋。宋峴，〈《瀛涯勝覽》
雜考〉，《上海大學學報》（社會科學），1985年2期（1985年），頁114-115
亦有專條解釋此詞。

費書：繁簡兩款均無相應文字。

觀察：羅懋登仍用易方物爲貢品，改列原有解釋爲雙行夾注之
法（前二例見條17和22）。馬書和鞏書此處雖近似，然據
辭彙仍可指羅懋登用的是馬書。

（十五）忽魯謨斯國（Hormuz）[71]

34. 草上飛（lynx, *Felix caracal/ Lynx lynx,*猞猁）一對（雙行夾注：大
如貓犬，渾身玳瑁斑，兩耳尖黑，性極純。若獅豹象等項惡獸
見之，即俯伏於地，乃獸中之王）[72]……鬥羊十隻（雙行夾注：
前半截毛長拖地，後半截如剪淨者，角上帶牌，人家畜之以
鬥，故名）。（卷16，葉54下至55上）

馬書：一等鬥羊，高二尺七八寸，前半截羊毛拖地，後半截皆
剪淨。其頭面頸額似棉羊，角彎轉向前，上帶小鐵牌，
行動有聲。此羊性快鬥，好事之人喂養於家，與人鬥賭
錢物爲戲。又出一等獸，名草上飛，番名昔雅鍋失
（siyāh-gosh）[73]，如大貓大，渾身儼似玳瑁斑貓樣，兩
耳尖黑，性純不惡。若獅豹等項猛獸見他即俯伏於地，

---

71 此城邦，27°03'N，56°28'E，在波斯灣之Jazireh-ye Hormoz島上。參見E.
Bretschneider, *Medieval Researches from Eastern Asiatic Sources*（London:
Kegan Paul, Trench, Trübner & Co., 1888）, II, pp. 130-135; Mills, p. 165；
《南海地名》，頁521；《航圖集》，頁82。

72 草上飛之指認，見注73所引各件。關於猞猁（又作猞猁猻、林狸）這種動
物，見Ernest Walker, *Mammals of the World*, Vol. II, pp. 1268-1271;
Desmond Morris, *Mammals*, pp. 254, 310; Jean Dorst, *A Field Guide to Larger
Mammals of Africa*（Boston: Houghton Mifflin Company, 1970）, pp. 132, 138;
《中國藥用動物誌》，第二冊，頁446-447; J. R. B. Alfred, *et al.*, *Checklist
of Mammals of India*（Kolkata, India: Zoological Survey of India, 2002）, pp.
99-100。

73 此爲波斯語之對音，義爲黑耳，見Yule and Burnell, p. 831; Pelliot, "Les
grandes voyages," pp. 438-439; Mills p. 172。

乃獸中之王也。（頁68）

鞏書：一種鬥羊，高二尺七八寸，前半身毛長拖地，後半身皆
　　　剪。其頭頗如綿羊，角彎轉向前，掛小鐵牌，行則有
　　　聲。此羊善鬥，好事者養之，以爲博戲。又有獸名草上
　　　飛，番名昔雅鍋失，似貓而大，身玳瑁斑，兩耳尖黑，
　　　性純不惡。若獅豹等猛獸見之，皆伏於地，乃百獸之王
　　　也。（頁44）

費書：該書兩系統均無相應文字。

觀察：羅懋登再次易方物爲貢品，和改列原有解釋爲雙行夾注
　　　（前例見條17、22、33）。馬書和鞏書的有關部分極相
　　　似，難指羅懋登用何書。

（十六）阿丹（Aden）[74]

35. 麒麟（zurāfa）四隻（雙行夾注：前兩足高九尺餘，後兩足高六尺
　　餘，高可一丈六尺。首昂後低，人莫能騎。頭耳邊生二短内
　　角）[75]……哺嚕嚓（fuluri 或 falory）（雙行夾注：錢名，赤金鑄

---

74 今之亞丁，12°47'N，44°57'E，爲也門（Yemen）的主要海港，居阿拉伯半
　島南岸。參考見Pelliot, *Notes on Marco Polo,* I, p. 13-14; Mills, pp. 154,
　184；《南海地名》，頁468-469；《航圖集》，頁81。

75 用來代表長頸鹿（Giraffe, *Giraffa camelopardalis*）的麒麟一詞，法國漢學家
　費瑯（Gabriel Ferrand, 1864-1935）以爲源出索馬里語（Somali）*giri/ geri;* 見
　G. Ferrand, "Le nom de la giraffe dans le *Ying yai cheng lan*," *Journal
　Asiatique*, 11th série, 12 (Juillet-Août 1918), pp. 155-158；馮承鈞譯之爲
　〈《瀛涯勝覽》中之麒麟〉，收入氏著《西域南海史地考證譯叢續編》
　（上海：商務印書館，1934年），頁127-131，故從費瑯此説者甚眾，如馮
　承鈞《瀛涯勝覽校注》，頁58；常任俠，〈論明初與榜葛剌國交往及沈度
　〈麒麟圖〉〉，《南洋學報》，5卷2期（1948年12月），頁38-39；常任
　俠，〈明初孟加拉國貢麒麟圖〉，《故宮博物院院刊》，1983年3期（1983
　年8月），頁15；Mills, p. 155；Arion Rosu, "La giraffe dans la faune de l'art
　indian," *Bulletin de l'École française d'Extreme-Orient*, 71 (1982), p. 56. 惟
　勞費爾（Berthold Laufer, 1874-1934）早已否定此説，見其 *The Giraffe in
　History and Art*（Chicago: Field Museum of Natural History, 1928), pp. 32, 46,

之，王所用。重一錢，底面俱有文)[76]。（卷18，葉4上下）

> 馬書：王用赤金鑄錢行使，名甫嚕嚟。每箇重官秤一錢，底面有紋。……麒麟前二足高九尺餘，後兩足約高六尺，頭擡頸長一丈六尺，首昂後低，人莫能騎。頭上有兩肉角在耳邊，……。（頁56-58）

> 鞏書：王用赤金鑄錢名甫嚕嚟行使，每錢官秤重一錢，底面有紋。……麒麟前足高八九尺餘，後足高六尺，褊口長頸，舉頭高一丈六尺，前仰後俯，不可騎乘。兩耳邊有短肉角，……。（頁36-37）

> 費書：該書兩系統均無相應文字。

> 觀察：羅懋登又一次易方物為貢品，並改列原有解釋為雙行夾注。（前例有四：條17、22、33、34）。馬書和鞏書此部分雖相似，文字之同仍可指羅用者為馬書。

（十七）天方國（Mecca）[77]

（續）——————————

99, 而認為源出阿拉伯語 *zurāfa/ zarāfa*。勞費爾此書雖出版有年，其提供有關長頸鹿的種種資料仍算豐備，十分值得參考。上引常任俠(1904-1996)〈孟加拉圖貢麒麟圖〉文雖列出勞費爾書，並稱頌其宏博，卻仍沿費瑯 *giri/ geri* 說之誤。近見楊泓，〈麒麟與長頸鹿〉，收入孫機、楊泓《文物叢談》（北京：文物出版社，1991年），頁341-342，據鄭和等刻於婁東劉家港天妃宮的〈通蕃事蹟記〉以及刻於福建長樂南山寺的〈天妃之神靈應記〉（原文悉收入向達整理的鞏書為附錄）均有「阿丹國進麒麟，番名祖剌法」語，而阿丹用阿拉伯語，故亦指「麒麟」的詞源為阿拉伯語 *zurāfa*。

76 Yule and Burnell, p. 38; Pelliot, "Les grands voyages," pp. 421-422; Mills, p. 156; 宋峴，〈《瀛涯勝覽》雜考〉，頁115。

77 天方不單指回教聖地默伽（今作麥加，Mecca/ Makka）城，21°29'N，39°11'E，而是包括北達麥地那（Medina, 24°35'N），南至吉仁（Djizan, 16°54'N）的整個區域；見Bretschneider, *Medieval Researches,* II, pp. 294-304; Hirth and Rockhill, pp. 125-126; Mills, pp. 173, 222；《南海地名》，頁186-187、861。

36. 國王人物魁偉，……說的都是阿剌北言語。跟隨的頭上纏布，身上長花衣服，下鞋襪，都生得深紫膛色。（卷18，葉9上）

    馬書：其國人物魁偉，體貌紫膛色。男子纏頭，穿長衣，足着皮鞋。……說阿剌畢言語。（頁69）

    鞏書：其國人體貌壯偉，紫堂色。男子纏頭長衣淺鞋，……話說阿剌必言語。（頁44-45）

    費書：該書兩系統均無相應文字。

    觀察：《西洋記》這段文字僅與馬書和鞏書者約略相應，且把馬書和鞏書所講該地男子的一般情況說成是國王如何如何，其隨員又如何。儘管如此，文字之同尚足指羅懋登用者是馬書。

37. 正堂都是五色花石墨砌起來。堂門上兩個黑獅子把門。……堂裡面沉香木為梁棟，……黃金為閣扇。四面八方都是薔薇露（rosewater）[78]和龍涎香（ambergris, *Physter Macrocep halus*）[79]為

---

78 薔薇露為薔薇（rambler rose, *Rosa muliflora*）科植物多花薔薇花的蒸餾液中的水溶膠部分，見Groeneveldt, "Notes," p. 261; Yule and Burnell, p. 494; Hirth and Rockhill, pp. 203-204; *CMM-Veg*, pp. 380-381; Wheatley, "Commodities," p. 107; Shafer, *Samarkand*, pp. 173-174; 小川書，頁145; 山田憲太郎，《東亞香料史研究》，頁304-307；郭洪濤，《花類本草》（北京：中國醫藥科技出版社，2003年），頁102-104；程超寰、杜漢陽，《本草藥名匯考》，頁689。

79 龍涎香為雄性沫香鯨（cachalot/ sperm whale, *Physeter catodon*）體內分泌而排出的一種蠟狀物質，見Groeneveldt, "Notes," p. 262; Hirth and Rockhill, p. 237；沼田賴輔，〈龍涎考〉，《史學雜誌》，24卷4期（1913年4月），頁103-111；Pelliot, *Notes on Marco Polo*, I, pp. 32-38; Wheatley, "Commodities," pp. 125-130；Shafer, *Samarkand,* pp. 174-175；小川書，頁139；Paul Wheatley, "Analecta Sino-Africana Recensa," in H. Neville Chittick and Robert Rotberg, ed., *East Africa and the Orient: Cultural Syntheses in Pre-Colonial Times*（New York: Africana Publishing Company, 1975）, pp. 105-106; 山田憲太郎，《東亞香料史研究》，頁261-300；中國人民解放軍海

壁，……用皂紵絲罩定。……每年十二月初十日，各番回回都
來進香，讚念經文，雖萬里之外都來。來者把皂紵絲罩上剜割
一方去，名曰香記。其罩出于國王，一年一換，備剜割故也。
堂之左是司馬儀(Isma'il)祖師之墓[80]。墓高五尺，黃王(玉)疊
砌起來的。墓外有圍垣，圓廣三丈二尺，高二尺，俱綠撒不泥
(sabuni)空石砌起來的[81]（卷18，葉9下-10上）。

馬書：其堂以五色而壘砌，四方平頂樣，內用沉香大木五條五
　　　梁，以黃金爲閣。滿堂內牆壁皆是薔薇露、龍涎香和土
　　　爲之，馨香不絕。上用皂紵絲爲罩罩之，蓄二黑獅子守
　　　其門。每年十二月十日，各番回回人，甚至一二年遠路
　　　的，也到堂內禮拜，皆將所罩紵絲割取一塊爲記驗而
　　　去。剜割既盡，其王則又預織一罩，復罩於上，仍復年
　　　年不絕。堂之左有司馬儀聖人之墓。其墳俱是綠撒不泥
　　　寶石爲之，長一丈二尺，高三尺，闊五尺，其圍墳之
　　　牆，以紺黃玉疊砌，高五尺餘。城內四角造四堆塔，每
　　　禮拜即登此塔唱班唱禮。左右兩傍有各祖師傳法之

（續）─────────────────────

軍後勤部衛生部、上海醫藥工業研究院編，《中國藥用海洋生物》（上
海：上海人民出版社，1977年），頁150-151；《中國藥用動物誌》，第二
冊，頁431-434；駱萌，〈略談古代名貴香藥——龍涎香的傳入〉，《海
交史研究》，1986年2期（1986年10月），頁95-103；馮洪錢，《獸醫本草
補遺》，頁751-752；《韓注補》，頁438-439；李良松等，《香藥本
草》，頁44-45；龍村倪，〈迷人的貢禮——龍涎香〉，收入陳信雄、陳玉
女編，《鄭和下西洋國際學術研討會論文集》，頁41-59；蕭林溶等，
《海洋本草》，頁118-122；程超寰、杜漢陽，《本草藥名匯考》，頁
172-174。

80　司馬儀（《聖經》作Ishmael）爲基督教、猶太教、回教共同古聖賢阿伯拉
　　罕（Abraham）婚外情所生的長子。回教徒則視之爲正出嫡子並尊其爲遠
　　祖；見E. van Donzel, et al., ed., Encyclopaedia of Islam, New edition, Volume
　　IV, Fascicules 63-64 (Leiden: E. J. Brill, 1973), pp. 184-185。

81　Bretschneider, Medieval Researches, I, p. 174, 謂波斯語sabuni義爲肥皂綠，
　　而此處指淡色的次等翡翠。

堂，亦以石頭疊造，整飾極華麗。（頁69-70）

鞏書：堂制如此。皆以五色石錯為方而頂平，內以沉香木為
梁，以黃金為承漏。墻壁皆薔薇露、龍涎香和土為之，
上用皂紵絲為罩，畜二黑獅子守堂門。每年十二月十
日，諸番回回行一二年遠路者到寺禮拜。及去，往往割
皂蓋少許為記。剜割既盡，王復易以新罩，歲以為常。
堂近有司馬儀聖人之墓在焉。其墳冢用綠撒不泥寶石為
之，長一丈二尺，高三尺，闊五尺。四圍墻垣皆以泔黃
玉砌壘，高五六尺餘。墻內四隅造四塔，每禮拜即登塔
叫禮。左右兩傍有各祖師傳法之堂，其堂亦以石砌造，
皆極華麗。（頁45）

費書：繁簡二款均無相應文字。

觀察：《西洋記》此段僅與馬書及鞏書者約略相同，故無需
（亦無由）指出其究竟參據何者。得指出的是羅懋登並不
尊重史料，隨意變動。馬書和鞏書分明說堂四周之壁是
用「薔薇露、龍涎香和土為之」，羅懋登卻不經大腦地
易改為「薔薇露和龍涎香為壁」；不和土，這兩種材料
如何能夠造成壁？成本復必高昂得如天文數字！馬書和
鞏書說畜兩頭活黑獅子來守門，羅懋登竟寒酸至僅在門
上畫兩隻獅子就算數！假如馬書和鞏書此段已佚，祇得
見《西洋記》這一段便遽然引為珍貴史料，必會是失諸
毫釐、謬以千里之絕例！

五、結論

上節所錄涉及十七個地域的三十七條《西洋記》文字，數量較
趙景深錄出者少。這是因為在鞏珍《西洋番國志》中沒有相應段落
者都不收，範圍縮窄了。為何比對過鞏書才收錄，錄者就會少了？

上節的考察已帶出這問題的答案。

《西洋記》講鄭和遠航沿途所歷諸地的情況，倘非出於虛構，顯以馬歡的《瀛涯勝覽》爲主要依據，次始以費信的《星槎勝覽》爲輔。馬歡和費信都記錄的地方，因所述每殊異，故羅懋登採用時一般主從之別亦十分明顯。但費書所述之地，數目畢竟倍出於馬書，遇到《西洋記》選講那些獨見於費書之地時，就祗好單用費書了。沿襲馬書的鞏書全沒有與這種不見馬書，而僅見費書的段落相應的文字。上節錄取《西洋記》中的段落時，既以鞏書有相應文字者爲準則，錄下來的自然就少於趙景深以前合抄馬書和費書所錄得者。

這樣講尚未能解釋究竟羅懋登有無採用《西洋番國志》。答案其實上節早揭露了。除了模棱兩可、難於判斷的情形外，最關要的是三十七條當中竟沒有一條能清楚指出羅懋登確曾用過鞏書，而可明證馬書爲史源者卻占相當高的比例，獨用費書之例也不少[82]。還有更重要的一點，在這三十多條裡，每一條雖馬書和鞏書均有相應的文字，卻看不出鞏書向《西洋記》提供了任何不見於馬書的消息。眞相尚不單如此。倘羅懋登果用了鞏書，此舉倒反還會招致不必要的混亂和損害（條10、16、18、26均可爲例）。說到這裡，情形該已夠明顯。用了馬歡書作爲這類資料的主要來源後，羅懋登根本沒有添據《西洋番國志》的必要，即使他確有鞏書在手。

這裡涉及今人治學常犯的一通病。現代圖書館制度的健全，資訊的方便，網羅資料無遠弗屆，得心應手的程度，絕非古人所可夢想。但若以爲今人有機會看到的稀見典籍，古代研究有關課題的學者必然也用過，就錯了。清季以前根本沒有接近現代規制的公共圖

---

82 本文因不收鞏書無相應文字的段落，故《西洋記》獨用費書之例均不包在那三十七條之內。不過，這種費書獨有之例趙文錄得夠清楚（見該文頁269、270、272、273、275、276、278、284、285），一檢即有，無需細列。

書館。私家藏書、書院藏書倘達到二、三十萬卷的數字已足威震天下。此等數字雖大,書的實際數目卻要大打折扣(一部《資治通鑑》便報上二百九十四卷;一千卷祇是一部《全唐文》)。況且私人搜購,追求的不時是版本而非內容。一個藏書家手上有幾套珍本《史記》是常見的事;其藏書的總涵蓋範圍自然受這種訪尋意圖所限。今人寫學術文章,動輒引用數百款資料,注釋穿插密布。古人囿於資料,這絕非彼等著述的慣常現象。《西洋番國志》在明時已難得一見,除非有真憑實據,今人不能假設羅懋登有用過這本書的機緣。

更有較誤會羅懋登曾用過《西洋番國志》還要嚴重的毛病,即以為《西洋記》史料價值特別高。這裡有一顯例。羅懋登講艦隊船隻的型制和尺度(第十五回),自上世紀三十年代以來便屢被史家大引特引。羅懋登是寫神魔小說的戲曲家,不是史家,資料運用起來會傾向改動和湊合,而苟有變易,亦難保不與原文相左。在本文考察的三十七條當中,改動的(可以達到荒謬的程度)就有六條(7、19、23、32、36、37),湊合的也有兩條(21、32),兩組之中包括既改動復湊合者一條(32)。即使兩組都有的一條不重複計算,與原文有出入的條數仍占總數18.91%,比例不可謂不高。對史家而言,情形應已夠明顯:若知道羅懋登書某段所用的史源,而有關典籍尚存,羅書奚足復引作史料?其實本文所列的三十餘條全是短章,不管如何改易,變動總還是有限。遇到大章大節之處,如講艦隊陣容,其肆意放大竟會較史書所載高達千百倍──艦船1,456艘,人員近千萬人[83]!在昔日的遠洋航海條件下,何由應付千萬人每天不可或缺的食水和糧食需要,此等問題豈是務求誇張的小說家會留意到得,並同時提供解答的。史家運用羅書,艦船總數和參役

---

83 辛元歐,〈關於鄭和寶船尺度的技術分析〉,《鄭和研究》,2002年2期(2002年12月),頁33-34,即曾指出如此誇張的荒謬程度。

人數可以不採，卻堅持納用艦船型制和尺度的數據，以遂他們力謀證明艦船愈多愈巨，愈足顯鄭和的偉大和其事蹟的神奇的企圖。這豈非犯了「順我者昌，逆我者亡」的考證大忌！

這種心態還帶來另一妙論，即指《西洋記》有明版存世，故引爲史料，特別珍貴[84]。這樣講根本就忘記了羅懋登採納之書今尚悉有明版可用，不少還不止一個版本。要是本子的因承次第和資料的價值層次成正比例的話，羅懋登的小說顯然要退居後頭。

至於指《西洋記》有獨得的史料(如謂第六十一回記鄭和在古俚國[古里，又作西洋古里，即今之Calicut]立一寥寥祇有二十四個字，且絕不會是一字千金的短碑[85])，爲何不該採寧缺勿濫的態度？

以稗證史是二十世紀中國史家的新嘗試，創獲不可謂少。然運用起來，局限難免。援說部以闡明社會背景、時代特徵，確或可奏奇效，但若視稗家所言爲一字不可易的原始史料則恐難遇到這種例子。盈篇累葉盡是荒誕之事和不經之語，文筆又奇劣的《西洋記》決非尋找這類夢寐難求佳例的去處[86]。

---

84 如莊爲璣(1909-1991)，〈論明版的鄭和《西洋記》〉，《華僑日報》(香港)，1984年4月12日(「文史雙週刊」，57期)，及該文的改寫本，〈論明版《三寶太監西洋記通俗演義》〉，《海交史研究》，1985年1期(1985年3月)，頁66-69、39。

85 那短碑的碑文爲「此去中國，十萬餘程，民物咸若，熙皞同情，永示萬世，地平天成」(卷13，葉13下)。伯希和以爲此碑文幸賴《西洋記》而得存，見Paul Pelliot, "Encore à propos des voyages de Tcheng Houo," T'oung Pao, 32 (1936), p. 213，殊不知另存於明遺民查繼佐(1601-1676)《罪惟錄》，卷36，「外國列傳」，〈古俚國〉條：「去中國十萬餘里，民物熙皞，大同風俗，刻石於茲，永樂萬世」([杭州：浙江古籍出版社，1986年]，冊4，頁2876)。兩者相較，《西洋記》所紀，文字脫落，顯有斷層之跡。不提刻石，「永示萬世」便成空降。《西洋記》引文之不可靠，此又一例。

86 指《西洋記》文筆奇劣，絕非誇張，單看全書在次數多至無法點算之處重重複複地用「道猶未了」來開句，毫不理會辭彙和句法如何需要變化便可知矣。然而此書作爲文學作品雖屢得劣評，卻仍有視之爲佳作者。替《西

　　獨具隻眼的晚清小說評論家黃人（黃振元，1866-1913）早在
1907年已這樣替《西洋記》定位：「《西洋記》記鄭和出使海外
事。國土方物，尚不謬於史乘，而仙佛鬼怪，隨手扭捏，較《封神
榜》、《西遊記》尤荒唐矣。近時碩儒有推崇此書而引以考據者，
毋亦好奇之過歟！」[87] 字字珠璣，語語中的，直揭隨後數代史家
和文評家過度熱心抬捧《西洋記》之弊（雖然此處所說的碩儒指俞
樾，而非預言將來的學者[88]）。鼓吹《西洋記》的史料價值無論如
何是不符事實的。

——《九州學林》，4卷3期

（2006年秋季）

（續）

　　洋記》的文學價值翻案者，以侯健用力最深，其說見侯健，〈《三寶太監
西洋記通俗演義》——一個方法的實驗〉，《中外文學》，2卷1期（1973
年6月），頁8-26，並收入侯健，《中國小說比較研究》（臺北：東大圖書
公司，1983年），頁8-32，和古添洪、陳慧樺編，《比較文學的墾拓在臺
灣》（臺北：東大圖書公司，1976年），頁148-170。另外，李平，〈平凡
中見光彩——重讀《三寶太監西洋記通俗演義》〉，《上海大學學報》
（社會科學），1985年2期（1985年），頁116-122，雖亦採同樣立場，功力卻
較侯健弱多矣。

87　蠻（黃人），〈小說小話〉，《小說林》，4期（1907年7月），頁24。該文自
此期刊創刊號（1907年2月）連載至第9期（1908年2月），惟其中第5、第7兩
期沒有登載該文。

88　「碩儒」指俞樾，說見龔敏，《黃人及其小說小話之研究》（濟南：齊魯
書社，2006年），頁140。

小説戲曲中的嚴嵩父子

　　小説戲曲採史事(特別是近世者)入書，或暗喻，或明寫，是明清兩代通俗文學的特徵[1]。其中以嚴嵩(1480-1566，見本集插圖八)及其獨子世蕃(1513-1565)事蹟為素材者成一系列，清中葉以後尚有新作出現。採用這題材之作，類殊數繁，全國性的小説戲曲外，不獨包羅地方性戲曲和講唱文學，還涵括現代的話劇、電影、電視劇和小説，恆河沙數，絕非一文所能遍述。本文因此僅以明清兩代全國性的小説戲曲為討論範圍。

　　明世宗嘉靖朝後半，嚴嵩當國，子世蕃為其羽翼，結黨營私，斂財納賄，剷除異己，無所不用其極。待事敗，世蕃問斬，嚴嵩放逐，潦倒以終。對擬以史事入稗編劇者而言，自為理想素材。

　　以上的一段提要或嫌過於依從傳統史學對嚴嵩的惡劣抨擊[2]，而未及採納近年替嚴氏洗雪的翻案文章[3]。本文所採取的角度既非

1　有關背景，可參閱陳大道，〈明末清初時事小説的特色〉，《小説戲曲研究》，3期(1990年12月)，頁181-220；吳雙，〈明代戲曲題材新探〉，《貴州民族學院學報》，1994年2期(1994年)，頁46-51。

2　後世傳統史學評擊嚴嵩父子，痛陳之烈者，鮮有若陳雋如，〈楊忠愍公劾仇鸞嚴嵩始末〉，《國學月刊》(天津)，1卷4期(1937年7月)，頁37-40。

3　近年替嚴嵩翻案的著述，多從早期嚴嵩傳記每出於其政敵之手，以致掩功誇惡，公報私仇，當日政壇殘酷的派系互鬥決定生存與對付異己之方式，惡貫滿盈者實為乃子的嚴世蕃，而非嚴嵩本人，這一類見解出發。替嚴嵩雪冤固非此三幾年始有之事。近年的翻案文章的基本論據不少早見於蘇均煒(1919-)六十年代為「明史計畫」所撰的嚴嵩傳；Kwai-wai So, "Yen Sung," in L. Carrington Goodrich富路特 (1894-1986), ed., *Dictionary of Ming Biography, 1368-1644* (New York: Columbia University Press, 1976), Vol. 2,

決定於個人對嚴嵩的好惡或對近年翻案文章的接受與否，更與鄉土感情無關，而是基於一極爲簡單的道理──我們很難期望小說戲曲的編撰者能夠擺脫傳統觀感去作人物評價的獨立思考。

若干戲曲史家認爲李開先(1502-1568)《寶劍記》傳奇(五十一齣)就是這樣的早期作品。黃文暘(1736-?)云「開先將借以詆嚴嵩父子耳」[4]。焦循(1763-1820)謂「李仲麓之《寶劍記》則指分宜父子」[5]。今人張顯清亦從此說[6]。

此說恐非是。《寶劍記》成於嘉靖二十六年(1547)[7]，正爲嚴嵩父子趾高氣揚之時。彼等對付異己之殘酷，李開先不可能無所聞。李既與彼輩無瓜葛，且退居田園，又何必招惹殺身禍族之事[8]？嚴氏父子當權之時，固有諷刺之民謠流布[9]，但民謠的作者乏蹟可

(續)────────

　　pp. 1586-1591。其後蘇均煒復重寫此文爲〈大學士嚴嵩新論〉，收入《明清史國際學術討論會論文集》(天津：天津人民出版社，1982年)，頁822-862。另外，李焯然，〈從《鳴鳳記》談到嚴嵩的評價問題〉，《明史研究專刊》，6期(1983年6月)，頁37-74，亦以爲歷史上的嚴嵩不足稱爲奸臣。翻案文章的其它代表作尚有：曹國慶，《嚴嵩年譜》(北京：中國人民出版社，1995年)；馬楚堅，〈《介橋嚴氏族譜》資料與正史〈嚴嵩傳〉所載之歧異〉，收入氏著《明清人物史事論析》(南昌：江西高校出版社，1996年)，頁353-404。

4　黃文暘(董康等校刊)，《曲海總目提要》(大東書局本)，卷5，葉11下。

5　焦循，《劇說》(臺北：廣文書局，1970年)，卷3，頁50。

6　張顯清，《嚴嵩傳》(合肥：黃山書社，1992年)，頁430-431。

7　李開先，《閒居集》，卷6，〈市井艷詞又序〉，見路工(葉楓，1920-1996)輯校，《李開先集》(上海：中華書局，1959年)，上冊，頁322-323。岩城秀夫，〈李開先年譜〉，《未名》，8期(1989年12月)，頁93，即據此文定《寶劍記》作於嘉靖二十六年。《寶劍記》一劇亦用收入此集之路工輯校本。

8　李開先，《閒居集》，卷8，〈誥封宜人亡妻張氏墓誌銘〉謂：「(宜人)居嘗勸余解官，以塞忌口。辛丑(嘉靖二十年)，九廟災。余乃投劾罷免。宜人喜動顏色，以爲風塵宦遊，由此可得保全身矣。」(《李開先集》，中冊，頁466)。如說李開先著《寶劍記》以諷刺嚴嵩父子，這和他退居田園後的心態是不符合的。

9　如沈德符(1578-1642)，《萬曆野獲編》(扶荔山房本)，卷26，葉17上下，〈借蟹諷權貴〉條所記的數款。

尋，與編劇上演者之無所遁形，截然不同。此其一。

《寶劍記》講的是林冲與高俅(?-1126)、童貫(1054-1126)間的私隙公怨。高俅和童貫既非父子檔，童貫復無號令天下之權，高俅且為歷史小人物[10]。小說戲曲中的高衙內祇是市井混混，連勞師動眾都弄不到個少婦上手的窩囊廢，何足與確具才華、左右朝政的嚴世蕃相比。用高童配或高高配來影射嚴嵩父子，身分、事蹟毫不相符。很容易與嚴嵩劃上等號的蔡京(1047-1126)卻非劇中角色，僅在對白中點名即止（第四十齣）。蔡京諸子連被點名的機會也沒有。謂《寶劍記》泛斥豺狼當道之政可以，說其為詆嚴分宜父子而作則不可。此其二[11]。

最早影射嚴嵩父子之作不是《寶劍記》，而是《金瓶梅》。《金瓶梅》的作者和成書年代聚訟紛紜，迄無定見，不必在此討論。不過要強調的是，《金瓶梅》雖以宋徽宗政和、宣和年間為時代背景，書中講的政治社會境況卻是明嘉靖朝的，而且書中出現的太師蔡京正是嘉靖後期權臣嚴嵩的化身。

《金瓶梅》自《水滸》演衍而來。《水滸》用偶爾帶及，鮮作正面描寫的手法刻畫出蔡京的專權誤國，《金瓶梅》通過類似的處理手去讓蔡京扮演同樣的角色。這點本不必多講，但《水滸》並沒有用蔡京來影射別人，《金瓶梅》中的蔡京則明指嚴嵩。

宋徽宗時竊國諸奸臣，史按太學士陳東(1086-1127)等於宣和七年(1125)十二月上書請誅蔡京、童貫、朱勔(1075-1126)、王黼(1079-1126)、王彥(?-1126)、梁師成(?-1126)六賊之典（欽宗即位

10　近年頗有考述高俅這個歷史小人物的文章，其中以何冠環(1955-)所寫者用力最勤；見其〈《水滸傳》第一反派高俅(?-1126)事蹟新考〉，《東吳歷史學報》，5期(1999年3月)，頁49-92，修訂本收入何冠環，《北宋武將研究》（香港：中華書局，2003年），頁505-550。

11　認為《寶劍記》具體反映嘉靖朝的時代背景，而非攻擊嚴氏父子的有徐扶明〈李開先和他的《林冲寶劍記》〉，見徐扶明，《元明清戲曲探索》（杭州：浙江古籍出版社，1986年），頁39-61。

後，陳東復伏闕上書，再請誅此六賊），稱爲宣和六賊。採徽宗時代爲背景的述事文學按理很難不管這傳誦已久的史實的。

然而，《水滸》不是以政治爲出發點之書，不求反映徽宗朝的史實，故在前七十回除蔡京輕描淡寫出現過三次，童貫因職務關係被點名一次外，其餘四賊均欠奉。《水滸》情節與花石綱有關者不少，朱勔雖爲這玩意兒的始作俑者，姓名卻不見一提，其它三賊就更莫論矣[12]。

《金瓶梅》的情形卻不同，除梁師成外，蔡京等五人全部在書中扮演有分量的角色。到書快終結時，講及蔡京等因陳東參劾而下臺時（第九十八回），更用高俅諸人去配足六人之數。《金瓶梅》的作者顯然熟悉宣和六賊的典故，卻在以前的章回（第一和第三十回）兩次開列高俅、楊戩（?-1121）、童貫、蔡京爲四奸臣（宣和四奸黨），用四奸臣來代替六賊。此舉必有原因。

六賊與四奸之間，雷同者僅有蔡京、童貫兩人，而《金瓶梅》中的童貫並沒有眞正超越其前在《水滸》書中點到即止的等閒作用。加上充提督神策御林軍總兵官的高俅在《金瓶梅》中亦屬作用有限，當東京八十萬禁軍提督的楊戩雖對情節的進展較具作用，與太師蔡京相比距離還眞有天淵之別，四奸臣之以蔡京爲首（雖然上述兩回都列他於榜尾），十分明顯。

爲何《金瓶梅》的蔡京不可以當六賊之首，而要改六爲四？因爲歷史上的嚴嵩無五賊可配。按清初谷應泰（1647進士）《明史紀事本末》，卷54，〈嚴嵩用事〉章所記，早在嘉靖二十一年（1542）冬十月，四川御史謝瑜（1499-1567）已將嚴嵩和張瓚（1473-1542），以及已「誅」的郭勛（1475-1542）和胡守中（1532進士）合指爲四

---

12 馬幼垣〈《水滸傳》中的蔡京〉，《聯合報》，1986年12月2日（「聯合副刊」）；修訂本收入馬幼垣，《水滸論衡》（臺北：聯經出版事業公司，1992年），頁285-292。

凶[13]。四奸臣(奸黨)有嘉靖朝史事的印證，六賊則難以用來影射嚴嵩[14]。

四凶當中的張瓚和胡守中僅是歷史小人物，且當謝瑜以此四人並列時，不獨郭勛、胡守中二人已死(郭逝於獄中，不是谷應泰所說的被誅)，張瓚亦將卒，四凶僅餘一人。這是嚴嵩當權時的情形，《金瓶梅》中的蔡京亦享同樣權勢。

嚴嵩勢力之擴張及其集團之最後瓦解，其子世蕃同樣是關鍵人物。如果《金瓶梅》中的蔡京是嚴嵩的作身，嚴世蕃也應有其代表才對。歷史上的蔡京有八個兒子，與其政治活動上關係最密切者為長子蔡攸(1077-1126)。《水滸》不必受制於歷史，談到蔡京之子，僅杜撰個「雙名德章」的九子去充江州知府。《金瓶梅》則確有安排嚴世蕃的化身之需要，不然蔡京之為嚴嵩就很難落實。

蔡京諸子在《金瓶梅》中出現者共四人：長子攸、四子、五子，和九子修。虛構的九子沿用《水滸》情節，仍充江州知府，名字則易為修，又名少塘，歷史性增強了不少(因蔡京諸子悉單字為名，且名字均由長子的「攸」字衍變而來)[15]。蔡修曾路過清河，由西門慶及其友人隆情款待一番(第七十四回)。不注名字的四子為駙馬，尚徽宗女茂德帝姬(《宋史》，卷248，記茂德帝姬下嫁蔡京四子蔡儵)。五子當都尉，亦不注名字。讓這三個真真假假的兒子來刻畫出蔡京集團人脈網絡綜橫交錯是《金瓶梅》所用的敘事手法之一。但這些兒子，不管真假，均難充當世蕃的化身，合資格者僅

13　《萬有文庫》本，冊8，頁20。

14　用四凶典去解釋四奸臣(奸黨)，說首見陳詔，〈《金瓶梅》小考〉，《上海師範學院學報》(社會科學)，1980年3期(1980年9月)。採用此說者有周鈞韜，《金瓶梅素材來源》(鄭州：中州古籍出版社，1991)，頁164-166。另外，收入陳昭，《金瓶梅六十題》(上海：上海書店，1993年)，頁10-12，的一篇短文〈蔡京賀表與嚴嵩的〈慶雲賦〉〉也列出一項很有趣的對應。

15　歷史上的蔡修是蔡京之姪，即京弟卞(1058-1117)的長子；見王偁(?-約1200)，《東都事略》(眉山程舍人本)，卷101，葉6下。

長子蔡攸一人。

與蔡京的情形一樣，蔡攸在《金瓶梅》中的真正露面很有限。嚴格來說，僅一次，在第十八回代其父接受西門慶僕人來旺帶來的禮物，並指點他去拜見臭味相投的右相李邦彥（?-1130）。蔡攸儼然為乃父貪贓枉法集團的代理人。

《金瓶梅》中的蔡京、蔡攸父子無疑就是嚴嵩、嚴世蕃父子的化身[16]。

影射之作畢竟有先天性的局限，不能直書真人真事。以嚴嵩父子之聲名狼藉，仇家星布，待嚴家敗落，輕處者革職放逐，重罰者被誅棄市，曾受其害者，或好事者自不會放過編述宣揚的機會（《金瓶梅》雖以影射為足，也應是嚴家敗落後才出現的作品）。

這樣的作品當以長四十一齣的《鳴鳳記》傳奇為最早。此劇向多主出自一代文豪王世貞（1526-1590）或其門客之手，殆以為世貞為父王忬（1507-1560）報嚴家陷害致死之仇而作。按現階段之研究，此說已很難成立。因《鳴鳳記》既非復私仇之作，作者又尚未能考定，應暫視為穆宗隆慶年間稍後不知名戲曲家之作[17]。

不管此劇出自何人之手，它以攻擊嚴嵩父子禍國營私罪行為主旨則十分明顯。以此而論，此劇確達到編寫之目的。從藝術效果去看，布局卻殊不高明。

首先，劇名需稍作解釋。此劇尊崇被嚴嵩謀害的內閣首輔夏言（1482-1548）和督臣曾銑（1499-1548）為雙忠，先後冒死批鱗直諫的楊繼盛（1516-1555）、吳時來（?-1590）、董傳策（1550進士）、張翀

---

16 說見魯歌、馬征，《金瓶梅人物大全》（長春：吉林文史出版社，1991年），頁213；葉桂桐、宋培憲，《金瓶梅人物正傳》（北京：南海出版社，1991年），頁384；張顯清，《嚴嵩傳》，頁439。

17 見徐扶明，〈《鳴鳳記》非王世貞作〉，《元明清戲曲探索》，頁76-90。

(?-1579)、郭希顏(1532進士)、鄒應龍(1556進士)、林潤(1530-1570)、孫丕揚(1532-1614)為八義。他們「朝陽丹鳳一齊鳴」(第一齣)。

這樣的部署顯然在強調此劇的歷史真實性。劇中的其它重要人物,不論忠奸,不計出場久暫,自嚴嵩父子,至趙文華(?-1557)、仇鸞(1505-1552)、丁汝夔(?-1550)、羅龍文、朱希孝(1518-1574)、鄢懋卿(1541進士)、王宗茂(1511-1562)、徐學詩(1544進士)、沈鍊(1507-1557)、陸炳(1510-1560)、鮑道明(1503-1568)、吳國倫(1524-1593)、王遴(1523-1608)等等,復大多可考。此劇這樣穿插大量歷史人物,給讀者觀劇有如看信史的感受是必然的。

《鳴鳳記》其實並不忠於歷史。祇要不違背歷史真相,文學創作者絕對可以運用想像力,替歷史人物附添促使讀者增加理解深度的虛構故事。《鳴鳳記》的錯失並不在此,而是在為了達到黑白的忠奸分明對立去刻意歪曲。

夏言就是一例。歷史上的夏言並非風節清峻之賢相,而是傲慢瀆職的投機分子。他和嚴嵩一樣專意精研無聊透頂、耽誤國事的醮祭青詞去諂媚取容於世宗[18]。

郭希顏亦是同樣的例子。此劇說他是鄒應龍和林潤的老師,明知上章彈劾嚴嵩必招殺身之禍,仍一往直前,求仁得仁而後快。歷史哪是這樣的。在長久不得意之餘,郭希顏於嘉靖三十九年(1560)看中了安儲問題是終南捷徑,遂上章一博,世宗視為歪說,盛怒傳旨在家鄉斬首以示天下[19]。

諸如此類的扭曲史實,可說俯拾即是[20]。職是之故,僅應視

---

18 Angela Hsi, "Hsia Yen," in Goodrich, *Dictionary of Ming Biography*, Vol. 1, pp. 527-531;柳存仁,〈夏言・嚴嵩・徐階〉,《嶺南學報》,新1期(1999年10月),頁345-374。

19 《萬曆野獲編》卷20,葉8上至9下。

20 可參考李焯然,〈從《鳴鳳記》談到嚴嵩的評價問題〉。

《鳴鳳記》爲政治意識濃厚的文學作品。

即使就文學作品而言，《鳴鳳記》的組織還是頗有商榷餘地。此劇以鄒應龍和林潤的交往、進修，和發跡爲述事主線。但此劇所講的歷史人物委實太多，往往輩份不同，背景各異，許多時候根本無法互相串連（在鄒林二人未考試成功前已死去的大臣如何和這兩個要角連繫是明顯不過的技術問題）。作者援以解決之法就是添增虛構人物易弘器，利用他的人際關係去串連本不相干的人物（此人在另一本傳奇成了主角，這點隨後再交代）。那些所謂人際關係，劇中講解起來既含糊又巧合，可信程度很成問題。

然而這缺失並未嚴重影響到作者編此劇的最終目標。來自各方，幾乎不斷的攻擊確給讀者留下嚴嵩父子禍國殃民至令人髮指程度的印象。可是我們也得承認，在作者設法容納眾多歷史人物之餘，嚴嵩父子在劇中露面的機會便相當有限了。

嚴氏集團對付異己往往不留餘地。其中個案，以沈鍊幾乎滿門抄斬事件最爲殘酷。

沈鍊爲文武兼優、忠貞剛直、不畏權貴之士。目睹嘉靖二十九年（1550）前已占據河套內外，屢犯邊地，大肆殺掠的蒙古酋長俺答（Altan-qaɤan, 1507-1582）入寇，兵臨京畿，而嚴嵩輩素懼敵怯戰，自無應策，沈鍊遂以錦衣衛經歷的身分上本備陳嚴嵩十大罪，乞與其子世蕃及助紂爲虐的吏部尚書夏邦謨（1484-1564）誅黜以謝天下。世宗大怒，責沈出位狂言，排陷大臣，令錦衣衛杖之，發口外保安州爲民。後數載間，沈鍊在保安開書院，講忠孝大節之道，論朝政得失之由。事聞於嵩父子，自不能容，乃縱其徒構以串連白蓮教，通虜謀逆罪名，斬決於市。繼且杖殺鍊之次子袞及三子褒。鍊之長子襄亦被逮，戍遠邊。直至嚴氏父子事敗，沈案始得平反[21]。

---

21 沈鍊《明史》卷209有傳，其它史料，如實錄中的資料，見杜聯喆（1902-1994），〈明人小說記當代奇聞本事舉例〉，《清華學報》，新7卷2期（1969年8月），頁166-169，並收入杜聯喆，《旭林存稿》（臺北：藝文印

　　沈案的經過一旦公諸於世，文人傳記是意料中事。其中最著名者爲通俗文學大師馮夢龍於泰昌元年（1620）或天啓元年（1621）刊行《古今小說》話本集時，收入爲第四十篇的〈沈小霞相會出師表〉[22]。篇中固然滲入小說家言（題目正反映這一點）。沈鍊在保安州的義弟賈石在沈遭逮後，向沈家要了沈所書的〈前出師表〉和〈後出師表〉，以爲日後相認之記。待冤案平反，早踰十載，沈襄與素未謀面的賈石邂逅，即憑此字幅相認。

　　這篇話本所述諸事基本是符合事實的，加上其爲暢銷一時的《古今小說》的一篇，不難使世人留下沈鍊父子及其友儕與嚴嵩父子和他們的黨羽成忠奸強烈對比的鮮明印象。

　　自《金瓶梅》算起，諸作有一共通之處，就是不論所採的角度是影射還是直書，總是希望能夠力揭嚴嵩父子的滔天罪行，從而把他們寫成十惡不赦。例外的是明人的《飛丸記》傳奇。

　　《飛丸記》出自何人之手，紀錄模糊得很。有說是張景，有指爲秋郊子[23]。說法都幫不上忙，因爲不管這些名號的使用者是否爲一人，其生平均無可考。不過，此劇既收入毛晉（1599-1659）的《六十種曲》，它該爲明人之作。

　　此劇的年代其實不算太含糊。它是從《鳴鳳記》中一個小情節演衍而來的，寫作年代自應後於《鳴鳳記》。

　　《鳴鳳記》利用虛構人物易弘器去串連本不相關的人物，這點上面講過了。正因爲易弘器不受史實所規限，在他的身上添枝換葉就容易多了。

　　《飛丸記》說嚴、易兩家份屬同鄉，雖世有宿怨，並未致惡言

（續）

　　　書館，1978年），頁86-91。

22　《古今小說》用天許齋刊本。韓南以爲這篇話本可能出自馮夢龍之手，見 Patrick Hanan, *The Chinese Short Stories: Studies in Dating, Authorship, and Composition* (Cambridge, Mass.: Harvard University Press, 1973), p. 239.

23　見莊一拂（莊臨，1907-2001），《古典戲曲存目彙考》（上海：上海古籍出版社，1982年），中册，頁1029。

相向的程度，故上京考試的易弘器覺得應拜候嚴府，以為可藉此冰
釋前嫌。豈料嚴世蕃口蜜腹劍，把他灌醉，命傭人置之死地。吉
人天相的易生及時遇救。這些情節和《鳴鳳記》並無大別。

分別卻很有趣。在《鳴鳳記》救易弘器的是寄居嚴府的嚴世蕃
表姑，在《飛丸記》救他的是嚴世蕃之女嚴玉英（歷史上嚴世蕃有
子六、養子二，女兒數目則不詳；按劇情，此劇中的嚴玉英不是獨
女，便是長女）。在易弘器尚未有生命危險時，他已和嚴玉英邂逅
花園，雙雙墮入情網（這裡有一大漏洞，易弘器既和嚴世蕃為同
輩，他和嚴女之間便當有相當的年齡差別，互相一見傾心可能性就
不會高）。隨後的發展，就是易生和嚴女克服萬難，土地公又特別
照顧，替他們飛丸傳書（劇名即由此而來），有情人終成眷
屬。

嚴嵩父子的形象，與此結局配合起來，也就劣性大減。

嚴嵩沒有在劇中出現，提到他時往往強調他的最大缺點在容許
兒子借威橫行。嚴嵩在此劇祇是一個提供背景的人物。

嚴世蕃的出場次數不少，為人也確夠狠毒。但他幸運得很，既
有賢慧明理的妻子，復有正直堅貞的女兒。她們都平心靜氣地勸他
改過從善。世蕃雖不接納她們的意見，也沒有令她們特別難堪。嚴
世蕃之為人夫、為人父，並不算太壞。

編劇者甚至設法沖淡嚴嵩父子最後收場的嚴酷史實。嚴家敗落
時所受的懲罰僅為「嚴世蕃假威陷父，怙寵欺君，發雲貴充軍，妻
子發功臣家為奴，家財入官。嚴嵩念老，削爵為民，養濟院終身，
歲給俸米百石」（第十五齣）。這還不算，待易弘器科場得意，當了
御史，皇帝還依其所奏，准「嚴氏家族一概釋罪寧家」（第二十八
齣）。後來又輕描淡寫地補充說「嚴世蕃雖死，九泉之下，繡衣超
拔他家眷，地下亦瞑目了」（第三十一齣），算是對歷史的交代。至
於嚴嵩本人究竟如何結局，因他根本不是出場人物，就不了了之。

這樣去安排，且不說嚴嵩顯得十分平和，連嚴世蕃也難說他罪

貫滿盈。爲了填補這個眞空狀態，作者把因要替舊主兵部尚書丁汝夔報嚴嵩家陷害之仇而聚嘯綠林的仇嚴(明爲虛構人物)弄成始善終惡，來在後半部劇本充反面人物，擔承重罰。結果自然便宜了嚴嵩父子。

近年企圖替嚴嵩翻案的捧出「棄子保父」的招數[24]。看來這本明代傳奇的作者早已多走了一步。「父受女庇」使嚴世蕃罪孽大減，再因子及父，嚴嵩之過僅是教子無方而已。

與《飛丸記》約略同時或稍後的「嚴氏文學」作品有蘇州派戲曲家李玉(約1614-1683)的《一捧雪》傳奇(三十齣)。雖然李玉的主要活動時期在入清以後，《一捧雪》有崇禎刊本存世，故爲明末之作[25]。

《一捧雪》素享盛譽。雖然它和李玉其它三部名著《人獸關》、《永團圓》、《佔花魁》合稱「一人永佔」，四劇在內容上互不連接。《一捧雪》組合明末流傳不同人士因各種寶物而與嚴嵩父子(特別是嚴世蕃)結怨，以致招禍的傳聞和史事，去編織成一個波瀾起伏的嚴世蕃和其黨羽爭奪一隻稀世玉杯的故事[26]。

此劇講向受嚴嵩提攜的莫懷古利慾薰心，上京賄賂嚴世蕃，圖求美職。行前認識了精於裱褙，卻因好嫖好賭以致妻死家破，流落異鄉的湯勤。莫懷古引湯勤爲莫逆，帶同上京，要介紹給喜好骨董的嚴世蕃，企圖拉攏。孰料湯勤爲中山狼，兩面謀算，告訴世蕃莫家有隻九代相傳名爲盤龍和玉杯，俗稱一捧雪的至寶。世蕃遂索求

---

24 如曹國慶等，《嚴嵩評傳》(上海：上海社會科學院出版社，1989年)，頁91。

25 《一捧雪》的版本情形，見莊一拂，《古典戲曲存目彙考》，中冊，頁1145-1146。此劇現用上海古籍出版社1989年刊行的歐陽代發校注本。

26 關於這些傳聞與史事，參見徐銘延(1917-1964)，〈論李玉的《一捧雪》傳奇〉，《南京師院學報》(社會科學)，1980年2期(1980年)，頁35-42；劉致中，〈《一捧雪》本事新證〉，《戲劇藝術》，1988年2期(1988年)，頁79-85。

之。莫懷古不敢逆其意，又心有不甘，乃偽製假杯以獻。莫懷古因是升轉為太常寺正卿，湯勤也當上右軍都督府經歷。但懷古對此空銜不感滿足，酒後向湯泄露真情。湯既為自保，也為機會難再，便向世蕃告密，莫家遂陷入絕境。劇最後的收場是，莫懷古的侍妾雪艷假意應允湯勤婚事，花燭之夜，手刃仇人，然後自盡，而懷古之子莫昊中了進士，上章揭發嚴氏父子的惡盈罪貫。世宗感到莫昊所奏與鄒應龍、林潤的彈劾正同，遂令嚴嵩入養濟院，世蕃「邊遠充軍，妻孥流徙，家私抄沒」。

和本文所講的其它作品比較起來，《一捧雪》有三個特別之處。

除了嚴世蕃之外，《一捧雪》劇中所有重要角色全為虛構或假借傳聞創造出來的人物。方平剛正的抗倭名將戚繼光（1527-1587）雖與劇情的發展有相當關係，他畢竟是個可以隨意替換的人物。其它歷史人物不是略略帶過，便是稍提即止。這安排使此劇比《鳴鳳記》高明多了，戲劇性也增強不少。

其次，此劇講的並不是向來公認的正邪相搏故事。莫懷古早就是嚴家蛇鼠同窩的黨羽，上京是為了和嚴家談買賣。結果是一方肯賣而索價過高，一方無圓轉餘地，又不甘割愛，遂以贗品成交。雙方並無正邪之別，且從嚴世蕃的角度去看，莫懷古無異叛徒，若不殺雞儆猴，以後這個集團賴以維持的賣官鬻爵生意就難以為繼。莫懷古之事是咎由自取，觸犯幫會規矩，以致禍及家族。

再其次，如何懲罰嚴嵩父子顯非李玉著意之處，三言兩語便草草了事，而且沒有教嚴世蕃身首異處。因為李玉寬處嚴嵩父子，莫昊的上奏成功就弄得兒戲之極。長久以來，幾乎數不清的重臣國老都因彈劾嚴嵩而落得悲慘收場，區區一個新科進士算老幾，竟一試化冰山，誰會相信？

無論如何，《一捧雪》的備受歡迎使早已公認的嚴氏父子作姦犯科，肆無忌憚的形象深入人心。

　　以上講的都是明人之作。清人作品數量多而每不易得，且恒以地方性文體(如彈詞、木魚書)改編上文已述諸作，非本文論析範圍，故僅選講幾部全國性的說部。

　　這些作品當中，以明末清初文壇巨擘李漁(1610-1680)在順治後期所刊《十二樓》話本集中一篇爲最早[27]。該集的第六篇故事〈萃雅樓〉講嚴世蕃因龍陽之癖而滅絕人性。

　　話說北京順天府宛平縣單身少年權汝修俊秀嬌媚，與兩已婚男友人同性私暱。好男風的嚴世蕃既聞此事，竟欲獨占權生，百計致之，然爲權所拒。世蕃乃串通太監，迷而閹之。當太監的權竭力奉承世蕃，後且轉入嚴府工作，得以密記世蕃敗行。及嚴嵩父子事敗充軍，權被遣送宮中，乃俟機向世宗盡陳嚴氏父子劣跡。世宗大怒，又聞世蕃引倭寇入侵，遂傳旨斬決世蕃。行刑時，權痛罵世蕃。後權取世蕃頭製爲溺器，大仇始報。

　　在這篇讀之令人嘔心的故事裡，嚴世蕃簡直禽獸不如，爲了滿足斷袖痼慾竟不擇手段至滅絕人性。李漁爲梨園祭酒，毛晉刊行的《六十種曲》當時又已盛行了一段日子，他沒有可能既未讀過《飛丸記》又未看過其演出的。但李漁把嚴世蕃寫成恃勢橫行外，還強調其性慾的畸形(那時還未有同性戀衹是個人選擇，無所謂正誤，唾罵就是法所不容的歧視之妙論)，以及其不惜傷殘所愛之人以達到獨占目標的變態心理。這大概是李漁對《飛丸記》善化嚴世蕃的反應吧。憑李漁的聲望，他筆下的嚴世蕃很易便取代了《飛丸記》炮製出來的善化版本。後來《飛丸記》連上演的機會也沒有了，

27　書首有順治十五年(1658)該書評者杜濬序。《十二樓》的版本情形，見孫楷第，《中國通俗小說書目》，重訂本(北京：人民文學出版社，1982年)，頁116；孫楷第，《戲曲小說書錄解題》(北京：人民文學出版社，1990年)，頁139；大塚秀高，《增補中國通俗小說書目》(東京：汲古書院，1987年)，頁32-34；韓錫鐸(1940-)、牟仁隆、王清泉，《小說書坊錄》，修訂本(北京：北京圖書館出版社，2002年)，頁40、45、127、137。

《十二樓》則一直有坊本流傳。嚴世蕃從此墮入永無超贖可能的地獄深處，連最近替嚴嵩翻案者也不敢愛屋及烏，反更集中攻擊以求替其老子洗脫。

談完這篇話本體短篇小說，第一部要介紹的清人章回小說就是六十回的《海公大紅袍全傳》。

《海公大紅袍》荒唐到難以令人置信。其題署「晉人義齋李春芳編次，金陵萬卷樓虛舟生鐫」就假得很。幌子顯然來自萬曆三十四年（1606）刊行，書首作同樣題署的《新刊全像海剛峰先生居官公案傳》。《海公大紅袍》的作者不管這個晉人李春芳究為何人，就照抄過去，無異胡亂託古[28]。

此書首回說「前明正德間」，粵之瓊南有海璇者（此書訛稱海瑞父名，瀚才對）。作者一開始就忘記了自己正在企圖託古！此書現存最早的清嘉慶十八年（1813）本很可能就是初刻本[29]。此本用意義不顯的「羲齋」，後來之本多改為「義齋」。從作者對廣州城的熟悉和書中的用辭去看，他大有可能是粵人。

這本可能寫作得相當晚的小說委實是一筆故意製造出來的糊塗帳。除了書首分別介紹海瑞（1514-1587）和嚴嵩的出身，和最後一回講世宗駕崩的發展外，中間近四十回的篇幅專述忠肝義膽，無所畏懼，歷任山東歷城知縣、兵部郎中、都察御史、湖廣巡撫、戶部尚書的海瑞先後和嚴嵩父子作一連串激烈的鬥爭。篇幅這樣分配，看似中規中矩，其實不然。

最能顯示真相的就是那短短的最終回。它說世宗病死後，海瑞憂懷國事，一病而終。海瑞身後蕭條，僅得大紅布袍一件遮尸（書名的由來）。新君穆宗資助其靈柩回籍安葬後，從眾臣彈劾嚴嵩的

28　這點大概以孫楷第說得最早，見其《中國通俗小說書目》，修訂本，頁63-64。此書的1933年初版並未提出此意見。

29　大英圖書館有此本，為二經堂刊物，見柳存仁，《倫敦所見中國小說書錄》（香港：龍門書店，1967年），頁294-295。

奏章，判嚴氏父子及其黨羽下獄。故事即以此結束。

這是掛上歷史招牌的天方夜譚。歷史真相很簡單。嚴嵩敗落於嘉靖四十一年五月時（世宗還多治四年），事情發展得很快，嚴氏集團旋即樹倒猢猻散。那時海瑞在浙江淳安縣當了幾年知縣（前此為職位更低的福建南平縣教諭）[30]，根本不可能和在京的內閣首輔有接觸。除非有實證，我們祇能相信海瑞終生從未和嚴嵩父子見過面[31]。

嚴氏父子和海瑞的生平大略，唾手可得。此書的作者不管這些，空中樓閣，隨意捏造（書中說萬曆名相張居正 [1525-1582] 為嚴嵩的爪牙便是一例）。雖則如此，此書作者在胡湊之餘，還是有依據的。他採用的不是史書，而是既用明末清初《鳴鳳記》、《一捧雪》之類講嚴嵩父子，卻與海瑞無關的戲曲，復用確講海瑞和嚴嵩之間種種衝突的戲曲，如《忠義烈》、《朝陽鳳》，和《吉慶圖》[32]。這本小說關心的顯然是忠奸正邪之辨，而不是情節與史實最起碼的契合。書中所見的嚴嵩父子，言行儘管憑空拼湊，形象則仍沿用早已定型的傳統。

清人小說可歸入嚴氏文學者實在不少。與《海公大紅袍》述事稍可比擬者有「通元子黃石著」的《玉蟾記》（五十三回）。此書述

---

30 見清末王國憲，《海忠介公年譜》，有光緒三十三年(1907)瓊山罕經書院刊本，收入陳義鍾（程毅中，1930- ）編校，《海瑞集》（北京：中華書局，1962年），下冊，頁577-603。

31 黃岩柏，《海公系列小說》（瀋陽：遼寧教育出版社，1992年），頁77，亦以為海瑞從未和嚴嵩碰過頭。

32 此書素材的來源已有精采的考釋，即張超英，〈明清四傳奇對小說《海公大紅袍》的影響〉，《山口大學文學會志》，44期(1994年)，頁106-119。其中要注意《忠義烈》和《吉慶圖》並無存本，追查起來要做一番考證，而張超英於此所表現的功力堪稱上乘。黃岩柏(1933-)於其較早出版的《海公系列小說》，頁8，雖指出此二傳奇為《大紅袍》所本，卻未講明此二劇已佚，也就忘記了謂今人不能得讀之物為《大紅袍》之史源須交代如何達到此見解這必要程序。

嘉靖年間大將軍張經(?-1555)爲嚴黨所陷,滿門抄斬[33]。其子張昆被救出,通元子給他玉蟾十二枚。他先後遇十二美女,皆分贈玉蟾爲信物。後張昆平倭寇,除嚴黨與十二美女成婚。

這是一本較專談神魔尤更荒誕絕倫之書。張昆剿倭鋤嚴固屬胡亂發明,一人娶十二妻更是無稽謬語。且不說體力問題,各房之間無可避免的磨擦必釀致朝夕不斷的紛爭,何幸福之有?連西門慶也沒有膽量同時擁有妻子十二人!這是明末清初才子佳人小說鼓吹三四女共事一夫那傾向的極端發展[34]。

另外值得一提的清人小說還有倚雲氏主人(姓名待考)的《昇仙傳》(五十六回)。從現存的版本去看,此書祇可能是晚清之作[35]。是書講遼東秀才濟登科(字小塘),因遭嚴嵩阻撓,屢試不售,後見忠臣楊繼盛被斬,遂看破紅塵,學仙道,得呂洞賓點化。先後結交俠士徽承光、神偷一枝梅苗慶、儒生韓慶雲、畫匠蘇九宮,合力剪除嚴家黨羽,然後一同昇仙歸眞。

此書講治妖鬥法、仗義懲惡之事,顯兼受明代以來神魔小說和

---

33 張經史事,見Ray Huang黃仁宇(1918-2000), "Chang Ching," in Goodrich, *Dictionary of Ming Biography*, Vol. 1, pp. 46-49。

34 蔣瑞藻(1891-1929),《小說考證》(上海:上海古籍出版社,1984年),「續編」,卷2,下冊,頁473-474,引《花朝生筆記》,謂「明徐有貞(1407-1477)要自一代名臣,然奪門之役,陷于謙(1398-1457)至死,論者恨之。彈詞《玉蟾蜍》設言于公後身爲某公子,清才美貌,富甲一郡,有玉蟾蜍一十二枚,爲傳家之寶。後遇十二美人,皆願與終白首,以蟾蜍分遣之,同日成婚。此十二美人者,即有貞及其黨所轉生也。語雖不經,殊快人意。」《玉蟾記》之荒謬竟出自尤更出軌的彈詞,而作者還覺得可以把故事隨意套在另一個歷史人物的頭上!娶前世之敵爲今世之妻,還要網羅去集體娶過來原來就是天公替受冤者扯平之法,大男人沙文主義難找到更霸道之例。雖然《玉蟾記》沒有採前後世之說(嚴嵩及其黨羽尚在,彼等與張昆及十二美人的年紀分別也有限),蠻(黃人),〈小說小話〉,《小說林》,6期(1907年11月),頁46,評之爲「亦似爲奪門案中諸忠吐氣,然庸劣特甚」,至今仍是的論。

35 此書現知最早存本爲光緒壬辰(十八年,1892年)成文信刊本,前有倚雲氏主人弁言,故當爲晚清之作。

清中葉晚期盛行的公案俠義小說所影響，而與早期的嚴氏文學作品
更是一脈相承。李玉《一捧雪》中唯利是圖的莫懷古在此書中即成
了慘受嚴世蕃陷害的正人君子慕懷古。

不過，正如其書名所提示者，修道習術始是作者最關心之事。
嚴嵩父子祇是偶然出現來帶出橋段的閒角而已。和《海公大紅袍》
一樣，《昇仙傳》是徹徹底底的淺人妄筆。書中講濟小塘助戚繼光
剿滅侵犯紹興的倭寇，搬出來的祇是連場的妖術鬥妖術。在這個作
者的筆下，倭寇是琉球國王派來的，首領姓巳名律洪！就算他讓嚴
嵩父子扮演重要得多的角色，亦祇會胡扯一頓。

此外，嚴氏文學還包括兩本不常見且尚未得讀，而從現有的工
具書幸能知其故事大略的清人小說。

其中爲佚名清人所撰的《案中奇緣》（十二回）。這本小說講嘉
靖二十九年（1550）楊繼盛姪兒楊素芳在崑山陷入謀殺冤獄，屈打成
招。妻柳氏往蘇州投告，巡撫張仲甫爲嚴嵩黨羽，拒收狀詞。柳氏
在按察衙門前自盡。按察爲海瑞之子海增榮，知其冤，乃匿其狀
詞。遭嚴嵩排擠的胡宗憲（1511-1565）旋接任蘇州巡撫。海增榮呈
上狀詞後，胡乃重審此案，釋放楊素芳，並許命案死者未完婚之新
婦配之，復令知縣限時破案。楊素芳後中進士，拜見海瑞，而拒見
嚴嵩，並誓劾奏奸臣問罪[36]。

此書所犯的錯失和《海公大紅袍》、《玉蟾記》一樣，亦即明
清長篇說部中所謂歷史小說的通病。小說作者可以（甚至應該）在歷
史架構內創造人物及其行事。但顛倒史實，以假冒眞則絕對是另一
回事。可惜，如此胡湊的例子在明清小說中俯拾即有[37]。

---

36 此書尚未得讀，其故事大略見江蘇省社會科學院明清小說研究中心、文學
研究所編，《中國通俗小說總目提要》（北京：中國文聯出版社，1990
年），頁800-801；石昌渝主編，《中國古代小說總目》（太原：山西教育
出版社，2004年），白話卷，頁12；張兵主編，《五百種明清小說博覽》
（上海：上海辭書出版社，2005年），下冊，頁1508-1509。

37 明清兩代歷史小說的這種特徵，見Y.W. Ma馬幼垣, "The Chinese

《案中奇緣》說海瑞和嚴嵩同時為京官，且為兩個對敵集團之首，這錯失有可能是沿自《海公大紅袍》而來的。但說長期依附嚴家而得青雲直上的胡宗憲是嚴嵩刻意排擠之人，胡又勇於和嚴家集團作對，就黑白倒置得一塌糊塗了。實則嚴嵩一旦失勢，胡宗憲便在短短三年間被逮捕兩次，終死獄中[38]。在這本小說裡，出場機會本甚有限的嚴嵩所以被搬出來，不過用來象徵嘉靖朝中的邪惡集團而已。

象徵作用亦見於另一本嚴氏小說。那就是「雪溪八咏樓主述，吳中夢花居士編」（編述者姓名均待考）的《蜃樓外史》（四十回）。這本又名《芙蓉外史》的小說講嚴嵩的義子趙文華剿倭不單窩囊透頂，更吃裡扒外，通敵發財，卻反冒功領賞。另一筆講的是杭州牛頭山張文龍、沈楚材行俠仗義，以及紅國公主阿芙蓉化作鴉片，荼毒黑國國民，終致連紅國亦鴉片氾濫之事。然後又講回嚴嵩仍薦趙文華往剿再次來犯的倭寇。文華重施故技，卻中倭兵詭計而大敗。林潤、鄒應龍等彈劾嚴嵩，嘉靖帝震怒，召文華進京。文華畏罪，暗通倭寇，與嚴世蕃勾結，謀奪大明江山。為剿倭寇，京師特開文武雙科以招英傑。世蕃聞之，在校場埋設地雷，要將嘉靖帝及應試諸英炸死。其時已分別得文科狀元、探花的沈楚材和張文龍赴京應試。書止於此，並於書末聲明後事「俱在下回二集書中分解」[39]。

二集雖未有所聞，情節如何發展卻夠明顯。必離不開英雄護駕除奸這條主線。企圖在校場炸死嘉靖帝這橋段，若守著不創造歷史

（續）————

Historical Novel: An Outline of Themes and Context," *Journal of Asian Studies*, 34:2 (Feb. 1975), pp. 277-294，賴瑞和譯文，〈中國講史小說的主題與內容〉，《中外文學》，8卷5期（1979年10月），頁106-129，修訂本收入馬幼垣，《中國小說史集稿》，修訂本，頁77-103。

38 胡宗憲史事，見Chaoying Fang房兆楹（1908-1985），"Hu Tsung-hsien," in Goodrich, *Dictionary of Ming Biography*, Vol. 1, pp. 631-638。

39 此書亦尚未得讀，得知其故事大略仍賴注36所引的三本工具書：《中國通俗小說總目提要》，頁791-793；《中國古代小說總目》，白話卷，頁325；《五百種明清小說博覽》，下冊，頁1495-1496。

的原則就搬不出來。這橋段還新穎得有如見於現今的武俠小說、電視劇和電影者。

這本小說的象徵作用則較《案中奇緣》者複雜多了，不再簡單地套用嚴嵩父子來代表邪惡集團，以求組配萬試不爽的忠奸相對橋段。此書以古喻今，反映的是清季於外屈辱求和，於內煙毒蔓延的景況。這就嚴氏文學而言，不能不說是與時俱進的大變招。嚴嵩父子始終是千夫所指，永不超生的大惡煞，這點則難在通俗文學作反案文章了。

以上衹是就主要的現存作品來講。討論的作品就算再增加，現有的兩項觀察大概還是不必修訂。

除了立場特異的作品如《飛丸記》外，小說戲曲所描述的嚴嵩，不論是影射還是直書出來的，必為柔媚佞幸、嗜權酷貪的奸臣，其子世蕃則必為恃勢橫行，僭越奢侈，荼毒百姓之徒。

另一個觀察也很明顯。小說戲曲讓嚴嵩出場時往往好像不知怎樣處理他才好的樣子。朝廷明爭暗鬥之事，政見之辯論，都很複雜，既難闡明，復耗篇幅，多講反會糾纏不清。受賄威逼之類事情，又不用他親自動手，加上他私生活檢束，出場環境公式化，除非隨意製造故事(如《昇仙傳》說他雖位極人臣，卻千方百計去陷害一個尚未踏入官場的秀才)，還是避免直接描述他為妥。其子世蕃則不同。從外貌到言行，嚴世蕃處處惹人反應。復以他和外界接觸多，事情的性質，涉及的環境，在在可以不同，此等人物該是寫小說戲曲者最歡迎的類型。不少作品(如《一捧雪》)乾脆不管嚴嵩，專意去講世蕃，道理即在此。

以上衹是就現存作品來講，已佚之作則不易知道多少。其中一種可引為例子的是講夏言的《青詞宰相傳》。此書二十世紀初尚有存本，三十年代以來則久無人得見矣。現在得知的衹有曾讀此書的黃人所說的話：「夏貴溪亦佞幸一流，人格在張孚敬(1475-1539)下，幸為嚴氏所傾陷，死非其罪，故世多惜之。又得《鳴鳳記》等

爲之極力推崇，儼然蹇蹇老臣矣。此書則極力醜詆之，無異章惇
（1035-1105）、蔡京，又未免太過。揚之則登天，抑之則置淵，文
人之筆鋒，誠可畏哉！小說，猶其小焉者也。」[40]此書既力詆夏
言，則嚴嵩在書中必有出場機會。

　　討論至此，即使可以增添些作品入析述文列，看來都不大可能
帶出有明顯分別的觀察來。這些觀察日後需要修訂的可能性也希望
不會高。

後記

　　此文原爲1995年底，在時間逼切、資料不齊的情形下，應出席
在香港舉辦的一個明史研討會而寫的。其後一二手資料均續有添
增，理應補訂，惜久無暇及之。孰料事隔數年後，主辦該研討會的
機構不作任何通知，便把原先宣讀的稿本刊登於2001年4月出版的
《明清史集刊》第5期。幸好這是即使在香港也無流通可言的刊
物，才不致謬種流傳。茲趁《嶺南學報》新卷第3期出版之便，添
入新資料，大事修訂，故前後兩稿分別殊極，而前稿可作廢
矣。

2006年4月1日

──《嶺南學報》，新3期（2006年9月）

40　蠻，〈小說小話〉，《小說林》，6期，頁27-28。

馮夢龍與《壽寧待誌》

明季俗文學大家馮夢龍(1574-1646)[1]，編著宏富，存世者多不難致，即以明版「三言」爲例，四十年代尚爲獨存海外的秘笈，現有精裝影本廣事流通已達三十年，幾唾手可得。但是以馮氏諸書數目之繁，亡佚或疑佚者仍不少，其中一例便是他的集子《七樂齋稿》[2]。

馮夢龍現在確存的書刊，當以他爲壽寧所修的縣志最難得。知道此方志者頗不乏人，考論馮夢龍時多順帶提及，但祇是幾經轉引的消息，僅點出書名而已(書名也多弄錯，詳後)。眞正見過此書者甚少，直接引用者更少[3]。

除了圖書館慣用的定義，視清初以前本子一律爲善本外，善本書有兩義，其一爲存世數目稀少，甚至碩果僅存者，其二爲研究所

1　馮夢龍生卒年一向眾説紛紜，現據陸樹侖遺著《馮夢龍研究》(上海：復旦大學出版社，1987年)，頁5-9。另外，王重民(1903-1975)遺著〈馮夢龍之生卒年〉，《中華文史論叢》，1985年1期(1985年2月)，頁279-280，説有小異，卒年同，生年則後一年，定在萬曆三年(1575)。

2　《七樂齋稿》是詩集，還是詩文集，無法判斷。有關此書的各種情形，正文後有交代。最近，橘君輯注之《馮夢龍詩文》(福州：海峽文藝出版社，1985年)，頗便讀者，然缺點甚多，尚非定本，此事舍弟泰來有書評，見《文學遺產》，1987年6期(1987年12月)，頁122-124。

3　首援這本方志去考證馮夢龍在壽寧的政績以及其它事宜的韓南，見Patrick Hanan, *The Chinese Vernacular Story* (Cambridge, Mass: Harvard University Press, 1981), pp. 85-86, 224. 雖因體裁關係，論述馮氏此四年間(韓南誤記爲三年)的各種行實，僅短短幾頁，但切要中肯。此方志有排印本流通以後(見注4)，一時之間，討論文章頗有爭出之勢，這是後話。

賴的資料不能求諸別處者。馮夢龍所著《壽寧待誌》，兩義兼備，
而且還是探討馮氏生平不可多得的原始史料。前承友人黃耀堃兄之
助，自日影得全書[4]，快讀一過，時有驚喜之獲，故草此文，試為
綜合性的報導。

在未找到《七樂齋稿》以前，有關馮夢龍生平的直接資料，祇
有靠序跋和馮氏友儕的記載所提供的信息，數目少，又零碎，僅足
刻畫出一個輪廓。這當然和馮夢龍在科場和官場兩不得意有關，影
響到他交遊的性質和範圍。遲至六十一歲，馮夢龍始正式踏上仕
途，出掌荒僻的小縣壽寧，短短任期一過，嗣後他雖有各種政治活
動[5]，真除入品入流的實職，恐怕這就是畢生唯一的了。所以這段
時期雖短，在馮氏一生而言，自有其特殊的意義在。

壽寧在福建東北，僻處鷲峰山脈北端，明時屬建寧府[6]，清時
歸福寧府治[7]。因時間不算長，初疑壽寧之有志，或自馮夢龍始。
後既讀原書，見時有「舊誌」（原文作誌，今不改）如何（泰半是補
正）的說明，又見有指明「郡志」（府志）如何的，「舊誌」當謂馮
以前的縣志，而且不是泛稱，是專指某書而言，即下面要介紹的
「戴志」。

4　隨後陳煜奎之校點排印本(附小量注釋)於1983年由福州之福建人民出版社
　　刊行，然因形式之異，原本的特徵仍有若干地方不是排印本能反映出來的
　　(正文末藏書印的討論就是一例)。

5　壽寧一職，任前任後，馮夢龍的各種政治活動和他的參加學社有關，其
　　間種種，可參考胡萬川(1947-)，〈馮夢龍與復社人物〉，《中國古典小
　　說研究專集》，1期(1979年8月)，頁123-136。惟金德門，〈馮夢龍社籍
　　考〉，《中華文史論叢》，1985年1期(1985年2月)，頁279-284，以及姚
　　政，〈馮夢龍與韻社成員名單〉，《中華文史論叢》，1987年1期(1987年
　　3月)，頁279-282，均以為馮夢龍並非復社成員，而是韻社的一份子。

6　《明史》卷45，記建寧府治七縣：建安、甌寧、建陽、浦城、松溪、政
　　和、壽寧(中華標點本，冊4，頁1124-1125)。

7　雍正十二年(1734)置福寧府，割原屬建寧府之壽寧縣以隸，乾隆四年
　　(1739)復割霞浦縣地置福鼎縣，故清之福寧府治霞浦、福鼎、福安、寧德、
　　壽寧五縣。事見乾隆二十七年(1762)《福寧府志》，卷2，葉3上至4上。

原來壽寧修志共四次，始修於嘉靖二十八年（1549）張鶴年[8]，繼修於萬曆二十三年（1595）戴鎧，復修於崇禎十年（1637）馮夢龍，終修於康熙二十五年（1686）趙廷璣。張戴馮趙四人的修志工作，均在知縣任期內進行。

「張志」四卷，見范邦甸等編《天一閣書目》[9]。范邦甸為閣主范懋柱（1721-1780）長孫，書前有嘉慶十三年（1808）阮元（1764-1849）序，是知「張志」嘉慶初年尚存世。1940年馮貞群（1886-1962）所編《鄞范氏天一閣書目內編》，已無記載；朱士嘉（1905-1989）《中國地方志綜錄》，修訂本（上海：商務印書館，1958年），中國科學院北京天文臺，《中國地方志聯合目錄》（北京：中華書局，1985年）亦未收，恐已失佚。這是很可惜的，因為「張志」在明代已頗難得。萬曆間戴鎧修志時，即壽寧亦無此書，謂已「湮滅無存」（「戴志」〈自序〉）。至馮夢龍修志，不單未用，還可能根本不知有此書，因馮志所說的「舊誌」，僅指「戴志」而言。

「戴志」未見著錄，諒早佚，卷數亦不詳，惟序文收入「趙志」，但是馮夢龍對「戴志」評價不高，處處補正外，並在書後來一項〈附舊誌考誤〉，專管「戴志」的毛病，加上「馮志」私人著述的意味很重，大異於一般方志，故「馮志」採自「戴志」者不會

---

8 「趙志」（詳下正文），卷7，蔡宗堯〈壽寧縣知縣張鶴年傳〉，謂張於嘉靖癸卯自蜀敍州府高縣教諭遷壽寧令。癸卯即二十二年（1543年）。該志同卷收張鶴年〈齋潭公館記〉，云「余忝職茲土於今六年」。如上言癸卯上任日期無誤，則張起碼在嘉靖二十七（1548）、二十八年間尚任壽寧職。「戴志」自序，謂「張志」修於嘉靖戊申。「趙志」書首所收畢九皋（趙廷璣前一任）序，亦沿此說。戊申即二十七年，其時張已任職五六年，修志年份與任期正合。惟正文下引《天一閣書目》則言「張志」修於嘉靖十八年（1539），十八或為二十八之誤。兩者的分歧，薩士武著《福建方志考略》（福州：烏山圖書館，1935年）時，從戊申說，而附注《天一閣書目》之異。

9 見《天一閣書目》，卷2之二，葉19上。關於此書目的編者問題，可參考鮑國強，〈阮氏文選樓刊《天一閣書目》的編者〉，《文獻》，14期（1982年12月），頁181。

太多。不過，馮夢龍因未見「張志」，記述其本人上任前之事，以及人口、稅收等資料，鮮有早過萬曆中期的，連排列歷任知縣，也始於萬曆十八年(1590)上任之戴鏜。自此至馮本人上任，前後僅四十五年，不到壽寧設置年代三分之一。

如果說「馮志」基本是「戴志」的續編，故不重複「戴志」所錄，僅記戴、馮二人任期之間諸事，並補正「戴志」的缺失（「馮志」提到「戴志」的地方，還是修正的成分多，補充的成分少），還要注意到「馮志」的實質問題。壽寧這種荒僻小縣，短短四十年，又不是碰上非常時期，可紀之事不會有幾件。結果不管原意是否在續「戴志」，所紀仍主要是馮夢龍一人一任之事。

「趙志」八卷，屢見著錄[10]，復有1974年臺北成文出版社影本行世，異常流通。「趙志」為傳統性方志，和「馮志」之以個人觀感出發不同，兩志之間幾乎沒有顯明的雷同部分。「趙志」沿襲者當是「戴志」（其收錄「戴志」〈自序〉，而全書僅在書首諸序略提「馮志」，可以為證），則「戴志」雖亡，部分尚存於「趙志」之中。

「張志」、「戴志」、「趙志」三書均以《壽寧縣志》為名，自是方志的成規。近人列舉馮夢龍編著諸書，多謂其有書名《壽寧縣志》，殊不知「馮志」不按成規命名，而顏曰《壽寧待誌》（原文作誌，今不改）。所謂「待」，就是等待後人去完成之義，這點馮氏書前小引有詳細說明（見本集插圖九）。

馮夢龍《壽寧待誌》二卷，與一般方志殊異，基本的項目如疆

---

10 如《北平圖書館方志目錄》（北平：北平圖書館，1933年），「福建之部」，葉10下；《北京圖書館方志目錄三編》（北京：北京圖書館，1957年），頁107；上海圖書館，《徐家匯藏書樓所藏地方志目錄初稿》（上海：上海圖書館，1957年），葉84下；朱士嘉，《中國地方志綜錄》，修訂本，頁173；中國科學院北京天文臺，《中國地方志聯合目錄》，頁527；王德毅，《中華民國臺灣地區公藏方志目錄》（臺北：漢學研究資料及服務中心，1985年），頁104。

域、建置、人物、藝文等，有盡量求簡的（連壽寧析置政和、福安地而成的年份也不交代），有根本不用的（如無藝文部分，而把自己的作品分插全書）。最特別之處還是用第一身評述法，講自己的政績和執政原則，散布全書，選材的標準又每依據個人的興趣（如詳記閩人風俗之怪異），比傳統方志活潑，但偏失也很明顯。續修的「趙志」和它關係甚微，是不難理解的事。

以敘事範圍立論，「馮志」自然很狹窄。就研究馮夢龍生平事蹟而言，此書則是上乘資料。因書之難得一見，書中紀事復各成段落，鮮相關聯，不若採史家長編之例，選其要者，分陳於後，既有便於下文的討論，讀者復可各依所需，隨意徵用。

(一)城圍萬山之中，……四門蕩然，出入不禁，且通縣無更皷，五夜夢夢。余初蒞任，即以憂深牖戶，萬難坐視事，申請各臺蠲俸蠲贖，重立四門譙樓；城之崩塌處，悉加修築。（〈城隍〉，卷上，葉2上）

(二)山高處有平地一片，或指為鬼窟。聞倭亂時，居民避此，盡遭屠戮，……而井里蕭條，或歸咎於北門之不啟，俟精於堪輿者詢之可也。（〈城隍〉，卷上，葉2下至3上）

(三)按八宅書，縣治亥龍，其來脈頗厚，宜作壬丙、癸丁之山向，方合東四宅局。因丙丁向上，正當山夾坳風，約數丈闊，天生缺陷。故昔日建基為丑山未向，坐靠鎮武向，對翠屏外之形勢，森然可觀，而來龍未免相背矣。內宅丑未，復兼癸丁一二，東西間雜，尤屬不倫。此皆緣勢坐兩難，雖形家亦未如之何也。大堂年久傾斜，不久必當重整。恐有感於一偏之說，貪局失向，未見彼善於此，故備述之，俟後之精於堪輿者擇焉。（〈縣治〉，卷上，葉5上下）

(四)縣少重囚，故無監鋪之分。……偏北三間，亦號重監；南二間則曰輕監。余添造一間，不令重加於輕。然時時盡空，不煩獄

辛報平安也。(〈縣治〉，卷上，葉5下)

(五)儀仗庫在堂東廡，贊政廳之後，後實無鹵簿，惟龍亭香案，而
年久敝壞，聯以索綯。余至始修整彩繪，設五龍帳，……扁曰
鸞駕庫，使人知敬。(〈縣治〉，卷上，葉5下)

(六)按舊誌，四知堂在川堂，知縣戴鏜建，今並其扁失之矣。余修
理後堂，重立四知堂扁，以存往蹟。(〈縣治〉，卷上，葉5下
至6上)

(七)黃冊庫在正堂之西，年久已廢。余蒞任之次年，乙亥冬，城工
已畢，乃以餘材成之，移址高阜，以避濕氣。崇禎七年所造之
冊始有歸藏。其舊冊已糜不存矣。(〈縣治〉，卷上，葉6上)

(八)私署在鎮武山上，……左隙地小屋三間，故令毛所建，前植花
果，扁曰看花處。今惟老梅一株僅存，數百年物。余於梅下構
一小亭，顏曰戴清，繫以小詩。右隙地側屋三間，遇緊要冊
籍，余輒鎖書吏其中，飲食之，事竣乃出。……。(〈縣
治〉，卷上，葉6上下)

(九)儒學在縣左，坐丑向未，乃四庫之地。語云：財入庫則豐厚，
文入庫則埋藏。且四山壓局不秀，前無餘氣，水乃文星，入懷
反跳，全無迎戀之情。登明倫堂，仰視堂局，如坐井觀天，四
圍朝輔粗惡，文筆貴峰，俱縮首不照。此文風所以不振，而科
第所以絕響也。形家每言，西門之外有大地焉。余曾往視，乃
坐乾向巽，坐金剋向木，不利文星，終非全吉，……。(〈學
宮〉，卷上，葉8上)

(十)學宮久傾圮，……適有詳過修學贖鍰二十八金，余益以二十餘
金，繇是堂宇載整，學門重建，……獨欞星門朽腐，乏大木，
適舊吏葉際高久負憲贖十金，無措，止存山林一區，路稍遠，
求售不得。余乃損俸代輸，伐其木，募人致之，鳩工斷削。已
擇戊辰正月二日子時建豎，而元旦起夫為難，工請改期。余乃
大書牌云：「夫至者，不論老弱，人賚銀一分，工人倍之，捕

衙給小票庫支。」夜半而雲集，比天明，柱已立矣。……（〈學
宮〉，卷上，葉8下至9上）

（十一）名宦祠在儀門之左，僅破屋一間，全無窗檻。余糾工，上加
覆塵，中設柵欄，非祭日則關鎖之，始免囂穢……。（〈學
宮〉，卷上，葉九上）

（十二）關聖，縣無廟宇，……崇禎九年，邑民柳桂八、葉榆二等合
詞以請，醵金建祠。……余亦少佐俸資，幸落成矣。……余
既建關廟，乃議遷佛像於舊閣，空祠堂爲遺愛公所。自知縣
戴鏜以下，凡有功地方者，眾議立主以存士民忠厚之意。然
戴鏜實宜入名宦，不止私祠而已。（〈香火〉，卷上，葉11
上至12上）

（十三）天下有名美而實不美者，陞科是也。……建郡，石國
也。……況區區壽邑，尤嶄巖偪窄之區乎！沙浮土淺，梯石
而耕，連雨則漂，連晴則涸，但有拋荒，寧留餘地？凡陞
科，皆故田也。窮民鬻產未足，並糧鬻之，彼享無糧之租，
此認無田之糧。積欠不償，一逃自脫，虛懸歲久，莫窮根
柢。偶於訟牒中，逗漏隱糧一二，不敢吐實，止承開墾，此
陞科所自來矣。余既究此弊，欲以本畬所陞之數，即抵本圖
所懸之數，陞愈多則懸愈少，行之數年，虛糧漸實，可免圖
民賠累之苦。而吏書固爭，謂陞科係考成一欵，必不可少。
余不得已聽之。因思前司訓丹徒時，適焦山沙長數里，諸勢
家紛紛爭佃，然有長則必有攤，長則議增，攤不議減，宗祖
承佃，遺累子孫，坐此破家，歷歷可數。余曾苦口爲石令景
雲言之，求其踏勘條陳，即以新佃准銷舊攤之額，利民甚
博。景雲慨然力任，會調宜興而止。今身值陞科之事，牽於
文法，不行其志，異日見景雲，當下數升愧汗矣。（〈陞
科〉，卷上，葉17上至18上）

（十四）縣壯素不嫻武，余立正教師一名，副教師二名，專主教訓。

月必親試，嚴其賞罰，人知自奮。有稍暇即往演習……。（〈兵壯〉，卷上，葉24上）

(十五)壽縣銀坑凡七，或絕或禁，惟大賣坑……設縣時尚行採取，置千、百戶各一員，旗軍二百名。……嘉靖中封閉，軍盡撤回，止留十名看守。以遠戍勞苦，獨給全糈。然衛中歲行空文，關知捕廳而已，縣不與聞。余察之，實無一軍至者，乃申詳上臺，欲移此費以募隘兵。本府覆查，謂軍糧有定制，但喚回別差操，並去此籍。當此民窮財盡之秋，萬一地方多事，礦盜復發，將無反以革軍籍口屬階乎？愚意軍糧既不便轉移，宜將本縣解府驛遞、鹽鈔等項錢糧，准扣抵七十二兩之數存縣，使軍月於本縣請支，則衛無虛冒，而縣仍得拾軍之用，守坑守隘，無所不可。俟後人圖之，余不敢再詳矣。（〈兵壯〉，卷上，葉34上至35下）

(十六)正道通政和者六，……余每鋪立一牌坊，標名某鋪。至南溪界首，復立坊，題曰政壽交界，使入吾境者可計程而達也。……。（〈鋪遞〉，卷上，葉36上）

(十七)政和九鋪乃往府必繇之路，此鋪他縣別無一事，專為壽寧傳遞文書而設。乃政和既以一無干涉，不加稽考，而壽寧又以非所管轄，不便苛求。每有鋪遞，任意擔擱，往往以過限，被前鋪打轉，本縣不得已，重換重封。自余任後，不止數十次矣。又新坑口至東峰一路，險峻非常，除本縣外，別無官府往來。余每赴府，預先行牌傳諭，令誅茅闢徑，全然不理。一遭天雨，寸步登天，亦付之無可奈何矣。計各鋪之藐視余者，所恃錢糧關自政和，不繇本縣之故。然鋪既為本縣所設，則工食之柄亦宜自本縣操之。余曾條陳，欲將別項錢糧與政和兌換，除縣前一鋪仍在政和支給，餘八鋪工食屬之壽寧。……已蒙詳允，而錢糧兌換尚無成議。俟鄰縣高明有和衷者，終冀相成耳。（〈鋪遞〉，卷上，葉37上至38上）

（十八）壽人兇悍，有出理外者。青竹嶺村人姜廷盛，盛氣而來，謂
　　　同弟徵糧，至三望洋地方，爲劉世童劫其糧，而砍傷其弟。
　　　保家鑿鑿爲證，驗傷刀創可畏。未幾，世童亦至，訴云廷盛
　　　自砍其弟，欲以詐之。余念兄無砍弟之理，且白晝自砍，何
　　　能詐人？然廷盛蓬垢不可近，而世童衣履如常，應對暇豫，
　　　又不似曾交手者，且各召保。次日午，余命輿拜客。既出西
　　　門，逕詣三望洋。遍詢父老兒童，莫不言廷盛自砍。聞其親
　　　姨吳氏，爾時曾來勸解，所居不遠。召至詢之，亦但言誤
　　　傷。而童子姜正傳，即廷盛本族，乃目擊其事，奔報吳氏
　　　者，言自砍不虛。詳究其故，廷盛以里役事苛責世童，世童
　　　首之縣。廷盛恨甚，有弟瘤癩手，盛素惡其坐食。至是，攜
　　　之詣劉索鬥，冀一交手則斃弟以陷之。劉辟不與角，益憤且
　　　慚。值肉案有屠刀，即取以擲弟，中額，血被面。盛亦取自
　　　塗，而爲膚受之愬耳。始知天理所必無，未必非人情所或有
　　　也。余乃重朴（扑）廷盛，取同保家甘結，伴領弟回療治。若
　　　不死，許從寬政。否則爾償。盛計窘，謹爲調護，遂得無
　　　恙。假使余不躬往，或往而不密，必爲信理所誤矣。令此地
　　　者當知之。（〈獄訟〉，卷上，葉39下至40下）

（十九）壽食細鹽，小船不便夾帶，原無私鹽，而漁溪額限緝獲二千
　　　斤，……凡私販者，皆從寧惠小路，直走七都泗洲橋，負擔
　　　絡繹，黨眾力強，有司且不敢問，而欲責緝捕於十餘名之弓
　　　兵，不亦難乎。余熟籌鹽策，竈戶認課，不可復奪，惟有招
　　　徠商人一節。商足則鹽多，鹽多則販少。然商缺四船，一時
　　　難復。合照大鹽事例，計戶食鹽，通縣五十三堡，應食鹽多
　　　少，每鄉設立官牙，令其包足歲額，而後徐募殷實，以足船
　　　額。詢之各商，皆云可行，請詳已逾年，而文未批轉。
　　　（〈鹽法〉，卷上，葉41下至42上）

（二十）學較（校）雖設，讀書者少。自設縣至今，科第斬然。經書而

外，典籍寥寥，書賈亦絕無至者。父兄教子弟，以成篇為能，以遊泮為足，以食餼為至。……自余立月課，且頒《四書指月》，親為講解，士欣欣漸有進取之志，將來或未量也。（〈風俗〉，卷上，葉47下）

(二十一)壽無科第，惟二三貢宦。其忠厚老成者，不異齊民，而子衿往往反竊縉紳之重，里人嚴而遜之。平民不識一丁，苟掛名縣試，公庭對簿，自稱童生。余曾試一二破題，不能作，責之。自此偽童稍阻，然真童稱童生如故。（〈風俗〉，卷上，葉48上下）

(二十二)閩俗重男而輕女，壽寧亦然，生女則溺之。自余設屬禁，且捐俸以賞收養者，此風頓息。（〈風俗〉，卷上，葉50上）

附錄：禁溺女告示

壽寧縣正堂馮為嚴禁淹女，以懲薄俗事：訪得壽民生女，多不肯留養，即時淹死，或拋棄路途，不知是何緣故？是何心腸？一般十月懷胎，喫盡辛苦，不論男女，總是骨血，何忍淹棄？為父者，你自想，若不收女，你妻從何而來？為母者，你自想，若不收女，你身從何而活？況且生男未必孝順，生女未必忤逆。若是有家的，收養此女，何損家財？若是無家的，收養此女到八九歲，過繼人家，也值銀數兩，不曾負你懷抱之恩。如今好善的百姓，畜生還怕殺害，況且活活一條性命，置之死地，你心何安？今後各鄉各堡，但有生女不肯留養，欲行淹殺或拋棄者，許兩鄰舉首。本縣拿男子，重責三十，枷號一月，首人賞銀五錢。如容隱不報，他人舉發，兩鄰同罪。或有他故，必不能留，該圖呈明，許託別家有奶者抱養。其抱養之家，本縣量給賞三錢，以旌其善，仍給照，養大之後，不許本生父母來認。每月朔望，鄉頭結狀中並入「本鄉並無淹女」

等語。事關風俗，毋親泛常，須至示者。（〈風俗〉，卷上葉，51上至52上）

(二十三) 俗信巫，不信醫。每病必召巫師迎神，鄰人競以鑼鼓相助，謂之打匟。……當打匟時，或舉家競觀，病人骨冷而猶未知者。自余示禁，且捐俸施藥，人稍知就醫，然鄉村此風不能盡革也。（〈風俗〉，卷上，葉53上下）

(二十四) 圖甲十年一輪，凡徵解送迎出入之費悉見年任之。徵則催經催報殷實，解則僉糧戶出水腳，送迎出入則備人夫治飲饌，而衙門公館修理不敷，亦取辦焉，即古者力役之征意也。催經催，則有赤棍包收之弊。報殷實，則有私約輪當之弊。僉糧戶出水腳，則有攬解多索之弊。備人夫治飲饌，則有濫用蠶食之弊。而戶丁或不諳當官，亦必有人包承。包承之人，費一開十，本一利二。窮民典妻賣子，猶不能償，弊乃不可勝言矣。自余造細戶花冊，而拖欠者難隱；責保家甘認，而催報者得人；水腳計石均貼，而代解者毋容其派；鋪司中火盡革，而隨從者毋所恣其饕。惟是包承冒破，此弊難詰。然最為民害者，無如造解黃冊及新任修衙門備家伙二事，余條陳十三款中已詳及之。誠如余言，已救過半矣。（〈里役〉，卷下，葉1上下）

(二十五) 陳伯進，七都泗州橋人。父以主訟問徒，家破盡。進唱楊花丐食，往來於磻溪、西溪之間。因與盜通，家道漸起，恃其口舌，遂為一方之霸。殺人屢案，皆以賄脫，固已弄官府於掌上矣。余蒞事以來，凡從來難致之犯，如黃茂十、范應龍，無不就讞，而獨不能致伯進。縣差至，闔其門，拿湯壺從樓窗灌下，潰面而返。余恥其衡命，因郡歸之便，親往索之，而進糾西溪惡黨宋仙堂等持梃相抗。今雖申究問徒，未蔽其辜，終當以丹書垂戒。（〈勸戒〉，卷下，葉56下至57上）

（二十六）余於崇禎七年甲戌八月十一日到任，次日申刻見黃雲朵
朵，自西而東，良久忽成五色，最後變爲紅霞，生平所未
睹也。余喜而賦詩，是冬果有年。（〈祥瑞〉，卷上下，
葉61上）

（二十七）余蒞任日，聞西門外虎暴，傷人且百餘矣。城門久廢，虎
夜入，咬豬犬去。禱於城隍，不能止。平溪有匠周姓者，
善爲穽。其製如小屋一間，分爲三直，內外壯櫔，閉羊左
右之餌耳，空其中，設機焉。觸之，則兩閘俱下，虎困而
吼，眾乃起而斃之。余捐俸造數具，置虎常遊處，各畀二
羊，責令居民守視，獲一虎，賞三金。半載間，山後、溪
頭及泮溪連斃三虎。自是絕跡。……父老言，壽向無虎
患，自西門城樓塌毀後，乃有虎。余重建四樓，虎遂投
穽，堪輿之說未可盡誣也。（〈虎暴〉，卷下，葉64上下）

《壽寧待誌》不是厚書，又集中講馮夢龍任期內之事，儼然爲
其個人從政紀錄，上面選錄各條在篇幅上已占全書相當的比例。從
這些資料，我們可以歸納幾點來討論。

「趙志」及《福寧府志》均有馮夢龍短傳（後者出自前者），皆
謂馮「政簡刑清，首尚文學，遇民以恩，待士有禮」[11]，基本上合
乎事實。馮夢龍經常捐俸以求建樹，不愧爲盡職愛民的清官[12]。以
壽寧這樣一個民窮地瘠的小縣而言，這種積極求實的政風尤爲難
得。

馮夢龍於崇禎七年（1634）八月十一日述職（第二十六條），馮志
序於十年春，接任的區懷素於十一年（1638）上任[13]，月份不詳，若

---

11 「趙志」，卷4，葉25上；《福寧府志》，卷17，葉46上下。
12 按《明史》，卷72，冊6，頁1741；卷75，冊6，頁1850，知縣爲正七品，
年薪九十石。馮夢龍經常爲公捐俸，怎樣也是不輕的負擔。
13 見「趙志」，卷4，葉25上，及《福寧府志》，卷17，葉46下。半世紀以

以年中計算,則馮掌壽寧前後滿四年。自戴鎧至馮夢龍,共知縣十
六人,歷四十九年,平均每人三年。馮夢龍已算是任期較長的
了[14]。在這種五日京兆的景況下,要想講求政績,實在不易。

馮夢龍不因循苟且、不推諉塞責的從政態度是一回事,職小位
微,每受制於人事、環境、制度、經費,又是另一回事。往往祇有
量力而為,退而求其次,不愧於心,期諸將來而已。批評別人容
易,自己推行始知其難,這點馮夢龍亦從實際工作中體驗出來(第
十三條)。甚至連對付土豪劣紳的力量,他也沒有(第二十五條)。
從政四載,其間懷疑惆悵,得失徬徨,不時躍於紙上。

這些都是馮夢龍進步的一面,他苦口婆心,力圖改革閩人殺女
嬰的陋俗(第二十二條),至今仍有其意義,正是其進步一面的表
現。馮夢龍的文章,除序跋和批語外,沒有幾篇存世[15],這篇〈禁

(續)————————————————

前,容肇祖撰,〈明馮夢龍的生平及其著述(一)〉,《嶺南學報》,2卷2
期(1931年7月),頁61-91,因資料未備,不能判斷究竟馮卸任後接掌的是
區懷素還是鄧之鳳(見該文頁67)。馮離職後由區接治壽寧,現在已不成問
題。

14 錢南揚,〈馮夢龍《墨憨齋詞譜》輯佚〉,《中華文史論叢》,2期(1962
年11月),頁281-310,開首便說,馮夢龍「崇禎時,以貢選壽寧知縣,不
久即辭官回里」。從方志資料看,馮夢龍當滿一任知縣,自無問題。上任
「不久即辭官回里」說,不知何據?壽寧任期這一點,注13所引容肇祖文
基本上早已解決,容文頗享時譽,引者不少,錢氏不該不知。若有新說,
總應有起碼的交代和辨明。後檢吳梅(1884-1939)《顧曲塵談》(上海:商
務印書館,1916年),頁177,所說正同,或為錢說之本。吳氏精於審音製
曲而疏於考稽鉤玄,談及史實多有錯失,近人震於其名,不免盲從,如謂
施耐庵即施惠(見同書頁66),信者甚多,影響尤深。吳梅、錢南揚(1891-
1986)之說,所誤不過一事,盧前(1905-1951)輯本《宛轉歌》(長沙:商
務印書館,1941年)弁言謂:「順治二年,清兵下江南,福王降,唐王即
位於閩,夢龍出宰壽寧,未幾殉節死。」簡直荒唐絕倫,事件顛倒,亂七
八糟,還說得好像馮夢龍在壽寧任期內殉國難死!盧前為吳梅高弟,同樣
是善音律而拙於考稽。當然,考證之失,博碩難免,精於版本,嫻於索玄
如謝國楨(1901-1982),在其《增訂晚明史籍考》(上海:上海古籍出版
社,1981年),頁350,猶謂馮夢龍「隆武時官壽寧知縣」,餘可想見。

15 范煙橋,〈馮夢龍的《春秋衡庫》及其遺文遺詩〉,《江海學刊》,1962
年9期(1962年9月),頁38,謂顧沅《吳郡文編》收有馮夢龍遺文七十篇。

溺女告示〉，語重心長，用辭淺近，歷久猶新，值得傳誦，故抄存於上。

馮夢龍自然不是無懈可擊的，他的短處以迷信最爲突出，也是我們以前所未注意到的。「三言」的讀者固然早已熟悉裡面常見的宿命論、天命論、因果論，和輪迴觀念，但是「三言」故事沿用舊製者有之，他人編撰者有之，馮夢龍親筆著述者恐不多，要確實指認更非易事。基於這種關係，我們可以說「三言」代表馮夢龍的好惡和取捨標準，卻不能說這些故事集整體性地反映他的思想。最顯明之處，是「三言」雖然有不少迷信成分，大肆鼓吹勘輿則是沒有的。《壽寧待誌》裡的馮夢龍卻不然，以縣令之尊，推崇勘輿，不遺餘力，說得大條道理，口沫橫飛，與職業風水先生何異（第二、三、九條）！現任縣令修縣志，私人意味再重，仍不免是官書。在這種刊物裡大談堪輿，也可以看出馮夢龍天眞的本性，以及其沉迷風水的程度。

另外有一點不妨暫視爲存疑。馮夢龍津津樂道的各種建樹，「趙志」竟一處也沒有提及。前後的縣令有類似的貢獻的，都記下不少，何獨薄馮一人？「趙志」修成，上距馮夢龍卸任不到五十

（續）————————————

　　近人陸樹侖利用《吳郡文編》中馮文兩篇（未提范煙橋［1894-1967］文），撰〈馮夢龍的以言得罪和屬籍鉤黨〉，見《遼寧大學學報》（哲學社會科學），1981年6期（1981年11月），頁83-84。惜所言全錯，以馮氏代人所撰文內之事歸到馮的身上去（范煙橋早已指出《吳郡文編》所收馮文多是代作，如陸樹侖曾細讀范文，或可免此失），愈考愈誤，舍弟泰來已書〈馮夢龍與文震孟〉一文，辨正其詭，文見《中華文史論叢》，1984年1期（1984年3月），頁137-139。此外，山口建治，〈馮夢龍と開讀の變——馮夢龍事蹟考〉，《人文研究》（神奈川大學），93期（1985年12月），頁215-234，因未及見泰來之文，遂重蹈陸樹侖張冠李戴之失。至於《吳郡文編》，僅蘇州市博物館藏有鈔本。惟《馮夢龍詩文》之文鈔部分錄文十七篇（頁149-178），而附注每謂原鈔本如何如何，諒即自《吳郡文編》出，且盡錄其所有，惜竟不作任何交代。幸而，易名（金德門），〈《馮夢龍著述考》補正〉，《文獻》，1985年2期（1985年4月），頁56，抄錄《吳郡文編》該組散文十七篇之篇目，正與《馮夢龍詩文》者全同，這批稀見的馮夢龍資料，來源始得澄清。

年，中間歷任知縣，連馮趙在內，共十五人，和戴鏜、馮夢龍之間的時距和任數相若，諒不致資料會脫節到一無所知的程度。況且「趙志」書首二序皆注明前有「馮志」，又沒有說佚失，看不到的可能性很低（清初以後「馮志」絕跡，那是另一回事）。即使說兩書性質大別，「趙志」不必靠「馮志」，起碼馮夢龍為壽寧做了些甚麼，這些基本史實性的資料，多少可以採用一些。現在的一片空白，是否表示編修「趙志」諸人看出「馮志」有誇張失實之處，為審慎計，寧缺無誤呢？（《福寧府志》也沒有給馮夢龍好一點的待遇，這可能是因為在史源上受制於趙志記述的範圍）。

誇張和失實，分別當然很大。「馮志」有無失實之處，沒有可資比對的資料以前，無從考辨，但馮夢龍在《壽寧待誌》內的誇張，則是不必代辯的。試看書中不設藝文之部，不收別人之作，卻各處分插入自己的詩文，好像前人沒有留下甚麼作品似的。如果說「馮志」敘事既鮮及戴鏜任期以前者，壽寧又是小縣，戴、馮兩人之間短短四十餘年，或無甚麼作品可選，也是和事實不符的。壽寧文風不盛是事實，「趙志」的藝文部分雖然不短，所錄全是詩文。其實不然，這種地方性文獻所錄的作品，水準不高，那能要求篇篇都是投地有聲之作，一般收的還不過是建牌坊、修學堂、築水堤等應景文章，以及下屬為當任知縣撰傳等等。「趙志」收的正是這一類，但錄得相當平均，各段時期都有，戴、馮兩任期之間的也收了若干，包括兩知縣（其中尹志伊還是馮夢龍的前一任），一外任通判和一外任知縣[16]，可見馮夢龍不是無前人作品可用。馮夢龍以後的，趙志更是選了一大堆，前前後後就是馮氏作品一篇也不要，真

---

16 戴、馮二人之間的詩文見於「趙志」者如下。知縣二人：張文龍，任期萬曆三十五至三十七年（1610-1609），見〈官司〉，卷下，葉23下；尹志伊，任期崇禎四至七年（1631-1634年），見〈官司〉，卷下，葉25下至26上。邑人外任二人：柳汝霖，泰昌元年（1620年）恩貢，任江西九江府通判，見〈貢舉〉，卷下，葉46下。此四人詩文分別見趙志，卷7，葉31上、34上至35上、35下、36下。

是一大歷史性的諷刺。馮的敝帚自珍，態度十分明顯。

或者我們可以說，馮夢龍是個相當自負自重的人。〈祥瑞〉部分，下注「以前無考」，也就僅收兩條，全部與自己有關。其中首條說自己上任後次日即有彩雲異景（第二十六條），煞有介事，自我陶醉一番。這種態度和處理手法，可能是保守的「趙志」編者所難以接受的，對「馮志」乾脆置之不理，另外從別的來源找資料。

正如上面所說，「馮志」的價值不在提供壽寧一地的資料（書內這種資料究竟有限），而在提供研究馮夢龍的一手史料，所以書中個人成分之重，顯示馮氏性格之明，正是求之不得的。馮氏佚詩的保存，便是很好的一個例子。

馮夢龍雖不以詩名世，但是以他涉及範圍之廣泛，舉凡經史、小說、戲曲、俗曲、遊藝，盡都和他結上不解緣，早給人百樣通與多產的印象，很容易潛意識地以爲他能詩而且寫了不少詩篇。還有他那部若隱若現的集子《七樂齋稿》，也很使近人相信他是位詩人。

《七樂齋稿》不見《四庫全書總目提要》。徐𤊹（1570-1642）《紅雨樓書目》中「明詩選」部分收朱明詩人三百名，約略按年代排次，包括晚至崇禎十三年（1640）成進士而聲名不彰的賀王盛和陸培等人，但沒有馮夢龍在內。這兩點合起來看，馮夢龍在明末清初以詩著稱是不大可能的。

雖然如此，他的集子則一定收有他的詩。該集（是否詩文合集，未詳）同治《蘇州府志》作《七樂齋集》，不注卷數[17]，黃虞稷（1629-1691）《千頃堂書目》作《七樂齋稿》[18]，朱彝尊（1629-1709）《明詩綜》亦作《七樂齋稿》，均不注卷數[19]，大概是不分

---

17 《蘇州府志》，卷136，葉23上。
18 《千頃堂書目》（《適園叢書》本），卷28，葉20上。
19 《明詩綜》（清來堂本），卷71，葉23上下。朱彝尊《潛采堂書目》（《晨風閣叢書》本）內有《明詩綜采摭書目》，亦不見《七樂齋稿》。

卷的小冊子。前一種紀錄是轉引資料，後兩種根據原書，當從後
者。在《明詩綜》裡，朱彝尊雖收馮詩〈冬日湖邨即事〉一首，在
《靜志居詩話》內則有不甚恭維的批評：「明府善為啟顏之辭，間
入打油之調，雖不得為詩家，然亦文苑之滑稽也。」[20]這大概就是
僅收詩一首的原因。

　　朱彝尊是馮夢龍的晚輩，雖然不一定相識[21]。馮逝世於南明唐
王隆武二年（清順治三年，1646年），那時朱已十八歲（傳統算法），
而黃虞稷與朱同歲，故皆尚及見《七樂齋稿》，以後該集則未見直
接著錄。馮夢龍雖不是詩人，然讀其書想其人，詩寫得如何與通過
這些詩去理解作者無關。《七樂齋稿》在修《四庫全書》時大概已
無傳本[22]，輯佚便成了唯一的途徑。

　　輯佚工作，自馬廉開始，集馮夢龍詩文為《墨憨齋遺稿》，惜
未刊行，內容亦不得聞[23]。繼輯者汪正未，僅輯詩，除上述〈冬日
湖邨即事〉一首，傳誦已久外，計自馮夢龍《情史》得佚詩四組十

20 《靜志居詩話》應視為《明詩綜》的一部分。朱彝尊晚歲成《明詩綜》百
　　卷於康熙四十四年（1705），見自序，書中評語後由盧文弨（1717-1796）輯
　　出，別為一書，即《靜志居詩話》。評馮詩語即原見注19所引《明詩綜》
　　部分。

21 陸樹侖，《馮夢龍研究》，頁69-78，開列馮夢龍友人達八十人，再加上
　　注5金德門文內之名單所可以補充者，我們現在知道與馮夢龍有來往的
　　人，數目實在不少，其中並未見朱彝尊之名字。雖然這些名單絕對不全
　　（徐𤊹就不在內，見正文之末及注62），馮朱兩人年紀懸殊，不相識的可
　　能性還是很高的。

22 《四庫全書總目提要》內未見，今人吳慰祖根據各省進呈書目編成的《四
　　庫採進書目》（北京：商務印書館，1960年）亦無紀錄，可為證。

23 此消息見汪正禾，〈馮夢龍詩輯〉，《天地》，6期（1944年3月），頁40-
　　41。汪氏未見馬輯，乃得之傳聞。此說後來又見伏琛，〈馮夢龍的紳志略
　　及其它〉，《江海學刊》，1963年1期（1963年1月），頁22-23，似是轉引
　　汪說。另外，知堂（周作人，1885-1967），〈隅卿紀念〉，《大公報》（天
　　津），1935年5月19日（「文藝副刊」，152期），謂馬廉「嘗考馮夢龍事蹟
　　著作甚詳備，又抄集遺文成一卷，屢勸其付印亦未允。」周氏大概是見過
　　馬廉的輯稿的。據謝巍，〈《馮夢龍著述考補》訂補〉，《文獻》，1985
　　年2期（1985年4月），頁58，馬輯原稿經已尋獲。

七首。《情史》習見，讀者可按汪文重檢，不必錄出[24]。至橘君之詩文輯注，又是另一次之嘗試[25]。《壽寧待誌》收馮夢龍的詩八首，其中有可確指日期的，即不能確指者，亦必是壽寧任期內所作。現藏日本的《壽寧待誌》既是天下孤本，這些詩曾爲馬廉輯存的可能性不大，茲錄於此，以備文獻之徵[26]：

(一)石門隘小詩

削壁遮天半，捫蘿未得門。鑿開山混沌，別有古乾坤。鎖嶺居當要，臨溪勢覺尊，笋輿肩側過，猶恐礙雲根。(〈城隘〉，卷上，葉3下)

(二)戴清亭小詩

縣在翠微處，浮家似錦棚。三峰南入幕，萬樹北遮城。地僻人難到，山多雲易生。老梅標冷趣，我與爾同情。(〈縣治〉，卷上，葉7上)

(三)催徵小詩

不能天雨粟，未免吏呼門。聚斂非吾術，憂時奉至尊。帶青礱早稻，垂白鬻孤孫。安得烽煙息？敷天頌聖恩。(〈賦稅〉，卷上，葉27上下)

(四)紀雲小詩

---

24 見注23所引汪文，馮氏佚詩附在《情史》卷一〈虞美人〉條(一首)、卷四〈張潤傳〉條(三首)、卷六〈王元鼎〉條(四首)，和卷十四〈驛亭女子〉條(九首)。至於注23所引伏琛文之謂《情史》諸詩「其中有的是否確係馮氏之作，還有待於考證」，恐爲過慮，因上述每組詩之前均冠以「龍子猶有詩云」、「余嘗有詩云」字樣。此十七首詩，收入《馮夢龍詩文》者僅七首(頁132-133; 135-136)，並有三首以爲或非馮作(實無此必要)。

25 此輯情形見注2。陸樹崙的《馮夢龍研究》也錄詩三十餘首和列出散文目一份(頁141-145)。陸書雖爲未定稿遺著，陸樹崙之在馮夢龍詩文輯佚上花過相當功夫是不成問題的，而且主要工作是在五十年代進行的，看來還可以排在橘君之前。

26 《馮夢龍詩文》八首全收(頁136-141)。

出岫看徐升，紛緇散鬱蒸。蓮花金朵朵，龍甲錦層層。似浪千
重擁，成文五色凝。不須占太史，瑞氣識年登。（〈祥瑞〉，
卷下，葉61上）

(五)竹米小詩二首

不識乾坤德，徒矜草木祥。萬竿非樹藝，三夏接青黃。競采兒
童便，經春黍稷香。荒山無賦稅，多產亦何妨。

不意龍鍾態，翻成鳳食祥。剖疑麥子瘦，開彷稻花黃。無禁攜
筐便，相宜入爨香。此君生意在，暫稿（槁）亦何妨米落地復生
竹。（〈祥瑞〉，卷下，葉62上）

(六)瑞禾小詩二首

靈雨欣隨禱，嘉禾喜報秋。疑分九穗種，應使兩岐羞。預擬公
儲滿，聊寬瘠土憂。須知天幸偶，莫侈積如丘。

籔籔（薿薿）迎風重，垂垂浥露多。分岐珠累串，合影玉聯窩。
已卜雞豚飽，無勞鴻雁歌。窮民猶蹙額，五月賣新禾。（〈祥
瑞〉，卷下，葉62上下）

馮夢龍另有《鬱陶集》，據《太霞新奏》卷七〈怨離詞〉後附
靜嘯齋（董斯張，1586-1628）語，殆因馮夢龍失妓侯慧卿，有怨離
詩三十首，社友知之，合為該集。此唱和集雖亡，所收作品既有明
確的範圍，則前述《情史》諸詩自無大理由收入該集，錄存《壽寧
待誌》內各首的可能性就更低。況且《鬱陶集》所收者，說不定僅
是散曲[27]。按目前所知，仍該以《七樂齋稿》為馮夢龍的主要的詩

---

27 《太霞新奏》是馮夢龍用顧曲散人筆名編纂的散曲選集，馮氏本人之作錄
存至多，內收其為侯慧卿所寫〈怨離詞〉六首即為散曲。卷十一〈端二憶
別〉五首（並序），亦講慧卿事，同是散曲。這些散曲注13所引容肇祖文早
已錄存。這十一首散曲很可能包括在靜嘯齋所說的三十首怨離詩之中，詩
和詞祇是通稱而已。若此說能成立，《鬱陶集》便是以散曲為主（甚至全
是散曲），而以馮夢龍失去愛妓為中心的唱和集。這裡附帶說明一事。
Hua-yuan Li Mowry李華元，"Ch'ing-shih and Feng Meng-lung" (Unpublished

集（或詩文集）。如果《七樂齋稿》成書壽寧任期之後，《壽寧待誌》諸詩當在其中。

問題是，除非《七樂齋稿》是隨時添增而終馮氏在世之年未及清理的稿本，其成書於赴壽寧履新以前的可能性是存在的（因有黃虞稷、朱彝尊的紀錄在，此書爲未刊稿的可能性並不高）。馮氏的代表性編著多刊於任職壽寧之前，離職後出版的主要是晚明史事紀錄。以短篇小說而言，《古今小說》成於泰昌元年前後，《警世通言》成於天啓四年（1624），《醒世恆言》成於天啓七年（1627），《古今譚概》成於泰昌元年，《太平廣記鈔》成於天啓六年（1626），《情史》約成於崇禎元年（1628）至四年（1631）之間，《智囊》初成於天啓六年，後於崇禎七年赴閩前夕增修爲《智囊補》[28]。長篇小說的年代尚難逐一考定，大致情形諒亦如此。壽寧四年所經歷的事，不乏可用於小說的素材，如上列第十八和第二十五兩條。離壽寧後，馮夢龍若仍從事小說工作，這些資料的被利用不會是意外之事。但其時已屆崇禎末年，國事日危，馮夢龍的注意力已轉移到國家的存亡問題去，很難兼顧其它。

佚詩、佚文，和壽寧任期的公務，以及馮夢龍的政治思想外，《壽寧待誌》還透露了若干難求別處的消息。第十三條說他：「司訓丹徒」時向知縣石景雲提供政見。這是一條很有意思的資料。光

（續）────────────────

Ph. D. Dissertation, University of California at Berkeley, 1976), pp. 444, 469，誤謂馮夢龍因愛妓侯慧卿逝世而作那兩組散曲，其實這些散曲處處都說得很明白，侯慧卿是移情別戀，嫁往他方，不是死去。

28 馮氏諸書年代近人多有考證，可參閱注3所引韓南書，pp. 75-119, 220-230，以及胡萬川，《馮夢龍及其對小說之貢獻》（臺北：政治大學，1973年碩士論文）和陸樹侖《馮夢龍研究》的有關部分外，還可參考下列三篇較近期的論文：謝巍，〈〈馮夢龍著述考〉補〉，《文獻》，14期（1982年12月），頁56-76；高洪鈞，〈〈馮夢龍著述考〉補遺〉，《津圖學刊》，1985年1期（1985年2月），頁119-122；魏同賢，〈馮夢龍的生平著述及其時代特點〉，《中華文史論叢》，1986年2期（1986年6月），頁97-116。各人對諸書年代的意見，不必細舉，且各人的考定亦容有爭議之處，但分歧程度並不致影響馮氏主要編著俱成於壽寧任期以前的結論。

緒五年(1879)《丹徒縣志》記馮在天啓中任該縣訓導[29]，訓導即教諭的副手。石景雲即石碏(詳後)。按該志排次知縣的先後次序[30]，石碏的丹徒任期該在崇禎年間。二人任期不符，必有一誤[31]。《丹徒縣志》無石傳及馮傳，但注明石碏爲「黃梅人，四年辛未科」進士。崇禎四年辛未進士題名錄有石的名字，亦注明爲湖廣黃梅人[32]。根據這一點去查光緒二年(1876)《黃梅縣志》，果得石傳：

> 石碏，字敦五，忠烈有恆子。崇禎辛未進士。初授丹徒令，有善政，調宜興。……一時名士若董其昌、陳繼儒等，皆詩歌紀其績。……。[33]

沿此試檢嘉慶二年(1797)寧楷修本《重刊宜興縣舊志》，又得另一傳：

> 石碏，字景雲。崇禎間由丹徒知縣遷調任宜興。……。[34]

該志並注明石碏的宜興任期始於崇禎六年[35]。如此說來，石碏的丹徒任期是從崇禎四年至六年，首尾兩年都不可能全年在丹徒，實算恐僅兩年左右。

這些資料大概足夠考證馮夢龍在丹徒的時間。馮夢龍的入選貢

---

29 《丹徒縣志》，卷21，葉24下。

30 同上，葉13下至14上。

31 注3所引韓南書，p. 224，已注意到這點矛盾，而謂石碏的丹徒任期該自1631至1634年(崇禎四年至七年)，延長了一年，實際服務時間可能還要更短，見正文隨後的解釋。

32 見朱保炯、謝沛霖編，《明清進士題名碑錄索引》(上海：上海古籍出版社，1980年)，上冊，頁373；下冊，頁2609。

33 《黃梅縣志》，卷24，葉11上。

34 《重刊宜興縣舊志》，卷5，葉54下。

35 同上，卷5，葉12下。

生是崇禎三年(1630)的事[36]，如旋當丹徒訓導，則他去丹徒可能還
比石確早一點(石的前任爲張文光，崇禎元年進士)。起碼在石任職
丹徒時，馮夢龍是他的部屬，這點可以確立。

　　馮夢龍在丹徒、壽寧兩差事間的空餘時間，不會太長。在江南
巡撫祁彪佳(1602-1645)崇禎七年六月十三日的日記內，有馮夢龍
「以陸令進謁」的紀錄[37]。自此至馮抵壽寧，不足兩月。

　　由此可見，時人每謂馮夢龍因歲貢授壽寧知縣職之説有修訂的
必要。入選貢生和赴壽寧職，相距四年之久，中間還有司訓丹徒之
事。我們應該説馮夢龍以歲貢授丹徒訓導，復因丹徒一職的表現而
陞任壽寧知縣。貢生直接當縣官是極不常見的事，而貢生又是當教
官(訓導)的最低資格，既做了訓導，也無理由再應貢。頗易引人誤
解的是，馮夢龍自書的履歷(見後引)也説「繇歲貢於崇禎七年任
[壽寧縣]」。馮不提訓導事是簡化而已，到他當知縣時，他的最高
資格仍是貢生。當然，在馮本人可以如此簡化地説，在我們而言，
則仍有辨明之必要[38]。

　　按馮夢龍的資歷，再加上年紀，由訓導直陞知縣，確屬不尋
常[39]。馮夢龍長期功名未遂，對考試功成，青雲直上，不免憧憬。
他所作〈老門生三世報恩〉話本(《警世通言》十八)[40]，成於壽寧

36　《蘇州府志》，卷62，葉12上。

37　見《祁忠敏公日記》(1937年本)，〈巡吳省錄〉，葉22下。

38　治文學史者，遇到典章制度，往往捉襟見肘。胡士瑩(1901-1979)，《話
　　本小説概論》(北京：中華書局，1980年)，考論精詳，非一般東拼西湊之
　　作可比，亦不免此失。其謂馮夢龍的陞遷，「天啓中，以諸生任丹徒縣訓
　　導」(下冊，頁412-413)，幾句簡單的話，錯誤疊出。史事固誤，把司訓
　　丹徒和當教官一事，説成是有年代差距的兩件事，最嚴重的還是不懂官
　　制。諸生即生員(秀才)，怎可當訓導？貢生和歲貢是同一件事，何來時
　　差？

39　這種背景以及各級教官的資歷和陞遷問題，見Tai-loi Ma馬泰來，"The
　　Local Education officials of Ming China, 1368-1644," *Oriens Extremus*, 22:
　　1(June 1975), pp. 11-27.

40　馮夢龍序畢魏《三報恩傳奇》(《古本戲曲叢刊》，2輯)，承認這篇話本

任期之前(因《通言》刊於天啓四年),正是這種心理的表現。那時離開他終於入選貢生,尙有好幾年,前途茫茫,雖然自我安慰地以爲年紀不該是障礙,還是覺得那尙未得到的貢生資歷不過是「科貢官兢兢業業,捧了卵子過橋」(入話)。馮夢龍不是出世之人,到後來還是循正途,入歲貢選,再由此循規導矩地當了一任縣官,未必是他始料所及的。

這裡還有一小問題,可藉《壽寧待誌》去解決。馮夢龍的籍貫,向有吳縣、長洲兩說。分別本來不大,兩者均在蘇州府治,且長洲本自吳縣分出,但那是武則天萬歲通天元年(696)以前的事[41],去明甚遠,明時早分二縣,吳縣在蘇州府城之西,長洲則居東,不能相混[42]。但試看《曲海總目提要》卷九,〈《精忠旗》〉條作「蘇州馮夢龍」,注則書「江蘇吳縣人」;〈《新灌園》〉條謂「長洲人馮夢龍」;〈《夢磊記》〉條則云「吳縣人馮夢龍」[43]。一書同卷之內竟參差如此,可見其混亂的程度。蘇州無問題,其它作「古吳」、「姑蘇」、「吳門」、「吳國」之類亦無問題;按常理,吳縣與長洲則難互通。

別的紀錄復有平分春色的形勢。主吳縣的有呂天成(1580-1616)《曲品》[44]、趙修《壽寧縣志》[45]、《福寧府志》[46]、乾隆元年(1736)《江南通志》[47]、同治七年(1868)《福建通志》[48],和民

(續)———————

　　爲自著。

41 《蘇州府志》,卷2,葉13上。

42 《明史》,卷40,冊4,頁918-919;《蘇州府志》,卷2,葉1下至2上。

43 《曲海總目提要》(北京:人民文學出版社,1959年),上冊,頁399、411、413。

44 《曲品》(《中國古典戲曲論著集成》本)上,頁215。

45 趙廷璣修《壽寧縣志》,卷4,葉25上。

46 《福寧府志》,卷17,葉46上。

47 《江南通志》,卷16,葉43下。

48 《福建通志》,卷99,葉26下。

國《吳縣志》[49]。贊成長洲的有《明詩綜》[50]、《千頃堂書目》[51]、無名氏《蘇州詩鈔》[52]、徐沁(康熙時人)《明畫錄》[53]，和今人野孺(陸樹侖)[54]。兩組當中，算得上一手資料的很有限，有的是輾轉抄錄，如那幾種方志，有的是性質難明，如不見著錄的《蘇州詩鈔》[55]，說服力不強。至於野孺的文章，以考證而論，紮實可喜，然其斷言馮夢龍為長洲人，則仍不免是推論。

解決這問題，現在倒可以利用馮夢龍的自白。《壽寧待誌》開列歷任知縣，說到自己的時候，他說：

> 馮夢龍直隸蘇州府吳縣籍長洲縣人，縣歲貢於崇禎七年任。
> (〈官司〉，卷下，葉26上)

這就是說，馮夢龍以長洲人自居，卻在吳縣報戶籍。這種情形，對今人來說，特別是海外華僑，不難理解。吳縣和長洲雖有地理和行政分劃之別，說馮夢龍是吳縣人和說他是長洲人，本來同樣

---

49 《吳縣志》，卷66，葉37下。

50 《明詩綜》(清來堂本)，卷71，葉23上下。朱彝尊《潛來堂書目》(《晨風閣叢書》本)內有《明詩綜采摭書目》，亦不見《七樂齋稿》。

51 《千頃堂書目》(《適園叢書》本)，卷28，葉20上。

52 原書未見，現據野孺(陸樹侖)，〈關於三言的纂輯者〉，《光明日報》，1957年6月23日(「文學遺產」，162期)，後收入人民文學出版社編，《明清小說研究論文集》(北京：人民文學出版社，1959年)，頁29-33，近復收入陸樹侖遺著，《馮夢龍散論》(上海：上海古籍出版社，1993年)，頁1-5。

53 《明畫錄》(《讀書齋叢書》本)，卷8，葉6下。

54 野孺文見注52。

55 《蘇州詩鈔》不見橋川時雄主編的《續修四庫全書提要》(按1972年臺灣商務印書館印本而言，即將刊行的原稿傳閱數量多好幾倍)，不見孫殿起(1894-1958)收書極為龐雜的《販書偶記》，校補本(上海：上海古籍出版社，1982年)及《販書偶記續編》(上海：上海古籍出版社，1980年)，亦不見吳慰祖(1932-)校訂的《四庫採進書目》(北京：商務印書館，1960年)。按考據常規，這樣一部來歷不明的書，在未澄清其性質以前，是不宜引為物證的。

是對的。若從法律觀點看，則祇有定他為吳縣人。

　　既由此方志而談及馮夢龍在壽寧之四年時光，有一事可引述為他在該縣時日常生活情形之一斑。馮夢龍的主要編著多成於壽寧任期之前，上已言之，但此四年間，馮夢龍仍是從事寫作的。他臨終時交託沈自晉(1583-1665)代為完成之《萬事足》傳奇，就是任職壽寧時的作品。該劇末之卷場詩有「山城公署喜新開，戲把新詞信手編」句，可以為證[56]。

　　最後對於這部碩果僅存的方志的庋藏情形，仍需詮述。《壽寧待誌》的早期著錄，有徐𤊹《紅雨樓書目》[57]和黃虞稷《千頃堂書目》[58]兩種，清初以後的紀錄尚未見。

　　今日僅知存的一部，為日本東京上野圖書館之物。雖然看過此書的人不多，這消息卻傳播甚廣，屢見書目[59]。其實上野圖書館僅是俗稱，其間景況，尚有簡為介紹的必要。此圖書館創立於明治五年(1872)，歸文部省管理，創立以前尚有博物館書籍館、淺草文庫等前身。創立後名稱屢易，迄第二次世界大戰終結，計有東京書籍館、東京府書籍館、東京圖書館，以及帝國圖書館。但因館址於明治十八年(1885)移建於臺東區上野公園內，正名雖恆難改，俗稱「上野圖書館」反較為流通。昭和二十二年(1947)，改為國立圖書館。昭和二十四年(1949)，成為東京區國立國會圖書館大系統的一

56　此事首由橘君考出，見《馮夢龍詩文》，頁113。

57　見《晁氏寶文堂書目、徐氏紅雨樓書目》，合刊本(上海：古典文學出版社，1957年)，頁281，作《壽寧縣志》。

58　《千頃堂書目》，卷7，葉19上，作《壽寧縣待志》。

59　如《國立國會圖書館藏中國地方志綜錄稿——十四：福建省》(東京：國立國會圖書館，1954年)，頁25；Wolfgang Franke傅吾康(1912-　)，*An Introduction to the Sources of Ming History*(Kuala Lumpur: University of Malaya Press, 1968), p. 304；山根幸夫、細野浩二，《(增補)日本現存明代地方志目錄》(東京：東洋文庫明代史研究室，1971年)，頁25。至崔建英編，《日本見藏稀見中國地方志書錄》(北京：書目文獻，1986年)，頁122-123，則直接說是國會圖書館之藏品。

部分，易名爲國立國會圖書館支部上野圖書館，即今名(其它著名舊館，如東洋文庫、靜嘉堂文庫等，現均爲國會圖書館的支部，不再是獨立的機構)。上野館的貴重書籍多已移往國會圖書館設在千代口區的總館，《壽寧待誌》可能亦在其中[60]。

《壽寧待誌》卷上，葉30上、卷下，葉1上，均有「明治九年文部省□□」印章，後二字兩處都看不清楚，該是「入庫」一類字樣。按年代計，正是東京書籍館時代。單憑這一點，還是解釋不了這本秘籍的傳遞經過。

這部孤本在1876年(明治九年)以前的流傳情形，還有一件有趣而且極爲重要之事可述。此本書首馮夢龍自序(〈小引〉)前鈐有度藏者陰文私章兩枚：徐𤊹之印、興公文(見本集插圖九所錄〈小引〉之首)。徐𤊹號興公。原來日本國會圖書館所藏的正是徐氏紅雨樓舊物[61]。

閩侯徐𤊹爲明末藏書一大家。他久慕馮夢龍之名，卻至馮夢龍赴壽寧任職，仍不相識。崇禎八年秋間，徐𤊹赴建州(今建甌縣)，適逢馮夢龍晉府，遂互投刺訂交[62]。次年，徐應馮之請，有〈壽寧馮父母詩序〉之作，內謂馮在壽寧時「退食之暇，不丹鉛著書，則

---

60 參考國立國會圖書館支部上野圖書館編，《上野圖書館八十年略史》(東京：國立國會圖書館，1953年)，以及昭和出版研究所編，《大日本百科事典》(東京：小學館，1967年)中〈國立國會圖書館〉、〈帝國圖書館〉、〈上野圖書館〉各條。

61 最先指出這兩枚藏書印者爲林英、陳煜奎，〈《壽寧待誌》何時佚失與如何流入日本〉，《德寧師專學報》(哲學社會科學)，1984年2期(1984年)，頁45。

62 馮徐訂交的經過，亦首見注61所引林英、陳煜奎文，頁45，惟該文並未說明資料來源，且誤謂兩人訂交於崇禎九年。史料原來是崇禎九年徐𤊹寫給馮夢龍的兩封信(均題作〈寄馮壽寧〉)，內講及去歲相識的情形。這兩封信(以及隨後正文和下注談到的序文)均見徐𤊹的《紅雨樓集》未刊稿。此集的手稿(十二冊)現藏上海圖書館，1988年5月舍弟泰來承該館特藏部沈津主任之助，曾細讀一過，並抄錄有關各件。此集中國社會科學院文學研究所圖書館亦有嘉慶烏石杜園鈔本(四冊)。

撚鬚吟咏」，並譽其爲「計閩中五十七邑令之間，無踰先生，而令之文，亦無踰先生者。顧先生雖耽乎詩，而百端苦心，政平訟理，又超乎五十邑之殿最也」[63]，推崇備至。又次年，馮夢龍刊《壽寧待誌》。這本即壽寧本地清初以後也缺藏之書，出版時，印量和流通範圍一定都很有限，徐𤊹有者可以斷言是馮夢龍送的。此本既代表這份難得的交情，即使不是存世孤品，也值得特別珍貴了。

徐𤊹逝世後十餘載，其子延壽於順治十三年(1656)離閩時，紅雨樓藏書尙無恙[64]。及散出後，其藏品每爲識者所寶，其中《壽寧待誌》東渡，終歸公藏，遂爲此書保留天壤一孤本。

後記

拙文初成於1983年夏秋之間，其後《壽寧待誌》排印本面世，海峽兩岸研究機構購備原書複製本者亦有多處，討論文字因是蜂擁而出，可讀之作，不下十餘篇，其中近半數出自林英、陳煜奎兩人之手，確屬用力特勤。此類論著看不到的不算多，拙文則擱置已久，近始得暇，悉數重讀，彼此異同之處，甚爲明顯。

獨見於該志的馮夢龍資料，如籍貫問題、丹徒教職、壽寧政績等，重要性大家都注意到，而拙文往往評述較詳，注釋較備。這衹是處理手法的不同，結論並無嚴重分歧。

然而，這批大陸學者的論著卻犯了近年治古典文學的通病，對研究對象過分褒長護短(這和文革以前，在讚揚之後，總得教條式

---

63 此序雖首見林英、陳煜奎，〈馮夢龍四年知縣生活的實錄——《壽寧待誌》評介〉，《中華文史論叢》，1983年1期(1983年2月)，頁210，卻不說明論證的根據。此處資料亦據泰來所提供。徐序之日期爲崇禎丙子(九年)中秋。據此，前注所說之兩信，時間均可考定。以「建州蘭若，獲侍臚門」開始的一信，寫於九年春天，而以「客臘辱賜胰儀」爲首句的一封，爲寄序文時之附信。

64 Lienche Tu Fang杜聯喆, "Hsü Po", in Goodrich, *Dictionary of Dictionary of Ming Biograph*, Vol. 1, pp. 597-598.

地找些「糟粕」來批判一下，以視公允平衡，剛剛相反）。這些論著有不少視「馮志」之不循方志體例爲突破，卻忽略了最重要的一點。馮夢龍僅希望交代自己短短一任的事功，而不願（或不能）給他就職前的地方沿革以及歷任政績以同等的看待，以致詳己略人，重今輕古，那麼選擇早有成規的方志形式去著述根本就是一大錯誤。乾脆寫本《壽寧四年記》，不就簡單恰當，名實相符？「馮志」的「創新」是不可爲訓的。

褒長護短的另一表現就是爲賢者諱。我們談這本方志時，總不能忘記馮夢龍所用的媒介。現任縣官出縣志，即使純爲自資之物，也是代表縣政府的官書，兩者是分不開的。事實上，此書正是揭露馮夢龍性格的最佳史料。試問古今方志有幾本用第一人稱記事？有幾本用遠遠超乎比例的篇幅去鼓吹風水？對於馮夢龍的自誇自重，暢談堪輿，那十多篇報告的作者竟都視而不見，儘量避免談及，好像怕影響到馮夢龍的身價，因而害得連自己的研究也會遭貶值似的。大概在我們心目中，祇有幾乎無懈可擊的作家和作品始配成爲探討的對象。在這方面，拙文尚算平允，瑜瑕兼顧。

因此，除了在文末補充三段以交代徐𤊸《紅雨樓集》這新資料外，正文部分大致仍舊，注釋則徹底修訂以容納這五年來的新發展。

至於《紅雨樓集》，還有兩件尚屬存疑之事，應在此說明一下。

馮夢龍在壽寧時「成吟一卷」（徐𤊸語），求序於徐，徐遂有序文之作。這部詩集當包括《壽寧待誌》所收八首詩中的若干首（甚至全部），它是否即《七樂齋稿》？眞相不易考明。如果因爲《紅雨樓書目》未收《七樂齋稿》，便斷言這本不會厚的詩集不可能用此書名，並不能算是實證，因書目內根本不收馮夢龍的任何詩集。或者馮夢龍要了徐的序文後，詩集始終未印出來。也可能《紅雨樓書目》收書雖多，卻未盡錄徐氏所有。這一點，書目內僅收馮夢龍

之書兩種（《壽寧待誌》和《萬事足》傳奇），連徐㸖在序文和信中稱道不已的《智囊補》、《古今譚概》、《春秋衡庫》，目中亦無蹤影，似可爲證。假如說徐氏書目編得早，不及收馮氏諸作，並不合實情(此目收書之晚，見該書排印本的出版說明)。以馮氏著述而言，書中所收兩種之一的《萬事足》就是馮氏逝世後才補成出版的。按馮氏的著作等身，徐㸖對他又特別尊敬，這些矛盾實在不易解釋。總而言之，《紅雨樓集》的出現，反把情形弄得更複雜，在沒有其它突破性的資料以前，恐怕很難找到滿意的答案。

在給馮夢龍的信中，徐㸖說馮「律體精工，當令錢劉避席」，又說其詩「即太白昌齡亦不能道」，推許備至。但馮夢龍之詩絕對不可能屬於這種境界。正如拙文在未見《紅雨樓集》資料以前所說的，《紅雨樓書目》內有一相當詳細的明詩人及詩集目錄，其中並無馮夢龍。按時間計，包括馮夢龍在內，不該來不及。況且收錄人數眾多，入選的標準就算不低，選者既對馮詩口服心服，總不致遺漏了這個自己說是「數十年企仰」的朋友。這矛盾有一解釋，也許徐㸖言不由衷，公私之間雙重標準，朋友往還，不免信口雌黃，處理冀求傳世之家藏書目(包括父兄之藏品，不得不愼)，則大公無私。未知讀者以爲然否？

1988年7月14日

——《小說戲曲研究》，3期(1990年12月)

補記

近見高洪鈞(1939-)積多年蒐求所獲的馮夢龍詩文(單行本如《壽寧待誌》除外)，並附詮釋，刊爲《馮夢龍集箋注》(天津：天津古籍出版社，2006)，網羅之備必超越馬廉以前所輯之本。倘再無重大的資料新突破(如發現《七樂齋稿》)，搜集馮夢龍單篇詩文的工作諒可告一段落矣。

2006年8月12日

曹雪芹幼聆莎翁劇史事存疑

去秋，初遊神州，燕京諸友不乏紅學翹楚，在不同的場合，他們屢次和我談及黃龍（1925- ）新得曹雪芹幼聆莎翁劇及聖經的史事，而且不約而同地囑我代覓黃龍所引據的英文原書。後來連旅居巴黎，以整理脂硯齋評語名世的陳慶浩（1941- ）兄也託我找這本書。

曹雪芹是否接觸過莎翁劇及聖經這新課題，對今後紅學的發展大有牽一髮而動全身的可能。所涉及的，不僅是曹雪芹和西方文學的關係和創作靈感的來源，還有曹頫、曹雪芹是否父子的問題。黃龍公布他的發現後，大家反應熱烈是很自然的事。

黃龍所引溫斯頓（William Winston）《龍之帝國》（*Dragon's Imperial Kingdom*）那段文字，首尾俱全，措辭殊別於時下所用的英文，黃龍譯文亦頗貼切，且經數度刊載（引文及譯文見附錄，以便讀者）[1]，若干紅學家已經毫無保留地相信其為真品，推許為不可多得的突破性發現。較審慎的則認為該找著原書來看看，始下判語，不能光靠一段不算長的引文。和我談及此事的幾位紅學朋友都可說比較小心，覺得有檢視原書的必要。他們因為我覓食海外，追

1　原文及譯文，見黃龍，〈曹雪芹與莎士比亞〉，《文教資料簡報》，1983年6期（1982年6月），頁93-98。該文並收入江蘇省紅樓夢學會編，《1982年江蘇紅學論文選》（1982）。吳新雷，〈曹頫新史料初探〉，《江海學刊》，1983年1期（1983年2月），頁7-74，亦收入原文及譯文。

查洋書較便，故以是委託。至於陳慶浩兄雖身在巴黎，也以此事見詢，大概因爲在法國查檢英文書還是不及在英美的方便。

最初以爲此件差事不過舉手之勞。近百年歐美圖書館學昌盛，各種大型書目，既齊且便。遇到這類問題時，一般來說，在校圖書館參考室花十多分鐘，即可解決。孰料一經試驗，困難異常，至今時間整整過了一年，仍漫無頭緒，一點影子也設有。在我找書的經驗中，從未遇過這種情形。

黃龍所引溫斯頓書，說是1874年刊行的。要想知道這段時期有關中國的出版物，有一套很現成的參考書，那就是早享盛譽的高第（Henri Cordier, 1849-1925）《漢學論著目錄》（*Bibliotheca Sinica: Dictionnaire bibliographique des ouvrages relatifs a l'empire chinois*［Paris: E. Guilmoto］）。此書爲大型刊本，厚厚四巨冊，刊於1904至1908年間，又有補遺一合冊，刊於1922至1924年間（Paris: P. Geuthner），是歐美治漢學者必備的基本工具。經常參考歐文資料的前輩中國學者對高第書一點也不陌生。

這套書所以重要，因其鉅細靡遺，自十六世紀中葉至1921年左右，用各種歐洲語文寫成有關中國的專著和文章，甚至小啓事和書評，不論在何地出版，差不多盡數囊括。要想找一書一文高第無紀錄，可能性自然存在，待眞的要補上幾條，便知談何容易，而且愈是在時間上往前推，高第所收就愈覺齊備。平均而言，說此書所收資料的齊全最少達到百分之九十五，絕非過譽。

話說回來，高第書並沒有溫斯頓書的紀錄。此目錄原無索引，但資料排次井然，很易查檢。哥倫比亞大學東亞圖書館1953年曾爲此書編刊過一冊作者索引，編得不算好，我也查了，沒有任何溫斯頓作品的記載。編得好的索引是有的，衹是尚未出版，爲德國友人魏漢茂（Hartmut Walravens, 1944- ）的稿本，我請他代查，以防漏網之魚，結果仍是證實高第書內沒有溫斯頓的影子。

魏漢茂是難得一見的西方漢學目錄奇才，精通多國文字，各種

古今歐人著述，如數家珍，連十九世紀葡文雜誌內的中國資料，也
能瞭如指掌。我託他查索引稿本，自然得告訴他是怎祥一回事。除
索引外，他想得到的地方都查了，終是一無所獲。

　　高第書當然不是唯一的希望。爲了輔助美國、加拿大各國圖書
館間館際圖書互借制度的進行，美國國會圖書館編有《全國藏書匯
目》（*National Union Catalogs*），按月或隔月或每季出版（視新資料
多少而定），以後再按年匯編爲分套；收書以美國國會圖書館（這是
全世界藏書數目最大的圖書館）的爲基礎，再加上參加館際互借制
度的一千二百多間圖書館的藏品。這種編目工作，數十年如一日，
到1973-1977年的分套爲止（以後爲暫時性的分冊；自1983年出版
的，已改用顯微膠片方式），十來二十個大書架，才夠空間排列每
冊三英吋厚的大型開本目錄1,227冊（按年代析爲五分套，各依作者
排次），其間所收書名，早就以千萬計。這套書目，可說是整個北
美洲的藏書總目。每一本書都分記哪一間或哪幾間圖書館有庋藏，
一般都可以通過館際互借制度借來。如果是美國國會圖書館的藏
品，目內還注明編號，借閱手續更簡化。祇要在這套書目內能找看
溫斯頓書，借來一看，輕而易舉。可惜，我仔細逐一分套查過，哪
里有甚麼溫斯頓《龍之帝國》！

　　爲了防範目錄和實際情形有出入，我託舍弟泰來和幾位同行朋
友查過以下幾間大學的圖書館：芝加哥（Chicago）、史丹福
（Stanford）、華盛頓（Washington，在Seattle）、印地安納（Indiana）、
耶魯、哥倫比亞、普林斯頓，和哈佛。答案全是否定的。我服務的
夏威夷大學，當然一開始就查了。

　　整個北美洲既然如此，英國又如何？按溫斯頓書的內容和出版
日期，它祇可能是在英國印行的。英國藏書最豐富的三館是大英圖
書館（British Library），即以前大英博物館（British Museum）的圖書
館部分，以及牛津（Oxford）、劍橋（Cambridge）兩大學的圖書館。
這是指一般藏書而言，如果涉及有關東方的書籍，還得加上倫敦大

學東方及非洲研究院的藏品。

大英圖書館及倫敦大學該院都有印備的藏書目錄，形式和每冊大小厚度跟美國國會圖書館所刊行的《全國藏書匯目》差不多。大英圖書館的藏書目名爲*British Museum General Catalogue of Printed Books*，出了348冊。倫敦大學的名爲*School of Oriental and African Studies, University of London, Library Catalogue*，按語文及地區分冊，屬於核查範圍的約二十五冊。這兩批書目中，並沒有《龍之帝國》的紀錄，可見這兩間大館也無此書。

牛津、劍橋兩大學圖書館的藏書，沒有印行的目錄，前者我請該校教授杜德橋(Glen Dudbridge, 1938-)代查，後者我請教他們圖書館遠東部主任Helen Spillett女士。結果不出意料之外，連這兩所英國歷史最久的大學也沒有溫斯頓書。

在此段時間，我也託朋友代查了香港大學和日本京都大學。結果不必說了，不過是再除掉兩所收藏有關東亞的英文書籍還算不錯的大學圖書館。

至此，可試的門徑已所餘無幾了。泰來建議翻檢十九世紀英國書商所編的出版總目，*The English Catalogue of Books: An Alphabetical List of Works Published in the United Kingdom and of the Principal Works Published in America*。他並查了1872年1月至1880年12月的一冊，內無溫斯頓書。這套書目，夏威夷整份齊全，除了重翻這一冊外，我連上面兩冊(1835年1月至1863年1月；1863年1月至1872年1月)和下面兩冊(1881年1月至1889年12月；1890年1月至1897年12月)都查了，同樣勞而無功。這套書目之紀錄當日在英國所出的書籍(包括小冊子)，隨刊隨收，大大減低了日後才編目以致有遺漏的可能，每一冊都是在所包年代結束後一兩年間出版的，如1872-1880的一冊是1882年刊的，所以整套書目的完整程度可以說達到差不多百分之一百。

基於上述種種，怎教人不考慮黃龍所引的資料究竟是怎樣一回

事。關於發現溫斯頓書的經過，黃龍的說法是：1947年，他在南京的金陵大學當研究生，偶然在中央圖書館碰見此書，隨手把那段文字記在卡片上，事隔三十多年，翻及這些卡片，遂公諸於世。卡片則尚未公開。

卡片公開與否，關係不大；個人抄錄的卡片，根本不能作爲證物。雖然如此，若是進行卡片的化學分析，還是有若干澄清作用的，因爲四十年代的墨水和製卡片所用的紙料跟近年的應有不同[2]。不過，上述的發現經過怎樣說也是有疑問的。

中央圖書館即現在的南京圖書館，如果從前的藏書沒有遷去別處或毀掉（尚未見這種報導；移往臺灣的僅是善本書，留下來的包括普通線裝書、民元以來新書、期刊，以及所有外文書籍），爲甚麼黃龍和其它有興趣的人不能把書找出來讓大家印證。即使書失了，從前館內的編目卡片呢？這起碼可以用來證明該館曾有此書，總不能說書未編目而讀者可以索閱吧。一本出版僅百年的英文書，不該稀罕到北美和英國多少歷史悠久的公立圖書館和大學圖書館都沒有一冊，多少厚厚的書目都查不到一點線索。況且按黃龍所說，引文見原書第五十三頁，書也不會太薄。這樣的一本書，怎會沒有絲毫蹤影？還有，四十年代末期的南京，外文藏書眞的那樣豐富嗎？有可能會有在北美和英國不但找不到且無紀錄，卻又是在英國出版的英文書？

據注1所引吳新雷文的附記，人民出版社的金敏之在五十年代曾爲其單位的資料室購入一冊《龍之帝國》，書現在已找不到了。這眞是匪夷所思之事，在北美和英國連影子都無的英文書，中國竟不僅四十年代的南京有，北京在五十年代也有。未知金敏之爲單位購入時的收據尚在否？資料室的編目卡片呢？購入後至文革動亂有

2　今年初夏，僞造的希特勒（Adolf Hitler, 1889-1945）手書1932至1945年日記六十二冊轟動歐美，牽涉千萬美元，騙倒不少史學家和字蹟專家，結果還是在紙墨的化學分析下原形畢露。

好一段日子，有誰讀過？事隔多年，有無可能誤記別書？我不是懷疑金敉之的話，基於上述一連串的空白，我們需要的是實物佐證，人證僅能暫歸人證。

處理完目錄學上的探討，還得看看此書和引文本身。

這本書的出版日期是有問題的。溫斯頓的祖父腓立普（姑用其名，以資識別）來華經商，因而成為曹頫的幕僚，年紀不可能低過三四十歲。偷聽故事，因而挨打挨罵的曹雪芹僅是小孩子（吳新雷以為至少應在十歲以上，但他以為雪芹之父為曹頫而非曹頫），如此腓立普和曹雪芹之間該有一段年齡的差別。作為腓立普孫兒的溫斯頓當比曹雪芹小，但不會差得太遠，差上二十年已是最大的可能性了。如果腓立普來華時年紀已相當，那麼溫斯頓更有可能和曹雪芹差不多歲數。曹雪芹的生卒年雖迄無定論，各說分別並不算大，不妨從周汝昌（1918- ）說，視曹生於1724年，卒於1764年[3]，作為觀念性的約數。根據這些比對，溫斯頓的活動時期當是十八世紀中期和晚期。書為何遲上起碼整百年才出版？

《龍之帝國》並不是藏諸名山，歷久猶新的典籍，僅是一本介紹異國風土人情的普通讀物而已。這種書最易受時間所影響，很快便成為明日黃花，不必待上整百年，哪家書商不怕虧本去印行這種過時已久的陳貨？況且講中國風物也不是溫斯頓一家所能壟斷，書商要刊售這類書，盡可找新鮮點的。腓立普和他的孫兒均非赫赫有名（假如他們真有其人的話；直至目前為止，並無任何別的中外文獻能證明他們確實存在過），這種類似家庭（或家族）式遊記的書，當日作者自己不安排出版，百年後，找誰來印行這種出土文物？

假如說黃龍看到的不是初版（他沒有這樣說），問題同樣存在。這種介紹異域的普通讀物，講究新鮮，縱然重刊，初版與再版之間

3　見周汝昌，《紅樓夢新證》，增訂本（北京：人民文學出版社，1976），頁173-182。

也不會有太大的時間距離。這樣仍是解釋不了上述的百載時差。再者，倘若此書不止一版，那就需要初版達到一定的暢銷程度，流傳的數目，登上紀錄的機會，隨著增加，上面所說那種絕無蹤影的情形便更莫名其妙了。

百年時差，還是自作者為十八世紀中晚期之人算至《龍之帝國》的出版，要是加上腓立普和溫斯頓間的歲數，差別還會更大。如果腓立普是溫斯頓的高祖（great-great-grandfather），甚至再上一代（great-great-great-grandfather），而非祖父，時差才可以說不存在。這樣也配合家傳寶物之說。自祖父到孫兒，中間僅一代，孫兒能和祖父相處一段時間也是很普通的事，得自祖父的一片絲綢，要說是傳家寶，不無勉強之感。假如溫斯頓活在十九世紀後期（書的出版年代），腓立普為其高祖或五世祖，好些問題都可以解決（雖然仍解釋不了為何英美連這本書最起碼的紀錄也沒有）。可惜，溫斯頓說了兩次腓立普是他的祖父（my grandfather），絕不含糊，要曲辯去解決時差也難找借口。

提供出版日期時，黃龍列出的紀錄是Douglas, 1874。Douglas究竟是出版機構還是出版地名？黃龍沒有說明。英國出版機構恆依東主姓氏命名，如Heinemann, Chambers, Macmillan等，這種命名成規在十九世紀尤為通行。不過，Douglas這姓氏很普通，這裡提供的又不是全名，不易指認。如果說Douglas是地名，一時之間也想不到究竟有無此地。

當我請杜德橋幫忙查牛津有無溫斯頓書時，也請教他這一點。他回信說，英國的確有Douglas一地，但並不是一般的城市，而是愛爾蘭海（Irish Sea）人島（Isle of Man）的首府[4]！杜德橋很熱心，他

---

4 讀者不必因Douglas為一島之首府，便以為它是個大碼頭。整個人島，面積不過227平方英里，1976年全島人口為六萬人，1776年（曹雪芹時代）為一萬四千人，十九世紀後半期為五萬人左右。這種地方，出版事業的規模，可以想見。參見H. S. Corran, *The Isle of Man*（London: North Pomfret;

還寫信去問Douglas的公立圖書館館長，請求幫助。他們的敬業精神確是可嘉，Douglas當地的資料查了，連蘇格蘭（Scotland）是否有此書也代查了。結果呢？還不是和以前一樣，毫無所獲。

杜德橋還替我做了一件額外的工作，他拿黃龍引錄的文字給霍克思（David Hawkes）看。霍克思用他那手瀟洒清逸的英文全譯《紅樓夢》前八十回（後四十回由他的學生閔福德［John Minford］負責），大大增加了這本小說的國際讀者，是曹雪芹一大功臣，早已口碑載道，不用多說。要特別指出的是，一般英國人的語文程度要比同等學歷的美國人強得多，而在英國文人當中，霍克思的英文造詣絕對稱得上是佼佼者[5]。看過引文後，霍克思的反應是：從英文風格上看，一望而知是贗品（杜德橋信中原句是"David Hawkes feels that the English style of the quotation is transparently a forgery"）。當然，以考證法而言，這僅能算是人證，但基於霍克思的英文修養和他對紅學的認識，他的判斷是不容忽視的。

霍克思既如此說，我再讀引文幾遍，發覺有四個地方值得討論。其中兩個不一定與眞僞有關，可先提出來談談。引文"Of the indigenous produces, Shantung commanded the broadest popularity"句，文法有誤。若按黃龍譯文的模式，此句該譯爲「在該國各種特產中，山東最負盛譽」，山東變成中國特產之一了。黃龍譯文中的「柞蠶絲」根本不在原句內，也未譯出原有「山東」一名，是否Shantung和commanded二字之間漏了一silk字？這些當然都可以說是無關宏旨，但對於不懂原文，要依賴譯文的讀者，總可提醒他們在引用時小心點。

我用的引文是刊於《文教資料簡報》的，其中溫斯頓第一次提

<hr>

（續）

　　Vermont: David and Charles, 1977）。

5　關於霍克思的英文功力，可參閱林以亮（宋琪，1919-1996），《紅樓夢西遊記》（臺北：聯經出版事業公司，1976）。這是批評霍克思所譯《紅樓夢》第一冊的專書。

到他祖父時，說 "During my grandfather's sojourn in China"，以後用he和my grandfather，始終沒有點出祖父的名字來，譯文及黃龍的討論文字內卻再三地說他的祖父為腓立普。腓立普自是Philip，這是英國人很喜歡用的名字。但這名字既不見引文，黃龍從何得之？後來讀吳新雷文的引錄，那句首次提及祖父的句子則作 "During my grandfather Philip's sojourn in China"，明明白白地點出祖父的名字為Philip來。此Philip一字從何得之？是黃龍補告？還是吳新雷或他請教的專家據黃龍譯文補上此名？總之，按現有的資料，Philip及其譯名顯有來歷不明之嫌。

在未講其它兩個值得討論的問題前，讓我先交代另一事。得知霍克思對引文的反應後，我想多找一人來審閱。系內同事馬羅素（Russell E. Mcleod），英文修養中規中矩，可以一問。為了保證測驗結果的準確，我把引文用打字機打在白紙上，不給他解釋任何原委。待他看完了，我還是不加說明，僅問他覺得這段引文的英文如何？從風格上看，可能是甚麼時代的作品？他的回覆是：引文的英文相當不錯，但好像不是以英語為母語的人寫的！我追問他為何有此印象，他說有好幾句以英語為母語的人是不大可能會這樣寫的，如 " nonexistent before Creation", " Commanded the broadest popularity", "This rendered her to merit the credit", "served as an initiator of textile technology", "in token of rapport"等。待他說完這些，我才給他解釋這究竟是怎樣一回事。這就是說，他的意見和霍克思不謀而合。

現在讓我回到尚未交代的兩個問題。這段引文不算長，又是從書中抽出，前不錄，後不收，卻是首尾俱全，相當完整，從解釋帝國以龍為象徵，說到以絲為特產，再說到傳家寶物，一直談到祖父的中國經歷，如何和曹頫訂交，如何賓主歡聚等趣事，全部包在一百五十多個字之內。這種事不是不可能，總是不常見，書究竟是書，不是簡明扼要的文章，中間剪一段出來，很難表現出這種效

果。

此外，書定名爲《龍之帝國》，自是以龍爲號召。按常理，書一開始便得解釋龍和帝國的關係，怎麼遲遲到了第五十三頁才作必要的破題？這種基本的背景介紹拖到第五十三頁才講，而該頁那段引文又是如此濃縮，短短一段，一口氣解決了好幾件事，那麼前面共五十二頁的漫長篇幅，以作者數言一事的文風，不知已交代了多少事情，爲何連書名都來不及解釋？整個問題綜合來看，那段文字不像是從一本書中錄出來的（除非已加工，不是原貌），更不像是從一本書中後至第五十三頁錄出來的（除非書名與龍無關）。

如果說對引文這樣的懷疑不免主觀，下面所提出來討論的總該合乎客觀標準。判斷古籍眞僞，地名官名典章文物之屬是否滲入後代始有者，往往成爲破案關鍵。這是大家慣用的考證法，不必細表。那段《龍之帝國》的引文，短短百五十言，正出了這種毛病，有毛病的地方還不止一處。

引文內山東作Shantung，江寧作Kiangning，這種拼法屬於十九世紀中晚期以來流通的郵政地名系統（postal system）。按此系統，全國省份，和主要河流、城鎮，都有公認的拼法，如廣州是Canton，蘇州是Soochow，汕頭是Swatow。這種到現在仍相當通行的拼法，主要根據習慣，演變定型而成。有的起源早，定型慢，有的卻起源晚，定型快，更因爲不是一人一時的發明，一般不易指出某地名之某拼法始於何時，但在材料允許的情況下，演易之跡還是可尋。山東的拼法，正屬此類。

山東一名何時首次在英文書籍內出現，恐無從查考，但一定早過曹雪芹時代。我看到最早的一處，在P. Jean Baptise Du Halde（1674-1743）所作 *Description geographique, historique, chronologique, politique de l'Empire de la China et de la Tartarie chinoise,...*（Paris: P.G. Lemercier, 1735）的 Richard Brookes（*fl.* 1750）英譯本，*The General Historical, Chronological, Political, and Physical Description of the Empire of China*（London: I. Watts, 1736），初版，四厚冊，內有整章講山東，拼法是Chan tong。最值得注意的是，此書英譯本僅比原書後一年出版，同是曹雪芹時代之物。

我發現引文的地名和人名(詳後)拼法有問題後，即函告泰來，他對此事興趣濃厚，剛巧他服務的芝加哥大學圖書館庋藏歐美所刊舊世界地名辭典甚豐，他一口氣查了一堆十八世紀中葉至十九世紀中葉出版的。所得結果，十分整齊，十九世紀初葉以前出的，盡數山東作Chan-tong或Chantong！為了交代清楚，不妨把這批書列出來：Richard Brookes, *The General Gazetteer* (London: J. Newbery, 1762); John Walker (1759-1830), *The Universal Gazetteer,* 4th ed.(London: I. Swan and Son, 1807); Jedidiah Morse (1761-1826) and Elijah Parish (1762-1825), *New Gazetteer of Eastern Continent* (Boston: Thomas and Andrews, 1808); Joseph Emerson Worcester (1784-1865), *Geographical Dictionary* (Andover, Mass: Flagg and Gould, 1818); *Edinburgh Gazetteer* (Edinburgh, 1824); William Darby (1775-1854), *Universal Gazetteer* (Philadelphia, 1827)。

後來我查1793年英國首次來華使節馬戛爾尼（George Macartney, 1737-1806)的紀錄，使節團沒有到過山東，但在該團參贊斯當東（George L. Staunton, 1737-1801）的行紀 *An Historical Account of the Embassy to the Emperor of China* (London: John Stockdale, 1797)內 [6]，有中國地圖一幅，山東作Shanton。在時代上，這比曹雪芹後不了多少。

這就是說，自曹雪芹時代至十九世紀初葉，山東見於英文書籍，拼法僅知兩種：Chan-tong和Shanton。

山東何時始作Shantung？我所知的是一篇1832年之文章：

6　這是行紀的節本，全本為*An Authentic Account of an Embassy from the King of Great Britain to the Emperor of China* (London: G. Nicol, 1797)，書內諒應有類似的地圖。

Charles Gutzlaff, "Journal of a Residence in Siam, and of a Voyage along the Coast of China to Mantchou Tartary," *Chinese Repository*, 1:4 (Aug. 1832), p.127。作者即德籍在華傳教士郭施拉(Karl F. A. Gützlaff[1803-1851]),在他稍後所出*China Opened, or a Display of the Topography, History, Customs,......of the Chinese Empire* (London: Smith, Eder and Co., 1838),則有時作Shan-tung有時作Shang-tung, 大概是拼法尚未定型之故。泰來所檢地名辭典,Shantung (或Shan-tung)最早見於*Harper's Statistical Gazetteer of the World* (New York: Harper and Brathers, 1855); Walter Graham Blackie (1816-1906), *Imperial Gazetteer* (Glasgow: Blackie and Son, 1855)。換言之,溫斯頓是沒有可能用Shantung的拼法的。

引文曹頻作Tsao Fu,問題更嚴重。這樣的寫法,顯然是用威妥瑪(Thomas Francis Wade, 1818-1895)、翟理斯(Herbert A.Giles, 1845-1935)拼音法,即世稱Wade-Giles system[7]。這是個人的發明,是十九世紀中葉始有,十九世紀末期才漸為英語世界所接受,變成學界和民間最通用的拼音法。溫斯頓如果能利用到這種未來的發明,那麼慈禧西狩大可坐噴氣機了。

溫斯頓時期的漢字拼音,亂七八糟,各自為政,毫無系統可言[8]。要盲打瞎碰,而能合乎後來Wade-Giles法的法度,那是絕不

---

7 嚴格來說,Wade-Giles法的「曹」字當作Ts'ao;Tsao是「早」、「造」等音。但在日常應用中,經常把撇號省去,如姓陳的,寫作Chen(該是「眞」、「悴」等音),而不按正規作Ch'en。這種情形,在非學術性的刊物內相當普遍。

8 要知道晚至十八世紀末,英語拼音仍是如何雜亂紛陳,漫無法則,可看馬戛爾使團另一隨員安德遜(Aeneas Anderson, *fl.* 1802)的行紀,*A Narrative of the British Embassy to China in the Years 1792, 1793, and 1794* (London: J. Debrett, 1795),書後所附的中國日常用語詞匯。其中Lyangswee冷水、Tchee-tanna 雞蛋(哪?)、Quoitzau筷子、Niodzaa牛奶、Jowcko九個、Hongjoo紅酒、Laatchoo蠟燭、Pyeng兵等等,今人看見一定捧腹不已。這種情形,時間愈是往上推,愈是光怪陸離,奇狀百出。溫斯頓所能做到的,絕不可能比安德遜更有規律。

可能的事。Wade-Giles法現在看似簡單，在十九世紀中晚期卻是很大的突破。要明白這一點和為甚麼不可能給溫斯頓亂碰地一射而中，不妨看看漢字拼音是怎樣演變的。

外人用歐文講述中國，如何用拼音法來代表中國的各種專有名詞，是歐人開始與中國接觸即存在而至今尚未能圓滿解決的問題。第一套拼音法是利瑪竇(Matthiew Ricci, 1552-1610)創製的，自此至今，究有多少種拼音法，不可能有準確數字，少說也總上百種。不過，早期的，全是拉丁文和法德等語，第一種英語的，遲至十九世紀初才出現，見馬禮遜(Robert Morrison, 1782-1834)的*A Dictionary of the Chinese Language*（Macao: Honorable East India Company's Press, 1815-1823）。第二種見艾約瑟(Joseph Edkins, 1823-1905)的*A Grammar of the Chinese Colloquial Language Commonly Called the Mandarin Dialect*（Shanghai: Presbyterian Mission Press, 1857）。第三種才是威妥瑪的，見其*Peking Syllabary*（Hong Kong: Private Publication, 1859），當時僅略備規模，尚未成氣候。第四種是梅輝立(William Frederick Mayers, 1831-1878)的，見所著*The Chinese Reader's Manual*（Shanghai: American Presbyterian Mission Press, 1874）。第五種見衛三畏(Samuel W. Williams, 1831-1878)的*A Syllabic Dictionary of the Chinese Language*（Shanghai: American Presbyterian Mission Press, 1874）。第六種以翟理斯的*A Chinese-English Dictionary*（London: B. Quaritch; Shanghai: Kelly & Walsh, 1892)為代表，改良威妥瑪法，取代了其它英語拼音法，使之成為英語世界內處理漢字的公認標準。馬禮遜以後各種，僅選列重要的，英語拼音法的總數不限於此。

究竟這些不同系統如何處理「曹頫」二字？不妨連同「早」字，分別按時間列出：

	曹	早	頫
馬禮遜	ts'aou	tsaou	foo/fuh
艾約瑟	t'sau	tsau	fu/fuh
威妥瑪	ts'ao	tsao	fu
梅輝立	ts'ao	tsao	fu/fuh
衛三畏	ts'ao	tsao	fu/fuh

梅輝立和衛三畏兩法之間，以及他們和威妥瑪法比較起來，分別都很大，但碰巧這裡涉及的三個發音，三法俱同，晚出的兩種，說不定因承了威妥瑪法三個發音。雖然從各書的流行度來看，引文用的當是翟斯理改良後的法子，要說用的是威妥瑪原來的辦法，或是梅輝立的，或是衛三畏的，原理上並無不可，起碼可歸存疑之列。眞正時差的分別，其實不大，推前拖後，最多不過五十年。總而言之，十九世紀中葉以前，「曹頫」是不可能給拼成 Tsao Fu 的。

這樣一來，地名拼法和人名拼法的考察，得到的結論是一致的：引文最早的上限，不可能早過十九世紀中葉。下限則可以晚至黃龍公布的時間。

以上所述，是過去一年追尋和思考的歷程，路是走了不少，全無收穫，有疑問之處，答案亦全是否定的。所謂溫斯頓《龍之帝國》是否子虛烏有之物，那段引文是否從別的資料改拼而成，甚至全是杜撰，讀者可以自己決定。

我不是紅學家，這次的參與純是應幾位好友的委託而爲的。圖書館也好，書目也好，可查的，可問的，全都做了，除非有人眞的找著此書，整本公諸於世，我不會再在這問題上花時間了。

按這件事情的始末，黃龍多少有解鈴還需繫鈴人的責任。他四十年代在南京求學，現又執教於南京，當是老南京，熟悉這一帶的藏書情形。他的專業又是英文，找英文書自不必假手於人。尋找「原書」的工作，恐黃龍責無旁貸。

1983年10月3日

《龍之帝國》原文及黃龍譯文——據《文教資料簡報》

William Winston, Dragon's Imperial Kingdom（Douglas, 1874, p. 53）

The imperial kingdom was symbolized by a five-clawed golden dragon, a legendary reptile nonexistent since Creation. Of her indigenous produces, Shantung Commanded the broadest popularity. This rendered her to merit the credit "Land of Silk", in the Orient. There has been cherished as our precious heirloom a piece of home-spun fabric with an ornamental pattern of "dragon and phoenix" manufactured at the Kiangning Textile Mill. It survived fires and swords. During my grandfather's sojourn in China, he contracted an acquaintance with Mr. Tsao Fu, the then Superintendent of Kiangning Textile Mill, and at the latter's request served as an initiator of textile technology. The host was hospitality incarnate and oftentimes indited extempore verses in token of rapport. As a reply, my grandfather delivered Biblical sermons and gave a graphic narration of Shakespeare's dramas. For audience he had merely those other than the juvenile and feminine. On the score of eavesdropping, Tsao's pampered son suffered a lashing and castigation.

龍之帝國以五爪金龍爲其象徵，此種傳奇式之爬蟲，自創世以來，並無其物。在談國各種特產中，柞蠶絲最負盛譽，不愧爲東方「絲綢之鄉」。余家所藏江寧織造廠之手工織品，即飾有龍鳳呈祥圖紋。此品素所珍愛，視爲傳家之寶，幾歷兵燹而仍幸存無恙。余祖腓立普赴華經商，有緣結識曹頫君，當時彼任江寧織造；並應曹君之請爲該廠傳授紡車工藝。曹君極其好客殷勤，常即興賦詩以抒情道誼。余祖亦常宣教《聖經》，縱談莎劇，以資酬和，但聽眾之中卻無婦孺，曹君之嬌子竟因竊聽而受笞責。

——《中華文史論叢》，1984年2期（1984年5月）

附錄：英語Shantung一名沿革

馬泰來

馬幼垣撰〈曹雪芹幼聆莎翁劇史事存疑〉（《中華文史論叢》，1984年2期），所舉諸證，確而有徵，頗足論定《龍之帝國》引文爲時人僞託；祇是其中關於Shantung一詞的考證有小誤，以爲黃龍引《龍之帝國》原文："Of her indigenous produces, Shantung commanded the broadest popularity."黃龍譯文作：「在該國各種特產中，柞蠶絲最負盛譽」。則Shantung和commanded之間或漏了silk（絲）字。並指出山東之英文作Shantung，時見無早於1832年者，前此皆作Chantong或Shanton。溫斯頓沒有可能用Shantung的拼法。

按Shantung一字，可作「山東綢」或「柞蠶絲」解，故黃龍引文並無漏字。但此一用法更遠在Shantung作爲地名之後。考訂英語字源，最權威的典籍，自然是十二大冊再加上補遺的《牛津英文字典》（*Oxford English Dictionary*, 1983）。該書於每字下，一般皆列有各字義的最早出處。Shantung一字，《牛津英文字典》解釋爲：「一種柔軟的未加工中園絲（A soft undressed Chinese silk）」，並附該字早期出處三則。最早的是1882年的 *Dict. Needlework*，作Shantung Pongee Silk；其次是1895年的 *Stores' Price List*，作Shantung Pongee。最後是1908年3月21日均 *Daily Graphic*，引文作：「The hat…might be made of Shantung to match the mantelet，（帽子……可以山東綢製成，以和小斗篷相配。）」（V. 9, p. 625）其間字義演進，至爲明顯。我們可以這樣說：十九世紀中葉以後，Shantung始漸成爲山東省的通行英文譯名。用以形容絲綢，始於1882年，但早期需要與pongee（柞蠶絲）一字同用。Shantung作爲一個單詞，解釋爲柞蠶絲或山東綢的用法，《牛津英文字典》僅可追溯至1908年。如確有溫斯頓其人，其祖父在1715年至1727年間曹頫

任江寧織造期內來華，溫斯頓本人應為十八世紀中晚期人；當時Shantung並非山東省的英文通用譯名。Shantung作為柞蠶絲解，更已是二十世紀初之事。溫斯頓何能前知引用？

為了考辨各種偽造的曹雪芹文物，已花了紅學家不少時間。現在變本加厲，更出現了英文的「曹家史料」，嗚呼！

1984年10月20日於芝城去偽閣

——《中華文史論叢》，1985年3期(1985年9月)

後記

拙文發表以後，未見黃龍有何回應文字。過了好一段時間以後，他刊行過兩本可能與此論題有關之書：《紅樓夢涉外新攷》(南京：東南大學出版社，1989年)，和《紅樓新論》(南京：江蘇教育出版社，1993年)。前一書有一章，題作〈靈犀通，莎曹締文緣〉，頁77-88，講《紅樓夢》和莎翁若干劇本契合之處，文末云：「曹家外文藏書中除日文《東鑑》與外文史地書籍外，是否還有莎劇？莎士比亞時代之東印度公司、傳教士、國外華人均為引進西方文明(包括莎劇)之媒介。如謂曹寅獲悉莎劇而傳之於雪芹，並非無稽之辭。」(頁88)。說法和立場均與前指曹雪芹幼聆莎翁劇有異，變成僅是假設曹雪芹有可能接觸過莎翁劇而已。這改變是否表示黃龍終於承認以前搬出來的《龍之帝國》是偽品，由讀者決定好了。後一本書則沒有相關的論述。

2006年1月27日

讀劉著〈《老殘遊記二編》存疑〉

　　《中央日報》（臺北）「中央副刊」今春2月12、13日刊劉厚醇（1921- ）所著〈《老殘遊記》二編存疑〉（下簡稱劉文），因作者為劉鶚（1857-1909）的姪孫（其祖父為劉鶚之兄劉孟熊［1857以前-1905，見本集插圖十]），特具號召力，香港的朋友一見此文，知道我對劉鶚及其《老殘遊記》興緻向濃，便立刻空郵給我。看後卻大失所望，資料陳陳相因不要說，結論便和事實相差很遠。

　　假如劉先生在撰文前看過去年夏天出版拙著《中國小說史集稿》中的代序，是否會仍持現有的見解？我不便妄加揣度。不過，以劉先生的特殊身分，行文時復不無自我標榜之嫌，如劉文開始第一句說：「先叔祖鐵雲公（鶚）……。」無獨有偶，劉先生以前替聯經版《老殘遊記》（1976年）寫的跋文（以下簡稱劉跋），也是以「先叔祖鐵雲先生……」為首句。這樣做法，不管劉先生有無此意，總不免給讀者留下權威性的印象。在這種情形下，若有嚴重錯失，更有速為辨明的必要。

　　劉文和劉跋所談的主要是考證。成功的考證文章，可分兩類。一是發掘新資料，配合已有的認識，從而提出前人所不知道的消息。二是集中前人已用過的資料和各種有關的研究報告，重新進行分析，考出前人沒看到的地方。

　　不按這種立場和標準去寫的文章，自然多的是，通病也很顯明。資料是炒雜碎，碰運氣，順手檢來，我有人有，人有我未必有。研究態度既如此，自難要求引用資料時，直接檢對原書，更不

要說提供新材料。見解方面，若不是附庸定說，新瓶舊酒，便是憑有限的習見資料，發奇想，企圖創立新說。這種徒衍文籍之繁，而不增進我們的認識的文章，要是因時際會，被視為有特殊價值之作，其擾亂性是可以定言的。

晚清小說當中，《老殘遊記》是比較易於著手研究的。三四十年代，隨著此書的風靡一時，有好幾篇紮實的考證文字，特別以劉鶚四子大紳（字季英，1887-1954）的長文〈關於《老殘遊記》〉，《宇宙風乙刊》，20期（1940年1月），頁18-21；21期（1940年2月），頁103-106；22期（1940年3月），頁198-201；23期（1940年4月），頁262-266；24期（1940年5月），頁340-343，最為豐贍。這些研究文字，當然早已不易得。幸而世界書局（臺北）在1958年重刊《老殘遊記》初集及二集四回時，彙集了十二篇為附錄，極為方便。這些資料，除一二篇較次要者外，後來又再附錄於聯經版的《老殘遊記》。這是研究文獻的第一次結集。

劉先生撰文的依據，除了補充若干劉氏族人名字及個別資料（主要還是關於劉鶚姪兒大鈞[1891-1962]──劉厚醇父──一支的孫輩和曾孫輩），得自家族相傳外，看不出有甚麼重要消息不是源出這批早已唾手可得的文獻。

此外，1962年魏紹昌（1922-2000）刊《老殘遊記資料》（北京：中華書局）一書，所收研究文字，雖每與世界版《老殘遊記》收為附錄者雷用，但多經劉鶚之孫（大紳子）厚澤（1915-1970）用補注的方式添增不少新資料，例如那張劉氏世系表，便大異於前，加上許多劉鶚孫輩和曾孫輩的名字。這是《老殘遊記》研究文獻的第二次結集。這本資料集還增入二集七至九回，及外編殘存文字（外編的真偽尚是有待解決的問題）。1972年，藝文印書館（臺北）出版《老殘遊記全編》，所收初集以外的各部分均源於此。到聯經版的出現，則是藝文版的各回文字和世界版的附錄的合璧。

從劉跋及隔了好幾年才寫的劉文，都看不出劉先生曾用過魏紹

昌這本資料集。不過，劉先生是讀過夏志清(1921-)〈《老殘遊記》新論〉一文的中譯本(聯經版收為附錄)的，而夏文清清楚楚地說明魏書是其重要史料來源之一。如果劉先生肯按圖索驥，不難發現魏書並不難得。他僑居紐約，該地的哥倫比亞大學便有，不必遠求，而且是最晚在1968年以前已經入館的，比劉跋撰寫的時間早了好幾年。我敢說遲至1980年末，劉先生為「中副」撰文時，仍沒有找魏書來一讀。證據很簡單。假如他看過魏書，在引用蔣逸雪的編年考釋時，當不致捨棄蔣氏在1959年撰寫的〈劉鐵雲年譜〉長文，而仍用那篇非常簡單，收入1941年發表在《東方雜誌》的〈《老殘遊記》考證〉文後，作為附錄的〈劉鶚年譜〉，未悉劉先生現已見魏書否？

　　話說回來，劉文的目的在辨明《老殘遊記二集》大有是偽作的可能。文內提出的主要論證有下面幾點：

(一)自1906年至1908年，劉鶚在他創立的海北公司失敗後，東渡日本，回來後一年多，即流徙新疆。放逐前，又受袁世凱(1859-1916)等人逼害。在這種情形之下，他哪有空暇和心情去寫二集？

(二)如果二集確如劉大紳所說，作於光緒三十三年(1907)，並在《天津日日新聞》連載，為甚麼清末民初的各種版本，以及胡適、魏如晦(錢杏邨，1900-1977，眾多筆名之一——劉文似視其為真實姓名)所見的本子，都未收入？

(三)至三十年代，劉家已無二集全本，但劉大紳既住在天津，為何不向天津日日新聞報社一索即得？

(四)初集用「你」字，二集卻用「儜」字。另外，兩者在筆法及所用的人名，亦有不同。

(五)二集描寫技巧不及初集之佳。為了說明這一點，劉文舉了許多例證。

(六)兩者在人生觀上有顯著差別。劉鶚一生不重利祿與權勢，二集

中多與此人生觀相反。逸雲在徹悟前的貪婪自私，實難取得讀者的同情。

根據這些論證，劉文的結論是：二集各回，係在民國十四年(1925)以後，始在報紙刊載，而且作偽者或即為劉大紳，「是四十回偽本問世後，季英八伯大約看見外人續寫，不如自家續寫。其所以要說光緒三十三年已刊載，為的是要加強其真實性」。

這樣的辨證法和證據，處處漏洞。下面提出的反駁，歸納為若干事，不必按劉文原有的論點逐條辨明。

有一點應先說明。二集確遠不如初集的精采，這是有目共睹之事。再加上書並未寫完，半截而終。如果沒有初集的威望，二集雖不見得無法自存，其傳布和地位必遠不如其現在所享有者。但是優劣和真偽是兩回事。環境、心情、時間等等客觀條件均可以影響作品的性質和水準。任何優秀的作家都有產次貨的可能，劉鶚亦不例外。

劉文猜測二集是民國十四年以後才在報紙上刊載的。請問是哪一家報紙？劉文沒有文代，我們也不一定要逼供。但試問如果二十年代中期以後才見報，為何到了三十年代中期，不過十年光景，大家要找二集來看時，竟漫無下落，祇好懇求劉家各人拿出剪報？

劉文質問劉大紳既住在天津，為何不向天津日日新聞報社索取？這是以現代報館的水準去揣測清季報業草創時的景況。在沒有查清楚當時《天津日日新聞》的實際作業情形以前，最好不要先假設他們能辦得到現代報館逐日留存舊報的規模（現代報館往往要借助顯微膠卷和顯微膠片，才能解決積存舊報的諸多困難）。

我還可以用一現身說法的事情來說明。1961年左右，我知道香港的《星島日報》在1941年有一系列由戴望舒(1905-1950)主編的「俗文學」副刊。這是研究傳統通俗文學很重要的資料。香港是我生於茲、長於茲的地方，《星島日報》又是香港數一數二的大報，按劉文的邏輯，自然該「一索即得」。可是，我花了近二十年的時

間，遍查歐美港臺和日本的各大圖書館，所見者僅得香港大學馮平山圖書館所有的最後六期。三四年前先後託兩位交遊廣闊的朋友，向《星島日報》的總編輯打聽（我以前也向該報查詢過），還是不得要領，毫無結果。最近，另謀門徑，差不多都看到了，卻前後已花了快二十年。由此可見，考證這回事，寧可從難處看，多顧慮各種可能性，最忌用理該如此的原則去簡化。

入民國後，《天津日日新聞》僅是地區性的小報，很難和全國性的天津報紙作比較。試看曾虛白（曾燾，1895-1994）所編《中國新聞史》（臺北：政治大學新聞研究所，1966），厚厚兩冊，裡面介紹清季以來的報紙及雜誌，數以百計，《天津日日新聞》僅約略提及（頁267），而沒有較詳細的敘述。最重要的是，書中1915年和1926年的全國各大都市中文報紙調查表內，都列有《天津日日新聞》，但是1932年的一張，雖列了三十八種當時在天津刊行的大小報紙，單上卻沒有《天津日日新聞》，以後也不見再提及該報。這份報紙看來是在1927年至1931年間關閉的。若尚嫌不夠準確，可參考樽本照雄，〈劉鐵雲と友人たち——內藤湖南の中國旅行記を手掛かりとして〉，《野草》，17期（1975年6月），頁57-74，後收入氏著《清末小說閑談》（京都：法律文化社，1983），頁94-117。彼考出《天津日日新聞》是在1929年停刊的（頁62）。三十年代中期，劉大紳如想向《天津日日新聞》「一索即得」，早已問津無門矣。（日人研究劉鶚及其《老殘遊記》，以樽本照雄［1948- ］用力最勤，早富著述，篇篇精采，資料宏豐，可惜劉厚醇好像一篇都沒讀過。）

據劉文所言，劉厚醇出生時，劉鶚去世已十二年，而鶚卒於1909年。換言之，劉家把二集交給林語堂（1895-1976）在上海良友圖書印刷公司刊行時（1935），劉厚醇才十四、五歲，難怪其父好像沒有告訴他甚麼特別消息似的。但此事的關鍵，卻在其父劉大鈞身上，因為公布二集的正是劉大鈞等人，而不是劉文懷疑為作偽的劉

大紳。此外，劉文雖然屢屢稱劉大紳爲「先堂伯大紳」和「季英八伯」，劉厚醇卻從未見過這個擁有劉鶚資料最豐富的人。種種誤解，亦由此隔膜而生。（這裡有一無關宏旨的問題，諒劉先生能代我們釋疑。劉孟熊、劉鶚兄弟二人，共有十子。劉大紳爲鶚四子，他有親弟二人，而劉大鈞爲其堂弟，亦是劉孟熊之幼子。十個堂兄弟合起來算，劉大紳起碼年長於三人，排行不可能低過第七，爲何劉文不斷以「季英八伯」稱之？）

二集公布的前後經過，劉大紳〈關於《老殘遊記》〉以及劉鐵孫（諱厚源，大紳三兄大縉長子）和劉大鈞爲良友版二集所寫的跋文，都有頗詳細的記錄。在這些文獻裡，因爲公布二集而引起多年的家族糾紛，亦很明顯，並無掩飾。簡言之，《老殘遊記》在二三十年代的風行，四十回僞本的出現，和讀者對刊布續集的要求，都造成一股輿論性的壓力。劉家各人贊成公開的倒不少，唯獨劉大紳始終竭力反對。第一個願意公開二集的是劉大經（鶚五子），他在1932年以二集副本交上海蟫隱廬書店刊行，卻因大紳之反對作罷。蟫隱廬的東主是羅子經（即羅振玉[1866-1940]之弟羅振常[1875-1942]），羅劉二家爲世交，復爲姻親（劉大紳之妻即羅振玉長女），大紳之兄大縉且在此供職，態度尚如此，別的書局想染指更不必說了。次年（1933），劉厚源復與大紳商量出版二集事，大紳不許。後厚源商於其父及堂叔（大概即劉大鈞），遂以彼等所剪存者交林語堂出版，這就是六回本的良友版二集。到出版時，已是1935年3月的事，由於劉大紳之反對和阻撓，二集的公開，一拖就是三年。

這樣的刊行經過自然顯示嚴重的家族糾紛。贊成及協助出版的，計有大紳之兄大縉、弟大經、姪厚源、堂弟大鈞。採反對立場的，則好像主要僅大紳一人。現事隔幾十年，大鈞的長子厚醇純基於推論，竟指大紳爲作僞者，誠極莫名其妙之能事。

按當時劉家各人的報導，他們手上的二集，或爲抄本，或爲剪報，起碼有四份，分存在大縉（及其子厚源）、大紳、大經，及大鈞

之手。雖然每份有多寡之別（大紳者可能最全），大紳顯然是無法隻
手操縱的。其中劉大鈞之汲汲欲早刊布二集，他自己在良友版二集
的跋文中也說了：「我雖寶藏這續集許多年，因只有數回，又未得
從兄弟等的同意，不便代爲介紹出版。」他既明白自己是另一房的
人，自然不好意思冒著劉大紳的堅決反對而拿出來。但是到劉厚源
等最後決定公開時，劉大鈞還是樂於當使者，林語堂的良友版二集
序不是說：「一日，季陶（大鈞別字）送來一書，即《老殘遊記二
集》，供吾閱讀。吾驚喜，乃與良友商量發刊」嗎？良友版二集的
幾篇序跋，劉厚醇好像都未看過，否則他自己父親的見證，既與他
的理解背道而馳，他是不能不作解釋的。如果說，四十回僞本的出
現使劉家中人覺得「不如自家續寫」，那別屬另一房的劉大鈞，他
的「熱心」，是否亦值得懷疑呢？

　　千言萬語，還不如一件實物來得有力，那就是當日連載二集的
《天津日日新聞》。這件原物，現存日本京都大學人文科學研究
所。在劉文撰寫前四年多，樽本照雄早有專文介紹：〈《天津日日
新聞》版《老殘遊記二集》について〉，《野草》，18期（1976年4
月），頁95-104，後收入樽本照雄，《清末小說閑談》，頁143-
155。1977年10月出版的日文學報《清末小說研究》創刊號，內有
〈劉鐵雲研究資料目錄〉長文，也記錄了這件原物。到我根據自己
的箚記，在《中國小記史集稿》的代序裡向國人介紹時，已是近年
來的第三次報導。

　　京都大學的藏本，正是當日《天津日日新聞》用每天加印的餘
頁，彙合成冊的。該書上下兩冊，收二集一至九卷，每卷一回，偶
有缺頁，第一回正文前有序言。每頁在當中對摺後裝釘，紙背全是
分欄小廣告，正面裝釘線處（前在代序，誤記版心），也有廣告（見
本集插圖十一）。每頁都注明是《天津日日新聞》的第三頁，看來
在該報連載時，還占有固定的位置。正因爲是逐日連載，日期每天
都記得很清楚，七月初十日起，訖十月初六日，還不到三個月。年

份雖然沒有注明，但第一冊封面上有「丁未莫冬既望訂」字樣，丁未祇可能是光緒三十三年(1907)，時距劉鶚流放新疆尚有一年，和劉大紳所說的配合。上一個丁未是道光二十七年(1847)，生於1857年的劉鶚尚未誕生。下一個丁未是1967年，更不用說了。

物證勝於雄辯。有了這樣的鐵證，劉文所說的許多揣測之言都可以不必再談。況且劉文所提出的若干疑問，以前也有人論及和嘗試解釋過，祇是劉先生好像都不知道罷了。譬如說，初集用「你」字，二集卻用「儜」字，還有二集多用天津方言(這一點劉文沒有指出)，這些觀察趙景深早在〈《老殘遊記》及其二集〉一文內，見《新小說》，2卷1期(1935年7月)，已經討論過，並提出頗合理的解釋。趙文旋收入氏著《小說閒話》(1937年)，後又幾乎隻字不漏的被抄入郭箴一那本百鳥歸巢式的《中國小說史》(長沙：商務印書館，1939年)，而郭書這二十年來因港臺兩地的不斷翻印，是一本俯首可拾的書。劉先生有沒有看過趙文，我不知道，但在劉文和較前的劉跋裡，都找不到參考過趙文的痕跡。

作劉文和劉跋者憑家庭背景來張其言，實則孤陋寡聞至難以入信的程度。兩篇所用的資料，很少能超過世界版及聯經版《老殘遊記》書後附錄所提供的(因兩書附錄分別不大，劉先生有無用過世界版，還是個問題)。材料貧乏是治學的水準問題，還不算是大錯。輕下驚人語才真正是劉文的致命傷(這點，劉跋還好，雖無發明，尚不致大錯)。

港臺兩地近年所刊有關劉鶚的文章，包括學位論文在內，十之八九都談不上發明，不必細評。但劉厚醇先生是劉鶚的姪孫，身分與眾不同，他那沒有經過小心求證的大膽假設，實難為讀者所接受，所以敢試為辨釋如上。

——《中央日報》(臺北)，1981年6月20
日-22日(「中央副刊」)；劉德隆、

朱禧、劉德平編，《劉鶚及老殘遊記
資料》（成都：四川人民出版社，
1985年）

後記

《老殘遊記》二集不可能是偽書，本無問題。若非劉厚醇不單毫無獨得的資料，連有關討論文字也絕大多數未看過，卻藉其特殊背景，胡言亂語，搬出駭人動聽的劉鶚四子大坤偽託說出來，拙文根本就不必寫。

拙文承劉德隆等收入所編的《劉鶚及老殘遊記資料》書內，正是該文的立場和論據為劉鶚後人接受的證明。劉德隆、德平昆仲是劉厚澤（大紳二子）的哲嗣，而該資料集又是在大紳長子劉厚滋（字蕙孫，1909-1996）指導下編出來的。劉厚醇則是劉夢熊之孫，怎樣說也是另支，而且還是手上並沒有劉鶚直系後人家傳資料任何一種以及其它任何特別資料的另支。二者取信程度之別不可能更明顯。

八十年代，劉鶚研究十分熱鬧。《劉鶚及老殘遊記資料》出版前後，面世的重要著述尚有：蔣逸雪，《劉鶚年譜》（濟南：齊魯書社，1980年）（這是蔣氏長期增修，多次發表這研究課題的最後成果）；劉蕙孫標注，《鐵雲詩存》（濟南：齊魯書社，1980年）；劉蕙孫，《鐵雲先生年譜長編》（濟南：齊魯書社，1982年）；劉德隆、朱禧、劉德平，《劉鶚小傳》（天津：天津人民出版社，1987年）。到了九十年代，復有劉德隆，《劉鶚散論》（昆明：雲南人民出版社，1998年）。視《老殘遊記》二集為偽書者，始終祇有劉厚醇一人。還有，從《年譜長編》書後所列的世系表去看，劉厚醇和其叔祖劉鶚的一支（鶚子大紳，與大紳諸子及其孫輩）並無聯絡可言。

2005年12月28日

論《中國小説史略》不宜注釋及其它

　　自去年底見報導，說因爲今年9月是魯迅(周樹人，1881-1936)百年誕辰，人民文學出版社(北京)將出版新的《魯迅全集》注釋本，一直憂喜交集。以魯迅在新文學上的地位，一套校釋精詳的全集，自然理所當然。大家花在魯迅研究上的時間和精力，百數十倍於任何近代作家，如果不是因爲工作上的重重複複[1]，這樣的一套全集早就該有了。注釋本全集終能出現，無論如何是值得高興的事。

　　但是，不少讀者像我一樣，不久以前才投資購入1973年人民文學出版社(北京)版的二十卷本全集(此版一直還在賣)，不無受騙之感！籌備注釋本，非一朝一夕之事，爲何不早說？一套占滿一層書架的書是不能隨便買了又買的，何況新版加注，除非內容有顯著不同，冊數必更多，定價必更昂，是否再購，許多人的抉擇都會是否定的。剛爲1973年版編了索引的朋友[2]，難道又來重編？自三十年代以來，《魯迅全集》編集了多少次，恐非專家不能回答，再加上單行本，和各種選集，各種合集，恆河沙數，即以魯迅之地位而言，仍是說不過去的[3]。現在看來，1973年版全集，雖然印得冠冕

1　光是從1979年一年之內，幾家各地的人民出版社不約而同的出了起碼三種單行本的魯迅年譜，厚薄不一，便可見研究工作的缺乏聯絡，各自經營。浪費時間精力不用說，讀者選購起來亦難以適從。

2　陳錦波，《魯迅全集引用書名索引》(香港：學津出版社，1976)。

3　直至1957年底以前所出魯迅著作的各種版本和研究魯迅的中文論文與專書，沈鵬年所編厚逾五百頁的《魯迅研究資料編目》(上海：上海文藝出

堂皇，根本就不該出版。市場有所需，大可繼續翻印1957年的部分
注釋全集本。既然出版過部分注釋本，又倒退回去用沒有注釋的
1938年版來印行1973年版，更是匪夷所思的事。人力物力財力的浪
費，有關機構是不容推卸責任的。換上是歐美或日本的出版社，購
了1973年版的，祇要書籍保存乾淨，是大可以補價退換新版的（不
要忘記是同一出版社所刊）。現代化口號喊得起勁，這點未知能否
和人家看齊？

　　魯迅的作品應有注釋本，並不等於說全部出自他筆下的東西都
要同等看待。魯迅的創作性著作，何者該注，何者可省，不是我的
研究範圍，不便置言。但是魯迅的幾種關於傳統小說的著述和編
輯，我認爲在重刊時除了在書前附加適當的解題外（1973年版全集
無解題），沒有一種是值得費神注釋的[4]。

　　首先不妨看看1927-28年出版的《唐宋傳奇集》，這是沒有附
注的選本，收唐宋傳奇四十八篇。按現代編選本的標準，沒有注的
選本，確是爲難了因爲各種原因（知識水準等等）而求助於選本的讀
者。但這是民初編成的書[5]，那時一般讀者多能閱讀淺近文言，注
釋不若現在的重要，而當時傳奇小說的董理尚未開始，所以此書的

（續）────────────────
　　　版社，1958年），稱得上齊備。1958年以來出版的，說不定還超過這個數
　　　量，但尚未見有系統的編目。研究魯迅的日文著述，數目亦十分可觀。
　4　魯迅作爲一個小說史家的貢獻是肯定的，幾位專業的前輩早有定論，如趙
　　　景深，〈中國小說家的魯迅先生〉，《大晚報》（上海），1936年1月22
　　　日，並收入趙景深，《銀字集》（上海：永祥印書館，1946），頁98-101；
　　　張若英（錢杏邨），〈作爲小說學者的魯迅先生〉，《光明》，1卷12期
　　　（1936年11月），並收入《阿英文集》（香港：三聯書店，1979），上冊，頁
　　　243-250；鄭振鐸，〈魯迅的輯佚工作〉，《文藝陣地》，2卷1期（1938年
　　　10月），頁405-406；鄭振鐸，〈中國小說史家的魯迅〉，《人民文學》，
　　　1卷1期（1949年10月），頁56-59。本文討論的目標並不是在問難這些意
　　　見，而是希望通過對魯迅工作時的時代環境，讀者興趣，後人研究成績，
　　　各方面的考察，實事求是，探討魯迅作爲一個小說史家對我們目前和以後
　　　研究工作的意義。
　5　該書序例的日期爲民國10年6月10日。

重點在正版本，校文字，考作者。此書的沒有注釋，是有其時代背景的。

現在事隔六十年，就唐宋傳奇選本而言（包括全史性的選本），注釋詳細，收錄豐富的已有多種，並不難得，而校勘考證之作，亦有汪國垣、王夢鷗諸精構在[6]。現在才回頭去爲《唐宋傳奇集》加注，在注釋上，除了三數篇不見於後出選本者外，是無謂的重複；在編校考訂上，更是開倒車。

《唐宋傳奇集》的價值是歷史性的，通過它我們可以明瞭魯迅對唐宋傳奇的看法和他欣賞的究竟是哪些作品。至於能否利用這些故事來考察傳奇小說對魯迅的影響，也該是合理的研究課題。換言之，除了作爲研究魯迅的文獻外，以選集立場來說，《唐宋傳奇集》是一部已被取代的書，不應費神注釋自不待言[7]。

同樣，孔另境（1904-1972）的《中國小說史料》（1936年初版，1957年增訂本）早已取代了魯迅的《小說舊聞鈔》（北京：北新書局，1926年），正如魯迅書超越蔣瑞藻的《小說考證》一樣[8]。這是學術發展的正常現象。其實孔輯還是十分簡陋，這從譚正璧近刊《三言兩拍資料》（上海：上海古籍出版社，1980年），僅收有關五部話本集的史料竟達九百多頁，便可想見，而且孔輯亦有不少可商之處[9]。若要注釋《小說舊聞鈔》，不如編修一本（甚至整套）比孔

6　汪國垣《唐人小說》原刊1933年，而1958年的修改本港臺書商不知翻印多少次（臺版往往改頭換面，更動書名），說是人手一冊，並不誇張。王夢鷗的《唐人小說研究》出了四集（1971-78），博碩精微，是近年難得一見之典範之作。

7　關於此書可商之處，見戴望舒，〈《唐宋傳奇集》校讀記〉，收入氏著論稿及遺文合編《小說戲曲論集》（北京：作家出版社，1958），頁39-50。

8　蔣瑞藻書原於1916-1919年間在《東方雜誌》連載，後有單行本，現各種翻印本甚多。

9　見馬幼垣，〈說林雜志三則〉中一節，〈雜談孔另境的《中國小說史料》〉，收入《中國古典小說研究專集》，4期（1982年4月），頁353-357（此文收入本集）。

輯更豐碩的史料集，時間和精神都會花得更有意義。何況《小說舊聞鈔》本有不少案語，這是注釋的一體，也是魯迅對某些史料該如何詮解和運用的意見。後人若另增注釋，即使加以辨別，亦難免影響原書史料與案語相照應的完整性[10]。

《古小說鉤沉》的情形也是一樣。這本是未完之遺作（1938年刊）[11]，而後人在此範圍內所花的功夫並不多，所以這仍是研究漢魏六朝小說所不可或缺的書。這當然不是說此書無懈可擊，相反的，它的基本缺點相當明顯[12]。我們的責任應該在窮索廣徵，善用這數十年間有關的研究成果，在魯迅已有的優良基礎上輯出一本考賅精微的古佚小說集，而不應在魯迅初具規範的支架上做零碎的注釋修訂工作。

上述諸事可以另舉一例來說明。姜亮夫（1902-1990）的《歷代

---

10 以前試爲《小說舊聞鈔》做補訂工作的有陳登原，〈讀了《小說舊聞鈔》後關於《三國演義》的補充〉，《文史哲》，1952年3月號，頁31-32，後收入作家出版社編，《三國演義研究論文集》（北京：作家出版社，1957），頁176-79。

11 輯校《古小說鉤沉》的年代，戴望舒以爲在1909-1914年間，見其〈《古小說鉤沉》校輯之時代和逸序〉，收入《小說戲曲論集》，頁27-30；林辰則以爲校輯於1909-1911年間，見所著〈魯迅《古小說鉤沉》的輯錄年代及所收各書作者〉，《光明日報》，1956年10月21、25日（「文學遺產」，127-128期），後收入《文學遺產選集》，3期（1960年5月），頁385-407。林辰此文後半對補修《古小說鉤沉》，貢獻甚大。

12 對《古小說鉤沉》的批評，主要有：趙景深，〈評介魯迅的《古小說鉤沉》〉，見《銀字集》，頁122-129（原刊《文匯報》「世紀風」（上海），1938年10月？日）；趙景深，〈讀魯迅《古小說鉤沉》〉，《文藝春秋》，3卷4期（1946年10月），頁54；戴望舒，〈《古小說鉤沉》校讀記〉，見《小說戲曲論集》，頁31-38；林辰，〈魯迅計畫中《古小說鉤沉》的原貌〉，《光明日報》，1960年10月30日（「文學遺產」，336期）；林辰，〈魯迅輯錄《古小說鉤沉》的成就及其特色〉，《文學評論》，1962年6期（1962年12月），頁116-124；前野直彬，〈魯迅《古小說鉤沉》の問題點——六朝小說の資料に關して〉，《東洋文化》，41期（1966年3月），頁63-78，此文有前田一惠的中譯本，刊《中外文學》，8卷9期（1980年2月），頁84-99，譯文後附王秋桂（1943- ）所加評論，扼要公平。

名人年里碑傳綜表》以及其它同類的工具書[13]，在查考生卒年和基本傳記資料時，給我們不少方便。這類便覽是清代大儒錢大昕(1728-1804)創始的。他的《疑年錄》四卷是未定稿，由其弟子吳修(1764-1827)於1813年梓行，同時並刊布他自己的《續疑年錄》四卷。以後各家的補訂工作，多至五續[14]，其中還有單就個別續作另加補正的[15]。這些書都曾給收入不同的叢書內。如此重重疊疊，誰能運用自如？至1925年遂有張惟驤(1883-1948)的《疑年錄彙編》，據以前各編重新排比，可說是第一次總結。但錢氏原書及以後諸作，仍有不少可商可補之處，故繼有伯希和[16]、余嘉錫(1883-1955)[17]、馮先恕諸人的考論[18]。資料當然是愈多愈妙，但面對這種錯綜層疊，不勝其煩，不知從何入手者，說來還是一般讀者。幸好姜亮夫給我們的是總彙性的《歷代名人年里碑傳綜表》，而不是他原先計畫的《六續疑年錄》。

上述魯迅三書，《小說舊聞鈔》和《古小說鉤沉》都是資料性，分條著錄，而且和錢大昕《疑年錄》一樣，也是草創之作，最易引起後人作加注和補訂的念頭。正因為史料彙編，佚文輯存，均是難達止境的工作，我們實在不願見小說基本資料的整理要重蹈

---

13 姜書原刊1937年，有1958年補訂本，二者均有多種翻印本及改動作者、書名的海盜版。另有就1958年版稍加修改的1965年版。

14 吳修書外，還有錢椒《補疑年錄》(約1838年)、陸心源(1834-1894)《三續疑年錄》(1879)、張鳴珂(1829-1908)《疑年錄》(1898)、閔爾昌(1872-1948)《五續疑年錄》(1918年)。

15 如民初楊寶鏞(1869-1917)有《三續疑年錄補正》，收入《龍淵爐齋金石叢書》內。

16 Paul Pelliot, "Les *Yi nien lou*," *T'oung Pao*, 25(1928), 65-81，馮承鈞譯文，〈《疑年錄》考〉，見《圖書季刊》，新3卷3、4合期(1941年12月)，頁176-186。

17 余嘉錫，〈《疑年錄》稽疑〉，《輔仁學誌》，10卷1、2合期(1941年12月)，頁1-44。

18 馮先恕，〈《疑年錄》釋疑〉，《輔仁學誌》，11卷1、2合期(1942年12月)，頁187-238。

《疑年錄》迂迴曲折的路，才能摸索出途徑來。

有人或會指出，《古小說鉤沉》諸書縱然加注，亦不見得以訂正和補充魯迅原書為目標，說不定僅是淺釋人名書名地名之屬而已，我們何必求之過深。如果是這類無益新知的簡注，我們更應反對。這種形式所能提供的資料沒有多大可能超越《辭海》、《大漢和辭典》一類普通工具書的範圍，對讀者小小的方便，亦不足掩飾其勞而無功。學術祇有失於膚淺無聊，而未聞以淵深為病的。

其實，《古小說鉤沉》諸書不過是為撰作《中國小說史略》（下簡稱《史略》）而做的基本準備。魯迅之著《史略》，是經過深思熟慮，按步進行的工作。從為教學所需而準備的講義到正式出版，以至後來幾次訂正，前後十餘年，多次增補，絕不是急就章或出版以後再無修改機會之作。自最後訂正本於1935年6月刊行至魯迅謝世，不過一年多一點，加上為以前花在《古小說鉤沉》等書的準備功夫，《史略》的撰作可說是魯迅的畢生事業[19]。除《史略》外，魯迅在別處談及有關傳統小說的零星意見，無論所講的話是如何片段，所發表的地方是如何冷僻，大家早已把他們都發掘出來。魯迅這份一言一語均上紀錄的福氣，近世學者盛名如章太炎（章炳麟，1869-1936）、王國維（1877-1927），都莫可比擬。魯迅對小說研究的紀錄是完整的。

---

19 考證《史略》的編撰和修訂經過，最詳細的是陸樹崙，〈略談《中國小說史略》版本上的一些問題〉，見社會科學戰線編輯部編，《魯迅研究論叢》（長春：吉林人民出版社，1980），頁113-138。據此知魯迅對《史略》的主要修訂工作做到1930年11月下旬，成績見於北新書局1931年7月訂正本初版。後來在1935年6月出版的第十版，又作了十二處修改，計《紅樓夢》八處，《品花寶鑑》一處，《花月痕》三處。魯迅對修正《史略》的努力，可從1931年北新版內討論《三國演義》時加引鄭振鐸剛刊出不久的〈《三國志演義》的演化〉長文看出來。鄭文刊於《小說月報》20卷10期（1929年10月），不過比該次《史略》的改訂早一年左右。歸納最新研究成果這一點，《史略》以後的中國小說史很少能辦得到。

　　讚美《史略》的文章數目相當多，不少更是出自專家之手[20]。
《史略》給中國小說發展的過程鉤稽出一個清楚明確的輪廓，規劃
了以後寫小說史者應涉及的範圍，說這幾十年沒有一部小說史能取
而代之也早成了老生常談。這話要分開發方面來說，除了《史略》
本身的價值以外，做成這種冷落的場面，主要是非專家們的過分熱
心和專家們的裹足不前。《史略》以前，除了宣言式的論調外[21]，
就僅得胡適的幾篇考證，中國小說之有史自《史略》始，是沒有問
題的。後來所出的小說史，數目不算少，成績則極可憐，通病亦很
明顯，不是簡陋過甚(如胡懷琛[1886-1938]，《中國小說的起源及
其演變》)，或是蕪雜混淆(如范煙橋《中國小說史》)，便是瞎抄
一頓的李公雜粹(如郭箴一《中國小說史》、李輝英[1911-1991]
《中國小說史》)，要不然，就是本著把《史略》的文言翻爲白話
那百試不爽的法寶，再加上幾篇鄭振鐸諸人的舊文拼湊成章(如孟
瑤[楊宗珍，1919-2000]《中國小說史》)。這種粗製濫造、自欺欺
人的貨色，不要說「著」，恐怕連「編」都勉強得很。

　　另外還有所謂集體創作的小說史，如北京大學中文系1955年級
所編著的《中國小說史稿》(1960年在北京由人民文學出版社出
版)。此書在組織上是魯迅《史略》的放大，分章機械化，論述更
是機械化。談小說作品，一律按教條讚謔兼施，藝術成就如何，人
民性如何之後，總忘不了追究它的「糟粕」(反動思想、色情、封
建、迷信、醜化農民革命之類)，自設窠臼，恐非如此便難逃過厚
古人之罪，以致一部幾近六百頁的書，竟是如此內容貧乏，評論膚

20　如阿英(錢杏邨)，〈關於《中國小說史略》〉，《文藝報》，1956年20期
　　(1956年10月)，頁30-31，後收入《阿英文集》，下冊，頁621-626；桑山
　　龍平，〈《小說史略》について〉，《中國研究》，1957年1期(1957年1
　　月)，頁20-24。

21　至1920年爲止對小說認識的主要意見，見黃強，〈《中國小說史略》編寫
　　前學術界對於古典小說論述資料摘編〉，收入《魯迅研究論叢》，頁150-
　　174。

淺,意識無聊。

七十年代初期,北京大學中文系按前書的規模,重新編寫爲《中國小說史》(北京:人民文學出版社,1978年),比舊作進步多了,書薄了差不多一半,反覺較緊湊,書後附的參考書目也頗有用。讚譴兼施的方式仍在,但沒有前書來得那樣機械化。

這並不是說此書稱得上完善,可作典範。它仍不能擺脫政治說教(政治說教與封建說教不過是半斤八兩)這一點,以時地的關係,我們可能無法強求。最大的弱點是此書距離專題通史應有的標準還有很遠的一大段路:綜合當前的研究成績,融會貫通,以簡明的辦法表達出來,遇到學說分歧之處,雖不一定要採取純中立的態度,卻不能偏袒,還得處處交代清楚,使有興趣的讀者有追究下去的機會。史識和史料並不是互相排斥,而是可以兼收並蓄的。

這裡不妨舉一例,以見這類著述的基本毛病。編寫小說史的首務,除了闡釋各種小說文類成因、特徵和演變過程,以及分析評述個別作品外,對代表作的作者之生平(或著作權的爭辯)、故事來源與演易、主要版本(或版本系統)、成書年代,和對後世文學的影響,無論如何是該占相當篇幅的。試看此書對《封神演義》的討論,分兩節,共七頁,不算短了,但講的不外是痛罵該書的儒家思想、宗教迷信,和解釋該書雖然在本質上是反動的,還算有些微可取之處。上述所舉的歷史因素,統統草草併在開始一小段裡便算。其中交代作者及版本,僅說:「現存明舒載陽刊本,題鍾山逸叟許仲琳編輯,另有人考證此書係明代陸西星所作。」許、陸是誰?管它的!何人提出陸西星說?可不可靠?管它的!咱們有興趣的不外要指出這是一部低能的反動劣書。光是這樣偏窄的論述範圍,就無資格稱爲史。充其量,這僅能說是編年的小說批判大觀。

情形既然如此,《史略》至今仍是最佳的中國小說史是不難理解的事,對小說發展沒有甚麼深刻認識的人前仆後繼地推出一部又一部的「傑作」;而一群群對小說無獨立研究經驗的大學生湊合起

來，又給我們寫了兩本小說史。這種背景皆是注定失敗的。

編寫小說史這回事（編撰其它文類史的情形亦同），非老成不足為。中年以後，既在自己的研究範圍內有建樹，復因歷年博覽別人的研究報告（海內外中國人的論述外，自然得加上日本及歐美漢學家的著作），去雜存萃，綜貫彙次，這才是編寫小說史的基本條件。集體編著是可以的，以學術探討日趨重點專門化的今日，大規模著作時採用集體編撰辦法，成效可能比單槍匹馬寫成的更穩健，劍橋大學所出的英國文學史便是著名的例子。要推行這種計畫，每章節的撰稿人都應是那問題的一流高手，按照已定的體裁，各盡其長，效果自然不會太壞。靠經驗，講積聚的工作，是不能用「三個臭皮匠，合成一個諸葛亮」那種異想天開的法子去進行的。

做成《史略》出版以後的長期空白，不盡是非專家們的莽動，以劣貨充斥市場；專家們的慎守，不敢逾雷池半步，未嘗不是主要原因。這幾十年來，小說研究確是發展神速，收穫豐實，變文、話本、《水滸》、《紅樓》、晚清小說等的研究早成獨立的學問，論著山積。任何專家面對自己範圍內林林總總的問題，和意見紛陳的程度，自然不難明白其它範圍內必有同樣情形的存在，哪敢輕易冒犯而自暴其短。事實確是如此，也難怪專家們的過分小心。除了由專家們分工合作，集體編寫外，要打破此場面，恐難找別法。

《史略》今日的享譽，和這種背景是分不開的。或問《史略》既是魯迅畢生長期研究計畫下的產品，至今復沒有一本小說史能取而代之，那麼我們應否代為注釋？我的意見是毫無保留的一個「不」字。《史略》的歷久不衰，正如上述所言，是客觀環境使然。作品應否注釋，該就書論書，從其本身價值立論，不能因為此書出自魯迅之手，便另眼相看。

我們還可以從另一角度來看，究竟甚麼書才該注釋？文字艱奧並不是唯一的理由。舊籍難懂的多的是，不該也不能盡注。缺乏嚴格選擇標準去做的注釋工作，必令中國學術的發展紊亂不堪。就舊

籍而言，除文字問題外（如書內有大量在一般辭書內找不到答案的典故和辭彙），該書是否自成一家言（如《莊子》、《道德經》），是否代表一派學說（如《論語》、《朱子語錄》），是否反映某種知識在某一段時期的發展（如《齊民要術》、《夢溪筆談》），是否本身特具史料價值（如《水經注》、《蠻書》），是否具體而微，通過詳細注釋可以容納大量史料以備後人參稽（如《史記》、《資治通鑑》），是否一時一事的實錄，可作為考研的骨幹（如《大唐創業起居注》、《諸蕃志》）？綜合來說，闡發學說和解釋資料是舊籍加注的兩大目標。

　　用這標準去衡量現代的著述，該注的便極少。這不是說今人不及古人，而是語體文和淺近文言的應用，大大減低從前同類著作需要注釋的地方，況且今人著書早受歐美影響，恆自加注，省了後人多少考證箋釋之勞，說來也是好事。

　　今人著述值得或需要注釋的雖然有限，還是有的，歸納起來仍是闡發學說和解釋資料兩大類。前者可以熊十力（1884-1968）諸書為代表，如其《新唯識論》的不易讀通，主要關鍵在思想而非在文字。後者可用梁啓超（1873-1929）的《清代學術概論》為例，這本小冊子以排山倒海之勢，開列一連串的人名和書名，沒有注釋，普通讀者能領略多少[22]？

　　《史略》不屬於這兩大類。它雖然有系統地評釋歷朝小說，對詮解小說發展沿革的各種內在和外在的原因和規律，對個別作品的分析，固然時有卓見，但距離構成一套完整的理論和學說，尚有很遠的路，這是很明顯而不必詳辨的。或者有人會說，小說史的主要責任在條理分明地講述發展的過程，到底不是文學批評之作，不一

22　熊十力的各種主要著述，尚未見有系統的注釋本。梁啓超的《清代學術概論》也未見中文注釋本，倒是徐中約（1923-　）在把它譯為英文時，加上不少詮解，見Immanuel C. Y. Hsu, *Intellectual Trends in the Ch'ing Period* (Cambridge, Mass.: Harvard University Press, 1959).

定要提出一套學說來，太過重視理論的小說史，對資料的交代也可能不能兼顧，反而蔽失本旨。這話雖眞，卻也說明小說史不管有無提出一套學說，要注釋的話，重點仍當在資料上。

在資料的處理上，《史略》旨在舉一反三，不在求全。其實在當時，小說研究風氣未開，資料未備，即使魯迅務求齊全，恐亦極不易爲。在這種缺乏加注所依的情形下，注釋《史略》和注釋《清代學術概論》，效果就大大不同。

這就是說，注釋《史略》的嚴重技術問題在如何處理該書沒有講述而在中國小說史上不得不提的文類、作者和作品。

別的不說，單看變文的討論，便可知問題的嚴重程度。《史略》花了整整三篇(稱「章」較妥)去交代唐人傳奇，這種小說在宋代的餘波也談上一整篇，和唐代傳奇分庭抗禮的變文，則壓後到〈宋之話本〉一篇內，以短短兩段作爲宋代說話的引言。《史略》成書於二十年代，雖說大量變文早爲伯希和、斯坦因(Aurel Stein，1862-1943)諸人攜去，流入京師圖書館(後改稱北平圖書館)的仍有一可觀的數目，這點魯迅是知道的，爲何不想想辦法呢？《史略》屬稿時，魯迅不正在北京嗎？

從《唐宋傳奇集》的序例我們可以看出魯迅是十分注重版本的，在編該書時，因以《太平廣記》爲主要依據，「惟所據僅黃晟本，甚慮訛誤。去年由魏建功(1910-1980)君校以北京大學圖書館所藏明長洲許自昌(1578-1623)刊本，乃釋然」。可見遠道託人查對善本的研究過程他也做過(時彼在廣州)。對京師圖書館所藏的善本，魯迅其實也不陌生，他在1913-14年間輯存南宋張淏(1216年在世)的《雲谷雜記》(未刊)，用的就是京師圖書館的明鈔本《說郛》[23]。不單魯迅在寫《史略》時有看到若干篇有代表性的變文的

23　見林辰，〈魯迅《雲谷雜記》輯本及所作序跋二篇的發現〉，《南開大學學報》(哲學社會科學)，1977年3期(1977年5月)，頁51-53。

機會，一直到1930年底，魯迅還在做《史略》的補訂工作，那時羅振玉《敦煌零拾》（1924年）、羅福萇（1896-1921）《沙州文錄補遺》（1924年）、劉復《敦煌掇瑣》（1925年）等敦煌文獻輯本也早已收入不少變文作品，這情形《史略》的修訂本並沒有反映出來。既然資料和研究法都不是問題，魯迅對傳奇和變文之間的重此輕彼，大概是個人興趣使然。

最莫名其妙的是，晚至五十年代中期北京大學所出集體編寫的《中國小說史稿》，在分配唐宋傳奇大量篇幅之餘，對變文所講的三幾句話，竟比《史略》還少。這是迷信《史略》的後果[24]。

要注釋《史略》的話，當然不能改動原文。唐宋傳奇的研究，這幾十年來雖則平平穩穩，鮮見驚人創獲，總成績還是很不錯的，四章的篇幅可以容納相當數目的注釋來補充《史略》問世以來的新知。如此一來，變文的幾乎被視為不存在就更明顯了。魯迅所說那幾句有關變文的皮毛話，能附得上幾條注？更不要說反映這二三十年來敦煌學的聲勢和成績。以《史略》的早享盛譽，加上注釋本的權威性，這種大失比例的情形，對傳統小說的研究，特別是小說史的編撰，有可能產生嚴重的後遺症的。

《史略》太略，提也不提一下的重要作品著實不少，也是不宜注釋的原因。我無意為《史略》作補訂工作，開不出一張最起碼的修理清單來，但隨意翻翻，漏的地方都很明眼。譬如說，〈唐之傳奇集及雜俎〉一篇，僅討論牛僧孺（780-848）《玄怪錄》、段成式（?-863）《酉陽雜俎》、李商隱（813-858）《義山雜纂》三書，另略略提及的有李復言（755-833）《續玄怪錄》、張讀（859年在世）《宣室志》、蘇鶚（866年進士）《杜陽雜編》、裴鉶（878年在世）《傳奇》等十一二種。該補的起碼有牛肅（740年在世）《紀聞》、薛用

---

24 對於傳奇和變文的處理，北京大學中文系於七十年代初期重新編寫的《中國小說史》比較合理些，書中〈唐代小說〉一章分四節，變文占最後一節的大半，但個別作品的討論跟傳奇小說的，還是不成比例。

弱(821年在世)《集異記》、袁郊(886年在世)《甘澤謠》、皇甫枚(910年在世)《三水小牘》、李玫《纂異記》、陳翰(840年在世)《異聞集》、孟棨(886年在世)《本事詩》等等。就算僅選較重要的，這堆遺珠也最少應有一半可列入介紹的範圍。魯迅既不談，注釋要照顧到這些集子便不容易。

此外，如果唐代傳奇集僅選三本作較詳細的研討，《義山雜纂》是否該得此殊榮大有可商的餘地。我認為唐代傳奇小說這文體的得名既源出裴鉶的《傳奇》，而這本集子內又包括〈聶隱娘〉、〈崑崙奴〉、〈裴航〉等傳誦千古的故事，大有入選為討論重點的資格。

漏略之外，論點過分陳舊也會增加注釋之難。我不妨把要舉的例子都局限於〈明之擬宋市人小說及後來選本〉這一篇。魯迅相信「話本」僅指說話人的腳本而言，故杜撰「擬話本」一辭來代表明代文人之作，此篇討論的正是這類「擬作」。其說影響很大，一直至近十餘年才有人提出異議。惟待異議一出，辨指「話本」應作「故事」解，專業研究者多從新說，大有扭轉對話本文學基本觀念之勢[25]。這樣一來，魯迅所創「擬話本」一辭便失去其意義。

整體而言，魯迅之論話本小說，離不開創立一項新研究時所免不了的揣度階段，而剛巧話本又是近年來在海內外研究中國小說的熱門題目[26]，現在回頭再讀魯迅所言，自然難免有膚淺誤漏之感。如他以為《古今小說》以後「續刻無聞」，又如他因未見《喻世明言》和《警世通言》而以為《明言》和《古今小說》是兩本書，前

---

25 說見增田涉，〈話本ということについて──通說(あるいは定說)への疑問〉，《人文研究》，16期(1965年6月)，頁22-33，以後發揮此說的有雷威安(André Lévy)、Charles J.Wivell、龐德新等，不具列。

26 不說別的，僅在1980年至1981年前半，一年半之間，話本研究出版的大書就有好幾種：譚正璧《三言兩拍資料》、胡士瑩《話本小說概論》、André Lévy, *Le conte en langue vulgaire du XVII siecle*(Paris: Collège de France, 1981)、Patrick Hanan, *The Chinese Vernacular Story.*

者部分出於後者。我們早已脫離了這個階段了。

「三言」以後的話本集，《史略》此篇談了「二拍」、《西湖二集》、《醉醒石》，和《今古奇觀》、《今古奇聞》、《續今古奇觀》之類的選本。可以加入討論的包括《石點頭》、《豆棚閒話》，和李漁的《十二樓》與《無聲戲》。在民初，《豆棚閒話》及《無聲戲》不易一讀，《十二樓》和《石點頭》的坊本則並不難得。

這裡涉及另一個注釋的難題，《史略》面世後始出現而對中國小說史的理解有極大重要性的書該如何交代。《六十家小說》、熊龍峰刊短篇小說四種、《薛仁貴征遼事略》、《隋史遺文》、《大唐秦王詞話》，以及六十年代出土的成化說唱詞話多種均屬此類。

自《史略》在1923-24年正式出版至今，整整六十八年，縱然以現代的研究水準去衡量它，《史略》的嚴重錯誤還是甚少，這不能不歸功於魯迅治學的審慎和功力的深厚，即使在資料缺乏，很少別人研究成果可供參考的情形之下，仍能作出相當準確的結論。書中失實的報導自然是有的，若真繩以近人研究的成果，小毛病可說俯拾皆是，如列《燕丹子》為漢以前作品[27]，以〈三夢記〉歸白行簡名下[28]，指《拍案驚奇》僅得三十六卷[29]，謂十卷本《龍圖公案》又名《包公案》，記斷案六十三事[30]，說《品花寶鑑》成書於

---

27 羅根澤(1903-1960)以為《燕丹子》成書於西元五世紀末期，見其〈《燕丹子》真偽年代考〉，《中山大學語言歷史學研究所週刊》，78期(1929年4月)，頁23-31，後收入氏著《諸子考索》(北京：人民出版社，1958)，頁416-421。根據羅說，郭維新重訂該書成於南朝蕭齊時代(479-502)，見所著〈《燕丹子》考略〉，《學藝雜誌》，17卷11期(1947年11月)，頁14-20。

28 〈三夢記〉之不可能出白行簡手，見方詩銘，〈〈三夢記〉辨偽〉，《文史雜誌》，6卷1期(1948年3月)，頁4-6；黃永年，〈〈三夢記〉辨偽〉，《山西師大學報》(哲學社會科學)，1979年2期(1979年)，頁91-96。

29 《拍案驚奇》之有四十卷，近年因明末善本影印流通，已是行內人盡皆知之事。

30 十卷本《龍圖公案》是全本，共有故事一百則，全本未見有用《包公案》

道光二十九年(1849)[31]，定劉鶚之生卒年爲「約一八五○——一九一○」[32]，在李伯元(李寶嘉，1867-1906)名下衍增《繁華夢》一書[33]，諸如此類，數量不可謂不多。

　　資料性的問題外，《史略》還有體裁上的毛病。一是宋以前的小說所占的比例過重。神話、古史傳說、先民崇信、寓言諺語之屬，應與後世刻意創作的小說劃分明確的界限。《山海經》、《穆天子傳》、《楚辭》等的討論，就算眞的覺得免不了，也無需占上整整一篇。《漢書》〈藝文志〉內著錄的小說，早佚，《史略》卻別爲一篇，談的都是後人依託之作。跟著下來，〈今所見漢人小說〉又是一篇，講的「蓋無一眞出於漢人」。既然魯迅本人也不信這些是漢代作品，又爲何拘泥而分配二篇給漢代[34]？大可把這批託古之作拖後至魏晉六朝的範圍內[35]。唐宋傳奇一談就是四篇，上面說過了，元明清三代的歷史小說，數目龐大，多是大部頭之作，讀者深入各階層，打破年齡和文化背景之限，卻僅得兩篇。這些都是厚宋以前，而薄宋元明清之證。

(續)————

　　　爲書名的，僅後期刪節本用此名，六十三則本爲多種刪節本的一種。

31　《品花寶鑑》成書於道光十五年(1835)，見周紹良，〈《品花寶鑑》成書的年代〉，《光明日報》，1958年3月16日(「文學遺產」，200期)。

32　劉鶚生於咸豐七年(1857)，卒於宣統元年(1909)，見蔣逸雪，《劉鶚年譜》(濟南：齊魯書社，1980年)。

33　李伯元沒有寫過一部名爲《繁華夢》的小說，大概也沒有一部晚清小說取是名，見魏紹昌，〈《繁華夢》非李伯元著作考〉，《文匯報》(上海)，1962年5月21日，後收入魏紹昌編《李伯元研究資料》(上海：上海古籍出版社，1980)，頁470-473。

34　除此兩篇以外，書首第一篇〈史家對於小說之著錄及論述〉已有不少討論《漢書》〈藝文志〉所載小說名目的地方。漢人小說，僅存書名亦好，後人僞託亦好，《史略》已做到「一唱三歎」的地步。

35　這裡還有舉棋不定之弊。魯迅引沈德符指《雜事秘辛》爲明人楊慎(1488-1559)一時遊戲之作的話，自己沒下斷語，而仍歸入〈今所見漢人小說〉篇內討論。後來在〈宋之志怪及傳奇文〉篇內，又直指該書爲楊慎所僞造，連今人都爲其所惑云云。爲學是不能如此模稜兩可的，如確信這是楊慎的假古董。大可不談，眞的要講，也可等到明代的篇章才說(《史略》提都不提的書很多，這本書講了兩次，可謂厚愛)。

　　我以前在別處說過，魯迅對傳統小說真正下過功夫的限於六朝隋唐部分[36]，《史略》也因而隨著詳前略後。宋以前的文言短篇小說，佚書、僞託之作，占了全書三分之一的篇幅。宋以後除文言短篇小說外，還加上白話短篇小說和動輒百數十回的長篇章回小說，論作品的數目，論問題的複雜性，都是宋以前作品所難以比擬的，在篇幅上卻僅占《史略》三分之二。雖然從魯迅的讀書興趣，我們可以理解這樣分配的原因，分配不調之失，還是洗不掉的。以後出版的小說史，都承襲這種前後比例不均的毛病。

　　引錄故事原文過多也是另一體裁上的缺陷。《史略》不算厚，在沒有部分用小號字排印的情形下，一般本子是二百五十頁至三百頁之間，若把各條故事原文合拼起來，竟占全書篇幅三分之一以上。既然許多並不陌生的小說祇有被提提書名便算的份兒(如《楊家將》、《英烈傳》)，甚至連僅列出書名的機會也沒有(如《萬花樓》、《醒世姻緣傳》)，入選之作則可以不憚其煩的大段抄錄原文，這樣的處理怎樣說也是有問題的。

　　問題還不止於此。許多故事原文占去分配給該書的篇幅的大部分，試看《三國演義》、《平妖傳》、《三寶太監西洋記》、《西遊補》、《蟫史》、《鏡花緣》等書的討論，均有這種主從顛倒的情形。更嚴重的是，在一書之內抽出一段究竟能說明甚麼(在一篇短篇小說中抽出一段，效果自然較佳)，書愈厚，孤單單一段的代表性就愈薄弱。

　　還有，《史略》在抄錄故事原文時，往往前無交代，後無解釋，究竟魯迅希望引文代表甚麼，說明甚麼，全讓讀者去猜！有時甚至一段引文完了，全篇也突然結束，第五、六、八、十八、廿五等篇都是這樣終結的，不怕讀者丈八金剛摸不著頭腦。以後出版的

36 見馬幼垣，〈《阿英文集》與《小說三談》──兼論編輯學術論文集諸問題〉，《抖擻》，44期(1981年5月)，頁32-36(此文收入本集)。

中國小說史，每每採用這種形式，講完一書後，沒頭沒腦的來一段
故事原文，抄完便跳去講另一書[37]。不管是好的方面，還是壞的方
面，《史略》的影響力均極深遠。正因如此，注釋《史略》的決定
更應三思而後行。

　　這樣是不是說《史略》的價值大成問題？我可以肯定地說不
是。《史略》是一部劃時代的書，而不是一部超時代的書。它代表
六七十年前，在小說研究根本算不上是甚麼學術活動的時候，一個
舊學淵博，特具觀察力的開墾者如何給這行業創立一個鞏固的基
礎。視《史略》為考證的典範，資料的淵藪，那是莫大的誤解。如
果我們要找的是書目版本、作者生平、故事演變一類資料，專題的
研究報告並不少，何必固步自封，自限於數十年前啟步的第一線
上？

　　《史略》的真正價值在兩方面，一是分類準確，二是評論精
闢。魯迅善於創造名詞，長於歸類分析，最好的例子莫如「狹邪小
說」和「譴責小說」的確認，而《官場現形記》、《二十年目睹之
怪現狀》、《老殘遊記》、《孽海花》四書的定為譴責小說的代
表，更是大家鮮有異議的。

　　魯迅達到這些結論所循的途徑主要不是考證，參考的資料，用
作比勘的版本，一般來說，並不多。他依據的是敏銳的觀察和感
受，以及用辭精簡合度的綜合能力。試看他評《西遊補》，短短一
段，字字珠璣，結尾幾句尤為精采：「惟其造事遣辭，則豐贍多
姿，恍忽善幻，奇突之處時足驚人，間以徘諧，亦常俊絕，殊非同
時作手所敢望也。」透徹獨到之外，文辭之典雅尤為餘事。

　　紅學是小說研究成為專業以來最熱鬧的一門，研究論著數以千
計，許多問題的研論早已進入極細微的階段。可是一談到《紅樓

37　從這形式來看，孟瑤那本聲名狼藉的《中國小說史》，倒是忠忠誠誠地效
　　法《史略》。

夢》究竟是怎樣一部書這不能再基本的問題，就聚訟紛紜，各說各話，互不讓步。在《史略》裡，魯迅是贊成自傳說的（想是受二三十年代風氣的影響），但斷言《紅樓》是「人情小說」。《史略》中評《紅樓》數語，中肯公允，平實明快：「全書所寫，雖不外悲喜之情，聚散之跡，而人物事故則擺脫舊套，與在先之人情小說甚不同。……蓋敘述皆存本眞，聞見悉所親歷，正因寫實，轉爲新鮮。」

這幾句簡鍊篤切的話，比索隱派的胡猜，自傳派的把《紅樓》看作一成不變的史實紀錄，以及援馬列主義強作解人，甚至視《紅樓》爲「政治歷史小說」，或硬套西方文學理論，生吞活剝，美其名爲比較文學，又或用陰陽五行之理去看《紅樓》，種種光怪陸離，走火入魔的論調，不知高明多少倍。

使《史略》成爲必傳之作的，使《史略》在面世大半世紀後仍可誦如新的，正是這些散見全書的精闢評論。《史略》雖用文言寫成，書中評論的話，很少用典，非注不可者沒有幾處。注釋這種工具，本來就是最適合用來增訂資料，闡發幽晦。《史略》沒有甚麼幽晦可言，要加注自然該集中精神在資料方面。這就是說，《史略》精華所在的評論部分用不著注，徒加注釋祇會暴露上述《史略》在資料上、內容分配上、體裁上的缺點。愈是詳盡的注釋，這種反效果就愈嚴重，那又何必？

在近世中國文化史上，有兩個最不幸的人：魯迅和胡適。大家對他們的評價每每是走極端的，不是盲捧瞎吹，奉爲天人，就是惡蔑臭罵，施以最下格的人身攻擊。政治操縱學術，是文化的災劫，魯迅和胡適的被捧與捱罵，泰半都是從政治立場出發，二人皆是這種文化災劫下的犧牲品。別的我不說，仍讓我在小說研究的範圍內說句公道話。

胡適的小說研究工作，有始無終，後繼乏力，最後交了幾十年的白卷，而他早期所寫諸文，現在說來多半祇有歷史性的價值。這

些都是實話，主要的原因可分兩方面來說。一是胡適的治學方法，看他那句「大膽假設，小心求證」的名言，本身不無問題。研究資料往往是多元性的，容許不同的解釋，在大膽假設的大前提下，不難做成先有結論，後有考證，考證雖繁，資料雖多，結論卻不足信的局面。胡適窮九牛二虎之力去證明蒲松齡(1640-1715)作《醒世姻緣傳》，給他說服的恐怕祇有他自己一人，便是一例。二是考證這玩意兒，無論如何是擺脫不了後出轉精的規律的，胡適做的考證當然不是例外。祇是他沒有魯迅評論分析的本事，談到個別小說的性質和價值時，說了不少留給別人作爲攻擊口實的笨話。考證成果一旦過時，胡適在小說研究的發展史上，除了開創之功外，有永恆價值的貢獻實在不多。

魯迅治學相當謹慎，沒有打出「大膽假設」一類的口號。他做過不少編輯校勘鉤佚的功夫，都在考證範圍之內，但也是費一分精神得一分收穫，平舖直陳，有深淺之別而鮮有大錯大誤可能的工作。盡資料之窮，講證據之富，層層追探，柳暗花明，在開始時連研究者自己也不知答案的考證文章，魯迅沒有做過。對任何傳統小說，他也未寫過越萬言的研究文章(以學術報告而言，一萬字不過是中篇裡的短文，如有系統地進行研究，寫來不難)。我敢說，假如魯迅當年嘗試搞乾嘉式的小說考證，這些文章在今日的地位也不會比胡適諸作有很大的分別。就是在輯、編、校方面，魯迅的工作也有明顯的時間性。正如上面說的，《唐宋傳奇集》早已過時，《小說舊文鈔》和《古小說鉤沉》則缺漏甚多。我們對這些書的過分歌頌，對推陳出新，重頭整理，反成一種無形的阻力。

魯迅胡適二人，雖然治學方向不同，著述的形式亦異，對創建小說研究這行業，功勞確是難分伯仲。胡適提倡專題研究及專書探討，魯迅鼓勵完整的史觀和全書精神所在的考察，是小說研究點線面的分工合作，缺一不可。若論持久性的價值，我自己是搞考證的，也不妨說，評論可以保持其敏銳力和新鮮感，考證則終免不了

爲後出報告所代替。明白了這一點，爲《史略》加注，眞是多此一舉。

還有一事可在此説明。欣賞魯迅就要斥責胡適，在政治操縱學術的景況下，早已成了教條。雖然讚揚胡適不一定也要抨擊魯迅，但在胡適的信徒之中究竟有幾人賞識魯迅？二人的私交如何，政見如何，我們可以不管，在小説研究的範圍內是否眞的如此針鋒相對？我們不妨平情檢討一下。

胡適的小説研究著重明清，以點和線的探究爲主，自然無大求於魯迅對六朝隋唐所做的整理工作和他的各種全面性觀察。加上《史略》最後定本出來時，胡適的小説研究已接近封筆階段，所以在胡適諸作中不易看出他對魯迅的小説研究的觀感。

魯迅對胡適的小説研究採取何種態度，做點小統計便很清楚。《史略》引用時人意見之處不算多，當時小説研究風氣未盛，值得引錄的論著自然有限。被1935年版《史略》徵引的時人主要有九人：錢靜芳、蔣瑞藻、鹽谷溫（1878-1962）、胡適、鄭振鐸、孟森（1868-1938）、蔡元培（1867-1940）、顧頡剛（1893-1980）、羅振玉[38]。錢靜芳的《小説叢考》（引兩次）[39]和蔣瑞藻的《小説考證》（引四次）[40]均是史料集，魯迅據此用到他未有讀過的筆記資料，與參考時人意見不同，當作別論。餘下來，鄭振鐸、孟森、蔡元培、顧頡剛、羅振玉等各引一次[41]，鹽谷溫可引五次[42]，胡適引七次[43]。

---

38 正如注19所説的，在1931年版內，修訂工作已大體就緒，1935年版和1931年版的分別限於十二處，僅涉及三本小説。對徵引時人意見，兩版的分別在1935年版刪去根據俞平伯，《紅樓夢辨》（上海：亞東圖書館，1923）的一個年表。現以1935年版爲據。

39 在1973年全集本《史略》（此本與1935年同版），頁313，403。以下四注所記頁數，均用此版。版同422。

40 《史略》，頁389, 422, 415, 442。

41 鄭振鐸的一次，見《史略》，頁274，即注19所引那篇考論《三國演義》沿革的文章。孟森的一次見頁355，蔡元培見頁385，顧頡剛見頁435，羅振玉見頁443。

引鹽谷溫者均出自一篇短文和一張附表。引胡適的不獨次數最多，分量最重，更包括了胡適對《水滸》、《紅樓》、《鏡花緣》、《西遊記》諸書的長篇考證。引用的方式，有提要，有直錄；引用的目標，有徵引魯迅未見的資料，有借用胡適的研究成果。七處引胡適的地方，立場都是贊成的，沒有反駁問難的成分。譬如說，《史略》講曹雪芹生平一段，可說全得自胡適。

還有一層，《史略》最後修訂本所引胡適諸文，多半引自《胡適文存》第三集，此書刊於1930年9月（據書後版權頁），而《史略》的修訂工作大抵終於1930年11月下旬[44]。就算我們考慮到該集《文存》可能在9月前已面世，魯迅一看到新出的《胡適文存》第三集，立刻用附和的方式和態度援引多處，這話該是無問題的。從徵引胡適之書比採用其它時人的多和分量重，如果說魯迅對胡適研究小說的意見，相當注意和尊重也該是可以成立的[45]。

《史略》引用時人意見之處（包括錢靜芳、蔣瑞藻在內），全部在元明清的篇章裡（引胡適的，全在明清部分），這反映出魯迅有自知之明。他真正下過功夫的範圍止於唐代，對於宋以後作品，他雖然常有超異雋永的見解，但他從未對任何後期諸作（特別是明清二代的大部頭章回小說）從事過有系統而徹底的研究，遂有參考時人研究成果的必要。《史略》前後兩部分成熟程度的差異，也是決定

（續）————————————

42 《史略》，頁268, 343, 347, 351, 252。

43 同上，頁285, 291-92, 309, 385, 387, 399, 401。

44 見注19及注38。

45 我們當然還得顧及魯迅在《史略》修改工作終結後的改變意見。如在〈出關的關〉文內，他主張《紅樓夢》的模特兒雖然是作者自己，在讀小說時卻不必緊記祇有曹雪芹（這點見解能從自傳說中解脫出來，確是不錯的），並罵「只有特種學者如胡適之先生之流」才會忘記活的藝術。魯迅此文作於1936年4月30日（收入《且介亭雜文末編》），距他去世，不過半年，但離他在二十年代初期寫信給胡適，尊稱「適之先生」，署名「樹」、「樹人」、「迅」，切磋商量，交換資料，則確已走了一條很遠的不歸路（見《魯迅書信集》［北京：人民文學出版社，1976］，上冊，頁30-31，47-49，54-60）。

爲《史略》加注時應考慮的事。

總而言之，《史略》有它的優點，也有它的缺點。它的優點得力於魯迅的觀察力，它的缺點和時代環境、作者個人興趣，有密切關係。它的優點用不著注釋去發揮，它的缺點注釋可以暴露無遺，做成歪曲原書價值的種種反效果。「天下本無事，庸人自擾之」，爲《史略》加注，正是這種無端端找出來做的笨事。

今年九月適逢魯迅百歲冥壽，我倒希望藉此機會向諸君進一言。人是免不了有長短處的，我們在評價時怎能作純黑或純白的漫畫式歸類，不是香花，就是毒草。崇敬的人，唯恐其有絲毫短處；厭惡的人，則唯恐其尚有若干可取。抹煞和誇張，偏失是一樣的。魯迅和胡適，不是給描繪成智慧的戰神，大公忘私，便是被貶斥爲愚莽的小人，險惡自營。祇要他們的缺點有誣攻者所說的十分之一，他們都不可能在中國文化史上留下名聲，更犯不著策動圍剿了。魯迅逝世近半世紀，胡適去了也快二十年，沙塵早定，可以平心靜氣地還他們一個本來面目。推譽魯迅的，該留意他的弱點，以及胡適的長處；欣賞胡適的，亦應不要忽略他的短處，和魯迅的優點，繼續瞎捧和盲攻，對魯迅和胡適固然無好處，對中國文化又有何益？注釋《史略》，正是瞎捧的一種表現。

後記

此文屬稿將竣時，見新版注釋本《魯迅全集》較詳細的報導，原來新舊版之間頗有增刪。《唐宋傳奇集》、《古小說鉤沉》、《小說舊聞鈔》新版都不收，自然談不上注釋。不收諒是因爲這些都是編輯之書而非著述（《嵇康集》、《會稽郡故事雜集》之類也不收），倒支持了我認爲此三書不該注的看法。《史略》收入新版第九卷，則聲明在新加注釋諸書之列。

——《抖擻》，46期（1981年9月）

香港《星島日報》「俗文學」副刊全目
——附解題

　　1941年，戴望舒在香港，主編《星島日報》的專門性定期副刊「俗文學」。每星期六出一期，每期占紙半頁。那時的《星島日報》，創辦不久[1]，在報紙上增設定期性、專收研究通俗文學的學院派文章的副刊，這雖非首創，也夠早了[2]。這份副刊的重要性和啓發性，兩年前我曾爲文介紹[3]。那時僅讀過該副刊結束前的六

1　香港《星島日報》創刊於1938年8月1日，見《星島日報創刊廿五週年紀念論文集》（香港：香港星系報業有限公司，1966），頁160。

2　關於三四十年代各地報紙的學術性副刊，見錢南揚，〈介紹幾種講考證的報紙副刊〉，《圖書展望》，新2期(1947年1月)，頁15。那時專爲研究俗文學的學者提供出版園地的副刊先後共六種。最早的一種是阿英在上海《大晚報》主編的「火炬通俗文學」週刊，自1936年4月3日至同年12月30日共刊出四十期。按出版先後，《星島日報》的「俗文學」副刊是第二種。

3　馬幼垣，〈戴望舒的小說研究和俗文學副刊〉，《明報》，1979年6月12日（「星期專論」），後收入馬幼垣，《中國小說史集稿》，頁295-298。該文復見《聯合報》，1979年7月20日（「聯合副刊」），標題由編者改爲〈戴望舒的小說研究——兼談他編的俗文學副刊〉。拙文所講各事，有一點應在此更正。文內說：「如果能找到全套『俗文學』，……還可以找到不少羅常培、吳曉鈴、周越然、柳存仁、孫楷第等碩學之士研究小說、戲曲及各種通俗文學的文字。」當時所見「俗文學」僅最終六期，但柳存仁《人物譚》（香港：大公書局，1952年）書內〈人物雜談〉的「戴望舒」一則，說：「1940年(應作1941年)〔戴望舒〕在港主《星島日報》副刊，每週添一『俗文學』週刊，以稿不易得，經余介轉徵孫楷第、周越然、吳曉鈴諸君文字，漸形充實，是爲余與望舒論文之始。」因爲這是一手史料（瘂弦《戴望舒卷》亦收入此則），故以爲副刊內必有周越然(1885-1962)之作。待集齊副刊各期資料，卻始終未見有署名周越然或其本名周元彥的文字。當然各期中有不少用筆名發表之作，難指認作者爲誰，但這些作品

期，談不上完整的認識，而且看到的最後一期，是否即終卷號，當時也不能確定。但念尋訪這份副刊，前後近二十載，所見不過寥寥幾期，不如草一短文，假使能夠喚起有剪存這類專門副刊的前輩的注意，說不定可以帶來集腋成裘的成果。

相當幸運，拙文在香港《明報》發表後不久，施蟄存（1905-2003）、趙景深、吳曉鈴諸先生都看到了，並引起他們嘗試結集各人所藏《星島日報》（香港）、《中央日報》（上海）、《華北日報》（北平）三報的「俗文學」副刊，和《大晚報》（上海）的「通俗文學」副刊，以便彙編重刊的企圖。雖然缺漏或者難免，若能成事，實在是功德無量的。

這種資料的奇罕，固然因為它們是難以保存的報紙副刊，更因為它們是四十年代這個大動盪時期的報紙副刊。現在事隔幾十年，除上述吳曉鈴等三數前輩外，已難追查何人尚有剪存。況且自1937年至1949年，正是中國學術論文紀錄做得最差的一段時期，處處空白，最近見到的港版《中國史學論文索引第二編》（香港：三聯書店，1980），雖然基本上彌補了此一缺陷，工作還是做得不夠理想。上述的四種俗文學副刊，總數逾三百期，每期載文一至四、五篇不等。論文數目這樣可觀，卻一篇也沒有收進這本以1937-1949年為採錄範圍的索引。一份完整紀錄的必要，自不待言。

《星島日報》的「俗文學」副刊，既由戴望舒主持，戴氏的著作目，該是追查這種資料的地方。戴氏目錄，共見兩種。一是瘂弦（王慶麟，1932- ）所編《戴望舒卷》（臺北：洪範書店，1977）書後的附錄。二是葉孝慎、姚朋強，〈戴望舒著譯目錄〉，《新文學史料》，1980年4期（1980年11月），頁172-173。後者雖晚出，卻比前者簡略，而兩者都沒有顧及「俗文學」和戴氏刊在這份副刊內的文

（續）────────────

沒有一篇見於周越然其後所出的《書書書》（上海：中華日報社，1944)和《版本與書籍》（上海：知行出版社，1945）。除非另有新發現，《星島日報》的「俗文學」副刊看來並沒有刊登過周越然的文章。

章。可見連對戴氏生平和作品相當留意的人，對於他所主編的「俗文學」副刊，所知也極有限[4]。

拙文刊出後，時來運轉，敝校圖書館中文組主任劉馬秋雯女士給我影得1941年《星島日報》的顯微膠卷，內除缺8月份整月的報紙(該月「俗文學」共五期)，和間有幾期略有殘破外，清楚完好。看不到的幾期，以及零星的殘缺部分，資料後均自吳曉鈴、趙景深、施蟄存三先生處補足，而柳存仁先生屢次遠道惠教，陳毓羆、趙令揚二兄，以及劉定一先生代查詢聯絡，何冠彪兄代影印香港大學有的六期，均一併誌感。

下面的目錄，按期排列，文章在別處重出的，則分別注明。重見者雖不算少，但重見之處也有並不比《星島日報》為易得的(如四十年代後期在北平出版的《經世日報》)。至於不另刊別處的，當然祇有在《星島日報》才看得到了。對於比較容易在其它書刊找來看的，這裡的紀錄也有它的特殊意義。中國人編論文集，有一通病，就是不明確地交代文章原刊何時何處，以致讀者在討論學術沿革時，觀念混淆，無所依從[5]。即使對重見他處的文章來說，這裡所提供的刊行資料，往往都是我們以前所不知道的[6]。還有，某些小說戲曲研究專家以後有機會出合集的，如趙景深[7]、葉德均

4　同期的《新文學史料》，還有馮亦代〈戴望舒在香港〉一文，頁164-168，文章不算短，而戴氏在港時間不算長，竟隻字不提他編輯「俗文學」事。

5　這種通病，我以前在〈《阿英文集》與《小說三談》——兼論編輯學術論文集諸問題〉，《抖擻》，44期(1981年5月)，頁32-36(此文收入本集)，已經講過。

6　如浦江清，〈談《京本通俗小說》〉一文，大家均知見其遺集《浦江清文錄》，但原刊何處？《京本通俗小說》真偽的考證是話本研究的關鍵性課題，討論的文章卻沒有幾篇，浦江清(1904-1957)之說有確定其發表日期的必要。即使能指出此文曾見於1942年的《國文月刊》，還是不夠準確。戴望舒所編的「俗文學」副刊，倒是可以代解決此疑點。

7　趙景深著述宏富，成書好幾十種，除文學通史、文學概論、世界文學介紹、現代文學雜論、編注校訂諸書，以及散見本文各處所引的《銀字集》

(1911-1956)[8]，這些早期論著也不一定收入集內。

　　另外，尚有二事值得向讀者說明。《星島日報》這份副刊，每次用作標題的「俗文學」三字，按第1期的編者說明，出自南社詩人柳亞子(1887-1958)之手。此其一。終刊號(第43期)在1941年12月6日印行後，祇隔一天，日軍便開始進攻香港了(8日)。這份副刊極難配齊，原因十分明顯。此其二。

1941年1月4日(星期六)　第1期

　　容肇祖　　〈院本與雜劇的分別〉

　　羅　燁　　〈《醉翁談錄》〈舌耕敍引〉〉

(續)──────────────

　　(三版易名《中國小說論集》)、《讀曲小記》、《明清曲談》、《中國小說叢考》、《元明南戲考略》，《元人雜劇輯逸》和該書的修訂本《元人雜劇鉤沉》以外，他在傳統小說劇曲方面已成書者尚有《宋元戲文本事》(上海：北新書局，1934)、《讀曲隨筆》(上海：北新書局，1936)、《大鼓研究》(上海：商務印書館，1936)、《小說閒話》、《彈詞考證》(長沙：商務印書館，1938)、《小說戲曲新考》(上海：世界書局，1939)、《小說論叢》(上海：日新出版社，1947)、《戲曲筆談》(北京：中華書局，1962)、《曲論初探》(上海：上海文藝出版社，1980)。最近趙景深曾刊自傳於《文獻》，1980年3期(1980年10月)，頁167-170，可參考。

8　葉德均在近代文史研究學者中，稱不上鼎鼎大名，原因並不在他不夠多產，更不是因為他的論著乏深度。在質量兩方面，在通俗文學研究諸家中，能夠和他比較的，實在沒有幾人。可惜他的活動的時候和發表著述的地方大部分局限於三十年代末期和四十年代的上海，正碰上孤島時期和內戰時期。他的論著遂多登在銷路有限的小期刊和嚴格來說祇有一天壽命的報紙副刊。今日要找來一讀，困難可以想見。雖然他在抗日戰爭後出過一冊《戲曲論叢》(上海：日新出版社，1947)，所收論著不過寥寥六篇，而且此書現在也極罕見了。幸好趙景深在他逝世後於1957年間代他整理出來一本厚厚的合集，書卻因種種關係，遭擱延二十多年，遲至1979年才以《戲曲小說叢考》之名由中華書局(北京)刊出。這本兩冊之書，雖厚逾八百頁，篇數卻大有刪削，和趙先生給我的原訂目錄比較，少了十四篇。如果加上我在別處找到的(包括《星島日報》在內)，再編一本集外遺文，材料是夠的。葉德均謝世時，即以傳統年歲計算，才四十六歲，泰半研究更是在國步維艱、水深火熱的景況下進行，成績如此豐碩，是值得我們衷心敬佩的，更是使我們在優越的研究環境下工作而成績平平者，深感自慚的。

案：在刊登這份研究宋元說書的重要文獻之前，編者加一
「望舒記」的按語；這篇簡明扼要的短文，後改題爲
〈跋《醉翁談錄》〉，收入戴望舒(吳曉鈴編)，《小
說戲曲論集》(北京：作家出版社，1958年)，頁56，
和王文彬、金石主編，《戴望舒全集——散文卷》
(北京：中國青年出版社，1999)，頁324。

1941年1月11日(星期六)　第2期

　　王　虹　〈閒話雜牌子曲〉(未完)

1941年1月18日(星期六)　第3期

　　戴望舒　〈袁刊《水滸傳》之眞僞〉

　　　案：此文後雖用原題收入《小說戲曲論集》，頁59-66，
和《戴望舒全集——散文卷》，頁327-335，卻非作
者之定本，因戴氏後增入注釋(若干注釋爲剖割原文
而成)，並稍易此文之語體爲文言，用〈李卓吾評本
《水滸傳》眞僞考辨〉標題，刊《香島月報》，1期
(1945年7月)，頁72-75。此注釋本，後又用〈一百二
十回本《水滸傳》之眞僞〉標題，重刊於《學原》，
2卷5期，(1949年7月)，頁72-75。

　　王　虹　〈閒話雜牌子曲〉(續完)

　　　案：雜牌子曲爲北方俗曲之一種，用不同雜曲的牌子組合
而成。

1941年1月25日(星期六)　第4期

　　孫楷第　〈書會與雜劇之興盛〉

　　　案：後改題爲〈元曲新考〉的第九節「書會」，收入孫楷
第，《滄州集》(北京：中華書局，1965)，下冊，頁
349-355。

　　柳存仁　〈雨生未刊小品〉(內分下列五題)

　　(一)〈〈遊仙窟〉作者〉

案：修訂本改題爲「張騭」，作爲〈人物雜談〉中一則，
收入柳存仁，《人物譚》（正文注3已引），頁203-
204。

（二）〈扮相公〉

（三）〈《金瓶梅詞話》〉

（四）〈唐人小說〉

（五）〈郭勛〉

1941年2月1日（星期六） 第5期

容肇祖 〈元曲家鍾嗣成傳〉

李 若 〈《拍案驚奇》源流考之一〉

案：考《拍案驚奇》卷二十一的故事來源。

1941年2月8日（星期六） 第6期

趙景深 〈因《醉翁談錄》的發現重估話本的時代〉

案：後改題爲〈重估話本的時代〉，收入趙景深，《銀字
集》（上海：永祥印書館，1946），頁15-22，和該書
的三版《中國小說論集》（上海：永祥印書館，
1950），頁15-22，及趙景深，《中國小說叢考》，頁
80-84。

譚正璧 〈《無聲戲》與《十二樓》〉

案：修訂本後用原題收入譚正璧，《話本與古劇》（上
海：古典文學出版社，1956），頁145-149，和譚正璧
著，譚尋補正，《話本與古劇》，重訂本（上海：上
海古籍出版社，1985），頁163-167。

1941年2月15日（星期六） 第7期

孫楷第 〈竹馬〉

案：後用原題作爲〈元曲新考〉的第五節，收入孫楷第，
《滄州集》，下冊，頁330-332。

柳存仁 〈讀《李逵負荊》雜劇〉

平話小說考源二則：

劉思慧　〈《豆棚閒話》裡的一個故事〉

　　　案：考《豆棚閒話》卷五的故事來源。

關　關　〈《拍案驚奇》源流考之一〉

　　　案：考《拍案驚奇》卷二十二入話部分的故事來源。

1941年2月22日（星期六）　第8期

童丕繩　〈《野叟曝言》略考〉

趙景深　〈曲話〉（內分下列二題）

　　（一）〈未有傳本的鈔本曲譜〉

　　　案：後用原題作爲〈關於唱曲用的曲譜〉一文的第二節，
　　　　　收入趙景深，《讀曲小記》（北京：中華書局，
　　　　　1959），頁182-184。

　　（二）〈元代戲文張資鴛鴦燈本事〉

　　　案：修訂本改題爲〈張資鴛鴦燈〉，刊於《大晚報》，
　　　　　1948年8月9日（「通俗文學」，92期）；後又收入趙景
　　　　　深，《元明南戲考略》（北京：作家出版社，1958），
　　　　　頁80-83。

1941年3月1日（星期六）　第9期

孫楷第　〈論折〉

　　　案：後改題爲〈元曲新考〉的第一節「折」，收入孫楷
　　　　　第，《滄州集》，下冊，頁317-321。

容肇祖　〈雜劇在元中統後的興盛〉

1941年3月8日（星期六）　第10期

吳曉鈴　〈古雜劇考〉（內分下列四題）

　　（一）〈倡優郎侏儒辨〉

　　（二）〈倡優不以調謔爲主說〉

　　（三）〈倡優與新樂〉

　　（四）〈倡優所爲技藝論〉

案：首三題收入作者逝世多年後編印之《吳曉鈴集》（石
　　家莊：河北教育出版社，2006），卷5（即冊5），題目
　　則稍易：〈說「俳優非侏儒」〉（頁55-57）；〈說
　　「俳優與新樂」〉（頁58-59）；〈說「俳優不以調謔
　　為主」〉（頁60-62）。

戴望舒　〈螾廬瑣記〉（內分下列三題）

（一）〈《歡喜冤家》之年代〉

案：後改題為〈跋《歡喜冤家》〉，收入戴望舒，《小說
　　戲曲論集》，頁58，和《戴望舒全集──散文卷》，
　　頁326。

（二）〈清平山堂所刊話本〉

案：後改題為〈跋《雨窗欹枕集》〉，收入戴望舒，《小
　　說戲曲論集》，頁57，和《戴望舒全集──散文
　　卷》，頁325。

（三）〈愛斯高里亞爾靜院所藏中國小說戲曲〉

案：後改題為〈西班牙愛斯高里亞爾靜院所藏中國小說戲
　　曲〉，收入戴望舒，《小說戲曲論集》，頁67-68，
　　和《戴望舒全集──散文卷》，頁336-337。

容肇祖　〈蔡召華的筠山記〉

案：介紹蔡召華(道咸人)所著罕見小說《筠山記》

1941年3月15日(星期六)　第11期

孫楷第　〈論捷機引戲〉

案：後改題為〈元曲新考〉的第八節「捷機引戲」，收入
　　孫楷第，《滄州集》，下冊，頁341-348。

徐調孚　〈《冤家債主》校記〉

1941年3月22日(星期六)　第12期

孫楷第　〈說駕頭雜劇〉

案：後改題為〈元曲新考〉的第六節「駕頭雜劇」，收入

孫楷第，《滄州集》，下冊，頁332-338。

敷榮(劉敷榮)〈跋雪龕道人《五倫鏡》〉

　　案：考述清代雜劇《五倫鏡》

1941年3月29日(星期六)　第13期

　溫辛(葉德均)〈關於李禎的史料〉

　勻君(葉德均)〈趙輯本《天寶遺事諸宮調》輯逸〉

　　案：評述趙景深，〈《天寶遺事諸宮調》輯逸〉，《學
　　　　術》，3期(1940年4月)，頁123-156。

1941年4月5日(星期六)　第14期

　吳曉鈴　〈說罟罟——元劇雜考之一〉

　　案：罟罟為蒙古女人頭髮上的一種裝飾品。元人有《像
　　　　生番語罟罟旦》雜劇，傳本未見。此文後用原題(刪
　　　　去副題)收入《吳曉鈴集》，卷5，頁90-95。

　葉德均　〈關於《吳騷合編》和《吳騷集》——致趙景深先生
　　　　書〉

1941年4月12日(星期六)　第15期

　吳曉鈴　〈嚴廷中——雲南曲家考略之一〉

　　案：後改題為〈嚴廷中與《秋聲譜》——雲南曲家考略之
　　　　一〉，重刊於《經世日報》，1946年9月14日(「經世
　　　　副刊」，34期)；1946年9月16日(「經世副刊」，35
　　　　期)；1946年9月17日(「經世副刊」，36期)。後復用
　　　　原題(刪去副題)收入《吳曉鈴集》，卷5，頁135-
　　　　139。

　趙景深　〈關於《吳騷合編》和《吳騷集》——答葉德均先
　　　　生〉

　　案：後用原題(刪去副題)收入趙景深，《明清曲談》(上
　　　　海：古典文學出版社，1957年)，頁146-148。

1941年4月19日(星期六)　第16期

　吳曉鈴　〈《酬紅記》及其作者——清代曲家考略之一〉

　　　案：後用原題（刪去副題）收入《吳曉鈴集》，卷5，頁
　　　　　140-143。

　達　士（戴望舒）〈《拍案驚奇》源流考之一〉

　　　案：考《拍案驚奇》卷一的故事來源。

　孫楷第　〈說開〉

　　　案：後改題爲〈元曲新考〉的第四節「開」，收入孫楷第
　　　　　《滄州集》，下冊，頁328-329。

1941年4月26日（星期六）　第17期

　楊蔭深　〈元曲大家關漢卿傳〉（未完）

1941年5月3日（星期六）　第18期

　葉德均　〈詞謔〉

　　　案：〈詞謔〉爲明人論曲之作，此文考其出自李開先手。

　楊蔭深　〈元曲大家關漢卿傳〉（續完）

1941年5月10日（星期六）　第19期

　嘿齋（吳曉鈴）〈水木清華藏曲存目〉（未完）

1941年5月17日（星期六）　第20期

　嘿齋（吳曉鈴）〈水木清華藏曲存目〉（續完）

　　　案：此爲北大、清華、南開三校舊藏戲曲目錄。

　趙景深　〈《讀曲小識》，盧前著〉

　　　案：盧前此作，爲整理涵芬樓所藏懷寧曹氏舊藏鈔本戲曲
　　　　　的札記，部分原用〈讀曲小識〉標題，刊《藝文雜
　　　　　誌》，1卷1期（1936年4月），頁1-12；1卷2期（1936年
　　　　　5月），頁114；1卷3期（1936年6月），頁114，共收藏
　　　　　曲六種。後改題爲〈曹氏藏鈔本戲曲敘錄〉，刊《暨
　　　　　南學報》，2卷2期（1937年6月），頁221-276，收十四
　　　　　種。增訂單行本仍用《讀曲小識》舊題（長沙：商務
　　　　　印書館，1940年），所收藏戲曲數目則倍增於前。此

文為單行本的書評。趙文後用原題（刪盧前著三字）收
入趙景深，《讀曲小記》，頁102-104，惟刪去篇中
原有盧前名字，僅稱其為作者。

1941年5月24、31日　連續兩週星期六無「俗文學」副刊

1941年6月7日（星期六）　第21期

　　馮沅君（馮淑蘭）〈《南戲拾遺》補〉（未完）

1941年6月14日（星期六）　第22期

　　孫楷第　〈跋〈李章武傳〉〉

　　　　案：考唐代小說中所記李章武故事。

　　馮沅君　〈《南戲拾遺》補〉（續完）

　　　　案：此文所補者為陸侃如、馮沅君，《南戲拾遺》（北
　　　　　　平：燕京大學哈佛燕京學社，1936）。此文原用同題
　　　　　　刊《責善半月刊》，1卷13期（1940年9月），頁7-14；
　　　　　　後收入馮沅君，《古劇說彙》（上海：商務印書館，
　　　　　　1947），頁214-226，惟該書修訂本（北京：作家出版
　　　　　　社，1956），則刪去此篇。

　　敷榮（劉敷榮）〈《聊齋志異》與清傳奇〉

　　　　案：考述現存清代傳奇（戲曲）所受《聊齋志異》的影響。

1941年6月21日（星期六）　第23期

　　浦江清　〈談《京本通俗小說》〉（未完）

1941年6月28日（星期六）　第24期

　　浦江清　〈談《京本通俗小說》〉（續完）

　　　　案：後用原題重刊於《國文月刊》，16期（1943年10月），
　　　　　　頁10-16；後又收入《浦江清文錄》（北京：人民文學
　　　　　　出版社，1958），頁194-208。

　　德均（葉德均）〈曲目拾零〉

　　　　案：著錄習見戲曲目錄中未收的雜劇和傳奇十八種。

1941年7月5日（星期六）　第25期

孫楷第　〈由高陽李氏藏百回本《水滸傳》推測舊本《水滸傳》〉（未完）

1941年7月12日（星期六）　第26期

孫楷第　〈由高陽李氏藏百回本《水滸傳》推測舊本《水滸傳》〉（承前）

1941年7月19日（星期六）　第27期

馮沅君　〈貨郎孤──院本補說之一〉

孫楷第　〈由高陽李氏藏百回本《水滸傳》推測舊本《水滸傳》〉（續完）

　　案：另改題為〈《水滸傳》舊本考〉，刊《圖書季刊》，新3卷3、4合期（1941年12月），頁193-207。後復用改題收入孫楷第，《滄州集》，上冊，頁121-143，惟刪去篇中原有該本《水滸》藏者李玄伯（李宗侗，1895-1974)的名字。

1941年7月26日（星期六）　第28期

吳曉鈴　〈說補笆笊──元劇雜考之一〉

　　案：後用原題（刪去副題）收入《吳曉鈴集》，卷5，頁96-101。

德均（葉德均）〈《鄭月蓮秋夜雲窗夢》雜劇〉

　　案：補校趙景深，《元人雜劇輯逸》（上海：北新書局，1935年），書中有關《鄭月蓮秋夜雲窗夢》一劇的部分。趙景深此書的修訂本即氏著《元人雜劇鉤沉》（上海：古典文學出版社，1956)。

1941年8月2日（星期六）　第29期

吳曉鈴　〈《青樓集》作者姓名考辨──元劇雜考之一〉

　　案：後用原題（刪去副題）收入《吳曉鈴集》，卷5，頁44-50。

趙景深　〈清名家詞與清傳奇〉

1941年8月9日（星期六）　第30期

　　吳曉鈴　〈關漢卿里居考辨──元劇雜考之一〉

　　　　案：後用原題重刊於《經世日報》，1947年5月21日（「讀
　　　　　　書週刊」，40期）；1947年5月29日（「讀書週刊」，
　　　　　　41期）。後復用原題（刪去副題）收入《吳曉鈴集》，
　　　　　　卷5，頁31-38。

1941年8月16日（星期六）　第31期

　　趙景深　〈《秋夜月》──明代傳奇選集，中國書店影印〉
　　　　　　（未完）

1941年8月23日（星期六）　第32期

　　吳曉鈴　〈蘭茂──雲南曲家考略之一〉（未完）

　　趙景深　〈《秋夜月》〉（續完）

　　　　案：修訂本後用〈《秋夜月》〉簡題，重刊於《新中
　　　　　　華》，新4卷20期（1946年10月），頁35-38，後又收入
　　　　　　趙景深，《元明南戲考略》，頁124-135。

1941年8月30日（星期六）　第33期

　　吳曉鈴　〈蘭茂──雲南曲家考略之一〉（承前）

1941年9月6日（星期六）　第34期

　　趙景深　〈《九宮正始》與明初傳奇〉

　　　　案：後用原題重刊於《大晚報》，1949年1月12日（「通俗
　　　　　　文學」，88期）；後又收入趙景深《元明南戲考
　　　　　　略》，頁117-123。

　　吳曉鈴　〈蘭茂：雲南曲家考略之一〉（續完）

　　　　案：後用原題重刊於《大公報》（上海），1947年4月23日
　　　　　　（「文史週刊」，26期）。後復用原題（刪去副題）收入
　　　　　　《吳曉鈴集》，卷5，頁127-134。

　　葉德均　〈讀《六十種曲》雜記〉

　　　　　　〈最早的《水滸傳》〉

案：報告鄭振鐸近得嘉靖殘本《水滸傳》第五十一至第五十五回。

1941年9月13日（星期六）　第35期

　　馮沅君　〈院本補說〉（內分下列兩題）

（二）《白牡丹》

（三）《柳青娘》

　　　　案：據副題編號，本報「俗文學」第27期所刊者，當視爲此文之首部分。此文之增訂本，添入《說狄青》和《范蠡》兩院本的考論，用〈金院本補說〉標題，刊《志林》，4期（1943年1月），頁1-11；5期（1944年1月），頁1-8，後並以新題收入馮沅君，《古劇說彙》，上海版，頁305-327，北京版，頁309-334。

1941年9月20日（星期六）　第36期

　　楊蔭深　〈董解元輯傳〉

　　陳禹越　〈優語錄補〉

　　　　案：自宋人筆記中輯錄若干條有關俳優的史料。

1941年9月27日（星期六）　第37期

　　趙景深　〈《封神演義》與《武王伐紂平話》〉

　　　　案：同時並用原題刊《萬象》，1卷3期（1941年9月），頁81-84。後又用原題收入趙景深，《銀字集》，頁36-45，和該書的三版《中國小說論集》，頁36-45。復改題爲〈《武王伐紂平話》與《封神演義》〉，收入趙景深，《中國小說叢考》，頁97-103。

　　馮沅君　〈院本補說〉

　　　　案：補刊《柳青娘》之注釋。

1941年10月4、11日　連續兩週星期六無「俗文學」副刊

1941年10月18日（星期六）　第38期

　　馮沅君　〈讀《金瓶梅詞話》旁札〉（內分下列兩題）

（一）〈從《金瓶梅詞話》推測古俗講〉

（二）〈《金瓶梅詞話》中的民本〉

案：此文爲馮沅君，〈一種古小說中的文學史料〉，《語
言文學專刊》，2期（1940年3月），頁79-116的部分重
刊。這裡重刊的兩節，分別爲原文第一節「俗講的推
測」和第四節「笑樂院本的一個實例」。又原文修訂
本，後用〈《金瓶梅詞話》中的文學史料〉標題，收
入馮沅君，《古劇說彙》，上海版，頁170-202，北
京版，頁180-217。

吳曉鈴　〈嘿齋聞見劇曲題記〉（內收下列一題)

（一）〈《鼎鐫陳眉公先生批評西廂記》二卷〉

案：後用原題收入《吳曉鈴集》，卷5，頁141。

1941年11月8日（星期六）　第39期

羅莘田（羅常培）〈北平俗曲百種提要及其押韻法〉（未完）

1941年11月15日（星期六）　第40期

羅莘田　〈北平俗曲百種提要及其押韻法〉（承前）

1941年11月22日（星期六）　第41期

吳曉鈴　〈胡祗遹生卒考辨——元劇雜考之一〉

案：後改題爲〈胡祗遹生卒新考〉，收入《吳曉鈴集》，
卷5，頁39-43。

羅莘田　〈北平俗曲百種提要及其押韻法〉（續完）

案：此文增訂後，收入爲羅常培，《北平俗曲百種摘韻》
（北京：來薰閣書店，1950年）一書上卷的下半。羅書
原於1942年由國民圖書出版社（重慶）刊行，惟流傳極
尟。來薰閣本爲修訂本。

〈陳寅恪先生來函〉

案：談《青樓集》作者的姓名。此函後收入《陳寅恪集
——書信集》（北京：三聯書店，2001），頁225。

1941年11月29日(星期六)　第42期

　　吳曉鈴　〈杜仁傑生卒考辨──元劇雜考之一〉(未完)

1941年12月6日(星期六)　第43期

　　吳曉鈴　〈杜仁傑生卒考辨──元劇雜考之一〉(續完)

　　　　案：後改題爲〈杜仁傑生卒新考〉，收入《吳曉鈴集》，

　　　　　　卷5，頁8-18。

　　勻君(葉德均)〈小說考源〉(內分下列兩題)

　　　　(一)〈《西湖二集》考源八則〉

　　　　(二)〈關於《豆棚閒話》考源〉

　　　　案：補正本報「俗文學」第7期劉思慧文。

　　吳曉鈴　〈嘿齋聞見劇曲題記〉(內分下列兩題)

　　　　(一)〈兩紗　附挑燈劇〉

　　　　(二)〈業海扁舟不分卷六齣〉

　　　　案：後用原題收入《吳曉鈴集》，卷5，頁141-142。

　　　　　　　　　──陳炳良等編，《馮平山圖書金禧紀念

　　　　　　　　　　論文集》(香港：香港大學馮平山圖

　　　　　　　　　　書館，1982年)

後記

　　此文刊出後，過了很久始見闕國虬，〈戴望舒著譯年表〉，
《福建師範大學學報》(哲學社會科學)，1982年2期(1982年6月)，
頁95-104，雖較前所見之二目爲詳，但仍不提戴望舒編輯《星島日
報》「俗文學」副刊以及其爲這副刊所寫諸文。大陸以外似無該學
報1982年諸期，待覓得闕文已是1998年秋天矣。

　　　　　　　　　　　　　　　　　　　　2006年5月1日

《阿英文集》與《小說三談》
——兼論編輯學術論文集諸問題

　　五四以來，對創導小說研究成爲正式專門之學的幾位大師當中，胡適、魯迅、孫楷第、鄭振鐸和阿英（見本集插圖十二）幾位，他們在學養、風格及貢獻上，有明顯的分別，不妨稍爲解說。至於趙景深和吳曉鈴兩位，成就斐然，現仍活躍，不宜一併論列。

　　胡適論小說諸篇，多寫於二十年代和三十年代初期。那時小說研究作爲一種學術活動根本不存在，胡適啓蒙之勞是功不可抹的。可惜他沒有後繼之力（晚年花了不少精神去搞《水經注》學案，也是原因之一），以後三十多年間，連未刊稿在內，僅得寥寥幾篇短章。不僅如此，他當年詳加考證所得的結論，不管是《紅樓夢》，還是話本，抑或《水滸傳》和《醒世姻緣傳》，現在已沒有幾條不早給推翻了。

　　以小說研究而言，魯迅和胡適的活動時期差不多，他的審愼精微，識見超邁，則是胡適所無法比較的。他的《中國小說史略》是草創之作，現在唾手可得的重要史料和版本，十九魯迅都沒有，更遑論別人的研究成果。但不論是談分析，還是考史實，事隔半世紀，今日讀來，《史略》的錯誤還是不多，確切可誦如新，不似胡適諸作的經不起時間的考驗。

　　當然，《史略》僅是啓蒙性的大綱，除了六朝筆記和唐宋傳奇的輯佚和校勘外，魯迅對任何主要的說部都沒有做過全面研究。小說研究的紮根，以致成爲獨立的學問，全仗孫楷第、鄭振鐸、阿英諸人的經營。

他們三人有一共同之處，就是不走捷徑，重資料，講版本，考作者，探源流，一切從根本做起。雖然如此，三人之間，在旨趣和成就上仍是有相當分別的。

孫楷第的貢獻在紀錄版本和考證說書原始，特別是前者，是開墾的首要工作。他的《日本東京所見中國小說書目提要》（北平：北平圖書館中國大辭典編纂處，1932年；北京：人民文學出版社，1958年，重刊本，無「提要」二字）和先後有不同版本的《中國通俗小說書目》是任何治小說者所不能或缺的基本參考工具。可惜他因健康關係，沒有看到他的新著，快二十年了，連他在五十年代所發表的幾種也多是舊稿的補充。如果他有機會能夠就《中國通俗小說書目》做一次徹底的補訂工作，當是大家最渴望不過的事。

鄭振鐸的興趣比孫楷第廣，不限於小說戲曲，注意版本之外，他本人還是有名的藏書家。和孫楷第一樣，他的小說研究多是三十年代做的。討論《水滸傳》、《三國演義》、《西遊記》、《金瓶梅》、《萬花樓》、《說岳全傳》各書的演化，與介紹明清話本集幾篇論文，可視為他的代表作。這些論著在好幾方面，都稱得上是模範之作——平實公允，組織嚴密，兼顧整體和細節，鮮作驚人語，往往能以考證支持論見，不似胡適先有結論後有考證，和驕凌資料獨得之弊。上述各篇，經過數十載，價值不減，這是鄭振鐸學植淵厚的明證。

阿英跟孫、鄭二人又不同，提起他，我們很自然地會想到晚清小說，這是他的研究重心（另一重點是現代文學），這當然不是說他在其它明清小說上沒有花過功夫。阿英是收藏家，卻是人棄我取的收藏家。他斗量車載的搜購連別的研究者都不管的清季文藝期刊、小說、戲曲和小報。晚清小說，年代雖近，散佚的比例卻很厲害，即使是孫楷第的書目，亦不過聊備一格地收錄若干款。我們現在有一份像樣子的晚清小說的紀錄，全是阿英的功勞。

1979年間，阿英逝世後才兩年，當局便替他印行了兩本論文

集，在中國學者來說，這是不尋常的殊榮。評論魯迅和胡適小說研究的文章，祇嫌太多，關於鄭振鐸的，甚至關於孫楷第的，也有一點。有關阿英的，除了紀念性和討論他的文藝創作的文章外，似乎尚未見過，趁這兩本書的出版，讓我試用書評的方式作一次檢討。

和鄭振鐸、孫楷第一樣，三十年代的阿英是十分活躍的。他談俗文學的文章多數登在小型雜誌和報紙副刊，當時恐怕也不易找。為了大家方便，阿英接二連三的出過好幾本集子：《夜航集》（上海：良友圖書公司，1935）、《小說閒談》（上海：良友圖書公司，1936）、《海市集》（上海：北新書局，1936）、《彈詞小說評考》（上海：中華書局，1937）、《劍腥集》（上海：風雨書屋，1939），和《中國俗文學研究》（上海：中國聯合出版公司，1944年）。

1949年以後，阿英出過兩本合集，都是1958年間由上海的古典文學出版社刊行的。新版《小說閒談》就是其中一本，這書和舊版分別很大，有刪有增，增的選自《夜航集》、《海市集》和《彈詞小說評考》。大概阿英很喜歡這個「談」字，同時編的另一本合集，簡簡單單，就取名《小說二談》。《二談》其實是《中國俗文學研究》的刪改本，篇數較《俗文學》稍減。《俗文學》雖然編於1940年，刊行則輾轉遲至四年之後，而且還未發行就遭水患浸毀，外界流傳極稀，所以有再刊行的必要。換言之，阿英這前後八本集子所包括的文章，僅限於他在1940年以前寫的。

從這些集子中，我們可以看出阿英對小說、戲曲和其它通俗文學，是採兼收貫通的立場。新版《小說閒談》和《小說二談》所收的文章並不限於論小說的；講戲曲、談彈詞之類講唱文學的文章，為數也不少。對阿英來說，小說往往是一個廣義的名詞。

阿英在1949年以後所寫單篇的文章，跟他以前的成績比較，數目不多。戲曲方面的，除收在1951年所刊《戲藝日札》（上海：晨光出版公司）的一堆雜文外，1953年，他以《雷峰塔傳奇敘錄》（上

海：上海雜誌出版社)的名稱編集過一次，收1951年前後之作。較後的及講小說的，生前均沒有機會合集。

這自然不是說阿英的工作慢了下來。相反的，在五十年代和六十年代初，真不知阿英哪裡來的精力和時間，編輯了一套又一套的工具書和史料集。計有：《晚清戲曲小說目》(上海：上海文藝聯合出版社，1954)、《紅樓夢版畫集》(上海：上海出版公司，1955)、《鴉片戰爭文學集》(北京：古籍出版社，1957)、《中法戰爭文學集》，修訂本(北京：中華書局，1957)[1948年，北新書局初版])、《晚清文藝報刊述略》(上海：古典文學出版社，1958)、《甲午中日戰爭文學集》，修訂本(北京：中華書局，1958)[1948年，北新書局初版])，《庚子事變文學集》(北京：中華書局，1959)、《反美華工文學集》(北京：中華書局，1959)，以及成一完整系統，厚厚二十三冊的《晚清文學叢鈔》(北京：中華書局，1960-1962)，和1963年出版的《楊柳青紅樓夢年畫集》(天津：天津美術出版社)。

同時，阿英還在1955年刊出他的名著《晚清小說史》的修訂本(北京：作家出版社[1937年，商務印書館初版])，在1957年出版了一本別開生面的《中國連環圖畫史略》(北京：中國古典藝術出版社)。這樣的成績，論質論量，在俗文學研究上，本世紀以來，不作第二人想。

正因為阿英向來勤奮好學，著述不輟，數十年如一日，他在文革時期遭四人幫的迫害，自六十年代中期至逝世，十多年間差不多完全沒有發表過研究成績，對一個學習心重的人來說，一定是非常痛心疾首的事。但是從他死後出版的遺作看來，如1978年刊行的《紅樓夢戲曲集》(北京：中華書局)，阿英在這十來年間並不是沒有做研究的。數量可能不及壯年時，成績總該是有的，祇是沒有出版的機會罷了。當我看到《阿英文集》的廣告時，便寄以很大的期望，裡面諒會有不少未刊稿和以前幾本集子不曾收入的文章。

　　《阿英文集》是一本印刷得十分精緻的書，精裝兩冊，外加紙盒外套，書厚九百多頁，書首並有生活照片多幅，全書裝璜之美，用紙之佳，比起1973年版二十冊裝的《魯迅全集》，有過之而無不及。這書雖然是香港三聯書店刊行的（1979年6月），但用簡體字橫排，大概是用大陸原書紙型印的。

　　編者吳泰昌（1938- ），不知何許人。自他的「編者的話」中所透露的消息，他和阿英及他的親友都有相當深厚的交誼，各機構刊行阿英遺集的計畫，他全知道。有此種種關係，由他來編此書，總比別人方便。

　　然而這樣富麗堂皇，厚近千頁的書，內容卻異常貧乏，所收的文章耳熟能詳，不少根據上述幾本合集，而這些集子之間本來已有不少重複的現象。如〈燈市──《金瓶梅詞話》風俗考之一〉，原刊《新小說》，1卷1期（1935年2月），後收入《夜航集》、舊版《小說閒談》，及新版《小說閒談》（標題有小異），《阿英文集》竟又再收。又如〈太平天國的小說〉一篇，見《海市集》、《中國俗文學研究》及《小說二談》，連上原刊的雜誌，前後最少刊過四次，《阿英文集》還是照收不誤。

　　假如這是全集，自然祇有如此，問題在這是選集，已重刊上三次的應避免再錄，把精神和篇幅花在難得的資料，最後倘仍有餘力才去管易見的。這是編學術文集不能忽略的事，以求達到預期的效用。替阿英編文集，問題尤為嚴重，因為作者自己編的集子，本身重重複複，如果用這些集子來再編一套文集，很易便會出毛病，再加上阿英晚年的際遇，這些集子也不可能供給他最後二十餘年所寫的文章。要編得成功，除了注意最後這些欠紀錄的歲月外，還得訪求以前未見於各合集的文章（例如他登在《申報》副刊「自由談」上的）。除非真的篇幅過剩，起碼新版《小說閒談》和《小說二談》這兩本並不難得的書，其中的文章是沒有必要再收的。但是《小說二談》中的二十七篇，《阿英文集》竟一口氣收了十四篇，

不如乾脆把《二談》再發行一次，還比較省事。

收錄這些舊文時，編者吳泰昌還有未盡校勘之責的嫌疑。讓我舉一例來說明。阿英那篇考證《老殘遊記》作者在庚子事變時期行實的文章，以前收入《劍腥集》、《中國俗文學研究》，和《小說二談》，其實是分成兩個系統，收進前二者的是原稿，在《小說二談》的是改稿。《阿英文集》亦採此文，用的是改稿。前已入集的文章，再入集時，阿英往往稍作改寫，如加減批評胡適的話，本來無可厚非，編者自然也應該尊重作者的意見，採用最後定本。但如果定本刪去重要研究性的資料，編者雖用最後定本，也應該補加那些資料(可用括號、按語、夾行小注，甚至附於文後，以資識別)，對原作者和對讀者，兩方面都有交代。

阿英在那篇講劉鶚的文章裡，根據兩種罕見史料——陸樹藩(1868-1926，藏書家陸心源[1834-1894]子)的《救濟日記》(上海：商務印書館，1901年)及中國救濟會的《救濟文牘》(江蘇：江蘇省印刷局，1907年)——來證明劉鶚在北京辦理賑濟時可能做了頗不名譽的事。這和我們一般的說法(特別是中學課本在題解中告訴我們的)，以為劉鶚的善舉，購太倉米以活人，反變成日後流放新疆的罪名，以致客死異鄉，相差很遠。我第一次讀到此文，是1959年前後在《小說二談》見到的，對阿英所用的資料和他的說法很感興趣，遂刻意訪求這兩種史料，以便印證。奈何《救濟文牘》祇是社團的徵信錄，流通極有限，印一次就算，事過數十年，真是無從找起。《救濟日記》是個人紀錄，情形亦一樣。我是找資料，若不到手，誓不甘休的人：《救濟文牘》終於給我在三年前找到了，《救濟日記》則仍毫無頭緒。去年底，因為編小說研究目，從西雅圖的華盛頓大學借來阿英的《中國俗文學研究》，拿它來和《小說二談》比勘著讀，才發現阿英不知為了甚麼原因，在把此文收進《小說二談》時，刪去幾句最重要不過的話。原來《救濟日記》除單行本外，還曾收入一小型叢書之內(《中國叢書綜錄》沒

收，否則早就有結果了），藉此線索，我連訪求近二十載的《救濟日記》也看到了。祇是由於阿英這輕輕一刪，卻害我白白走了不少冤枉路！這類刪削，在阿英各集之間頗多，《阿英文集》的編者是有交代清楚的責任的。

提到《中國俗文學研究》，這書在編《阿英文集》時是應該特別注意的。正如上述，《小說二談》是它的刪改本。《二談》印得很多，數年前幾乎人手一冊，但《俗文學》卻比宋版《史記》還難得一見，華大的一冊，很可能就是中國大陸以外唯一的孤本。吳泰昌是用過《俗文學》的，《阿英文集》內有此書封面的照片（大概是阿英自存的一冊），卻沒有收錄《二談》沒有保留的文章。其中最重要的是用「明人筆記小話」為總名的一系列短文，這些討論晚明罕見筆記雜書的文章，多半發表在《青年界》，頗能代表阿英訪書和讀書的興趣。《青年界》這期刊本身也極稀少，把大陸以外各處有的合併起來，離全套還差很遠。這樣看來，《阿英文集》的編者在取捨方面的偏差，是難辭其咎的。

還有，我懷疑《阿英文集》的編者是否有意避開阿英的專題討論，而遷就他的普及性作品。我當然贊成編者應顧及阿英各方面的興趣和貢獻，但平情而論，使阿英青史留名的該是他的學術成就，而不是他的文藝創作和雜文。試看《雷峰塔傳奇敘錄》一書，裡面有幾篇很夠分量的長文，祇是相當專門，但該書比《小說二談》出版早五年，所印數量差不多僅有《二談》三分之一，書內所收的文章也沒有像《二談》裡面的早已出現過若干次。按常理，這種作品在編文集時是應優先考慮的，可是該書內的文章見於《阿英文集》的僅短短的一篇半，而《劇藝日札》內講戲曲的通俗性雜文短章，則一連收了七篇。

此外，《阿英文集》的編者明明知道《小說三談》的出版計畫和該書內容的。《三談》共收文十七篇，《阿英文集》卻竟重了八篇。這種重複是否值得？是否不能避免？

　　《阿英文集》說來也不是孤立的例子，孫楷第的《滄州集》亦有相似的情形。《滄州集》編於1958年（刊於1965年），其中卷一，除了〈讀變文〉一短文外，其餘五篇在短短數年間，竟以一模一樣的組合出現三次。第一次這五篇文章以《論中國短篇白話小說》（上海：棠棣出版社）爲書名在1953年結集，1956年該書再版，易名《俗講、說話與白話小說》（北京：作家出版社），到整體移入《滄州集》已是第三次了。這還沒有算各篇原來分別在不同期刊出現的那一次。即使假設有些舊文在翻印前不易得，也沒有在這樣短的時間內連續用不變的組合重刊幾次的必要。

　　另一方面，孫楷第許多紮紮實質的好文章，從未入集的，如〈談包公案〉（1929）、〈跋館藏《新鐫陳眉公先生批評列國志傳》〉（1930）、〈關於《兒女英雄傳》〉（1930）、〈夏二銘與《野叟曝言》〉（1931）、〈釣金龜故事溯源〉（1931）、〈李笠翁著《無聲戲》即《連城璧》解題〉（1932）、〈《今古奇觀》序〉（1933）、〈李笠翁與《十二樓》〉（1935）、〈重話舊山樓〉（1944)等等，都不見於《滄州集》。這不單是讀者的損失，更是孫氏本人的損失。把這些遺漏彙集起來，是可以出一本《滄州外集》的。

　　話說回來，阿英的另一部遺作是上面略提過的《小說三談》，書是1979年8月由上海古籍出版社刊行的。據〈出版說明〉，篇目的草擬是作者自定的，因此和新版《閒談》及《二談》成一系列，三書之間沒有重複之處。各舊有集子中沒有編進《閒談》及《二談》的，最少有一篇最後還是歸入《三談》之內，就是《劍腥集》裡的〈國難小說叢話〉一篇。其餘各篇，寫在1949年以前及以後的，在數目上是六對十之比，大抵都是未嘗入集的（吳泰安再用在《阿英文集》的自然不算）。其中好幾篇是很難在別處見到的。〈明刊包公傳內容述略〉便是一例，這篇相當重要，證明《百家公案》這部罕見的明萬曆公案小說集，中土起碼尚有一殘本在（日本

名古屋的蓬左文庫藏有全本）。

　　另外，《三談》書末所收的《晚清小說史》改稿三篇，以及導論性的〈略談晚清小說〉，價值亦不少。1955年《晚清小說史》的修改本僅就舊本稍作改動而已，但阿英早有徹底重寫此書的構想。他大概始終沒有機會完成此願望，能夠在這裡多讀到一點他的最後改稿也是好的。總括來說，《三談》裡的篇數雖然不多，在性質和用途上，這書和《阿英文集》是頗有分別的。

　　從討論阿英這兩本集子，聯想到國人對學術紀錄的觀念問題。學術文章在結集時，不論是作者自選，或是別人代編，清清楚楚地向讀者交代原刊何處和出版日期的，可說絕無僅有。鄭振鐸、阿英諸人畢生致力於目錄學，盡量為我們整理過去的出版紀錄，對於他們自己的紀錄則疏忽得很，僅在序跋之類略說幾句，這裡所收的文章多寫在甚麼年代，或者說部分登在甚麼期刊，或以前在甚麼集子出現過，籠籠統統，便算了事。

　　一個成名的學者，本身就是學術源流的一部分，由他自己來保存這份紀錄，不假手他人，是最簡易的事。假如他不交代清楚，可能是自謙（說句不客氣的話，自謙就不要結集），也可能是失記，卻無疑給後人製造不易解決的難題，徒增考證之煩。

　　我所說的「清清楚楚」的完整紀錄，是每篇文之後應注明原來在甚麼期刊出現，包括卷數期數，出版年月。如果原先刊於報紙副刊，報紙和副刊的名稱（如副刊是編號的，還當說明編號），都是紀錄的一部分，出版年月日更不能缺少。遇到在不同地方出版的報紙，如《中央日報》（上海、南京、重慶、成都、貴州、廣州、臺北等地的不同版本）、《大公報》（天津、長沙、上海、漢口、重慶、桂林、香港），還要記出版地。前已在別的集子出現過的，集子的名稱，出版年份，也應一併注明；如光列合集而不追記原刊期刊或報紙，所提供的信息是不夠的。

　　《阿英文集》後面附阿英的著作目，以單行本為主，離開完整

的紀錄實在很遠。其實,完整的紀錄絕非苛求。稍悉日本學術情形的,都知道他們成名的學者在晚年時,同僚和門生往往出紀念論文集以資祝賀,如《退官記念論文集》(「紀念」日文作「記念」)、《還曆記念論文集》(六十歲)、《古稀記念論文集》(七十歲)、《米壽記念論文集》(八十八歲)之類。在論文集書首多半附有該學者的出版紀錄,單行本(撰著的和編輯的)和論文,都詳細注明,甚至書評及報章上的雜文,許多時候也不放過。日本學者多產的眞不少,譬如說,內藤虎次郎(1866-1934)、桑原騭藏(1870-1934)、吉川幸次郎(1904-1980)諸人的全集,論厚度,和《魯迅全集》差不了多少,而他們的出版紀錄都是那樣井然詳盡,易於查考,實在是值得我們反省和取法的。

後記

前文脫稿已逾三月,近自中國社會科學院陳毓羆先生聞,《阿英文集》的編者吳泰昌,原來是阿英的女婿,阿英舊藏書籍今多在彼處云。

《阿英文集》的編輯工作,除上述各事外,尚有一可商之處,即每用單篇文章以後收入的集子的出版日期作爲該文原來的出版日期。這樣的編排,毛病很明顯,因文章刊出後能在同年收入文集的,當屬不常見之例。譬如說,〈太平天國的小說〉一文,《阿英文集》據收入該文的《海市集》的出版日期,列爲1936年之作(目錄第4頁),其實該文原刊於《申報》,1935年10月3日(「自由談」)。假如原刊出處不詳,應注明,以免產生強繫年代的印象。

1980年7月4日

——《抖擻》,44期(1981年5月)

補記

　　剛見關家錚，〈阿英與二十世紀三十年代的俗文學研究〉，《民俗研究》，2005年1期(2005年3月)，頁135-153，開列阿英在這十年間俗文學研究的成績，異常齊全，甚足見阿英多產的驚人程度。拿此文所列出者和《阿英文集》所收此段時間的作品相較自易看出《文集》如何遺漏，以及遺漏者之中罕見的和當年已重印多次者之間的比例。四分之一世紀以前吳泰昌自然不能用關文來作引導，藉此強調的不在這一點，而在編文集要以避免重複和擴展讀者閱讀所及的範圍為務。

　　《阿英全集》(合肥：安徽教育出版社，2003)的出版並未彌補《阿英文集》之不足，因為編集之策基本上仍在串連已有的集子(特別是1949年以後編刊者)，而補入者主要僅為若干篇未及入集的晚年之作，採集散見三四十年代俗文學副刊的遺珠和注明諸文各版之異同顯非編者留意之事。

2006年5月1日

從《三劍樓隨筆》看金庸、梁羽生、百劍堂主在五十年代中期的旨趣

一、引言

　　新派武俠小說五十年代初在香港登場。篳路藍縷的金庸（查良鏞，1924- ）、梁羽生（陳文統，1926- ），和百劍堂主（依首次發表作品的次序）先後在左派報紙的副刊開始其寫作武俠小說的生涯，故香港《大公報》於1956年10月底為他們設一專欄，取名《三劍樓隨筆》，每日一題，不限範圍，由他們三人不定循環次序地各書己見。專欄維持了三個多月，得文八十餘篇，便無疾而終。

　　四十年歲月定乾坤，三人之所成判若日月。這事史有定論，不用多說。要說的是三人（特別是日後成就最著的金庸）在寫武俠小說之初，關心的是甚麼問題。因為梁羽生和金庸在封筆之前很少現身說法地談論其作品（百劍堂主封筆得早，不必多講），《三劍樓隨筆》應可助理解他們當時讀書和寫作的旨趣究在何處。

二、《三劍樓隨筆》的出版背景和研究狀況

　　五十年代初期，新派武俠小說崛起香港。作者的才華、作品的風格均大異於三、四十年代在中國大陸流行的武俠小說[1]。

1　雖然新派武俠小說是五十年代港臺文壇新興的寵兒，作品既均與舊派武俠

　　自這段始創時期至金庸和梁羽生於1972年及1984年分別先後封刀，香港風起雲湧的武俠小說文壇長期由金、梁二人任盟主。他們的作品緊接地連續出版，寫作期間現身說法的解釋則很有限。其中金庸對自己和時人作品的解釋比梁羽生還是少得多。其實，要理解他們開始寫武俠小說時的讀書和著作旨趣，倒是有一份相當現成的資料，那就是本文要析述的《三劍樓隨筆》。

　　1956年10月22日，香港《大公報》「大公園」版登了一段預告：

> 　　《三劍樓隨筆》：自梁羽生先生的《龍虎鬥京華》、《草莽龍蛇傳》、《七劍下天山》；金庸先生的《書劍恩仇錄》、《碧血劍》；百劍堂主的《風虎雲龍傳》等武俠小說在本港各報連載後，大受讀者歡迎，成為武俠小說中一個新的流派。現在我們約得這三位作者給「大公園」用另一種筆法撰寫散文隨筆，日內刊出，敬請讀者們注意——編者

隔了一日，金庸就首先為這系列寫第一篇隨筆。隨後在間有跳期，和三人不按次序登文（未嘗一人連寫兩日）的情形下，刊至1957年1月30日，便無疾而終，得文八十四篇（每篇之後，均有作者手書簽名）。其中金庸、梁羽生、百劍堂主各寫二十八篇（最後一篇是百劍堂主拉雜的結語，或不能算是正常的一篇）。

　　以《三劍樓隨筆》為名的單行本很快便由香港的文宗出版社在

（續）————————————————————————
　　小說有別，且有共通特徵，但兩地早期的發展鮮有影響性的關連。發展過程當中，最廣為人誤解的一點是新派武俠小說始自香港。其實按發展次序而言，是臺先港後，故不論推舉那一位香港作家為新派武俠小說之祖（指工作發軔早期，不是指影響力），都是錯誤的說法；見曹正文，《中國俠文化》（上海：上海文藝出版社，1994），頁129（此書另有繁體字1997年臺灣重排本）。新派武俠小說在香港的出現雖較臺灣稍遲，但因為兩地基本上是獨立發展，故當其發軔，仍可說崛起香港。

1957年5月刊印出來。書籍和報刊性質不同，單行本和見於副刊者確有小別：篇目次序有小異、百劍堂主刪去他認爲已失去價值的一篇、若干讀者來函收爲附錄、標題偶有改動、各篇之末易手書簽名爲(百)、(羽)、(庸)字樣。既然這些改動都是作者在原文脫稿後迅即作出的決定，我們就不必拘泥刊於報章者的純眞了。

　　這八十多篇文章對理解金庸等三人在啓創香港武俠小說文壇時的旨趣十分重要。這點雖夠明顯，但一般研究者因難有檢閱五十年代香港《大公報》的機會，而出版已四十多年的單行本又同樣罕見[2]。故此，迄今很可能僅得一篇專題討論《三劍樓隨筆》(且是直接根據副刊版本)的研究文字[3]。這篇作者署名爲陳永康的文章寫得很不錯。但雖僅發表了一年，卻因刊登在香港的報紙副版，找來一看(即使在香港)並非易事。這些都是在討論《三劍樓隨筆》前，得先弄清楚的。

三、百劍堂主究爲何人？

　　正如《大公報》發表《三劍樓隨筆》前的預告所說的，在香港撰寫武俠小說的風氣始自梁羽生、金庸、百劍堂主三人。

　　《大公報》開始刊登《三劍樓隨筆》時，梁羽生已刊完《龍虎鬥京華》(《新晚報》，1954年1月20日-1954年8月1日[「天方夜譚」版])、《塞外奇俠傳》(《週末報》，1954年5月-？)[4]，和

2　此書雖有1988年臺灣風雲時代出版公司影印本，但流通極有限。1997年上海學林出版社亦曾以簡體字重新排版刊行，流通情形似已有改進。這些複本都不加出版說明，也不交代百劍堂主是誰。

3　陳永康，〈金庸、梁羽生、百劍堂主〉，《東方日報》，1997年10月3日-11日(「G」版)。

4　《塞外奇俠傳》的詳細撰期，待找到《週末報》原物始能確實。此書複雜的撰期問題，現在還是可以解決若干的。梁羽生，〈與武俠小說的不解緣〉，收入劉紹銘、陳永明編，《武俠小說論卷》(香港：明河社，1998)，下冊，頁676-702，內所含附錄〈梁羽生作品初次發表日期〉，頁

《草莽龍蛇傳》（《新晚報》，1954年8月11日-1955年2月5日[「天方夜譚」版]，以及正在《大公報》的「小說林」版發表《七劍下天山》（1956年2月15日-1957年3月31日）；金庸已刊完《書劍恩仇錄》（《新晚報》，1955年2月8日-1956年9月5日[「天方夜譚」]，和正在《香港商報》的「說月」版發表《碧血劍》（1956年1月1日-1956年12月31日）；百劍堂主的《風虎雲龍傳》則僅開始發表了幾天（《新晚報》，1956年9月9日-1957年7月29日[「天方夜譚」版]）。

這樣說來，百劍堂主動筆最晚，出版量也最少。按常理（且不說日後知名度之別），三人中居領導地位者應不是他。實情卻相反。

《三劍樓隨筆》初刊報章時，因分日不按次序地刊登，作者並無名次之別。刊印單行本時，則排名總應有先後之分。按現今的觀念，金、梁、百的排次當是眾無異論的。書的排名卻是百、梁、

（續）────────────────

696，說此書初見《週末報》之日期爲「1954年5月- ？」。作者自記，紀錄應夠準確才對（這張作品初刊日期表聲明是按劉文良所提供的資料而編成的，且表中復有別的作品說不出原刊日期，可見連梁羽生本人都沒有保留足夠的原刊資料）。這本小說的撰期尚有一說。羅立群，《開創新派的索師──梁羽生小說藝術談》（上海：學林出版社，1996年），頁192，說是「約1957-1958年之交」刊於《週末報》的。羅書另有書名易導人誤以爲別爲一書之繁體字臺灣重排本：《梁羽生小說藝術世界》（臺北：知書房出版社，1997年）。按此說，《塞外奇俠傳》撰寫時，《三劍樓隨筆》系列早已結束了。另外，《大公報》「大公園」版的編輯在推介《三劍樓隨筆》時也沒有提《塞外奇俠傳》。這和羅說合起來看，就似證明《塞外奇俠傳》是後出之作。事實卻不然。《塞外奇俠傳》和《七劍下天山》的故事是前後相連的。怎會先寫後集，然後才補撰前集？因此，梁羽生在寫《三劍樓隨筆》前所撰小說應包括《塞外奇俠傳》。這樣說來，難道羅立群根本沒有看過《塞外奇俠傳》？糊塗之例，還有一個。韓雲波，《俠林玄珠》（成都：四川人民出版社，1995年），頁167-168，說《草莽龍蛇傳》和《塞外奇俠傳》之間，還有一本《白髮魔女傳》。把梁羽生的第六本小說（《新晚報》「天方夜譚」版，1957年8月5日-1958年9月8日）算是他的第三本小說，還把《塞外奇俠傳》和《草莽龍蛇傳》的次序顛倒過來，掌握信息差勁的程度可以想見。

金。連刊登副刊時和出單行本時的《三劍樓隨筆》五字標題也出自百劍堂主之手(對照簽名即知)。最後的結語(內合報刊和單行本兩版本分別的解釋),和在單行本書首加的〈正傳之前的閒話〉介紹文字悉由百劍堂主一人執筆。從這些角度去看,說三人同意以百劍堂主為首,應不是臆度之言。

這情形有一可能的解釋,就是百劍堂主年長於金、梁二人(金長梁二歲,分別不算大)。解決之法,還是得先弄清楚百劍堂主是誰。

究竟百劍堂主是誰,不要說一般讀者不知道,連研究者亦多不曉得[5]。

潘亞暾、汪義生的《金庸梁羽生通俗小說欣賞》指百劍堂主為左派報人陳凡(1915-1997)[6]。可靠與否,不易判斷。但陳凡有自傳,見劉以鬯(1918-)主編的《香港文學作家傳略》,傳中列出年月日齊全的誕生日期(按陳凡的知名度,祇有他本人才說得出來)[7]。內全不提百劍堂主這筆名和用此筆名寫的《風虎雲龍傳》。在這情形之下,要指百劍堂主為陳凡,確很難教人信服。

證據還是有的。陳凡在前年(1997)9月29日逝世後幾天,梁羽生在香港《大公報》「大公園」版刊一詩追悼,編者亦附加說明:

---

5 出版得重重複複的金庸傳記,不時提及金庸參加撰寫《三劍樓隨筆》之事。但檢及到的都說不出百劍堂主是誰。冷夏(鄭祖貴),《金庸傳》(香港:明報出版有限公司,1994),雖為與金庸有關係的機構之刊物,不無「官書」的意味,在頁62-64屢次講到百劍堂主,卻始終點不出他的本名,便是一例。至於此書之「官書」程度,見列孚,〈《金庸傳》引發爭議〉,《聯合報》,1998年11月2日(「讀書人」版)。另一例就是唯一撰寫《三劍樓隨筆》專題研究的陳文康。他承認不知道百劍堂主是誰,還斬釘截鐵地說沒有追查的必要;見其〈金庸、梁羽生、百劍堂主(一)〉,《東方日報》,1997年10月3日(「G」版)。

6 潘亞暾、汪義生,《金庸梁羽生通俗小說欣賞》(南寧:廣西教育出版社,1993),頁276、282。

7 參見劉以鬯主編的《香港文學作家傳略》(香港:市政局公共圖書館,1996),頁601。

輓陳凡大兄

三劍樓見證平生　亦狂亦俠真名士
卅年事何堪回首　能哭能歌邁俗流

梁羽生

按：《三劍樓隨筆》係當年由陳凡、梁羽生、金庸三人輪流執筆撰寫的雜文專欄，膾炙人口，極受歡迎。

至此，百劍堂主之為陳凡始不復再有疑問。三人中，陳凡年紀最長，故《三劍樓隨筆》的撰寫和刊行，事事由他領先。

　　百劍堂主的身分雖確定了，但他和他寫的《風虎雲龍傳》在武俠小說史上幾乎無紀錄可言。在近年為數不少，往往頗厚的武俠小說辭典當中，尚未見有任何一種提及百劍堂主或其武俠小說[8]。完全不理百劍堂主及其《風虎雲龍傳》，當然是編撰這些辭典者之

8　查檢過的辭典，包括胡文彬主編，《中國武俠小說辭典》（石家莊：花山文藝出版社，1992）；寧宗一主編，《中國武俠小說鑑賞辭典》（北京：國際文化出版社，1992）；劉新風、陳墨等，《中國現代武俠小說鑑賞辭典》（北京：中國民族學院出版社，1993）；溫子健主編，《武俠小說鑑賞大典》（桂林：灕江出版社，1994）。

失[9]。擺在眼前的事實還是很簡單。陳凡寫完那本說不上有甚麼影響力的《風虎雲龍傳》後，意興闌珊，再不沾手武俠小說了。他以後的成績，除了替香港的左派報紙寫政論外，其它就沒有給讀者留下明顯的印象。

《三劍樓隨筆》不是一本值得獨立研究的書。僅從幫助我們理解武俠小說在香港創始時主要作家的興趣所在這角度去看，此本開書才有探研的價值。說明了這一點，以下的討論不多講百劍堂主就不用再解釋了。

四、棋話連篇

《三劍樓隨筆》話題很雜，分析起來，不能每樣都講。況且書中不少新聞意味很重的篇章，過了四十多年，早成明日黃花，自可不論。雖則如此，祇要僅以金、梁二人為談論中心，篇章按類歸納，這本書還是不難處理的。

按講的次數而言，書中最突出的話題是棋藝(圍棋和象棋)——梁羽生七篇、金庸三篇(百劍堂主不談棋藝，下遇這種情形，不再注明)。

金庸寫的雖僅為介紹性文字，他已特別指出他在《碧血劍》中如何利用奕棋布置情節[10]。其實《書劍恩仇錄》早有對棋的描寫了。金庸後續發揮以棋局入稗的手法，在《倚天屠龍記》(1961)、《天龍八部》(1963-1965)，和《笑傲江湖》(1967)幾臻化境，雖

9　《風虎雲龍傳》在《新晚報》刊完後，還有香港三育圖書公司的四冊單行本(1957-1960)。辭典求全務準，不以褒貶定取捨。就算那些辭典編者以資訊不足為自辯之辭，但香港左派文人刊書而不為大陸學界所留意，始終是具反諷意味之事。

10　金庸，〈圍棋雜說〉(1956年11月7日)，頁33-35(前者為原見《大公報》的日期，後者為單行本的頁數。為省篇幅，倘收入單行本時，題目有別，亦不注明。下同)。

是後話，串連起來看，該有助於明瞭金庸作為一個小說家的成長過程[11]。

梁羽生的情形則不同。他之於博奕，著迷入痴之程度尤過金庸。雖然他亦以棋局入小說，如《萍蹤俠影錄》（1959），但他在《三劍樓隨筆》講的棋話卻不易和他寫的小說連起來看。理由很簡單。梁羽生在《三劍樓隨筆》寫的七題棋話，講的僅是當日棋壇（圍棋和象棋）高手如楊官璘、朱劍秋、吳清源（1914- ）、何頌安、王嘉良和他們當時的戰績[12]。金庸棋話三題中，亦有一篇是講吳清源的[13]。江山代有才人出，四十餘年過去了，這些名字所代表的自然大大不同。隨筆應一時興緻與價值觀念而寫，久存性難免受局限。占了《三劍樓隨筆》幾乎八分之一篇目的棋藝話題，除了有助說明金、梁二人因何以奕入稗外，對分析有關小說書中涉及棋的情節，並不能說有很大的關聯。

與棋並稱的琴、書、畫又如何？這些在金、梁小說中層出不窮，而讀者也百看不厭的技藝，《三劍樓隨筆》全欠奉。有的僅是金庸談香港女水彩畫家李克玲的作品，不必與武俠小說強拉上關係的一篇[14]。

---

11 無端，〈圍棋與金庸的武俠小說〉，收入餘子等，《諸子百家看金庸（五）》（臺北：遠景出版公司，1986），頁33-44；溫瑞安，《天龍八部欣賞舉隅》（臺北：遠景出版公司，1986），頁79-88；陳墨，《技藝金庸》（臺北：雲龍出版社，1997），頁67-83。

12 梁羽生，〈閒話楊朱一局棋〉（1956年11月1日），頁20-22；〈談楊官璘的殘棋〉（1956年11月11日），頁48-50；〈圍棋聖手吳清源〉（1956年11月29日），頁82-85；〈棋壇歷史開新頁——寫在全國象棋大比賽之前〉（1956年12月13日）〔增附錄〕），頁111-113；〈縱談南北棋壇〉（1956年12月23日），頁132-134；〈永留佳話在棋壇——談何頌安「歷史性的一局棋」〉（1956年12月30日），頁145-147；〈談棋手的實力〉（1957年1月3日），頁149-152。

13 金庸，〈歷史性的一局棋〉（1956年12月8日），頁101-104。

14 金庸，〈看李克玲的畫〉（1956年10月27日），頁10-12。

五、數理精微

金庸和梁羽生均以才高八斗，縱橫雜學見稱。他們雖然不在這系列談琴、書和畫，奇招還是有的。其中最教一般治文史者摸不著頭腦的是數學[15]。

《三劍樓隨筆》中，梁羽生和金庸各有一篇發表日期很接近的數學文章[16]。梁羽生的一篇還算是一般性的介紹之作，金庸談圓周率則綜引古今，深入淺出，很見功力。早晚會有人在談金、梁小說的技藝時，擴展範圍及於數學的。這兩篇隨筆該有參考價值。

談完圓周率，金庸還在該篇提供一項寫作《書劍恩仇錄》過程的資料。他寫《書劍恩仇錄》時追查過海寧陳家的史事，眾所周知。但一般讀者並沒有他於參考史家孟森那篇著名遺作〈海寧陳家〉之餘[17]，還做過不少獨立探究的印象。在這篇講圓周率的隨筆末段，金庸說他追查到與陳家洛父陳世倌同輩的陳世仁(1676-1722)不僅為康熙朝的翰林，更是一個所學有成的數學家，並指出所著《少廣補遺》「一直研究到奇數偶數平方立方的級數和等問題」。金學研究固早精細入微，知見所及似尚無人通過這項資料去證明金庸撰寫《書劍恩仇錄》的艱辛。

---

15 陳墨在《技藝金庸》書中，談論金庸小說中的醫、詩、琴、棋等十項技藝；方志遠，《彈指驚雷俠客行——港派新武俠小說面面觀》(南昌：江西人民出版社，1991年)，頁311-355，綜論金庸、梁羽生小說中的琴、棋、書、酒、花五趣，均不提數學，可以為例。

16 梁羽生，〈數學與邏輯〉(1957年1月17日)，頁180-181；金庸，〈圓周率的推算〉(1957年1月22日)，頁191-194。

17 孟森此作雖實為一般長度的論文，但1948年以遺著形式首次發表時，北京大學出版部是印為單行本刊售的，並列之為《國立北京大學五十週年紀念論文集》內文學院第一種。其後此文收入好幾種合刊，如孟森，《清代史》(臺北：正中書局，1960)，頁511-532；孟森，《明清史論著集刊續編》(北京：中華書局，1986)，頁318-348。

六、西方電影和小說的影響

　　金庸曾從事電影事業，且以電影手法入小說。這雖早是金學領域裡的老生常談[18]，讀《三劍樓隨筆》者還是希望在書中能看到有關電影的討論。

　　金庸不教讀者失望。系列開宗明義的第一篇就是談美國小說家該隱（James M. Cain, 1892-1977）《相思曲》（*Serenade*, 1937），小說原書和電影改編版的異同。金庸毫不留情地抨擊荷里活電影界的庸俗市場傾向如何向一本文字優美、故事感人的小說作出各種粗暴的任意改動[19]。

　　這是金庸初撰武俠小說時不滿市場主導文學創作和作品改編的明確表示。這裡帶出一個不在本文討論範圍而早晚該有人試圖回答的問題──金庸撰寫小說與市場需求的關係，特別是由原本改寫為今本時（以及現在再進行別一次修改時）的關係。

　　討論小說《相思曲》時，金庸一併談及海明威（Ernest Hemmingway, 1899-1961）、費茲路（Francis Scott Fitzgerald, 1896-1940）、福克納（William Faulkner, 1897-1962）幾個他傾心佩服的美國小說家。這樣一來，讀者不難會以為金庸對盛名的美國小說家有偏好，因而教人聯想到此等作家的小說對金庸究竟有何影響的問題。

　　《三劍樓隨筆》能幫得上忙的例子確有一個，就是點出《倚天屠龍記》的金毛獅王謝遜出自梅爾維（Herman Melville, 1819-1891）筆下大白鯨無比敵（書名一樣，*Moby Dick*, 1851）。原來在《明報》開始發表《倚天屠龍記》（1961年7月6日）前四年半，金庸的腦海中已印上謝遜的形象。

18　最近一例為嚴家炎，〈金庸談讀書及小說、電影寫作〉，《明報月刊》，33卷12期（1998年12月），頁34-35。

19　金庸，〈《相思曲》與小說〉（1956年10月24日），頁2-5。

　　金庸在《三劍樓隨筆》用無比敵為題一連寫過兩次[20]。西方文評家對無比敵的詮釋五花八門，理論掛帥，亂套「主義」。金庸依從英國小說家毛姆(W. Somerset Maugham, 1874-1965)的看法，不相信那些解夢式的玩意兒。他相信的是書中表達出來的憤世嫉俗的強烈呼聲，和接近瘋狂的憎恨感與復仇慾，以及模稜兩可的善惡觀念。單說謝遜是無比敵的化身是不夠的，說他是大白鯨和亞海勃船長(Captain Ahab)的混合化身固然較切實情，還不如說金庸在移植的基因上做了一次中國化和真實化的成功實驗[21]。

　　梁羽生的情形有幾分近似。梁羽生第一次為《三劍樓隨筆》系列寫稿時，就坦然講出一件他樂於承認之事。他說有個中學生讀者看出《七劍下天山》的重要人物凌未風就是英國女作家伏尼契(Ethel Lilian Voynich, 1864-1960)處女作《牛虻》(*The Godfly*, 1897)中的十九世紀初義大利革命分子牛虻，並驕傲地承認不單事實確如此，還指出牛虻的化身是一析為二的，由凌未風和易蘭珠(天山七劍客中二人)來分任[22]。

　　梁羽生點明《牛虻》和《七劍下天山》的關係也不止這一次。差不多十年後，他在那篇故弄玄虛，託名自褒，暗貶金庸，在武俠小說研究史上成為異品的文章裡仍樂書不倦[23]。

　　國內研究武俠小說史者亦有附和的，把梁羽生的襲用牛虻說成

20　金庸，〈無比敵有甚麼意義？〉(1956年12月1日)，頁88-93；〈無比敵有甚麼好處？〉(1956年12月5日)，頁93-96。

21　這點吳靄儀，《金庸小說的男子》(香港：明窗出版社，1989年)，頁82-88，有很漂亮的分析。

22　梁羽生，〈凌未風、易蘭珠、牛虻〉(1956年10月25日)，頁5-8。此文近收入梁羽生，《筆花六照》(香港：天地圖書公司，1999年)，頁50-52。

23　佟碩之，〈新派武俠小說兩大名家——金庸梁羽生合論〉，《海光文藝》，1966年1月號(創刊號)，頁4-6。此文在《海光文藝》連刊三期，其措辭顯欲令讀者以為是最先約梁羽生、金庸、百劍堂主在《新晚報》發表武俠小說的羅孚(1921-　)所寫，實則文出梁羽生之手。此文雖屢經轉載，但遇到這種情形，為了鎖定原作日期和保證文字無誤，還是應參據原版。

是傳奇性的文壇盛事[24]。

這種美譽，不管是自誇的，還是人封的，確有說明究竟的必要。

《七劍下天山》和《牛虻》的關聯連一個買不起書，要在書店把書讀完的中學生(沒有低估其能耐之意)也看得出來，襲用者之消化不良本不必代辯。可是我們要管的並不是消化程度的問題，而是梁羽生怎會選中一本雖原以英文書寫，在西方文壇卻給人遺忘得幾乎一乾二淨的小說作爲模仿的對象？

首先我們應明白，伏尼契及其賴以存名的小說《牛虻》的聲譽絕不如一般中國讀者印象中崇高。其實她是一個《大英百科全書》(*Encyclopedia Britannica*)〈微知卷〉(Micropedia)部分不管，連專紀錄世界女作家的辭典如Katharina M.Wilson, *et al., Women Writers of the Great Britain and Europe: An Encyclopedia* (New York: Garland Publishing Inc.,1997)也不理的愛爾蘭女作家(她的姓不是愛爾蘭姓氏，因她從夫之波蘭姓)。即使是僅以愛爾蘭作家爲記述範圍的辭典也有不少撇開她不提[25]。她的書不祇《牛虻》一本，但其它的僅能算是在出版史上查考得到紀錄之物而已。

---

24 最明顯之例爲羅立群，《開創新派的宗師》，書中有一章標明以〈天山劍客有牛虻〉爲題，頁96-108。但不知羅立群看過《三劍樓隨筆》沒有？梁羽生說牛虻化身爲凌未風和易蘭珠，他卻說除凌未風外，書中還有劉郁芳和韓志邦二人是牛虻的化身。如果梁羽生和羅立群所說都對，牛虻在《七劍下天山》豈非一化爲四了！

25 提及她的愛爾蘭作家辭典當然有，不提她的還是不少，例如Alexander G. Gonzalez, *Modern Irish Writers: A Bio-Critical Source Book* (Westport, Conn.: Greenwood Press, 1967); Anne M. Brady and Brian Cleeve, *A Biographical Dictionary of Irish Writers* (New York: St. Martin's Press, 1985)，都不覺得有爲她存紀錄的必要。至於西方文評家對她的研究，值得一提者恐怕僅得一篇四十多年前發表的短文：Arnold Kettle, "E. L. Voynich: A Forgotten English Novelist," *Essays in Criticism*, 7: 2(April 1957), pp.163-174. 這篇文章的作者老老實實地標明伏尼契是個在西方早被人遺忘的作家，真夠坦白。

　　這本遭西方文壇擯棄的小說爲何不單會變成梁羽生心愛之書，中國的研究者還可以抄錄若干段落來和《七劍下天山》作比較[26]，甚至連靠在書店揩油的香港中學生也熟悉？無他，這本小說在西方雖不受歡迎，它之講革命和歌頌愛國情操卻使其成爲蘇聯和東歐共產國家的暢銷書。五十年代的中國唯蘇是從，還以爲《牛虻》是普及世界的作品，遂於1953年由李俍民譯成中文，印行一百多萬冊，使之頓成爲中國人眼中的西方名著。文革以後，此書各種新版本以及近年的電影光碟相繼出現更使其在中國的流通歷久不衰。這雖是後來之事，也足以說明當日梁羽生受假象影響的程度。

　　就算沒有給假象誤導，梁羽生喜歡政治掛帥的作品也是事實。在《三劍樓隨筆》裡，他有一篇介紹蘇聯小說(讀的應是中譯本)的文章。原來連《鋼鐵是怎樣鍊成的》，那類歌頌受共產主義支配的國家萬樣好的作品，他也讀得津津有味[27]！

　　講完這些，就不難看出五十年代中期的金庸和梁羽生雖同在赤報工作，後者的思想要比前者左得多。至於二人同受西方文學的影響，也有一很明顯的分別。金庸直接讀原書，選擇是自己決定的。梁羽生依靠譯本，選擇是別人圈定的。選擇性質之異是否會影響到接納、消化、運用等方面，續談下去，涉連很廣，就不必在此討論了。

七、《七劍下天山》中的納蘭性德和傅山

　　武俠小說講過去的故事，讓歷史人物穿插其間，不管他們是要角還是閒角，對增加小說的眞實感總有補益。如果金庸和梁羽生在《三劍樓隨筆》解釋一下他們選用的歷史人物，該多理想。

26　如羅立群，《開創新派的宗師》，頁102-106，所抄錄者。
27　梁羽生，〈讀蘇聯的小說〉(1957年1月24日)，頁196-199。

　　話雖如此，局限性仍難免。《三劍樓隨筆》出爐的時候，金庸和梁羽生已寫和正在發表的武俠小說合共僅六本，涉及的歷史人物不算多。幸而在這本隨筆集內，還是能夠找到兩個配合說明的例子——《七劍下天山》中的納蘭性德（1655-1685）和傅山（1607-1684）。後者在書中的分量比前者重，但在《三劍樓隨筆》中梁羽生僅提供他對納蘭性德的看法。梁羽生為這系列寫了三篇講納蘭性德的隨筆[28]。首兩篇講納蘭性德的生平和推崇他的詞在詞史上的古今獨步，還沒有超越一般文學史事討論的範圍。第三篇就奇了。他解釋《七劍下天山》如何用暗示的手法點明納蘭性德懂武，且武藝不算差，但距離高手的程度甚遠，更無法和他在文學史上的成就相較。這豈非正是梁羽生的讀者夢寐以求的說明！

　　看見梁羽生談得高興，金庸也加入討論，並開闢一新話題，講納蘭性德好友吳兆騫（1631-1684）因科場事件而充軍新疆的冤獄，以及納蘭和另一摯友顧貞觀（號梁汾，1637-1714）經歷十年設法營救之事[29]。香港和上海的讀者對這一連串的討論反應熱烈，甚至有爬疏鉤玄，參加探索者[30]。這顯然是整本《三劍樓隨筆》談得最起勁，所講最歷久如新的話題。

　　梁羽生沒有談在《七劍下天山》書中較納蘭性德扮演更重要角色的傅山。倒是百劍堂主越俎代庖，寫了一篇簡介傅山的文字[31]。該文僅說明傅山是明末清初志崇節高的隱士而已，完全沒有交代梁

28　梁羽生，〈才華絕代的納蘭詞〉（1956年10月28日），頁13-15；〈翩翩濁世佳公子、富貴功名總等閒——再談容若的詞〉（1956年11月4日），頁28-30；〈納蘭容若的武藝〉（1956年11月8日），頁35-37。

29　金庸，〈顧梁汾賦贖命詞〉（1956年11月10日），頁41-43。不熟悉吳兆騫事蹟者，有二書可參考：李興盛，《邊塞詩人吳兆騫》（哈爾濱：黑龍江人民出版社，1986），和李興盛編，《江南才子塞北名人吳兆騫資料匯編》（哈爾濱：黑龍江人民出版社，2000），三冊。

30　《三劍樓隨筆》，頁43-47，所收的兩篇讀者來函均很有份量。

31　百劍堂主，〈傅青主不武而俠〉（1957年1月23日），頁194-196。

羽生如何配套此歷史人物入《七劍下天山》的情節內[32]。

　　要明瞭金、梁二人創作武俠小說之初怎樣利用和處理歷史人物，以求達到虛實相配和平衡，《三劍樓隨筆》幫得上點忙。它有梁羽生的例子，但沒有金庸的例子。

　　利用《三劍樓隨筆》的園地，說明當時已發表的作品，梁羽生比金庸積極。除了解說如何表達出納蘭性德懂武藝外，他還詮釋《七劍下天山》中一段冒浣蓮替桂仲明解夢(兩人均列名天山七劍客)，因而助其恢復記憶的故事，是根據佛洛伊德(Sigmund Freud, 1856-1939)釋夢學說而寫成的[33]。這種消息雖屬一鱗半爪，對賞析他的作品還是有「夫子自道」作用的。

　　認為《三劍樓隨筆》有助理解梁羽生早期作品的話，還得留意梁羽生和金庸之間有一分別。梁羽生絕大多數作品成於寫作《三劍樓隨筆》之後(後期和前期作品數量的比例為三十一對四)，比例較金庸大多了(金庸的後期前期數量比例為十二對二，僅算長篇作品)。《三劍樓隨筆》以後，金庸沒有出版過隨筆集[34]。梁羽生其後最少有四本個人隨筆集[35]。若要整體討論梁羽生的小說，這些隨筆集自然不可或缺。這些題外話是有說明的必要的。

八、其它歷史人物的討論

32　陳永康評百劍堂主在《三劍樓隨筆》所寫諸文為祇知搜集資料，左抄右湊，而無個人觀點，並非虛言；見其〈金庸、梁羽生、百劍堂主(二)〉，《東方日報》，1997年10月4日(「G」版)。

33　梁羽生，〈夢的化裝〉(1956年11月22日)，頁72-74。

34　金庸有一本社論集，《香港的前途》(香港：明報有限公司，1984)，那是另一回事。

35　梁羽生的四本隨筆集為《筆、劍、書》(香港：天地圖書公司，1985)；《筆不花雜記》(廣州：花城出版社，1986)；《筆不花》(香港：三聯書店，1989)；以及本文注22所列的新刊隨筆集《筆花六照》。

除納蘭性德外，梁羽生還談到玄奘(602-664)[36]。那是很難以要角形式寫入武俠小說的人物，可以不論。

金庸寫小說，對歷史忠誠交代的執著，和梁羽生一樣強烈。小說初在報紙或期刊發表時，受時空之限，史觀的詮釋和複雜史事的陳述都很難和諧地插入文內。金庸在七十年代修改各本小說原本為今本時，沒有了這些限制，歷史方面的補充話不少就用附錄的方式向讀者交代[37]。這些附錄也給金庸提供了講明他對某些史事有特別觀感的機會。

金庸雖然這樣究心歷史真相，卻沒有在《三劍樓隨筆》裡講及《書劍恩仇錄》和《碧血劍》兩書中的歷史人物。那麼他有沒有談到以後續寫各書中的歷史人物？這顯然是喜讀金庸小說者關心的問題。

按人物的先後年代，金庸在《三劍樓隨筆》談到兩組歷史人物：

馬援(前14-49)、漢光武帝劉秀，和在交趾起義而被馬援剿殺的二徵王(徵側、徵貳兩姊妹)[38]。

郭子儀(697-781)、唐代宗李傲、沈后、昇平公主(打金枝故事的女主角)[39]。

兩者都可以構思為曲折離奇的故事。但金庸從未採用漢唐為武俠小說的時代背景，已封之刀也不會啟封，難道他對這兩題材的喜愛就真的沒有進一步發展的可能？

36　梁羽生，〈辯才無礙說玄奘〉(1956年12月6日)，頁96-98。

37　〈康熙朝的機密奏摺〉，收入《鹿鼎記》；〈袁崇煥評傳〉，收入《碧血劍》；〈卅三劍俠圖〉，收入《俠客行》；〈成吉思汗家族〉、〈關於全真教〉，收入《射鵰英雄傳》。其中也有早已發表，並非為修訂本而寫的，如〈卅三劍俠圖〉原刊於1970年1-2月的《明報晚報》。

38　金庸，〈馬援見漢光武〉(1956年11月24日)，頁75-77；〈馬援與二徵王〉(1956年11月28日)，頁79-81。

39　金庸，〈郭子儀的故事〉(1956年11月17日)，頁61-64；〈代宗、沈后、昇平公主〉(1956年11月21日)，頁69-72。

這事涉及一個金庸和梁羽生共同的情況。他們都想在再執筆創作時寫歷史小說[40]。

梁羽生的計畫似較易實現。梁羽生在未入廣州嶺南大學念經濟前(1949年畢業)已師事太平天國史家簡又文(1896-1979)[41]。他以太平天國為題寫歷史小說是理所當然之事。外界報導說他遷居澳洲後，已於1990年開始潛心寫太平天國歷史小說[42]。消息如屬真，這本小說或者已快脫稿了。

金庸的情形沒有這樣明顯。金庸社交繁忙，且又開始再修改全部作品，分別刊為線裝本和普及平裝本的繁重工作[43]，能否分暇撰寫從未嘗試過的歷史小說，不能不說是疑問。假如確動筆寫歷史小說，會否自馬援和郭子儀兩題選一？讀過《三劍樓隨筆》的大多會提出此問題。這問題別人是不能代金庸回答的。

九、結語

寫《三劍樓隨筆》的時候，金庸和梁羽生僅發表了以後所撰全部武俠小說作品的一小部分。況且這些選題隨意，長度受制，還要照顧話題的多元性、可讀性，和時事性的短文，基本上不是為詮釋已刊的武俠小說而寫的。雖然書中確有為提供這種詮釋而寫的文章，數目畢竟不多。那幾個刻意為自己的武俠小說加注的例子也全是梁羽生的，金庸沒有這樣直接的說明。從這角度去看，《三劍樓隨筆》的史料價值是有限的、零碎的。

---

40 金庸在封刀以後，經常講及擬再寫小說，當寫歷史小說。其中一例為林翠芬紀錄，〈金庸談武俠小說〉，《明報月刊》，30卷1期(1995年1月)，頁51-53。

41 費勇、鍾曉毅，《梁羽生傳奇》(廣州：廣東人民出版社，1996)，頁6-8。

42 潘亞暾、汪義生，《金庸梁羽生通俗小說欣賞》，頁286。

43 金庸，〈小說創作的幾點思考〉，《明報月刊》，33卷8期(1998年8月)，頁48。

　　從另一角度去看，金庸、梁羽生二人寫作武俠小說的時期不算短，期間發表的現身說法之言卻量少質稀（最具實質的還是梁羽生那篇別有用心的託名之作）。《三劍樓隨筆》直接講武俠小說的地方雖不多，但對理解金、梁二人在五十年代中期讀書和寫作的旨趣，幫助不少。這本隨筆集的價值不該僅是片羽吉光而已。

　　　　　　──王秋桂主編，《金庸小說國際學術研討會論文集》（臺北：遠流出版公司，1999）

近年集體編寫中國小說史的三次嘗試

　　個人「撰」寫的中國小說通史非是劣貨不可，且往往由一群學無專長者去執筆。這情形在最近的將來亦不會有大改變。此等人搬出來的東西，一般祇能說是編湊之物，而絕不配稱爲撰著的成品。所以如此的原因在〈論《中國小說史略》不宜注釋及其它〉一文內已分析過了，不用再講。

　　然而中國小說發展歷時長，文體、類型、主題在在都夠複雜，不論專題探討如何精深，綜貫全局的通史始終不可或缺。講清楚如何才有望能撰寫出夠實質，有創見，追得上國際水準，不以服務當前政治要求爲目標的小說通史，顯然有必要。

　　標準早就有了。那就是英國劍橋大學推出了幾十套叢書的通史系列，全各冠以 *Cambridge History of* 字樣在前。已出版的包括英國文學、非洲、十七世紀哲學、美國文學、美國音樂、早期基督教文學、中國、日本、伊斯蘭教、埃及、印度、伊朗、中亞、《聖經》、美洲原住民……等等，是一個範圍、深度、權威性，和普及性都難以超越的大系列。基本的原則卻殊不複雜：每套叢書除了有總編輯、副編輯外，每冊都有專人負責，儘量做到善用英語世界的人才，而不會僅局限於英國，也儘量迴避由一人獨寫一冊，甚至一人寫幾冊，那種不知天高的愚勁。

　　一人獨寫一冊的不智，可以清代小說爲說明之例。除了晚清部分因作品的統一性高，祇要執筆者學養足，由一人單獨負責並非是不可行之事。阿英的《晚清小說史》就是很成功的開創之作。自清

初至晚清的一段漫長時間卻不可以這樣處理。有清一代的小說不單類型繁多(話本、傳奇、筆記、才子佳人、歷史、人情、公案俠義……),而且往往有明顯的時段特徵(如才子佳人小說集中在清初),文體、類型、時段之異帶來很不相同的閱讀感受。正如無讀者會對這些品味分別很大的小說悉數同樣感興趣,沒有任何學者會對這些林林總總的作品全部付出相同的注意力,作出同等深度的研究。一冊單由一人執筆極難達到該冊各部分成績平均,道理即在此。

在研究傳統中國學問的領域裡曾否有接近劍橋系列理念的例子?答案是有的,即邱燮友、周何、田博元編,《國學導讀》(臺北:三民書局,1993)。五厚冊內每一章都分別由專家執筆(間有兩人合寫一章的),所選的撰人雖多在臺灣,也有約自日本和美國者,基本方策與劍橋系列者並無大別。至於每冊不另安排編輯,那是因為整體結構未複雜至需要作出此部署的程度。

依此理念去構思的集體撰作中國小說史雖尚未見,近年倒有三個嘗試很有趣,值得分析以求找出集體撰寫小說史要怎樣部署和進行才能達到美滿的成果。

有一事要先說明。劍橋系列的目標很單純,就是要統合英語世界當前的知識,並提供足夠的參考資料讓讀者能按圖索驥,繼續追研下去。編寫中國小說史的叢書就不能單是照料學界的需要,也要負起普及的責任。幸而這兩種要求之間並無矛盾存在,也不難做到互惠雙進。

這裡說的三次嘗試講的是三套性質和設計都頗相近的小說史叢書。

第一套是1993年遼寧教育出版社(瀋陽)刊行的《古代小說評介叢書》。主編是侯忠義(1936-)和安平秋(1941-)。這套叢書用九個單位來分配七十四目(七十七冊):
斷代簡史

《漢魏六朝小說簡史》（侯忠義）

《唐代小說簡史》（侯忠義）

《宋元小說簡史》（蕭相愷，1942- ），兩冊

《明代小說簡史》（孫一珍），兩冊

《清代小說簡史》（張俊，1935- 、沈治鈞），兩冊

《中國小說發展源流》（林辰［段德明，1928- ］）

分類史

《話本小說史話》（張兵，1947- ）

《神怪小說史話》（林辰）

《講史小說史話》（王星琦，1945- ）

《世情小說史話》（蕭相愷）

《才子佳人小說史話》（苗壯，1941- ）

《俠義小說史話》（曹亦冰，1946- ）

《諷喻小說史話》（蔡國梁）

小說知識

《古代小說書目漫話》（王海明、彭衛國）

《古代小說史料漫話》（程毅中）

《古代小說評點漫話》（黃霖，1942- 、萬君寶）

《古代小說續書漫話》（李忠昌）

《古代小說禁書漫話》（歐陽健，1941- ）

《古代小說序跋漫話》（王先霈，1939- ）

《古代小說作家漫話》（歐陽健）

《古代小說版本漫話》（歐陽健）

《古代小說藝術漫話》（何滿子［孫承勛，1919- ］）

小說與文化

《古代小說與神話》（蕭兵，1933- ）

《古代小說與宗教》（白化文，1930- 、孫欣）

《古代小說與民俗》（李稚田）

《古代小說與民間文學》（李德芳、于天池）

《古代小說與歷史》（歐陽健）

《古代小說與倫理》（趙興勤）

《古代小說與詩詞》（林辰）

《古代小說與戲曲》（李修生、李眞渝）

《古代小說與方言》（顏景常）

歷代小說

《上古神話系列小說》（竺少華）

《列國志系列小說》（竺青，1962- ）

《兩漢系列小說》（歐陽健）

《羅貫中與三國演義》（段啓明）

《兩晉系列小說》（張虹）

《杜綱與南北史演義》（包紹明）

《隋唐演義系列小說》（齊裕焜，1938- ）

《楊家將與岳家軍系列小說》（顧歆藝）

《魏忠賢系列小說》（邱忠孝）

《英烈傳系列小說》（王星琦、袁華）

《黃小配與洪秀全演義》（趙明政，1938- ）

世情諷喻

《笑笑生的金瓶梅》（章培恒，1934- 、卞建林）

《曹雪芹與紅樓夢》（張俊、沈治鈞）

《李綠園與歧路燈》（杜貴晨）

《吳敬梓與儒林外史》（陳美林，1932- ）

《林蘭香和醒世姻緣傳》（曹亦冰）

《天花藏主人及其小說》（林辰、段句章）

《李汝珍與鏡花緣》（朱眉叔，1922- ）

《李伯元與官場現形記》（張中）

《吳趼人的小說》（袁健）

《劉鶚與老殘遊記》（王學鈞）

《曾樸與孽海花》（歐陽健）

神怪小說

《平妖傳系列小說》（蘇鐵戈）

《西遊記新話》（鍾嬰）

《八仙系列小說》（韓錫鐸）

《借神演史的封神演義》（談鳳樑、陳泳超）

《濟公系列小說》（陳東有）

《中國菩薩羅漢小說》（徐靜波）

《白蛇系列小說》（朱眉叔）

《夢幻系列小說》（林辰、徐行）

俠義公案小說

《施耐庵與水滸傳》（李泉）

《包公系列小說》（李漢秋、朱萬曙）

《海公系列小說》（黃岩柏）

《施公案和彭公案》（蕭宿榮）

《三俠五義系列小說》（侯忠義）

《文康與兒女英雄傳》（張兵）

話本與文言小說

《蒲松齡與聊齋志異》（李靈年）

《紀昀與閱微草堂筆記》（張輝）

《袁枚與子不語》（閻志堅）

《剪燈新話及其它》（薛克翹，1945- ）

《馮夢龍與三言》（繆詠禾）

《凌濛初與兩拍》（張兵）

《李漁與無聲戲》（沈新林）

第二套取名《中國小說史叢書》，由安平秋、侯忠義、蕭欣橋（1939- ）主編，出版者爲浙江古籍出版社(杭州)。書不是整套同時

發售的，刊行日期由1998年至2002年。

　　這套由十八本書組成的叢書分爲四個單位（單位的名稱並沒有標明，茲代擬）：

斷代史

　　　　《漢魏六朝小說史》（王枝忠）

　　　　《隋唐五代小說史》（侯忠義）

　　　　《宋元小說史》（蕭相愷）

　　　　《明代小說史》（齊裕焜）

　　　　《清代小說史》（張俊）

　　　　《晚清小說史》（歐陽健）

文體史

　　　　《筆記小說史》（苗壯）

　　　　《傳奇小說史》（薛洪勣）

　　　　《話本小說史》（蕭欣橋等）

　　　　《章回小說史》（陳美林等）

情節史

　　　　《歷史小說史》（陳熙中，1940- ）

　　　　《神怪小說史》（林辰）

　　　　《世情小說史》（向楷）

　　　　《俠義公案小說史》（曹亦冰）

雜史

　　　　《中國小說理論史》（王汝梅）

　　　　《中國小說藝術史》（寧宗一 [1931-]等）

　　　　《中國小說文化史》（黃清泉等）

　　　　《中國小說研究史》（黃霖等）

　　第三套是由侯忠義和安平秋主編，出版不久的《古代小說文獻簡論叢書》。山西人民出版社（太原）於2005年6月刊行的這套叢書用四個單位來分配二十四本書：

斷代簡史

    《漢魏六朝小說簡史》（侯忠義）

    《唐代小說簡史》（侯忠義）

    《宋元小說簡史》（蕭相愷）

    《明代小說簡史》（孫一珍）

    《清代小說簡史》（張俊、沈治鈞）

    《晚清小說簡史》（歐陽健）

分類簡史

    《話本小說簡史》（張兵）

    《神怪小說簡史》（胡勝）

    《歷史小說簡史》（段啓明、張平仁）

    《世情小說簡史》（蕭相愷）

    《俠義公案小說簡史》（曹亦冰）

    《才子佳人小說簡史》（苗壯）

文獻

    《古代小說書目簡論》（潘建國，1969- ）

    《古代小說史料簡論》（程毅中）

    《古代小說評點簡論》（譚帆）

    《古代小說作家簡論》（歐陽健）

    《古代小說版本簡論》（歐陽健）

文化

    《古代小說與神話宗教》（蕭兵、周俐）

    《古代小說與民俗》（李稚田）

    《古代小說與歷史》（歐陽健）

    《古代小說與傳統倫理》（趙興勤）

    《古代小說與詩詞》（牛貴琥）

    《古代小說與戲曲》（許並生）

    《古代小說與方言》（顏景常）

　　這三套叢書在出版時間上互有不短的距離，出版機構復不同，本可預期後刊者雖會受前刊者所影響，每套必仍各有特色。比勘一下，竟是同多異少。不妨先看看編撰目標和手法之相同：（一）若干冊組爲一單位，從斷代史、文體史、文化、文獻／知識之類角度去組配單位。（二）各冊簡明出之，求普及，並不標榜高度學術，故注釋與參考書目悉缺。（三）請人分冊撰寫。

　　雖然認識了大前提之同，再看下來，雷同之處仍足令人驚異，而且這些雷同之處並不見得帶出進步的發展。解說起來，不妨一石二鳥，把改良的建議也一併說出來：

（一）主持這三套叢書者始終是侯忠義和安平秋。第二套的主編雖多一人列名，居首者仍是侯、安二人。這事本身不一定有毛病。但個別學者學問再足，經驗再富，思維的路線總難免自有格局。同一組配的領導在不算長的時間裡，便先後主持三套範圍、性質、目標相同的叢書，怎能期望會有嶄新的思路出現？第二、三套和第一套的分別充其量祇是新瓶舊酒而已，甚至壓根兒就是舊瓶舊酒。前些時候，見到第一套用改變封面設計的辦法重新發行，而第二套仍可買得到，第三套更是剛刊行，做成的局面就是用差別有限的貨色來泛濫市場。第一套出版以後，歷史任務已達到，若還要續出集體撰寫的小說史叢書，就應或按同一路線，把工作推上更高層次（這點隨後再說），或讓能另出點子的人來主持，以期可以搬出新瓶新酒來。

（二）撰稿人全部在中國大陸，加上有受派系牽制之嫌（這點不方便說得太清楚），選擇顯然不足，遂出現撰稿者功力參差（成名學者與沒有多少研究成績可言者混置），題目與作者錯配（好些題目，大陸不乏專門學者，卻找名不見經傳者來寫）等等原不難避免的毛病。盡用大陸有的人才固然是絕對應辦得到的事，但這樣還不夠，大陸學者在資料運用和思巧角度上，統一性都很高，弱點也就往往是共通的（不能善用日韓歐美漢學家的成果

就是很明顯的共同弱點)。集體進行的研究計畫要衝脫此等阻限，就必須要有突破的行動。大陸對外開放，少說也有二十年了，學界卻仍困於閉關自守、大陸萬樣足的思維。編寫這類叢書的計畫，如果徵及港臺、日韓、星馬、歐美澳的學者參加，成績一定會好得多。徵才寰宇正是劍橋系列成功的主因。

(三)就算僅隨意看看這三套叢書的細目，也不難發現不少題目不單兩套甚至三套書都有，且不時還由同一人來撰寫。第三套的二十四目當中，第一套原先已有者竟高達二十二目(換標題的「漫話」字樣爲「簡論」，這類小異何足稱爲分別)。第一和第三套都是篇幅有限的小冊子，重複至此程度，即使不算是欺騙讀者(不要忘記，第三套發行之際，第一套還在重印)，也分明是浪費資源。第二套所用的開本大點，也厚些，仍不過是一般的本子，讓同一人再寫一次，分別始終有限。這情形的出現有一可能的解釋，就是研究公款不僅易得，還由某些人士壟斷，一個本來不錯的主意，就再三搬出來，用同樣的手法，請同樣的人來寫。單看這三套叢書共有116個題目，數目相當，其中一個主持者卻不負責任何一目(另一主持者負責六目；寫稿最多的歐陽健擔起十一目)，而且怎也想不起在小說研究行頭裡他究竟是甚麼課題有成績可言的專家，就不難明白籌款本領如何支配局面了。這種局面出於以爲量的數字就足代表眞正成績的心態，要革除這種想法恐非有司檢討研究資助政策是不會改善的。

(四)第一套的刊行十分令人驚喜。角度多元化，選題別出心裁，照顧到很多意想不到的課題，加上冊數足夠應付各種要求，確是劃時代的始創之舉。正因這是創舉，實驗成分難免。題目愈是新鮮(如兩晉系列小說、八仙系列小說、菩薩羅漢小說)，實驗意味就愈高，改良的空間也就愈大。基礎既有了，本該按此規模深化下去，討論固應突破蜻蜓點水的層次，試圖深化，注釋

和參考書目還得符合國際水準，而絕不應連番續出祇求普及、淺談即止的小冊子。普及讀物的需求固然永遠存在，按市場情況不時在有限度修訂的情形下重印第一套就夠了（修訂可以吸納深化工作的收穫）。豈料彼等所採的路徑卻是減少冊數，縮窄範圍，退守僅照料斷代史、文體史、文獻介紹、文化關連的安全線，害得海公、白蛇那類活潑題目沒有了自己的園地（即使此等題目在某些冊內會被提及，亦難超越數筆帶過的程度）。

講完這些，就可以歸納來說了。一人寫一本由始至終的小說通史，不管市場反應如何（又想起歷七十年而不衰的郭箴一書了），怎樣看都是愚不可及。獨力寫斷代史亦應有明確的止限（如僅以晚清小說史、明代／明清歷史小說史為範圍），不然缺失與寫整本通史沒有多大分別。可是誰也不能否認為讀者準備深度闊度均足，既綜合現有的全球性研究成果，復有空間暢陳新見的全史之必要。朝此方向進發，《古代小說評介叢書》的刊行無疑是一個不錯的開始，可惜主持者再走下去，卻改變方向，棄勇進，務守成。普及以圖增加國民基本知識和引進後學，跟推拓學術新境是兩個不同的需求，缺一不可。僅顧前者而不理後者，前者就會變成不長在泥土的花。

祇要變通劍橋系列的基本原則來配合編撰中國小說史叢刊的需要，成功做出一套設計週全，學術價值特高的書來並非辦不到的事：充分利用全球的人才和研究資源，絕對是已見成績的專家才羅致，專家祇撰寫其確實專門的部分（一人寫幾冊是匹夫愚勇之舉），除了範圍明確的專題（如包公、天花藏主人）外，避免讓一人獨撰一冊，而改由每冊的執行編輯各自計畫該冊的內容和委派專家分章撰寫（計畫的最後敲定權仍操在叢書總編輯之手），每冊均有足夠篇幅留給注釋（注釋的作用不光在記頁數，而是要具考述功能，用來清理旁支問題）和參考書目（重要的中日英法德文研究報告必須用原文列出，讓讀者可按圖索驥）。

有了這樣一套計畫週全，深度十足的小說史叢書，回頭去改良祇能算是實驗的《古小說評介叢書》就容易多了。越俎代庖地寫此文的目標就是希望終能見到兩套組織平衡相應的小說史叢書，一套務普及，一套謀精進，這樣不單兩端的讀者都照顧到，還可以絕了那些無聊得很的一冊本中國小說通史的市場。

評說五本古典小說辭典——外一種

　　古典小說的探討納入正規學術研究範圍充其量祇有八九十年歷史，是一門新得很的學問。這樣說特別指通俗小說的探究而言，歷代對文言小說的討論再不重視也總是國學範圍內之事。研究用販夫走卒的語言寫成的通俗小說則要到了五四運動過後才有機會配備走進學術殿堂的條件。這門學問初起步時一切都得從最基本做起，連起碼的書目資料也沒有。

　　經過鄭振鐸、孫楷第、阿英、王古魯（王鍾麟，1900-1959）、劉修業（1910-1993）、柳存仁（1917- ）、樽本照雄、大塚秀高（1949- ）諸人數十年的努力，積積聚聚，祇要彙齊他們所得來用，到了八十年代末書目資料可算已大備。可是此等按傳統版本學要求集來的資料免不了有先天局限——長於描記版式，短於講述內容。

　　古典小說年代的下限可以定在清鼎遭革之時，也可以延至五四運動前夕，分別不大。問題在不論下限如何決定，小說的總數怎也是一個龐大數目。單是樽本照雄記下的清末民初小說就有一萬九千多種！說句難免開罪同行朋友的話，有幾個高掛小說專家招牌者敢說詳熟超過三十本小說的內容？不信確有此現象者不妨試看能隨口講出多少本下列不算太僻的小說的內容：《後宋慈雲太子走國》、《嶺南逸史》、《燕山外史》、《永慶升平》、《李公案奇聞》、《群英傑》、《蓮子瓶演義》、《鐵冠圖》、《綠牡丹》、《金臺全傳》。老實說，我在這行頭混了四十多年也沒有確知逾三十本小說的內容的本領。必須有特為查檢小說內容而備的工具書，不用多

說。

這需要太明顯了。讀者翻閱辭典，通常要找的不會是版本資料和演化消息。如果不是對那本小說已相當熟悉，找這類邊緣性的資料有何用途？就如上述，專家熟悉的小說也難超過三十部；引起興趣去看從未讀過的小說，幸或從而進行研究的不會是那些枯躁乏味的演化討論和冷冰冰的、對尚未讀那本小說者而言毫無意義的版本數據（如謂某個本子半葉幾行，每行幾字），而當為寫得夠細膩、足誘發找那小說來讀的本事提要。就本質而言，這才是那類辭典最易和最適合發揮作用之處。條項內所提供的版本資料能導引讀者找到可用本子就夠了。這類資料即使要多談，始終受篇幅所限，再豐富也滿足不了專家的需求。與其變成兩頭不到岸，毋寧凡是超過初步找書指引的版本和演化討論都留給學報和專書去闡發。問題愈是具爭議性愈應如此處理。這話出自我這個專治版本的人之口，不足為奇。不同性質的學術書籍各司其職，道理夠簡單。甚麼都一股腦兒地塞進一部辭典裡去注定失敗。

從檢用辭典者的角度去看，如果要查的那本小說不收入辭典內，這部辭典的設計再精巧也沒有用，故收書多寡是決定辭典有用程度的重要因素。編者因此宜採漁翁撒網的態度，逢小說必收，然後分條由專家撰寫，冀儘量利用人才。約略具備這些條件，值得評檢的辭典知有五本（隨後各用所冠英文字母來代表）：

A.　江蘇省社會科學院明清小說研究中心編，《中國通俗小說總目提要》（北京：中國文聯出版公司，1990），(6)+6+27+1415+(2)頁。

B.　劉世德、程毅中、劉輝等編，《中國古代小說百科全書》（北京：中國大百科全書出版社，1993），(2)+4+(4)+24+850+(4)頁。

C.　劉葉秋、朱一玄等主編，《中國古典小說大辭典》（石家莊：河北人民出版社，1998），(8)+2+56+1391頁。

D. 石昌渝主編，《中國古代小說總目》（太原：山西教育出版社，2004）。文言卷：(1)+9+(4)+40+692+78+(1)頁。白話卷：(1)+9+(2)+15+547+35+(1)頁。索引卷：(4)+909+(1)頁。

E. 朱一玄、寧稼雨、陳桂聲編著，《中國古代小說總目提要》（北京：人民文學出版社，2005），(6)+55+984頁。

其中E書有二事要先說明：（一）此書雖刊於2005年12月，卻早在1994年5月已交稿，故若按成書先後，應置之於B、C兩書之間，而不得視為五書之最新者。正因如此，其收書量遂遜於出版較早之書；舉一明顯之例。2004年9月出版之D書有充分時間收入見於陳慶浩(1941-)、王秋桂編的《思無邪匯寶》（臺北：臺灣大英百科全書有限公司，1995年）的好一批僻書，這些書卻不見於E書。（二）A、B、C、D四書有而E書沒有的共同點，即分人撰寫條項，羅致的雖不見得均為最精熟涉及的小說的專家，起碼編者有此理念。於此，D較其它三書尤進一步，徵才中國大陸以外。E書則不採這規模，三個編者就是三個唯一的撰稿人！這安排難免帶出疑問來。三個人的閱讀範圍加起來真的夠廣闊嗎？這疑問所以難迴避，因為列為三個編者之首的朱一玄(1912-)雖然編過不少小說研究資料集(如有關《水滸》、《三國演義》者)，卻從未見過他寫的研究文章，更不必說專書，這雖不一定反映他讀過的小說的數目和讀書的深度，疑問總會有。列名其次的寧稼雨(1954-)是行內的知名人物，著述不少(這點隨後另有申說)。餘下來的一位(陳桂聲)，恕我孤陋寡聞，從未留意過他的任何學術著述；他成為編撰辭典三人組之一員，資格究竟從何而來？花錢買書的讀者是有權知道的。

評價這五本書難免會有主觀成分，但總得有準則。

這五本書都是用十六開本印的，所用字號也差不多大小，故很易作量的比較。這就是說厚度和有用程度或成正比例。有必要從這角度去看，因五本的厚度相當懸殊。從外表去看，B書和E書厚度相若，都較其它三書薄得多。B書和E書之間，何者較薄，則要找

個衡量尺度。雖然此二書正文部分都是780頁左右，但B書有小說作品以外的雜項，E書沒有，故當以B書為最薄。恰巧最薄的B書也正是用途最有限的一本。問題並不全在厚度，而主要由於編輯目標的不同。B書和C書同是百科全書，因而採錄範圍較A書、D書和E書廣了很多。

除了講述說部作品外，B書還要管各種與小說有關的專有名詞、與小說關係甚微之事（如上古神話）、小說研究學者（卻僅列魯迅至趙景深，小說研究活動全局限在大陸，且均已作古的寥寥八人）、小說書目和小說史料（都衹說得上是聊備一格而已）。一本厚度有限的書，在核心項目以外，還要分篇幅給好一大堆邊緣事物，而那些邊緣事情僅求蜻蜓點水般去處理，甚至連水也點錯（見隨後要說，推茅盾為小說研究學者的代表人物這莫名其妙之例），其有用程度很難不大受影響。

包括小說作品以外的事物這決定涉及編輯方針的基本問題。工具書若要有長久價值就必須務全和避免選用易被取代的資料。務全的要求不難明白，選材得求長久則要說明。掛一漏萬地選些已故之人以為代表並非明智之舉，且不問用甚麼準則去選。B書，頁336-337，列茅盾（沈雁冰，1896-1981）為小說研究專家，試問茅盾曾對哪本古典小說提出過精深獨得的見解，因而配得上此殊榮？若謂茅盾研究神話有成績，那就混淆了神話和小說的界別。神話可以是小說家採用的素材，但神話本身絕非小說！貪多必失地列神話條項入小說辭典內根本就是一大錯誤。這是盲從魯迅《中國小說史略》所定下的論述範圍的結果。就算退一步說，真的覺得確應收一研究神話的學者作為代表，為何入選的不該是畢生精力盡獻給神話研究的袁珂（1916-2001）？況且找茅盾的消息不難，查袁珂的資料就費勁得多。如果說袁珂那時尚在世，故不收，就忽略了一大關鍵。讀者不知道某人的事，希望自辭典得到幫助，怎會管那人是否尚存世；更何況活動期愈近的學者，找他們的資料愈是困難。對讀者來說，

辭典愈是務全，愈是有用。但網羅近現代人士的工作，百科全書式的辭典怎也無可能和時下琳琅滿目，愈弄愈厚的人名辭典相較，小說辭典稍稍選收幾個所謂具代表性的人物壓根兒就是徒勞無功，白費篇幅之舉。

收錄近人研究之作何嘗不是同樣無聊。C書雖錄取自五四時期至出版前夕的研究著述幾百種，數目不可謂少，全面性和代表性卻仍大成問題（除了收若干港臺刊物來點綴一下外，其它盡是大陸書刊，反映的正是學術閉關自守的現象）。現在離C書的出版尚不到十載，所收的書已顯得相當陳舊。光陰遷逝固是無由控制之事，介紹著述的工作還是讓專門書目和網絡來做紀錄適合多了。

在一本小說的條項裡大談那本小說的各種版本問題和演化過程是上述毛病的另一面觀。D書，白話卷，頁342-355，的〈《水滸傳》〉條（孟繁仁）詳論《水滸》的各種邊緣問題是誤解辭典作品的佳例。未讀過《水滸》者衹會被這條項弄到丈八金剛，頭昏腦脹。這會引起他找《水滸》來讀的興趣嗎？辭典並不適合討論具爭議性，且難達到公認結論的問題，道理明顯得很。談到這裡，不妨重返百科全書體制不合用於這類辭典的問題。贊成採此體制者必定會說百科全書式的辭典甚便初學入門。這是不理解實情者才會說的話。連「話本」、「林譯小說」、「坊刻本」、「章回」那類普通不過的辭彙都要靠查辭典才明白者恐距入門的資格還有不短的距離。他們會找《婆羅岸全傳》、《紅雲淚》、《聽月樓》、《鋒劍春秋》、《奶媽娥》那類罕僻小說來看嗎？會追查兼有本領覓得獨特本子嗎？為初學者服務衹是自欺欺人的藉口。

去掉那些徒占篇幅，對初學者意義有限，對專家簡直多餘的雜料，剩下來的才真正是專家和初學者都用得著的要件──小說本事提要。正如前述，專家也不會熟讀很多本小說，做得夠詳細的本事提要絕對有用。對初學者而言，效果也是一樣的，寫得夠吸引力的提要會引領他們去找小說來看，因而一步一步地走進門來。至於小

說史上的常識和版本學的基本認識，可按步循階地自小說斷代史、小說文體史（小說通史多半出自無聊的門外漢手，不讀也罷）、版本學概論那類書中得之。總之，企圖把不同性質，不同層次的各種知識都擠進一本百科全書式的辭典是對任何程度的用者都無好處的莽舉。

至於小說條項內應提供多少版本資料，並不難處理。自鄭振鐸至大塚秀高的各種調查報告集齊殊易，無需重複。條項內交代該書現存甚麼主要版本、罕本庋藏何處、如何獲致，幾句簡明的話便足。實際處理起來，情形並不複雜。祇要把中華書局（北京）的《古本小說叢刊》、上海古籍出版社的《古本小說集成》、天一出版社（臺北）的《明清善本小說叢刊》及其續編、書目文獻出版社（北京）的《北京圖書館珍藏小說叢刊》、陳慶浩等編的《思無邪匯寶》、R. H. van Gulik Collection（見本集所收〈荷蘭羅佩與中國小說〉）等用影印辦去複製的較不易見的小說有系統地配入有關條項之內，已是功德無量之事，較說甚麼孤本藏於甚麼研究所那類空言實用得多。假如某本小說的版本或成書過程有爭議，扼要地介紹爭議之處和各派的立場也就夠了。餘下來的篇福應盡撥給本事提要。如容我定個主觀的尺度，我會說在每部小說的條項裡，列版本，述演化，談作者的部分應以不超過整條長度三分之一為準繩（能夠限於四分之一當更佳），而整條的長度決定於能把那本小說的情節講得夠清楚的起碼所需字數。這樣才能正確反映本事提要和各種邊緣事物的解說在辭典中的主從地位。

本事提要的重要程度還可以說得更清楚。有時即使專治基本小說的學者亦需要寫得夠詳細的該書本事提要來作為簡化工作和提醒自己的工具。《水滸》書中的田虎、王慶部分可用作例子。大聚義以後的《水滸》情節本來就連不少專家也記不清楚，把事情弄得更複雜的是田虎、王慶部分竟有兩套截然不同的故事。有幾多個《水滸》專家真的記得袁無涯一百二十回本（繁本）中講的田王故事和簡

本《水滸》中所述田王故事的異同？能夠簡要地在《水滸》條項內清楚交代這兩套故事的內容和異同的就是好辭典（這點A、B、C、D、E五書全都沒有辦到），而不是把精力和篇幅放在講《水滸》成書過程（如D書）和機械地把各種《水滸》本子分作獨立條項來處理（如C書）。

把精神集中在本事提要來編辭典還有掩短的好處。中國大陸開放二十多年了，學者絡繹於途地外出講學和參加研討會是習見之事，可是學術閉關自守那套老法寶仍大行其道。試看時下出版界（包括臺灣的出版界）熱衷推出的大陸中國文史哲博士學位論文（出版時還以此為宣傳技倆）有多少本能做到綜引吸納大陸以外的研究成果的（從這類書籍的參考書目就不難看出閉關自守所做成的貧乏程度）？他們那些以「博導」頭銜來招搖的老師又有幾人能夠在自己的著作中有博通中外的表現？要他們能達到這水準，決心仍不夠，資訊流通還是不足。就目前的情況而言，他們起碼尚能做到的是不暴露自己的短處。不做提要本事以外之事就是掩短之一法。智愚之別可以從下列三例看得出來：

一・B書，頁10，〈《包龍圖判百家公案》〉條（吳敢），「又原日本朝鮮總都府藏明萬卷樓刻本……」。消息老舊得有如恐龍化石（且不說誤「總督府」為「總都府」）。

二・B書，頁328（劉小營），和C書，頁159（朱一玄）均列柳存仁《倫敦所見中國小說書目提要》為書目文獻出版社（北京）1982年所刊，朱一玄甚至煞有介事地宣稱它是第一版。殊不知此書早於1967年已由龍門書店在香港出版，遂把柳氏的工作在學術發展史上推後了十五年。這樣說還得指出柳氏往倫敦看書是五十年代之事。謂此書到八十年代才在北京首次刊行會留給讀者錯誤得很厲害的印象！

三・孫楷第的《中國通俗小說書目》固然不可或缺，但它畢竟是三十年代初寫的書，需補訂之處自然不少（起碼殊多本子的庋藏

者或庋藏者的名稱和隸屬早已更易）。大塚秀高《增補中國通俗小說書目》（東京：汲古書院，1987年）（這是修訂本，原版刊於1985年）做的正是這補訂工作。B書，頁759（劉小營）、C書，頁144-145（朱一玄）都有孫書的條項，卻均隻字不提大塚的工作，更不要說爲大塚書另立條項。

　須知自五十年代開始，西方以及日韓臺的漢學界研究中國古典文學興趣大易，通俗文學漸次成爲核心範圍，起碼可和詩詞散文的研究分庭抗禮。他們所發表的報告難免良莠不齊，但佳者的優點正每是大陸學者的短處所在：不受思想框框支配（如甚麼農民起義、階級鬥爭、色情污染等等），本著上窮碧落下黃泉的毅力去找資料（特別是世界各地出版的報告）。如果不能充分利用他們的研究成績，避開他們談過的問題未嘗不是釜底抽薪之法。掌握不到這些資料，卻要大談版本、演化這類問題，就會變成火中取栗了。這是很不聰明的選擇。近年大陸學者出了好幾本講二十世紀以來小說研究史的書，全皆不提境外的研究活動，反映者正是這種自滿於閉門造車的態度。這情形既不能在短期內改善，順勢集中精力去搞本事提要，印出來的書就會錯誤少點，有用的生命期也可以延長點。

　　與此相類的是文言白話小說兼顧的選擇。這選擇也聰明不到那裡去。文言小說和白話小說研治起來，性質、方法和所用資料往往有大別，兩者並治的學者也不多。這如果尚不足爲分治的理由，起碼還可以從急切程度上作出選擇。本文開始時已說過，文言小說過去再不受重視，仍向來是國學範圍的一部分。可用的傳統書誌學書籍多如牛毛，單是《四庫全書總目提要》系統之書就質量皆驚人，加上文言小說絕大多數收入一般叢書之內，而用來方便的叢書索引早有多種，很難把查檢文言小說的信息說成是異常困難，得急待新的工具出現才易解決的事。急切程度根本不能和白話小說相提並論。D書文言卷的一冊竟厚過其白話卷的一冊，眞是喧賓奪主，顚倒鳳凰。撇開文言小說，等於篇幅大增，白話作品處理起來就可容

深化多了，何樂不為。強要加入文言小說，我懷疑是抗拒不了求「全」務「總」的誘惑，希望編出來的書可以成為唯一需用的辭典。

說完這兩項主要準則，就不難看出為何篇幅最有限，卻又文言白話並採，復滲入各種雜料的B書是五部辭典之中最差的。

換換角度，還有好幾個問題可混合這幾本辭典來談。

B、C、D、E四書之間雖可互補，性質畢竟很相似，有無必要重重複複搬這類書出來不能不說是疑問。在經濟效益掛帥，學術書籍難獲出版機會的今日（E書交稿後超過十一年才印得出來所反映者正是這種困難），學者是否亦應體諒點，避免一窩蜂地推出衹有少許改良（甚至根本沒有），壓根兒重疊的書來，以圖善用有限的資源，讓真正有創始價值的書多點出版機會，是個值得思考的問題。有此一問，因為E書三編撰人之一的寧稼雨在E書交稿之同時另完成《中國文言小說總目提要》（濟南：齊魯書社，1996年）（交稿日期按序文日期推算），這就不難估計E書的文言作品條項也是由他負責的。若真如此，而兩稿脫稿時期又極近，難免教人有雷同與否的疑問。比勘一下當可得答案。我選用在〈論《中國小說史略》不宜注釋及其它〉文內提過，頗具爭議性（即寫來可以有不少不同的處理法和選擇）的《燕丹子》和〈三夢記〉的條項作比較。衹要看看E書頁7-8、78，和《文言小說總目》頁28-29、81-82，便知兩書之間亦步亦趨至何程度了。E書後《文言小說總目》八九年才出版，為何不把那些雷同的條項刪去？這樣做好處多得很：不浪費資源；不讓讀者有受騙之感；精簡以後這本辭典或會較易出版；倘怕薄了（這倒不是過慮，因E書的厚度和B書差不多，雖不收雜項，篇幅的分別並不大），可增加白話小說條項的篇幅來彌補，辭典的素質和有用程度也會隨而轉強。E書有很多條項實在短得離譜；頁634就是例子，短短一頁竟解決了差不多七本小說，還另加一條互見的消息，怎樣說也是太簡略了。此書成績如此，又稿遭壓超過十

年才付印，那時篇幅多了不少的C書和D書已出版，眞有非推出來不可的必要嗎？不要忘記，朱一玄也是C書的編者之一。改頭換面來重複地推出性質相同的書恐怕已成了一種無聊兼浪費資源的工業（那些講二十世紀初以來研究中國小說史的成績的書像趕墟市般爭相出爐，卻又全均不談大陸以外的研究活動，反映的何嘗不是同樣情形），負責者卻又裝模作樣地埋怨出版之難。

大陸學者在思維上，在引用材料上統一性太高了，謀求突破，非要吸納境外（包括港臺）學者的成績不可。B、C、E書太相類了，閉關自守是部分原因。A書以本事提要爲核心，可以不外求，容作別論。肯徵才境外者祇有D書，雖然涉及的學者的數目還是遠遠不足（韓國學者全沒有，華裔歐美學者亦僅得陳慶浩一人，就是很明顯的疏漏，連長期在中國大陸和臺灣異常活躍，頻頻用中文著述的李福清［Boris Riftin, 1932- ］也沒有羅致），成績已夠顯著。試看書中所收京都大學金文京（1952- ）寫的〈《三國志演義》〉條（白話卷，頁293-308）及法國科研中心的陳慶浩所寫的〈《春夢瑣言》〉（文言卷，頁44）、〈《姑妄言》〉（白話卷，頁82-85）、〈《海陵佚史》〉（白話卷，頁96-97）、〈《歡喜冤家》〉（白話卷，頁137-141）、〈《金瓶梅》〉（白話卷，頁163-172）各條（陳慶浩爲此辭典寫的條項很多，不盡錄），就很難想像可能會出自任何大陸學者之手（抄襲是另一回事）。大陸學者在這方面幾乎劃一的缺點也可舉一例來說明。書中的〈《紅樓夢》〉條（劉世德）花了很長的篇幅去記述世界各地的《紅樓夢》譯本（白話卷，頁120-123），說了大半天，竟沒有一個譯本列出原名（其中開列了一大堆所謂歐文譯本，卻連一個羅馬字母也不見！），除了韓人和日人外，也說不出一個譯者的本名來！錄列書目的最基本原則就是要讓讀者能按圖索驥，找得到所說的書。大陸學者通常不管這一套（一個原因是他們很少看境外刊物，根本不明白提供足夠出版數據，以及作者／譯者姓名、書名、篇名必須用原文登記是國際性的基本要求），羅列翻譯

消息不外圖說明某本中國小說在國外很受歡迎而已，列出來的（或者說，抄湊出來的較合實情）譯本絕大多數連他們也未讀過。

五書當中有三本標明為「總目」，絕對誇大其詞。後刊者自應收入前刊者未及收之書（正如前述，E書的實際排次應置於B和C之間），這理所當然的情形倒足指出「總目」之稱之極不可靠。以最近成書之D書為例，它的文言卷收了2,904目，白話卷1,251目，共4,155目，時期自先秦至清朝結束。這四千多目之中有不少是短篇小說，若以書為單位的話，總數恐不過三千上下。比較之下，樽本照雄，《新編增補清末民初小說目錄》（濟南：齊魯書社，2002年），以1840-1919年為收錄期，短短五十餘年，且以書為記取單位，就列出一萬九千餘目。即使除去出版於1913-1919年者（D書以1912年為下限），數目怎也不會低於一萬（雖收錄至此程度，仍不稱為總目，確是應該的）。標稱「總目」者，其誇大程度可以想見。這個「總」字不能信口雌黃地用，用不用此字是嚴謹與否的反映。上海古籍出版社於1981年排印出來的《龍圖耳錄》印量大，流通廣，D書竟然不收。說到這裡不妨先講一句。本集隨後所收的〈兩名家手注孫楷第《中國通俗小說書目》〉一文就提及不少吳曉鈴見過而D書全無紀錄的小說。既左漏右缺，「總」字從何說起？但《六十家小說》和《清平山堂話本》則分作兩條項，二十卷本和四十卷本的《平妖傳》也各立分條，就「總」過頭了。不得不指出的是，儘管把A、B、C、D、E五書加起來，再添入樽本目，仍可找出遺漏來。樽本目記錄清末民初廣東小說家彭鶴齡好些現在極難一見的作品，卻漏了今日最易找得到的一本：《三保太監西洋記》（廣州：覺群小說社，1911）。這本今日所以找來不難，因為南洋學者陳育崧（1900-1984）帶了一冊原版去星加坡，後來其友許雲樵（1905-1981）借出，交星洲世界書局重排刊行（1959年？）。這是近五十年前之事了，現在香港幾乎每一間大學圖書館都有此書，在歐美大學的東亞圖書館裡，此書亦很易得見。亂用「總」字，真是不

知天高地厚！

本事提要的作用既然在誘發讀者去找那本小說來讀，就應寫得夠趣味，夠詳細。這裡出現一常見的誤會，以為把某本小說的回目整體搬過去就是一份很好的提要了。回目可以有考證功能，期望它能反映內容則恐每流於辭語堆砌（如講求對偶）。就算有些小說的回目確可反映其內容，特意寫出來的提要不難辦到效果更佳。況且一回的回目占一行，抄一本百多回的小說的回目就是兩頁（縱使用小一點的字號），那篇幅用來寫提要可以講得異常詳細了。倘要挑A書的毛病，隨意整套回目地抄過去就是很易改良的一點。以搬回目來代替寫提要的不可行，該書頁757的〈《天門陣演義十二寡婦征西》〉條便是一顯例。除了簡述版本外，那條項就僅抄了寥寥十九回的回目，其它就不著一字。藉此引起讀者找這本小說來看的興趣，可能性不會高。

說來說去，竟得到一個意料不到的結論：五書當中，還是以出版最早，目標最簡單的A書為最有用。A書不管文言小說，這抉擇本身就很聰明。

然而A書畢竟是首創之舉，並不完善，甫出版便有很多修補的建議。現在看來，最省事，最合用的辦法莫如由原先負責A書的單位集中資源，籌備一本修訂本（除補入以前未知之書外，還應避免照抄回目，和注明條項的作者以示負責）。沿B、C、D、E書的路線另搬一套換湯不換藥的東西來是絕不應再走之路。

目前對用者來說，五書的個別條項還是互有優劣，而且五本書也數目有限，沒有理由不全自備的。這類工具書圖書館必不外借，也不是每間圖書館都五書全有。主要工具書必自備，以求充分利用時間是熱心研究者把握光陰的不二法門。

這些都說過了，還要交代「外一種」。那是：

張兵主編，《五百種明清小說博覽》（上海：上海辭書出版社，2005），上冊：（4）+40+3+860頁；下冊：4+861-1790+（1）

頁。

此書的規模與A書頗類，篇幅主要用在本事提要，版本介紹很簡單，且鮮及考述與辯說。每條分別延人撰寫。用一般開本印出，如用十六開本，大概稍過一千頁。用起來局限有三：收書數目畢竟有限，復包括徒占篇幅的文言小說，講述又每有明顯抄襲之跡，如移錄陳慶浩為僅見於《思無邪匯寶》諸僻書所寫的提要（這本收書有限的辭典是否應撥篇幅給《素娥篇》、《海陵佚史》這類極罕見的小說當然也是問題）。這本辭典祇宜備為輔助之用，故不以之與上述五書並列。

附論

此文和講近年集體編寫的中國小說史一文有相當的連貫性。其中一觀察很值得在此提出來討論。那三套集體編寫的小說史有兩套用「古代小說」來作總標目。此文所講的五本辭典也有三本（B、D、E三書）標明以「古代小說」為範圍。合起來，這辭彙的選用率眞高！「古代」一詞祇宜簡簡單單地指時段而言，而不能強說涵括文體特徵在內。但何謂「古代」？中國四五千年歷史，難道除了最近的一百五十年左右，全都可以一股腦兒地撥為古代嗎？談及的小說究竟古到那裡去？學者選用辭彙要有獨立思考，而不應被時下流行的框框所牢困。

這些叢書和辭典所涉及的時段一般以五四運動前夕為下限，也就把整個晚清包括在內。按量計，可以包羅的小說就絕大多數出自晚清作家之手。治晚清史者研究的是近代史，因何討論晚清小說者所閱讀的卻要稱為「古代小說」？辭彙的誤用，觀念的混淆不可能更明顯，更嚴重。在數量上負責絕大部分五四以前出產的小說的作家怎可以視為古代之人！舉些例證便很易說明荒謬的程度。

攝影用任何尺度去衡量總不可以說是古代科技的產品。有照片存世的晚清小說作家並不算少。此其一。直至今日，若干晚清小說

作者仍有曾孫輩在世(玄孫輩更普遍)。按中國歷史長度的比例,這情形並不符古的觀念。我們憑甚麼卻要說這些作家的作品是「古代小説」?此其二。在眾多的晚清小説裏看到火車、自來水、電報、銀行、警察這類新事物的描述絕不足奇。可以說這些是「古代小説」嗎?此其三。

合適的名詞當是「古典小説」或「傳統小説」。這兩個名詞不單指時段,也反映文體特徵,而沒有如「古代」一詞之把時段非套入中國歷史長度比例不可的困擾。

還有一例證可用。不要忘記,孫中山(孫文,1866-1925)與劉鶚、李伯元、吳趼人(吳沃堯,1866-1910)輩是同時代的人(孫與吳同年生)。如果劉鶚等寫出來的是「古代小説」,那麼孫中山筆下所作的也是古代著述了!不假思索便人云亦云地套用時下流行的辭彙,很難找到更荒唐的例子來。學者普遍沒有獨立思考的能耐更是可悲的現象。

編著金庸辭典計畫芻議

一、前言

近年辭典的編著蔚成專業，數量固近排山倒海，選題更教人有無微弗及之感。可是以金庸作品在各地的銷量和流通，讀者文化層次等方面都早達驚人的程度，金庸及其作品之條項僅循例地見於若干武俠小說辭典。金庸及其讀者實應得到更適當的照料。編撰一本公允周詳的金庸辭典當然絕非易事，人力和經費都需要得到極大的支持。現階段的討論不妨僅以學術問題為限，經費待有可靠來源時再談。

目前的計畫是，倘資源（人力、財用）充裕，撰編和審校預期三年半，印刷另預一年。

有一事倒應先聲明。本人提出這計畫僅求引起大家注意此事之不容再拖延。計畫若果進行，不一定要由本人負責。

二、工作單位的基本構思

金庸的讀者群廣散寰宇，他的作品早不屬於一地。若論產地來源，金庸的作品（包括小說以外者）全部寫於香港，並在香港首次發表，而其本人亦始終以香港為活動基地，編著金庸辭典倘以追源究始為務，許多基要資料（包括金庸以外的有關人士的訪問資料）在香

港以外是絕對找不到的。行動的總部祇可能設在香港，別無選擇。

臺灣和中國大陸環境各殊，因而有地區性之獨特書刊。此等資料收集起來，自應作近水樓臺之安排。況且兩地的約稿、集稿工作亦應就近爲之。是故大陸和臺灣宜各設分部。

有關歐美、東南亞等地的事項皆由香港總部負責。

另有由總編輯（香港）、二執行編輯（香港）、二副編輯（大陸、臺灣各一），以及一定數目的港、臺、大陸、海外專家所組成的編輯委員會。

三、工作的階段和總部分部間的分工

工作分五階段：

1.總副和執行編輯以及顧問的選定

總編輯和二副編輯的選定有地區性的因素，前已言之。二執行編輯均爲襄助總編輯處理必極繁雜的事務而設。其中一人負責學術問題，故精熟金學爲入選的先決條件；一人照料行政、聯絡，和財務事項（撰稿有潤筆，單是此一項就必極繁瑣）。很明顯，二執行編輯亦祇能自香港選聘。

兩副編輯的先決條件也夠明顯。除金學造詣外，人脈通廣（不然就很難保證能夠在大陸和臺灣兩地分別找到足夠數目的撰稿人）是絕對必須的入選資格。總編輯則應能通過學養、經驗、人脈各方面的條件，保證整個籌款、徵稿、撰寫、審稿、編輯、出版過程能夠順利依次進行。

這些話或者說得過分理想。這五要角的選定最終恐還得靠天時、地利，以及人和。本人不一定是當總編輯的材料，但願意照料起步發軔的一段。有了眞正的總編輯，朝夕在香港輔助他的兩執行編輯，以及分擔臺灣、大陸二地事務的兩副編輯就由他物色。整個

計畫如何開始最後必然還是取決於財源。

在起步的關鍵時刻,能否徵得若干位德高望重,思巧敏捷,嫻金學而未必會(或不宜)直接撰寫稿件和參加編輯工作的學者、專家,和社會賢達任顧問對最後成果的素質必有莫大的影響。金庸為不可或缺的理想顧問是誰都會想得到的。

2.編委會的組配

總、副、執行編輯選定後,五人和顧問商議定出編輯委員會成員。總編輯是編委會主席,負責行政的執行編輯是秘書。至於顧問(全體或若干)是否亦為編委會成員,以及編委會的總人數到時按實際情形而定。不參加編委會的顧問,編委會開會時亦會接到通知,可隨意出席。

編委會成立後,盡快在香港召開第一次會議,以便落實辭典的範圍、內容、格式和出版的方式,以及議好徵稿者名單。計畫進行的首兩年,編委會聚會三四次(北京和臺北起碼各為開會地點一次),商量細節,檢討進度,調整內容。其它時間用傳真、電郵等快捷辦法個別/相互聯絡。

3.集稿階段

首兩年,香港總部和臺灣、大陸兩分部分別約稿和收集稿件。這段時間香港總部除總編輯和二執行編輯外,添二助理;大陸、臺灣分部除副編輯外,各增助理一人。集稿期過後,臺灣和大陸兩分部以及編委會工作結束。

徵集撰稿者以前,總副和執行編輯會先就不同類別和性質準備若干樣本,讓撰寫人在體例和用語上有所依從。

為配合編輯部作業,撰稿者須用繁體字撰稿,和用電腦文書軟件處理(以 MS-WORD 7.0 版為最方便),並用電子郵件或磁碟形式交卷。因為處理手寫稿會大增編者的工作量,故交手寫稿者打字費

要自稿費中扣除。

4.審校稿件階段

為求格式及各方面必須達到的統一性，審校稿件工作全部在香港進行，且不必候至集稿期過後才開始，而是即集即審。

審校工作以一年半為期。有校樣後，作者要自校一次。

5.印刷階段

印刷過程預期一年。全部繁體字排印。香港版外，希望能安排同時刊售大陸版（仍用繁體字，一則免重排之煩，二則免因用簡體字而製造「理還亂」的情況）和臺灣版。

四、辭典的基本組合

辭典分傳記篇、作品篇……等六大組別。各按繁體字筆劃分繫所屬條項。基本上是一事或一人為一條，但必然會有合數事或彙數人為一條者。條項長度以複雜程度為準則。每條後列作者姓名。條項不重出，遇組屬不明顯或一事可用不同標目時，用互見方式交代。

各組條項清單弄出來後，即按由香港總部、大陸分部、臺灣分部依編委會所建議的作者名單廣布天下，徵求撰稿者（撰寫權原則上按先到先得之法處理）。為免圈派條項時鬧雙包案，分配條項予撰稿人由香港總部負責。臺灣、大陸兩地撰稿人的稿件由兩地分部就近催收。過程中，鼓勵撰稿者就察覺到的遺漏、重出等毛病提出意見，俾有問題之處能儘早釐正。

1.傳記篇

在金庸創作、辦報、經商的歷程中，以及其生活圈子內的重要

人物皆有條項。市面上早固有多種金庸傳記，這些書刊雖詳略有
別，交代不了者則誰也沒有本領說出來。例如和金庸合倡《明報》
的老同學沈寶新是誰？新派武俠小說出場後，和金庸合作寫隨筆的
百劍堂主是誰[1]？能找到金庸辦報時的愛將胡菊人、丁望等較詳確
的資料嗎？這類人物雖然集中在香港，但香港名人辭典這類工具書
本來就數目有限，復以政商人物為主，與金庸有關的人物絕大多數
在這些辭典內都無跡可尋。如果不趁時間上還來得及，利用近水樓
臺的地利，通過訪問等方法來補文字紀錄之不足，百年一過，後人
不管費盡多少考據精力都終會懸案處處。

　　這一部分難免涉及金庸的私生活。但為了避免後人重蹈紅學家
殫精竭力追查曹雪芹家世和生平事蹟，謎卻永猜不完的覆轍，想他
一定樂意幫忙的。

　　一般論者認為對金庸有影響力的舊派武俠小說家，以及和金庸
共建新派武俠小說聲勢的港臺武俠小說家（以金庸封筆前已成名者
為限），如梁羽生、古龍（熊耀華，1938-1986），都會有作起碼敘述
的條項。

　　金庸傳略和大事年表亦為傳記篇一條項。因此條必甚長，獨立
處理，放在此篇之首或較方便。

2.作品篇

　　按作品寫作先後排次，因金庸有未正式刊印的作品（如早年寫
的電影劇本），故不宜按刊布次序列出。金庸小說內容之簡介唾手

1　百劍堂主是誰雖然現在已不再是問題，參見馬幼垣，〈從《三劍樓隨筆》
　看金庸、梁羽生、百劍堂主在五十年代中期的旨趣〉，收入王秋桂主編，
　《金庸小說國際學術研討會論文集》（臺北：遠流出版公司，1999），頁
　387-390（此文收入本集）；劉維群，《名士風流——梁羽生全傳》（香港：
　天地圖書公司，2000），頁246-250，但1998年以前所刊行，為數眾多的金
　庸傳記泰半都提及百劍堂主，而沒有一本能夠指出百劍堂主是誰始終是事
　實。

可得，且說來必極耗篇幅，或可免。但詳確的刊布與修訂過程，即金學專家，因每困於方域，亦多不能稍道其詳，故宜為此篇重心之所在。

金庸小說處理起來，每項應包括如下資料：首刊於某報某副刊何年何月何日或某雜誌何年何月某卷某期，止於該報何年何月何日或該雜誌何年何月某卷某期，中有無缺期？有無移往別處登完？中有無因金庸暫離港(或其它原因)而請人代筆？倘有代筆的章節，金庸續完時如何處理？以後成冊時如何處理？該小說修訂時，除個別辭句修飾外，有無涉及內容的改變？

關於由金庸主持的不同機構出版的各種版本，和各地的授權重印本，以及各地的盜印本的資料附於各小說之後。

非武俠小說的作品(劇本、隨筆、評論、影評、報刊文章等)，依性質決定介述的重點。

3.人物篇

金庸所寫的長短篇小說，和非小說文藝作品(如劇本)，以及非文藝性作品(如評論)內全部有姓有名，以及姓名不全[2]，或僅知外號[3]者都各有條項。若干情形下，或有合傳式的條項。

人物總數一定很厲害。因為金庸諸作均不附索引，要找齊這些人物當非易事。較簡單的處理方法為所有編委會成員(顧問兼任編委會成員者或可作例外)每人負責兩三種作品(按量分配)內之人物清單。這些人物清單務必要儘早完成，不然約稿便會嚴重受拖累。為了避免因藉故拖延交卷而產生的各種尷尬人際局面，不妨採君子

2　姓名不全者，如《書劍恩仇錄》中的劊子手趙老三(頁40)、周大奶奶(96)；《神鵰俠侶》中的阿根(7)、陸三娘(18)、武三娘(20)。頁數均按明河社(香港)版修訂本。

3　僅有外號者，如《神鵰俠侶》中的天竺僧(955)；《天龍八部》中的逍遙子(68)／無崖子(1480)(同一人)。

協定之法，以準時交清單爲成爲編委會成員的先決條件。爽約者（不管理由爲何）另由賢士補上。

因爲人物條項數目必鉅，如有必要，或可分爲三組：小說組、小說以外文藝作品組、非文藝作品組。倘有此需，則見於小說的歷史人物（如丘處機〔1148-1236〕、朱元璋〔1328-1398〕）作小說人物處理。讀者倘不知自何組查檢，以及不習慣用繁體字者可用書後之索引。

4.辭彙篇

見於金庸作品的辭彙，如屬一般性，可自慣用工具書得到解答者，如武當山、秦淮河、《詩經》，不另作解釋。較複雜者以及在金庸作品內具特別意義和作用者，如全眞教、明教、海寧陳家，雖或見於一般工具書，仍會寫得較詳細。至於金庸發明的辭彙，如屠龍刀、九花玉露丸、《九陰眞經》、二十四橋明月夜、蛤蟆功、乾坤大挪移、六脈神劍等，解釋應力求明確。

輯集上組的人物清單務求齊全，不必顧及取捨。辭彙則不同，取捨的空間很大，也可能選得相當主觀。除編輯同人選出的基本辭彙外，歡迎各撰稿人儘早提供意見。原則上建議者負責撰寫自己提出的辭彙條項。

5.研究篇

目前僅擬以專書、學報／期刊文章，和碩士博士學位論文爲收錄範圍。一定要能核對原物者才收錄，絕不轉抄，故學報／期刊文章務須註明卷期、出版年月，和起迄頁數。按目前能預測的工作條件，即使在最理想的情況下，恐亦無法有系統地、保證無遺漏地照料報紙文章和網絡稿件。與其掛一漏萬，毋寧這類資料全不收。或者待以後具備保證網羅無遺時，另備一本能夠按期增添修訂的金庸研究報紙及網絡文章目錄。按目前情形而言，未及收列這類文章並

不算是嚴重損失，因爲這類文章之值得保存者多數都終收入合集，不少更通過《金庸研究叢書》這類大型合輯不斷以不同形式、版本散播開去。

收入研究篇各件會編號，這樣互見就很易處理。例如溫瑞安（1954- ），《天龍八部欣賞舉隅》（臺北：遠景出版事業公司，1986）（《金學研究叢書》18）（這是首刊，條項內會附列各種再版的版本），假設編號爲〔102〕。該書所收各文都會分列，各有條項。列舉書中〈金庸小說裡武功的寓意〉一文時，編號假定作〔812〕，則僅說見〔102〕，頁89-102即足；而在〔102〕條內注明書中所收各文爲〔208〕、〔415〕、〔583〕、〔812〕……。

這部分所收的專書和學報／期刊文章按原刊日期混合排次，冀顯金學進展的過程。正因這樣排列，故書後宜添按筆劃編排的研究者索引。

遇到特別有價值的，或題目不充分反映內容的書籍和文章時，條內會略附解釋。但不必機械地每條必注。

6.演衍篇

電影、電視劇、漫畫、烹飪、譯本、電玩、仿作（包括續作）、僞作等等足證金庸作品廣被寰宇。要爲這些演衍品備完整紀錄甚不容易。處理起來，這部分宜按類分組，每組每項編號。形式並不是問題之所在，如何能達到紀錄完整（或起碼接近完整）始是關要之處。所以這樣說，因爲演衍者以前甚少爲圖書館所收存，即使現在購買也難超過聊備一格層次的「非書」品。一般漢學書目也不列這類品物。現在追查起來，困難程度比記錄正規書刊高出好幾倍。

這並不是說未有人試編過演衍作品目錄，但已有的目錄所提供的資料顯屬不足。譬如說，一份完整的金庸作品電影和電視劇目最少要包括下開的項目：原作名、電影／電視名（別地播映時更換的名稱）、製作起訖年月（製作期長短可反映認眞程度）、製作公司／

電視臺、編劇、導演、演員（編劇、導演和演員不能單列藝名就算數，起碼要注明性別、本名和生卒年）、首播年月（電視劇首播時的起迄年月均要交代）、片長／集數、語言（有無原版以外的方言配音）、資料來源（電影和電視劇性質特別，如不交代史源則難於取信）[4]。

編演衍品目要做到齊全和準確有一決定性的因素。拍電影、製電視劇、繪漫畫、翻譯爲外文，除非幹的是不合法勾當，都要納版稅。金庸自己的版稅紀錄正是最可靠的史料。

然而仿作者和僞作者不會給金庸版稅（連會否向政府納稅都成問題），但它們是無論如何要存紀錄的演衍品，而且時間拖得愈久，齊全的程度愈會打折扣[5]。記錄起來，如何始能達到不差的完整程度（絕對完整是辦不到的），目前還未想到較妥善的法子。

至於盜印本，即使書名改了，刊誤也可能不少，並不能算作演衍品，而應視爲別本，故歸在作品篇內交代。

以上六組分刊爲六冊（有必要的話，某組之部分可析爲上下冊）。每組修訂的頻律不會一樣（「人物篇」一旦弄好，以後未必需要作大改動；「研究篇」和「演衍篇」則必定與時增長）。按組分

4　宋偉杰，《從娛樂行爲到烏托邦衝動——金庸小說再解讀》（南京：江蘇人民出版社，1999），頁41-43，有電影和電視劇目，看似已不錯，但所列項目顯然太少了，也沒有交代資料來源。

5　仿作者和僞造者的肆無忌憚，見華英雄，〈假金庸研究〉，《成報》（香港），2000年8月7日（「談天」版）。正因爲不法之徒目無法紀，而法律對他們的制裁又極有限，遂做成仿作、僞作爭相出爐的情況。鄺健行，《金梁武俠小說長短談》（香港：匯智出版公司，2005），頁36-37、71-87，談金鏞小說的續作和僞作，並列出此類作品達七十三種之多（隨後還有解說），更聲明《武壇》1986年8月號所載的何瑞延，〈致金庸先生的一封公開信〉，另列出同類作品六十六種，而兩張單子之間並無重見之物（即合共一百三十九種）。祇要我們明白鄺健行賴偶然的旅行機會去收集此等作品，而何瑞延的單子刊出已二十年了，就不難得出除非大陸上的金庸熱已急速降溫，即使說這類作品數達三百亦未必夠準確的結論。從文獻的角度去看，這些廢物都應存起碼的紀錄。紀錄現在不做，將來祇會更難追查。

冊，以後按冊修訂再版，可助簡化再版的過程。

五、困難所在及困難的程度

1.追尋原始資料之難

　　金庸作品雖最早者尙未超過半世紀，而這段時期的香港和周邊地區比較起來還算相當平穩，但研究金庸的原始資料已極不易得。茲舉二例以爲說明：

　　　例一：眾所週知，金庸以電影手法入小說。研究金庸小說，倘
　　　　　　能參稽其早年所寫的電影劇本，必有所獲。道理雖很易
　　　　　　明白，但那些劇本從未正式刊行，而攝製該等電影的長
　　　　　　城電影公司又早煙飛塵滅，要找齊這些劇本是不能過分
　　　　　　樂觀的。

　　　例二：即使在香港，要悉數核對原刊金庸小說的報紙和期刊，
　　　　　　以及修訂本出現前的各種版本，機會早已很渺茫。

2.調整內容分布之難

　　要有效地善用資源，計畫自開始至結束，時間必須操縱得很好。儘管徵集專家撰稿是提高在預定時間內完工機會之一法。但分配條項以後，撰稿者雖有些模範條項可參照，寫甚麼，怎樣寫，基本上仍是由作者自己決定的。這樣寫的稿件合爲一書，重複之處必多。更嚴重的是另一極端，就是某些事情或觀點有關條項的作者都不寫。重複和缺漏之所在以及嚴重的程度，不待大部分稿件已到編者之手前是無法預知的。到稿件差不多集齊，整個計畫的預定時間也消耗了不少，那時才能通過增刪之法來調整。緊張萬分的程度可以想見。事前預防和事後操制之方大概有三：（一）原先分配條項，委人撰寫時，儘可能安排相關條項由同一人來寫，如「黃蓉」與「郭靖」、「楊過」與「小龍女」應每組同出一人之手；「《九陰

眞經》」與「九陰白骨爪」、「太極拳」與「太極劍」亦不應每組拆散地分派給不同的撰稿人。(二)總編對條項內容的分配有絕對增刪權。(三)增比刪在技術上困難得多,故總編身旁得有一兩個金學精熟,隨時可以在金庸作品中檢出大小事情的助手(具此功力的助手可遇不可求,我現在倒有個學生夠此資格)。當然編輯總部既設在香港,年中金庸居港時間較別地爲長,臨急之際,傳眞一詢,電話一通,總算還有最後可用的一招。

3.籌款之難

如果撰文者有潤筆(理應如此),而總部又設在資用昂貴的香港,加上如果總編是學界中人,總部設在大學校園內,總編所屬學校還要抽行政費的。爲確保總編有足夠時間照料各項事情,開始的一個學期和最後定稿時的一學期(前後合計一學年)都應讓其向所屬學校請無薪假。這些開支加起來,整個計畫即使籌得五六百萬港幣也要很省才夠用。編輯過程需費一百萬美元應是合理的預算(就2000年的情形來說)。印刷費尚未包括在此數之內。籌款之難就此按下。

六、結語

在辭典充斥市場的今日,還沒有一本金庸辭典並不足作爲隨意推出一本僅求滿足形式之書的藉口。世上沒有十全十美之作,但若客觀條件不容許以此爲目標,勉強弄出一份必遭痛斥,對金庸、對金學、對讀者均無好處的辭典,祇會是破壞多於建設。在未有找到充分財力支持之前說辭典該如何編著並非奢言放論,而是不先備詳細計畫書,要找足夠財源根本是絕無可能的事。

還有一件與辭典的永恆性深有關係之事在此先講。那就是版稅的處理問題。我的建議是第一版的版稅析爲對半的兩份。一份(50

％）由總、副、執行編輯五人分得（分配的比例按實際工作量而定），爲期十年或至第二版出版之時（以較長者爲準）。另一半歸入在香港銀行設專戶的辭典編撰基金。金庸辭典應反映最近的金學發展（包括僞作等負性發展），一定要按時修訂。兩版之間（分冊再版或整套再版）的運作宜設一經常性的小型辦公處來負責，一半的版稅撥歸特設的基金即爲此而設。江山代有才人出，十年，充其量二十年，總副執行編輯的人選就應作基本的承替。籌款是苦事，具編輯之才者未必善於開拓財源，故一半的版稅撥作版與版之間的生命線是應該的。如此，在目前能預見的政經環境下，金庸辭典可以有一段承傳相當時間，且有更新機會的生命。

七、索引

書後附多種索引以增檢用的方便，例如：

作品人物總索引（簡繁字合排）

按作品排列的人物索引（作品本身按出版先後排次）

研究者索引（亦可考慮簡繁字合排）

——吳曉東、計璧瑞編，《2000，北京金庸小說國際研討會論文集》（北京：北京大學出版社，2002）

説林雜誌

兩名家手注孫楷第《中國通俗小説書目》

　　古典通俗小説的研究充其量祇有八九十年歷史，是一門新得很的學問。幸而這新學問有一塊很好的基石，讓它可以在紮實的根基上迅速成長。這塊基石就是孫楷第首刊於1933年的《中國通俗小説書目》（以後還有分別雖不大，用者卻必須集齊的兩版）。有了它，許多基本版本資料都可以一檢即有。作爲開拓行頭的工具書，它自然不可能十全十美，收錄的地域範圍有限（除了見於北平、大連、東京的諸書外，其它地區的就多靠轉抄得來的資料）就是很明顯得待補充的弱點。但遲至五十年代才開始有人做具系統的增修工作。

　　時至今日，增修的工作，不管是有系統地做，還是零星地處理，總成績早夠豐碩。這是指已出版者而言，尚有無仍未刊行而十分值得留意的紀錄？答案不單是肯定的，而且還有兩份之多。

　　近代研究漢籍版本的日本學者，首推長澤規矩也（1902-1980）。他不獨看遍珍藏日本各地的漢籍（公私文庫紛紛請他代編目之故），他本身更是家藏豐富，擁有不少孤本的小説戲曲專家。他曾否增訂孫楷第的書目是很易想得到的問題。長澤規矩也謝世前，其雙紅堂藏書已送給東京大學東洋文化研究所，他自用的孫楷第《中國通俗小説書目》和《日本東京所見中國小説書目提要》初版均在其中。這兩冊書內都有多以眉批及夾注形式出之的長澤手書注釋。

　　寫在東京書目者很零碎，祇是校正刊誤之類，可以不管。

　　書於《通俗小説書目》者雖著墨也不算多，信息則每有可貴

者。連同本集用作插圖的三頁，下列幾項可選爲例：

（一）《五代史平話》條（頁1）

　　孫目謂董康用景印本形式刊行曹元忠（1865-1927）所藏宋本。長澤指董氏用覆刻法重刊，是。原物與董氏刊本確有分別。

（二）《三國演義》諸條（頁24-37）

　　長澤補入幾種存於日本的本子（見本集插圖十三）。此等消息重要，因繼孫楷第記錄見於東京之中國小說後，詳細補入散存日本各地諸本的大塚秀高在其《增補中國通俗小說書目》選擇不收《三國演義》、《金瓶梅》、《紅樓夢》、《西遊記》、《水滸傳》、《儒林外史》諸書的任何本子。這就是說，長澤在《紅樓》等其它數書記下的資料也有如《三國演義》諸條相同的增補價值。

（三）《隋史遺文》條（頁46）

　　孫目列出日本有此書崇禎刊本三套，分藏三館。長澤指出尚有第四套在東京大學。大塚目（頁203）雖記日本尚有其它本子，卻沒有提及此東大藏本，誠值得追查。

（四）《征播奏捷傳通俗演義》條（頁77）

　　孫目記日本尊經閣有藏萬曆癸卯（三十年）刊本，長澤說他家藏亦有此本，並指出萬曆癸卯是三十一年。

（五）《拍案驚奇》條（頁130）

　　孫目謂尚友堂原刊本未見，長澤補說（日光輪王寺）慈眼堂有此本。

（六）《西湖佳話》條（頁146-147）

　　孫目謂長澤有五色套印本，長澤添說此本的細節。

（七）《龍圖公案》條（頁151）

　　長澤補充孫目記清初刊大本時未及交代的細節（見本集插圖十四）。

（八）《如意君傳》條（頁215）

　　孫目說未見，長澤謂該書有日本寶曆十三年(1763)刊本。
(九)《肉蒲團》條(頁217)

　　長澤在孫目所列諸本外，加列清末大活字本及其它版本(見本
集插圖十五)。

　　總括而言，今日記版本的工具書既不少，量方面著實有限的長
澤手書注釋祇能視作片羽吉光。但長澤規矩也畢竟是對七八十年來
在日本研究中國小說的各代學者影響深遠的一代宗師，他未上紀錄
的讀書筆記用任何尺度去衡量都是一份瑰寶。

　　比較起來，另一份同樣記在孫楷第《中國通俗小說書目》初版
的手書注釋就數量多了不少，讀來也更有趣味。那就是吳曉鈴旅行
帶在身邊，隨時就所見添增的一冊孫目初版。我知有此冊的存在是
頗偶然之事。1982年初，吳曉鈴第一次訪美，以夏威夷為首站，就
在舍下小住。他出示這本冊子，我信手複印了。數月後，我有美東
之行，又在哈佛大學和他相遇。他再示我那本冊子，內已加入他在
美國各地讀書所得。我略翻一下，便還給他。追查美國各館所藏罕
本中國小說，門徑多的是，不必靠這種間接的辦法。雖然吳曉鈴後
來還復有美國和加拿大之行，再添增的資料就祇可能頗有限。吳曉
鈴謝世後，藏品由家人捐贈給北京的首都圖書館(該館本身所藏通
俗文學作品至富)，這本孫目諒在其中。

　　我複印那冊子時，它所載的是吳曉鈴在中國的讀稗紀錄，雖和
該冊子最後的樣子有分別，對我來說已足用。以下就是按我手上有
的印件，向大家介紹這本冊子。

　　讀書目通常是索然乏味之事。吳曉鈴手書的注釋卻使這本冊子
別屬一類。甫翻開這本書，即見到吳曉鈴在書首的空頁上所寫的一
張書籍庋藏變動單子：

以下多本和閨秘紀那類和以不正當方式摭去：

1. 玉樓春
2. 奇緣記
3. 悅心錄　籍粹，仿似紅樓夢的內容，……紅樓夢詞藻中此
4. 寵如卿
5. 杖奇婆
6. 隨坐過沙
7. 桃花影　一至二回一冊，六至七回一冊
8. 花園初志十二回，在一至四回一冊
9. 玉層春　在五至六回，一冊
10. 三妙傳六卷，在一至三卷，一冊
11. 桃花艷史，在四至六卷七至十二回一冊
12. 燈草艷在卷四七至九回，一冊
13. 鬧花叢在卷三七至十二回一冊
14. 妹猴艷史在七至十二回一冊
15. 玉金喬　　一冊

　　看後我並沒有追問吳曉鈴究竟是怎樣一回事。行頭內確有傳
聞，說周紹良（1917-2005）手上的艷情和性慾小說數量相當，或說
其曾擁有不少這類小說而後已捐公。知道書的來龍去脈就夠了，小
道新聞是不必查究的。

　　在孫目上加注，吳曉鈴除和長澤規矩也一樣，用傳統的眉批和
夾注來做補訂的工作。此外他還利用左右頁邊的空位來加注。因此
增添孫目未列出的版本也是吳曉鈴的主要著眼處，且注釋的詳細程

度往往遠超過長澤所用者。這類注釋既與上文介紹長澤所加的注性
質相同,本不必亦列舉出來。但有兩事還是應例外處理,引述來示
吳注的分量。孫目頁163援蒙古正白旗文士三多(字六橋,1875-?)
所言,說有四十回本的《紅樓夢》,而孫楷第未嘗得見(孫目其後
的1957年修訂本[頁120]和1982年重訂本[頁136]仍這樣說)。吳曉
鈴簡單地在此加一驚人語──他有此書的乾隆鈔本!孫目頁168亦
有一類似之例。孫楷第說未嘗見三十回的《紅樓圓夢》。吳曉鈴注
謂他有嘉靖甲戌紅薔閣刊本。後來孫目的修訂本(頁123)和重訂本
(頁139-140)作了修訂,說該書有此紅薔閣本存世。同樣的例還有
好幾個,就不必盡列了。

　　另一類吳注更是長澤所沒有的,即添入孫目沒有提及的書,或
孫目雖有立條項,所列之本書名卻大異之書,故價值也高多了。這
類添增的書起碼有四十九種,內不包括引錄自文獻而吳曉鈴未見原
物之書,以及疑為五四時代以後作品之物:

(一)　　　《列國志輯要》(頁17)(見本集插圖十六)
(二)　　　《新鍥重訂出像註釋通俗演義東漢志傳題評》(頁23)
(三)　　　《新刻湯學士校正古本按鑑演義通俗三國志傳》(頁32)
(四)　　　《新刊京本校正演義全傳三國志傳評林》(頁33)
(五)　　　《關帝神武傳》(頁37)
(六)　　　《新鐫玉茗堂批評按鑑參補出像南宋志傳》(頁53)
(七)　　　《勝千金》(頁66)(見本集插圖十七)
(八)　　　《繡像雲合奇蹤玉鼎英烈傳》(頁69)
(九)　　　《新編皇明通俗演義七曜平妖全傳》(頁79)
(十)　　　《鎮海春秋》(頁94)
(十一)　　《新鐫萬年香奇傳》(頁96)
(十二)　　《雷峰塔奇傳》(頁118)
(十三)　　《五朝小說》(頁123)
(十四)　　《無聲戲合選》(頁136)

此爲十二回本。孫目收六回本《意外緣》，未知是否
爲二書？

(四十一)　　《新刻全像顯法白蛇海遊記傳》(頁252)

(四十二)　　《續鏡花緣》(頁254)

(四十三)　　《南海記》(頁258)

(四十四)　　《雲遊記》(頁258)

(四十五)　　《新刻出像京本忠義水滸傳》(頁269)

(四十六)　　《土星崇》(頁293)

(四十七)　　《黑闇獄》(頁293)

(四十八)　　《泉潮荔鏡奇逢》(頁326)

(四十九)　　《閩都別記雙峰夢》(頁326)

　　至於當中有孫目其後兩版已添入者，如《列國志輯要》和《四巧說》那是另一回事。吳曉鈴開始在孫目初版加注時，孫目的修訂本很有可能尚未出版。

　　除了這些依孫目原有條項分布而加的注釋外，吳曉鈴還利用一張白頁來記錄一位北京藏書家擁有的稀見小說八種(可續依次編號為五十至五十七)和鼓詞三種：(見次頁)

　　就算僅從量的角度去看，增入罕見小說數十種原已足夠說明吳注的價值。這價值的特別程度是可以說得更清楚的。〈評說五本古典小說辭典〉文中所講的辭典當中，總括性者以石昌渝(1940-)主編的《中國古代小說總目》規模最大和出版期最近。吳曉鈴補入孫目初版的諸說部(不計他說在陶明濬處者，因他沒有列出那些書的細節，別人難作指認)，這本掛出「總目」招牌的辭典沒有收《關帝神武傳》、《勝千金》、《新聞跨天虹》、《詞壇飛艷》、《世途境》、《人月圓》、《鍾情記》、《土星崇》、《泉潮荔奇緣》等起碼十八種(拿上開吳注添列之書和石編比勘，即可得這些漏網之魚的全單)。

　　另外，吳曉鈴還記錄了若干研究小說的舊籍。這些不在本文的討論範圍之內，不用多說。

　　吳曉鈴何時寫這些注釋也是可以推測出來的：(一)他很統一地

陶明濬（字犀巖、蒙古正藍旗人，住新街口大四條33号）

紅樓夢別本120回
新續紅樓夢120回
紅樓三夢120回
新續水滸傳100回
群英蕩寇志150回 （重編蕩寇志）
侵略府防120回 （改作征四寇）
新續兒女英雄傳100回
新續老殘遊記100回

紅樓夢鼓詞120回
聊齋志異鼓詞8集
五台山鼓詞8段 （於淨齋主人）

用簡體字。按吳曉鈴的年紀和大陸推行簡體字的歷史，這些注釋不可能寫於五十年代中期以前。（二）記看到《詞壇飛艷》殘本的日期為1965年6月底（頁148）。（三）稱戴不凡（1914-1980）為亡友（頁159）。綜合說來，注釋是在五十年代中期至八十年代初期這時段寫的。

吳注（特別是加上他在美加的讀書紀錄以後）是一份異常可寶的文獻，其庋藏者（首都圖書館？）應考慮用景印辦法公諸於世。我手上的一份，因為沒有其在美加讀書的紀錄，不算完整。

雜談孔另境的《中國小說史料》

　　至目前爲止，綜合性的小說史料集，以孔另境的《中國小說史料》爲最佳。除了孔氏自己發掘所得外，此書根本上是以前幾種同類工具書的集大成。它的效用是顯而易見的。

　　孔輯有兩種不同版本，一是1936年上海中華書局的原刊本，另一種是1957年古典文學出版社（上海）的增訂本，臺北中華書局重印的則是舊版。新舊兩版之間，分別很大。約言之，增訂本比原刊本資料雖增加不少，卻減少了好幾種小說。

　　原書出版後，趙景深曾撰文介紹它的優點和缺點，見其〈《中國小說史料》〉一文，後收入他的《小說戲曲新考》書內。優點有時是有時間性的，如趙景深稱其多收《紅樓夢》資料是優點之一，待1965年，一粟（周紹良和朱南銑［1916-1970］合撰文時所用筆名）《紅樓夢卷》（北京：中華書局）出版後，孔輯此部分的功用就自然大減，這是學術進展必然的現象，不足詬病。缺點則不一樣，是原書出版時已有的。當時趙景深批評孔輯的缺點有：（一）《劉公案》疑爲唱本，（二）《南花小史》疑非小說，（三）應補入《老殘遊記》、《孽海花》等。

　　正因爲趙景深曾作這些有建設性的批評，五十年代此書再版發行時，孔另境乾脆請趙景深主其事，趙遂約章苕深（曾校訂吳趼人的歷史小說《痛史》）和胡忌（1931-2005，著有《宋金雜劇考》［北京：中華書局，1959］）二人參加此工作。他們除改正上述三缺點外，並就孔輯所引各條覆按原書，力求用較好的本子重新校勘，所

收的小說則有新增的，也有刪去的。大致的情形，增訂本書後的跋
文已有說明。

　　兩版互勘，新增的小說計有：《捉鬼傳》、《海角遺編》、
《歧路燈》、《希夷夢》、《彭公案》、《濟公案》、《老殘遊
記》、《孽海花》、《鄰女語》、《九尾龜》、《海上繁華夢》、
《笏山記》、《琴樓夢》和《金陵秋》十四種。刪去的，除上述
《劉公案》和《南花小史》兩種，因不是小說外，計有《繡榻野
史》、《祈禹傳》、《遼東傳》、《如意君傳》、《黑白傳》、
《大禹治水》和《活世生機》七種。刪去的理由，《大禹治水》及
《遼東傳》是爲了沒有傳本，其餘是因爲傳本不易見。

　　無傳本而刪去，理由是充分的。傳本難得而見刪，則難免有一
面之辭的感覺。史料集的功用，在供給史料，難得一見的小說，若
有機緣遇到了，比那些習見的小說更是需要找史料去幫助考研。何
況新增的《希夷夢》、《歧路燈》、《笏山記》、《金陵秋》等，
實在不比刪去的《繡榻野史》及《如意君傳》爲易得。《繡》、
《如》二書的被刪，大概還是由於內容猥褻吧。正因如此，舊版在
某種情形下，還是有用的。

　　另外，我覺得增訂本還有體例欠純的毛病。新增的資料有不少
節錄近人的研究文字，特別是三四十年代登在《星島日報》（香
港）、《中央日報》（上海）、《華北日報》（北平）、《大晚報》（上
海）幾種報紙「俗文學」或「通俗文學」副刊內的論文。這些都是
今人研究成果，不是「史料」。把它們彙輯爲專題論文集是可以
的，也是很有意義的事，但是將它們和一般傳統史料混合在一起，
則顯得性質迥異和不相稱。前述的《紅樓夢卷》和最近見到馬蹄疾
（陳宗棠，1936-1996）所輯的《水滸資料彙編》（北京：中華書局，
1977）及其刊於1980年的修訂本，都是史料集，均以民初五四前後
爲下限，不是沒有道理的。

　　這些年來用孔輯，經常感到有一不大明白之處。搜集史料這回

事，除了勤毅及恆心外，還要有明確的目標和幾分運氣。這是一種既要靠積聚，也要靠眼力，講靈感，觸類旁通，死功夫與思考力配合，十年如一日的長期性工作。單為集史料而去搜求，是浪費腳力，而不見得有把握的事。內容豐備的史料集，往往是個人研究的副產品，這種例子在文史範圍內相當習見，不必細舉。

孔輯算得上豐備，孔另境卻不是以小說研究名家。他在這方面的論著，我僅見過收入《斧聲集》（上海：泰山出版社，1939）內那篇題作〈清代的小說禁黜〉的短文，衹是粗枝大葉的概說。他怎會有這樣的興趣和機緣去輯集此書？增訂重刊時，更全由趙景深等代策代行，孔氏本人可說幾乎完全置身度外，也是疑點之一。這些疑問，大概都不是過慮，其它讀者說不定也有同感。

前些時候，重讀葉德均用葉雲君筆名發表在《古今》29、30兩期（1943年8、9月）的〈關於筆記〉一文，內談到孔輯時，有「據說這書是出於戴望舒先生之手而讓予孔君」語。葉先生是我衷心佩服的小說戲曲史專家，他的話諒有根據，而且讀過戴望舒小說戲曲研究文字的，都知道他善於掌握版本、筆記、文集──史料來源的三大方面，確是編輯史料集的理想人選。不過，戴望舒、葉德均、孔另境三人早已先後物故，知道此事真相的，恐僅得趙景深一人了。

前年夏天，承錢鍾書（1910-1998）先生的介紹，和趙景深先生取得聯絡，請教他有關葉德均及其俗文學研究諸事，後來想起孔輯的存疑，便向他提出上面所說的問題點，他的答覆是：「《中國小說史料》初版三十二開本，不一定是戴望舒所原輯，衹是他（孔另境）採取蔣瑞藻的真正小說部分，削去戲曲、京劇部分，再加上一些自己所找到的。」（1980年6月18日函）

趙先生不僅負責孔輯的增訂工作，他和戴望舒更有深厚的友誼，而且他還是葉德均在復旦大學求學時的老師，他的話是可靠的。孔輯原書，大概就是在為大家提供一部有用的史料集的大前提下而編集的，這是可敬的忘我精神。

後記

前文寫完後，原以爲要講的話都說了。最近因查詢四十年代幾家報紙的「俗文學」副刊，和施蟄存先生聯絡上，而施是戴望舒生前摯友，這是對現代文學史稍有認識的人都熟知的事。戴在三十年代旅居法國，達三年之久，生活屢陷困境，施自己經濟處境亦不佳，仍傾囊相助，不斷自中國遠道接濟，這種密切的友情，在孔另境輯的《現代作家書簡》（上海：生活書店，1937）書中，所收兩人的來往信札，記載頗詳，讀後始明白，前些時候趙景深先生對我說的：「戴望舒之事，還是施蟄存知道多一點。」

上文所引葉德均〈關於筆記〉一文，曾報導戴望舒有重編孔另境小說史料集之意，積稿三十萬言。若遺稿尚在，當是研究古典小說的寶庫。月前以此事向施先生請教，他在1981年6月8日回信中說：「孔另境編的小說史料，大部分是望舒所輯，贈孔君編入其書，因孔是上海大學同學，茅盾的妻弟，和我們都是老友，（戴）以後搜輯之資料，未得遺稿，不知存佚。」施、趙兩位之言，若眞要從中選一的話，從孔另境本人沒有發表過甚麼小說研究報告，以及他在舊版增訂時，完全置身事外來看，我想初版《中國小說史料》有相當資料得自戴望舒這說法是可信的。

1981年6月17日

──《中國古典小說研究專集》，4期
（1982年4月），〈說林雜志三則〉中
的一則

掃落葉、話版本——李娃有沒有參加驅逐李生的金蟬脫殼計？

　　校書如掃落葉，雖是句老生常談，不親歷其間艱辛，還是不容易領會這句話的奧理，和明瞭讎校的重要性。大多數學者都會同意，治中國傳統小說的入門途徑是版本和目錄學。不過，整理小說的版本，在目標及方法上，和處理一般古籍的情形，往往頗有分別。

　　校勘古籍的基本法門，是本子愈早愈好，不同的版本愈多愈妙，再配合別的材料，如類書和選集內的抄錄，以及前人注釋其它古籍時保存下來的佚文。遇到文字上有分別時，除了明顯的衍文和缺漏外，一般來說，還是按材料來源的時代做先決條件。小說的斟讎工作，特別是明代以前的文言小說也是離不開上述的原則的。

　　但是小說有它的獨特處，版本上的分別可能代表故事演化的不同階段，不一定是前者正後者誤。譬如說，《水滸傳》的繁本與簡本是兩個互存的系統，《金瓶梅》的詞話本和張竹坡本，《紅樓夢》的各種脂評本，情形也一樣，都是並存不廢的。當然這裡所舉的例子全是白話小說，文言小說因篇幅關係，不可能有像《水滸傳》各本間那種極端分歧的現象。然而字句上的不同，仍是時有的事，也不一定和演化過程無關。關於這一點，讓我用唐人傳奇〈李娃傳〉故事中的一個例子來說明。

　　民元以來，治唐傳奇功績最偉的，當推汪國垣和王夢鷗二人。汪的《唐人小說》風行越半世紀，是大家習用的書；王的《唐人小說研究》已出四集，體大思宏，考核邃深，是近年漢學著述的典範

之作，假如在這裡遇到若干可商的讎校問題，我們祇能說：校書如掃落葉，邊掃邊落。

白行簡的〈李娃傳〉，原名〈汧國夫人傳〉，在收入《太平廣記》以前，曾載於陳翰的《異聞集》。故事大家早已很熟悉，不必多費筆墨介紹。我所說的問題，是在李生於娼家受騙被逐前夕的一段。在一般的本子裡，這幾句是這樣的（用汪辟疆本）：

> 娃謂生曰：「與郎相知一年，尚無孕嗣。常聞竹林神者，報應如響，將致薦酹求之，可乎？」

王著《唐人小說研究二集》，有這篇故事的校本。這幾句如前，文後則加校語說（頁245）：

> 《類說》及《醉翁談錄》「娃」字皆作「姥」；「與郎」作「女與郎」。可知詭計發自姥，與後文合；作娃者當誤。

換言之，王夢鷗以爲這段該作：

> 姥謂生曰：「女與郎相知一年，尚無孕嗣。……」

這等於說，老鴇（即姥）的逐客計，娃沒有份兒，更不要說娃助其行事。在這裡，詭計的籌劃和實行是分不開的一回事。

在我和劉紹銘（1934- ）兄合編的《中國傳統短篇小說選集》的英文本裡，這幾句話以通行本爲據，後來胡萬川兄代我們籌辦這書的中文本（聯經出版事業公司，1979），這幾句亦從通行本，並加補注引王說，謂詭計當與娃無涉。

這裡牽涉的問題可眞不小，不是三兩個字不同那樣簡單。李娃有沒有參加騙逐李生的金蟬脫殼計，直接影響到整篇故事的主題，

以及李娃的性格和形象。

當然〈李娃傳〉本身不是沒有問題的。《異聞集》無傳本，《太平廣記》雖是宋初編的，我們僅能見到不算太好的明版，所以遇到文字上有可疑的時候，便不易讎校。曾慥(?-1155)的《類說》是南宋初的書，輯錄二百五十多種前人筆記而成，我們現在用的是明末天啓刊本的影印本。羅燁《醉翁談錄》是早期說書人用的參考資料，這書傳世的善本，最晚也該是元刊。對校勘來說，兩書都有不容忽視的價值。既然二書同樣說是老鴇誘生外出的，我們自然不能不管，問題是這種版本分歧該如何詮釋。

假如這話是李娃說的，和當時環境及後文其實不單沒有矛盾，反而處處配合。求嗣是生和娃二人的私事，老鴇究竟不是岳母娘，她自己總比別人清楚，由她親自跟生說，實在彆扭。老鴇再笨也會先游說娃，就算娃不肯依從，她已知情，而仍讓生墜下圈套。

娃和生在竹林神廟隔宿始歸，後來生發現老鴇遷出已隔宿，時間上竟如此相符，娃的行動怎可說不是和老鴇事先商量配合的？最顯明的證據在那個姨母身上。她是否為娃的真正姨母，無關重要，重要的是她租用崔尚書的家不過短短一天，還是在娃去廟後才租的，生一走，姨母迅速離去，連晚上也不在那兒逗留。假如不是按計畫行事，娃哪能知悉這僅歷時一個白天的假設府第，在歸途中要生停下來拜訪她的姨母？按情理，即使二人湊巧路過那裡，也不應知道有熟人臨時住在其間，專誠跑進那庭深園廣的大宅去造訪。娃不單知情，還十分合作呢！

當生問娃，這是否姨母的私第，娃「笑而不答，以他語對」。這是她天良未泯的潛意識表現，也是下文情節變化的伏線。此外，在逐客以後漫長的日子裡，娃並沒有試圖打聽生的下落，亦足以說明她是計畫主事人之一和她當時的立場。反過來說，如詭計與娃無關，這一切都無從解釋。

《類說》和《醉翁談錄》的說法，正如《紅樓夢》各種續書多

設法彌補寶玉黛玉的愛情悲劇一樣,是「善意附會」。讀者或因覺
得李娃後來犧牲一切,玉成李生的功名事業,這樣的風塵知己怎會
陷生於絕境在先,長久不理會其下落在後,所以希望罪孽全由老鴇
一人來承擔,以為這樣便可以使李娃的性格前後統一,卻不知反使
情節牴牾,上下不相應。這樣說來,這個版本分歧正代表對故事人
物的兩種不同看法,可以說是故事演化的一種類型。

整篇故事的關鍵,其實在大雪相逢一幕,故事的主題和李娃的
性格形象都通過此關鍵表達出來。李娃的態度和立場的轉變,以至
於犧牲,除了憐惜之外(以前她視李生,不過是個她喜歡的好顧
客,不見得有真正愛意存在),還有濃厚的贖罪意味。日後她堅持
功成身退,更是贖罪的表現。以前逐客的圈套如果和李娃沒有甚麼
關係,便很難構成這贖罪的觀念。

自〈李娃傳〉發展而來的後世戲曲,隨著故事演化的過程,讀
者對李亞仙(小說裡的李娃已是有名有姓)的好感和愛護勢必與時並
增,罪孽盡可能推給老鴇,是可以理解的事。在現存的幾種元明戲
曲裡,如石君寶《李亞仙詩酒曲江池》(有《元曲選》本);朱有燉
(1379-1439,朱元璋之孫)的《李亞仙花酒曲江池》(有《古今家雜
劇》本),以及明人的《繡襦記》傳奇(有《六十種曲》本),這種
立場都很明顯。

元人石君寶的《曲江池》雜劇(嚴敦易,《元劇斟疑》[上海:
中華書局,1960],上冊,頁211-219,以為可能非舊本而是明中葉
的作品),沒有竹林神廟一節,所有毒計全是老鴇一人的擺布,李
亞仙對鄭元和(生也有了全名)的愛情始終如一,雪地相逢,亦是她
專意訪尋的結果,而不是像〈李娃傳〉中的巧遇。這樣的改動,在
劇中是前後相應的。

朱有燉《李亞仙花酒曲江池》這一部分的劇情,也相當簡單。
雖然有竹林神廟一節,卻不是為了求嗣,而是由老鴇勸鄭元和去禱
告祈福,沒有做成尷尬的場面。當李、鄭二人還在竹林神廟時,老

鴇便直接用急疾騙李亞仙回來，其間減去姨媽設假府第的一段，情節反覺簡明合理，沒有讓不預謀的李亞仙知道她不該知道的事。

明人的《繡襦記》傳奇（此劇作者有幾說，傅惜華以為是薛近袞，葉德均則曾詳辨其非是），倒是和《類說》及《醉翁談錄》所記的頗近，欠解之處亦一樣。老鴇設計時沒有和李亞仙相議，而且還是她自己厚著臉皮向元和提議求嗣的。自廟歸來時，元和二人訪賈二媽（唐傳奇中的姨媽）於那臨時府第，接著下來便是報急疾等等。但元和二人如何神差鬼使的摸到這所府第來，卻毫無交代。上述三劇，《繡襦記》大概最晚，歪曲情理以維護李亞仙亦最甚；或者可以說，歪曲的程度與方法，和《類說》及《醉翁談錄》所引錄的〈李娃傳〉本子一樣。

費了點時間去比較此三劇，是希望藉此說明劇情的趨向複雜化，和替李亞仙解脫及使老鴇獨擔罪孽，是成正比例的。上述〈李娃傳〉的版本分歧，亦是代表這種現象。在〈李娃傳〉裡，我們還是仍舊讓李娃向生建議到竹林神廟去求嗣吧。

後記

上文脫稿後，始見黃敬欽《元劇評論》（新竹：楓城出版社，1979年）書中所收〈管窺〈李娃傳〉與曲江池〉一文，頁1-26，分析入微，可謂讀書得間。李娃在唐傳奇和石君寶雜劇中對生在感情上的截然不同，以及娃在唐傳奇裡和生相逢後的反應與行動的充滿贖罪意味，好幾處本文的論據點，黃君已先我著鞭。讀後更覺得〈李娃傳〉通行本中勸生往竹林神廟求嗣那幾句話，原是不成問題的。

——《中國時報》，1980年8月7日，

（「人間」）

董康景印《新編五代史平話》的真相

　　在〈兩名家手注孫楷第《中國通俗小說書目》〉一文介紹長澤
規矩也所加的注釋時，第一條注即指出孫目誤記董康覆刻的《五代
史平話》為景印本。這錯誤相當常見，並不是孫楷第獨有之失。

　　《新編五代史平話》是研究講唱文學肇始不可或缺之書，故敘
述文字比比皆是。但研究者用的多數是排印本，而此等排印本都十
分統一，全直接間接以董康的誦芬室刊本為據。董康公諸於世的這
個本子，扉葉標明為：

　　出版者顯然要讀者相信除了大小未必與原物無別外，其它都沒有不同。

　　這宣稱還另有支持。光緒辛丑（二十七年，1901）在杭州發現這部巾箱本小說的曹元忠於宣統辛亥（三年，1911）七月替誦芬室刊本寫的跋文，內云「是書近爲吾友武進董大理授經景刊行世，寫刻之精無異宋槧」，同樣標明「景刊」。景印本的詞義一點都不含糊，當指用攝影技術複製出來的書，故清季以前很難期望確有景印本。

　　曹元忠和董康不獨精版本之學，更是發現、保存，和把這本小說帶進學界的兩功臣，孫楷第相信誦芬室刊本是景印本，不應視爲輕率的判斷。〈評說五本古典小說辭典〉所介紹的辭典，除了C書外，其餘四本悉有《新編五代史平話》的條項。這四條由不同人撰寫，加上每本的主編必然審讀過書中所有條項，涉及的學者的數目可不算少。其中三條分別說誦芬室本《新編五代史平話》是「影刊本」（A書）、「影刻本」（B書），和「影印本」（D書）；E書則說得模稜兩可。這些名詞的涵義雖不無分別，均指所說之本與原物無異則是一樣的。如果說某本是用影印法子複製出來，除了尺寸可容放大縮小和清晰程度未必夠佳外，更應和原物毫無不同之處。要言之，指誦芬室刊本祇是覆刻品，而不應用景印、影印、影刻、影刊一類辭彙來形容它的，迄今僅長澤規矩也一人。連這點也未見紀錄，因爲長澤之言獨見於其未刊筆記內。誦芬室刊本面世快滿百年了，流通消息的不準確尚仍如此，主要是由於不少研究者不肯花功夫去找最佳本子，拿起排印本就當十分眞確之物來用（爲上述那些辭典撰寫《新編五代史平話》條者竟有人連誦芬室刊本也未見過，便貿然寫條項了！現在的學術機構爲了自保，祇管要學生接二連三地續念學位，再加上無聊透頂的「博士後」玩意，製造出來的所謂學者卻乏實學，一旦從事研究便搬出偷工減料的法寶來。辭典主編找來幫忙寫條項者一般難免就是這種貨色），而用得到誦芬室刊本者又每震於「名牌效應」（曹元宗、董康、孫楷第），不敢置疑。這

篇短文就是爲了正視聽而寫。

要知道眞相其實一點都不難。此書孤本早屬中央圖書館（自1996年1月改稱國家圖書館）所有，而該館公開發售所藏善本書之膠卷已有數十年歷史。研究者辦點例行手續，館中任何善本均可得。我得此書之膠卷快三十年了。要複印一份誦芬室刊本同樣容易，此事我也在二十多年前已做好。現在就抽些時間利用這些早已準備的資料來諟正此流傳近百載的誤說。

爲求可以講得簡單點，先把結論說出來：董康選用來廣傳這部孤本之法爲請當時的最佳刻工黃崗陶子麟（又作陶子粦和陶子林），按原物的行欵重新刻印出來。每半葉幾行，每行幾字，這種行欵要求是脗合的，其它細節則不盡同。因此，長澤規矩也說得對，誦芬室刊本是覆刻本，不是景印／影刻之物。

其間的要點可以慢慢分述。

誦芬室刊本的版心頗闊，用的形式是黑口雙魚尾，上下兩端都有粗粗的烏絲。原物的版心很窄，所採形式是白口雙魚尾，但有些版心窄得幾乎甚麼都看不出來。

遇到原物某葉有殘碎磨損、崩版這類情形時，誦芬室刊本就用墨丁法來處理（見本集插圖十八、十九）。單是這一點已足證誦芬室本不是影印品。

陶子麟刻書所採用的字體不時按照自己的喜好去選擇，而非依從原物，故原物和他所刻的書在字體上未必統一。《五代史平話》的原物和陶刻本之間就有這種明顯不過的分歧。《五代史平話》是用坊間匠字刻出來的，而陶子麟覆刻時用的卻是近顏體。儘管行款沒有變動，這分別（加上版心的不同）已足使原物和陶刻之間有很大的外貌差異。從用作示例的兩張相應葉子（見本集插圖二十、二十一）亦可以看得出，陶子麟覆刻時連字形也偶會改變的（比較葉上第十一行的「魯」字和葉下第八行的「度」字便可知究竟）。拿著陶刻，便說因爲字體如何如何，所以它是甚麼年代的刊物，無異白日

說夢。

或者有人會說，誦芬室刊本是否景印品衹是版本學者關心之事，實則無關宏旨。評價一般覆刻本也許可以這樣說，這本誦芬室刊本《新編五代史平話》則因與原物有實質的距離，用者確有損失。

五代的各代歷時差可比擬，都不長，故這本平話可以很平均地每代之史皆用上下兩卷來處理，並置兩葉長的目錄於首。然而這個本子不全，目錄有兩處殘缺（梁史和晉史者），正文也缺了《梁史平話》的下卷，因而當稱之爲殘本。梁史部分失去下半，無從彌補。晉史目錄的首葉掉了前半葉，致使上卷僅存最後三目，也無法填補。誦芬室本這兩部分與原物無異，梁史目錄的情形卻截然不同。

誦芬室本的梁史部分完全沒有目錄，自此本而出的各種排印本也就很統一地注謂該史的目錄原缺。其實《梁史平話》的目錄保存了差不多一半——首葉（上卷的目錄）全佚，第二葉（下卷的目錄）則尚存上半葉的上半（這部分僅少了幾個字）和下半葉整面（見本集插圖二十二）。此事十分重要！《梁史平話》既遺失了下卷，得見下卷的大部分目錄總有若干彌補作用。誦芬室本不把此葉刻出來，這些寶貴消息就幾乎永別人間！

研究中國古典小說固然不能靠難保證準確的排印本，縱使名家推出來的複製品亦未必盡善，直接用天壤間最佳存本才易避免犯上不必要的錯失。

確指脂硯齋是誰的新線索

　　早期《紅樓夢》鈔本上的脂硯齋評語是研究曹雪芹創作過程不可或缺的首要資料。脂硯齋和曹雪芹關係密切。這點早不成問題（近年歐陽健等所說脂批鈔本俱為民初僞品，姑妄聽之可也）。

　　成問題的是無法在追查脂硯齋的身分上達到共識。主要的看法有四：（一）脂硯齋是較曹雪芹年長十來二十歲的叔父。吳世昌（1908-1988）持此說。（二）脂硯齋就是曹雪芹本人。俞平伯嘗以此立論。（三）脂硯齋和曹雪芹為堂兄弟。胡適主此說。（四）脂硯齋是《紅樓夢》書中史湘雲的原型（即曹雪芹的表妹）。此說為周汝昌所創。簡言之，倘不得有力新證，持任何一論者均無法說服主張其它看法的人。

　　1965年底我發現了一條新線索，迄未有派用場的機會。不如供諸同好，期收集思廣益之效。

　　脂批甲戌鈔本第七回，在「正說著，袛聽那邊一陣笑聲，卻有賈璉的聲音」句上，有眉批：

　　　　余素所藏仇十洲《幽窗聽鶯暗春圖》，其心思筆墨已是無
　　　　雙。今見此阿鳳一傳，則覺畫工太板。

　　這豈非告訴我們脂硯齋身分的一特徵——他（她）擁有一幅明代名畫家仇英（約1498-1552）的作品！

　　從前收藏名家手蹟者，恆鈐印其上，甚至加題記。袛要找著此

畫，十九會得到確指脂硯齋是誰的鐵證。

我不嫻紅學，更不治畫史。追索起來，僅能憑目錄學的知識翻檢。今日中國境內所存民國以前書畫最完備，最具權威性的紀錄是中國古代書畫鑒定組編，《中國古代書畫目錄》（北京：文物出版社，1984-1993），十冊。海外藏品以鈴木敬，《中國繪畫總合圖錄》（東京：東京大學出版會，1982），五冊，所收為豐。另外加上故宮博物院，《故宮書畫錄》（臺北：故宮博物院，1965），四冊；徐邦達，《歷代流傳書畫作品編年表》（上海：上海人民出版社，1963）；劉九庵（茅子良校訂），《宋元明清書畫家傳世作品年表》（上海：上海書畫出版社，1997），追查的範圍應差強人意。

可惜並無所獲。我不敢斷言仇十洲此畫是否尚存，也不擬尋找下去。現在是紅學家和畫史家接棒的時候了。上面開列我查檢過的書，總可讓大家省點腳力吧。

——《嶺南學報》，新1期（1999年10月）

佳人難再——白妞黑妞遺事輯存

　　友人李歐梵（1939- ）在〈心路歷程上的三本書〉（見其《西潮的彼岸》〔臺北：時報文化出版公司，1981〕）文中，替《老殘遊記》第二回後半「明湖居聽書」說了幾句極中肯的評語：「最令人神往的，是老殘所經歷的幾個『抒情時辰』（lyrical moments），譬如那一段最有名的白妞唱書，眞是寫到聲畫合一，人景不分，如入仙景。」《老殘遊記》這段聲色藝俱全，令人目不暇給的描寫，確是中國傳統小說裡鮮見的佳構。

　　傳統小說和雜著中，女角自然不少，眞正給寫活的卻屈指可數。《浮生六記》中的芸娘是其中一人。芸娘是書中敘事的重心，沈復（1763-1825以後）本人反退居次要，描寫她的成功，多少與篇幅有關。白妞黑妞的情形則不一樣，兩人僅獻藝一次，場面單純，話都沒說一句，更沒有和老殘作任何接觸，卻能使多少讀者嚮往傾心，當然是歸功劉鶚的神乎其技，善於利用兩妞的才藝、容貌和傳奇性。

　　劉鶚沒有讓黑白二妞多一次出場機會，反增加讀者的好奇心，何況二妞確是眞有其人，而且還是山東大鼓曲藝發展史上的關鍵人物。散存的資料，雖然零碎，還是有的。

　　自三十年代以來，發掘兩妞生平的文字，歷年所得，除去重複的，竟有多篇。祇是多半發表在相當冷僻的地方，知道的人不多。如下引錢鍾書一文，不僅代表錢氏治學，重史料、講啓發的一貫作風，更是研究劉鶚創作過程的一篇重要著述，不過由於種種原因，

好像還未在任何《老殘遊記》的專題討論裡見有人徵引過，實在可惜。（此文頗長，下面僅擇譯與黑白妞有關的部分）。

　　本來想根據這些材料，作一次綜合性的討論，但細讀之下，覺得這些資料性質差別頗大，實證者少，傳聞者多，而且互有牴牾，如既謂黑妞早卒，復有其「美人遲暮」之說。嚴格取捨，或者有幾分真相存在的掌故雜談都很容易被過濾掉。況且這些資料本身，正如兩妞二人一樣，充滿傳奇意味，有獨立保存的價值，不如仿照前人彙輯資料的辦法，把它們分別開列出來，黑白兩妞的曲藝和遭遇，不難看出一個頗清楚的輪廓來。

胡滌：白妞黑妞之下落

　　明湖居係茶館名，在大明湖之西南岸鵲華橋之畔。白妞名王小玉，登場時，挽長髮髻，著藍布衣袴，學住家派，上海所謂人家人也。黑妞唱以高亢勝，白妞以甜媚勝，傾動一時，誠有如記中所述者。黑妞不久即以病亡，白妞則嫁一政界中人，有陳太史者為之儐相，並有聯語為時傳誦云：「綠帽讓黃郎，佳人難再；青廬迎白妞，小相願為。」上聯蓋指當時某大僚私一婢，夫人不容，乃認為義女，厚其賠奩，遣嫁一黃姓者。此濟南陳君紀雲述，陳近供職膠濟路局，曩與余共事鐵道部。

> ──胡滌，〈《老殘遊記》考證〉，《中華月報》（上海），4卷2期（1936年2月），「白妞黑妞之下落」條

劉大紳：《老殘遊記》之影射（節錄）

　　書中影事，約略可分二類：一屬於人者，一屬於事者。……黑妞、白妞確有其人，所寫捧角情形，亦為當時實況。……（文後原注）：黑妞白妞，當時濟南人士視之，幾如北平今日所謂之名生名旦，一經演唱，舉城如狂。先君寓東時，曾招至家中奏技，紳亦見

之。惟因齒稚，今腦中僅存模糊輪廓而已。

──劉大紳，〈關於《老殘遊記》〉，
《宇宙風乙刊》，21期（1940年2
月），「《老殘遊記》之影射」節

雨生（柳存仁）：關於黑妞白妞

《老殘遊記》裡面明湖居聽書一章中的主角黑妞、白妞，是向來為許多人所艷稱的。兩妞的本來名字，據劉季英（劉大紳）〈關於《老殘遊記》〉一文所說，的確均有其人，但是名字已不能確切記憶。這一點我從前在北平時曾聽顧羨季（顧隨，1897-1966）先生說，書中的白妞名王小玉，係影射當時著名的鼓姬謝大玉。謝大玉曾灌有老式鑽針唱片，名《黑驢段》云。敬以質之季英先生，以為怎樣？

──雨生，〈關於黑妞白妞〉，《宇宙風
乙刊》，22期（1940年3月）

蔣逸雪：《老殘遊記》考證

有署名雨生者，謂聞顧隨（羨季）言：〔見前引文〕……按白妞即王小玉，確有其人，非影射謝大玉。大玉今年五十餘，當鶚之遊魯，纔孩提之年，似未登歌場傾座客也。予聞清季以來，女子稱山東鼓書之王者三人，王小玉、謝大玉、鹿巧玲是也。小玉音響激越，大玉情調纏綿，各盡其致，巧玲則與小玉為近。大玉、巧玲今均健在，大玉嫁呂秀文。……

──蔣逸雪，〈《老殘遊記》考證〉，《東
方雜誌》，40卷1期（1944年1月）

錢鍾書：《老殘遊記》次回考釋

（擇譯）……書中人物之影射，時人早有考證。現試別舉一例，

以明劉鶚寫實之求致其極。次回末尾，白妞王小玉一段，膾炙人口，……末句所云之「夢湘先生」，確有其人，即武陵王以敏也。王於光緒十六年成進士，工詩，有時名，今則早湮沒無聞矣。……光緒十二年，王隨張曜(1832-1891)治河山左，張即遊記中之莊宮保。王之詩集中有七言長篇詠白妞[長注見後]，詩作於光緒十三年聽書後，兼備白居易、李賀詩風之長。王以激賞白妞自傲，譏眾人僅足聞郭娃之俗曲而已。郭實白妞之前輩勁敵，惜早卒。……郭娃即郭大妮，其才貌之超絕，見《小方壺齋輿地叢鈔》中孫點(1855-？)《歷下志遊》外編所載。孫至濟南，猶在劉鶚、王以敏之先，記王小玉，云：「年十六，眉目姣好，低頭隅坐，楚楚可憐；歌至興酣，則又神采奪人，不少羞澀。」劉鶚記白妞為十八九歲。王以敏所知，似較詳盡，則謂早過二十矣。惟王以敏之抵濟南，實早劉鶚四年。蓋論婦女年歲，當視容貌之感受為準。……《老殘遊記》晚王詩十六年，劉氏記明湖居事，殆受該詩之影響。……

　　[上文原注]：……王以敏《檗塢詩存》初集，〈濟城篇並序〉：

　　鼓書不知所自昉，法用三絃、一鼓、雙鐵板，三數人遞演俚詞，雜以曼聲，殆古彈詞之流亞歟？王生小玉，以是藝噪於濟南有年。歲丙戌，予自沂州旋濟，聽之而善。越歲一，再聽之於城西；又數月，始作詩以傳之。小玉，虞邱人，自余見已二十餘。其為人端莊婉麗，不事塗澤。稠眾廣場中，初默不一語，間一發聲，則抑揚亢墜，分刌節度，不溢絫黍。其幻眇曲折處，較歌者為難能，抑又非善歌者所能及也。往同治時，濟中擅名者有郭娃，與玉殆有雅俗之別，知者謂玉過之遠甚，不知者或反乙玉，故玉名終不及郭。郭今淪落死矣，王方盛年，賞音邈若。予成是詩，深為玉危，並將以質當世之識曲聽真者。

　　濟城流水清如玉，佛髻千九映簾綠，簾外魚波吹白蘋，簾中美人嬌暮春。春雲覆城柳絲碧，鈿車夾道花如織，曉妝隨手艷神仙，

鉛華淨洗翻傾國。淳于炙輠君卿舌，粉黛千秋少顏色。變調何人采
竹枝，居然談笑千金值。君不見王家有女淡豐容，王娘小子香春
風。明眸含睇水新剪，登場按拍天無功。稗官野史資嘲謔，銅絃鐵
板來丁東。溪松吟風晚雨細，啄木空山鳥聲碎，積雪太古蕭無人，
湘妃羅襪搖瓊佩，魚龍曼衍鷖鳳清，珠喉再轉調新鶯。墜如空庭雜
花落，抗如百丈游絲行，凄如寒泉咽哀壑，寂如幽夢縈簾旌。嗚呼
秦青不作韓娥死，曼歌繞梁竟誰是？別樣新聲託雅絃，悠悠合洗箏
琶耳。祇今年已過碧玉，綽約芙蕖媚秋水，想見明蟾三五時，瓊花
壓盡千桃李。濟城之水清且深，紅鴛比翼眠莎陰，春波搖情碧無
路，浣紗日暮愁誰住！王娘勸汝一杯酒，陽春白雪人知否？十載紛
傳郭密香，先朝此技推能手。生死楊花水上萍，青娥紫塞今何有？
獨有羅敷未嫁身，綠窗理瑟隨鸚母。城南偶逐踏青隊，漢上重逢贈
珠後，溪水桃花今日門，瑤池朱鳥誰家牖？絕調分明滄海琴，盛名
珍重章臺柳。落魄江湖老釣師，濟城再返舊游非。有娙北調還徵
曲，謝傅東山未息機。肯向雍門悲老大，不堪禪榻惜芳菲。君不見
漱玉泉邊春草肥，芝芙綺夢冷斜暉，娥眉自古傷謠詠，何況知音此
日稀。玉娘玉娘，汝須毀絃息鼓刺船去，無使西風塵起沾羅衣，來
日吹簫吾亦歸。

> ——C. S. Chien, "A Note to the Second
> Chapter of Mr. Decadent," *Philobiblon*,
> 2:3 (Sept, 1948). 按：《檗塢詩存》
> 的作者應作王以慜（1855-1921）。湖
> 南武陵人。工詩詞，少時與易順鼎
> （1858-1920）相唱和。《老殘遊記》
> 講明湖居聽書，那個不到三十歲，操
> 湖南口音，向大家解說白妞曲藝之妙
> 的「夢湘先生」就是他。

一丁：《老殘遊記》中的白妞

　　《老殘遊記》第二回裡，提到在大明湖說鼓書的白妞，……對白妞的藝術是很稱贊的。但是白妞是不是有這個人呢？在劉大紳所作〈關於《老殘遊記》〉一文中的小注裡僅說到「黑妞白妞，當時……」（劉文這部分見上引），亦含混其詞，未明究竟。

　　考遊藝中原客師氏《歷下志遊》，外編，卷3，「歌伎志」中，曾有一段記載：「郭大妮者，不傳其名字，說者謂武定人，善鼓詞。……又有所謂黃大妮者，臨清人，寄居平陵，欲繼其嚮，……未幾黃亦去。自是省垣乃不復有此曲。黃之姨妹王小玉者，亦工此，隨其父奏藝於臨清市肆。夢梅花生客過臨清，於臨行之前一日偕三五友人假座逆旅，招之來數度曲闋，亦頗悅耳。王年十六，……（此部分錢鍾書已引），不少羞澀。」

　　這裡把王小玉的歷史交代得很清楚，大概就是後來劉鐵雲所聽到的白妞。《歷下志遊》據自序成於光緒八年（1882），這時王小玉已成名了，所以遊藝中原客師氏會特別提到她。劉鐵雲在濟南時，是光緒十七年（1891）至十九年（1893），王小玉已由臨清來濟南演唱了。《老殘遊記》中所記，當是其時實在情形。

──一丁，〈《老殘遊記》中的白妞〉，
《新民報晚刊》（上海），1956年11月
11日。按：此文所據資料錢鍾書雖已
採用，但此處引錄者較全，解釋的角
度也不盡同，故仍選列於此。

阿英（錢杏邨）：從王小玉說到梨花大鼓

　　凡讀過劉鶚《老殘遊記》的人，沒有人能忘掉在明湖居唱梨花大鼓的王小玉。但誰都沒有想追問一下，王小玉是否實有其人，她藝術的高妙，是否真達到書裡所描寫的深度。總以為，這不過是小

說家言罷了。

實際上，白妞王小玉並不是作者臆造的。

鳧道人（趙爾萃，1851-？）《舊學盦筆記》（1916年木刻本）裡，有一條〈紅粧柳敬亭〉，記的就是王小玉的事：

光緒初人，歷城有黑妞、白妞姊妹，能唱賈鳧西鼓兒詞。嘗奏技於明湖居，傾動一時，有紅粧柳敬亭之目。端忠敏（端方，1861-1911）題余《明湖秋泠圖》有句云：「黑妞已死白妞嫁，腸斷揚州杜牧之。」即謂此也。

作者並加按語說：「白妞一名小玉，《老殘遊記》摹寫其歌時之狀態，亦可謂盡其妙。然亦只能傳其可傳者耳。其深情遠韻，弦外有音，雖師曠未必能聆而察之，腐遷未必能寫而著之也。」

這說法雖不免誇張，卻足以證明王小玉的實際存在，也說明了以劉鶚那樣深刻細膩，引人入勝的酣暢筆姿，竟還只能「傳其可傳」，不能盡王小玉歌時的真正妙境。……

幾年後，才有黃大妮，王小玉的姨姊，臨清人，想繼郭大妮的事業，在郭的舊地，演郭的遺曲。無如「此調不彈，已歷數載，新聲竟奏，遂有以此為不合時宜者」，「遂遜當日」，只到王小玉藝成之後，才又耳目一新。

所謂「新」，就是王小玉在郭大妮的藝術基礎上，有了新的創造。就是《老殘遊記》裡所說的，她吸收了姊妹藝術的新腔、新調，豐富和充實了原來的曲調，內行家所說的「帶腔」（這種帶腔，只用在書的中間），把梨花大鼓帶到了一個新的階段，挽救了這個曲種。這也許是為了她姨姊黃大妮在其它藝術「新聲竟奏」中的失敗經驗所啟發的吧。

想不到《老殘遊記》這一回書，竟無意的保存下這樣重要的有關梨花大鼓的資料，而王小玉這個富有創造性的人物形象，也在一定深度被塑造了出來。可惜她把梨花大鼓發展到完整的階段以後，竟未能堅持下去，出嫁後也不再演唱了。

黑妞，現在還無從稽考。據《老殘遊記》和「黑妞已死白妞
嫁」的詩句看，她是白妞的妹妹(一般不會是胞妹)，是白妞教出來
的，唱曲時「字字清脆，聲聲婉轉」，「轉腔換調之處，百變不
窮」，年齡不怎麼大就死了。

> ──阿英，〈從王小玉說到梨花大鼓〉，
> 《曲藝》，1957年1期(1957年2月)。
> 按：文內所引《舊學盦筆記》，早見
> 於魏如晦(錢杏邨的另一筆名)〈關於
> 《老殘遊記》兩題〉，《宇宙風乙
> 刊》，31期(1940年10月)。這裡解釋
> 較詳細，故用後文。後人多轉引此條
> 重要史料，首創權當歸錢氏。

于會泳：──王小玉姊妹

……名藝人王小玉姊妹，就是劉鶚所著《老殘遊記》明湖居聽
書一段中所述的黑白妞。她倆自幼隨父學藝(父親大概是唱郝老鳳
調的藝人)，王氏姊妹頗有才能，特別是在音樂方面，她們在犁鏵
調的基調上，吸收了其它的小曲及戲曲等南腔北調，融會貫通地創
造出一種新腔，曲調婉轉，千折百疊：加上她們天生的一副好嗓
音，聽起來入耳動心，因而使得犁鏵大鼓轟然而起，從此濟南的書
場裡熙熙攘攘門庭若市了。……

> ──于會泳，《山東大鼓》(北京：音樂
> 出版社，1957年)，「黑白妞──王
> 小玉姊妹」節

憶眉：藝海一漚

《老殘遊記》所記的黑妞，趙煥亭幼年時猶及見之，謂：「面
有雀斑，有美人遲暮之感。」

——憶眉，〈藝海一漚〉中一條，《大公
報》（香港），1977年6月29日（「藝
林」，新35期）。按：趙煥亭（趙紱
章，1877-1951）為近代早期武俠小説
大家，與平江不肖生（向愷然，1890-
1957）齊名，有南向北趙之稱。

清人平步青的〈小棲霞説稗〉

　　閒來偶見清季平步青所著《霞外攟屑》，起初以爲不過是一般筆記雜札，無甚足觀。但隨意看看目錄，見其中第九卷以〈小棲霞說稗〉爲總題，似有新意。選讀幾條，頓覺作者精思卓識，不可多得，隨即把全卷一口氣看完。

　　〈小棲霞說稗〉和別的各卷一樣，用箚記體寫成，每條一題，發揮自如，做到廣徵博引，而鮮見冗累之弊。翻查一下孔另境《中國小說史料》的增訂本，原來並沒有用過平著，讓我在這裡略作介紹，諒不致費辭。

　　平步青，浙江江陰人，字景孫，別號甚多。生道光十二年（1832），卒光緒二十二年（1896）。同治元年（1862）成進士，歷任翰林院編修、江西糧道並署布政使等職。同治十一年（1872）辭官歸里，讀書自娛，著述繁富。平氏嫻於乙部，究心目學，所著書銳敏精博，兼乾嘉樸學及浙東史學之長。其生平及著述，詳見謝國楨，〈平景孫事輯〉，《華北編譯館館刊》，1卷3期（1942年12月），頁1-22，修訂後收入《霞外攟屑》1959年中華書局（北京）排印本爲附錄。

　　〈小棲霞說稗〉共收考論三十七條，其中專講戲曲的十六題，餘下來的或專論小說，或小說戲曲兼談。這種小說戲曲不分，統歸小說名下的現象，是清末民初常見的，不足嚴責。正因爲這種立場，平著和稍後錢靜芳《小說叢考》（1913-15）、蔣瑞藻《小說考證》（1916-19）和《小說枝談》（1926-27）一樣，對治小說的固然有

用，對留心戲曲的亦不能缺少。

　　清季民初對小說戲曲的評論，我以前在別處說過，每每「失於偏，失於泛，失於玄」。平著則不然，多是平實之言。其中論小說各條，重要的確不少，其間所提供的資料，許多還是今人在研究同樣題目時尚未注意到的，比讀之下，難免有學術退化之感。

　　其中〈花關索王桃王悅鮑二娘〉一條，正足說明這種學術倒退的現象。1967年明成化說唱詞話出土，這是近年來通俗文學研究時代的大事，自1978年影印流通以來，備受中外學者的重視，聽說澳洲國立大學還有學生正以這套說唱詞話來撰寫博士論文。介紹這套詞話的文字，以趙景深，〈談明成化刊本說唱詞話〉，《文物》，1972年11期(1972年11月)，頁19-22，和汪慶正，〈記文學、戲曲和版畫史上的一次重要發現〉，《文物》，1973年11期(1973年11月)，頁58-67，兩篇最早亦最扼要；後來曾永義(1941-)刊在《中外文學》8卷5期(1979年10月)，頁46-51，的一篇，僅是把各詞話的篇目重抄一次的簡報而已。分題研究，先後有趙景深，〈明成化本南戲《白兔記》的新發現〉，《文物》，1973年1期(1973年1月)，頁44-47，以及日人尾上兼英(1927-)刊在《東洋文化》(東京大學)，58期(1978年3月)的〈成化詞話試論(一)──《花關索傳》をめぐって〉，頁127-142。關索的故事在這次發現的詞話中占了四款，而且還是前後成一系統的，其重要性很明顯。這個民間故事的討論正好用來解釋平步青書的價值。

　　關索在毛宗崗通行本《三國演義》裡來去無蹤，在八十七回突然出現，荊州認父，以後在該回及跟著下來的兩回，祇有被諸葛亮隨意點名的份兒，過了第八十九回，便和以前一樣，無跡可尋。這種異常的情形，自然是研究故事演化，版本沿革，不可多得的機會。

　　近人對這個問題的研究報告，王古魯，〈小說瑣記──(一)關索〉，《藝文雜誌》，1卷6期(1943年9月)頁19-22，雖然不一定是

最早的一篇，也該是最重要和內容最豐富的。毛宗崗本裡提到關索的零碎章節，和明代閩本系統中較爲詳細的描述，他都徵引得差不多了。重要的筆記資料和雲南志書，也給他引了好幾種。

接著下來的，便是周紹良的〈關索考〉，刊於《周叔弢先生六十生日紀念論文集》（私家原刊於1951年），頁165-176。王古魯所引的兩種《三國演義》中關於關索的章節，他都再錄出，並配上不少方志資料，對關索角色的演變，加以詮釋。以後談論關索的，都超不出王、周二文的範圍和成績。

以後的討論，談得上貢獻的當推日儒小川環樹（1910-1993）的〈關索の傳説そのほか〉一文。此文原爲岩波文庫日譯本《三國志》第八冊（1964）的附錄，後收入他的《中國小説史の研究》（東京：岩波書店，1968）頁162-172，是一篇老老實實的著述，主要講通行本和閩本《三國演義》所記關索故事的異同。王、周二文，小川環樹看來都不知道。他的文章，整體來説，不及前兩篇的詳細和精采，不過對各種版本（特別是閩本系統各本）的討論，則無疑是根據一手資料的，毫不苟且。此文的貢獻有三，一是發現萬曆十九年（1591）周日校本《三國演義》記關索事，和後出的毛宗崗本差不多；二是考述閩本所記關索各事，比王、周二文所引，多了〈玄德進位漢中王〉（相當於毛本第七十三回）一條；三是説明閩本卷首人名表增入關索名字和引《大明一統志》爲附注。

另外還有署名花菴者，在1969年6月10日《星島日報》（香港）「星座」副刊，登了一篇〈《三國演義》的關索故事〉。花菴可能看過周紹良文，但以國人不注意日人著述的情況來看，小川環樹出版不久的文章，他大概不會知道。可是小川文的三項新發現，花菴文內都有，而且引文還是根據那些稀見明版書，那就不能不佩服他的功力。小川所用引文，已日譯，即使幸然看到小川文，不重檢周日校刊本等原書，也不能如花菴的把原文直錄出來。（花菴文，承柳存仁先生遠道惠寄，特此誌感。）

可惜以後的研究卻走上每下愈況的路，前述尾上兼英一文，正代表到了徒事重複，無所增益的地步。在這篇文章裡，看不出作者參考過王、周二文（其實，周叔弢紀念集自1967年由香港龍門書店翻印後，早是唾手可得，流通極廣之書）。不過，以小川環樹《中國小說史の研究》在日本的享譽，文內亦無提及，難斷言彼一定不知道王、周之作。就事論事，尾上文中論關索傳說及關索在《三國演義》中出現的情形，除了提出關索之名，在《三國志平話》內曾一見外（周紹良、小川環樹、花菴均說沒有），資料都是屢見不鮮。該文其它部分，如簡介這批說唱詞話，那是趙景深早已做了的事，大可省腳力。至於關索詞話四種的討論，僅止於提要式的摘述，連把詞話本事和閩本《三國演義》的情節作一比較，這種基礎功夫也沒有照顧到。學術文章，不比給一般讀者看的普及性雜文，講求整體性邁進。無新意見，無新資料，說出來的話反不及前人之詳盡，這種文章是大可不寫的。

這種情形，其弊不單在無謂的重複，更尤甚者是不懂得如何發掘新資料，或利用他人提供的線索，去推廣研究範圍。試看《霞外攟屑》初見於平氏的《香雪崦叢書》，那是光緒間物，後有1959年單行本，同年又收入《中國古典戲曲論著集成》，即使原刊難求，排印本在最近二十年來該是無問題的。僻書無可能盡讀，當然也是道理，但趙景深在介紹這批詞話時，明明說出平著中有關索資料，尾上兼英一文後出五年多，文內又注明參考過趙文，卻捉鹿不會脫角。如善於利用趙的指示，平著〈花關索王桃王悅鮑二娘〉條內所開列的資料，是可以憑此追尋下去的，對了解關索傳說的發展，以及《三國演義》的演化過程，必有大助。

當然，〈小棲霞說稗〉裡談小說的其它各條，還有不少相當有價值的。譬如說，〈斬貂蟬〉條，說明貂蟬確有其人，非純屬虛構，是今人仍不大清楚的事。又如〈《西遊記》〉條，謂著作權當屬吳承恩；〈鄭恆墓誌崔氏非雙文〉條，考訂該碑與《會眞記》故

事的種種譌傳;〈秦淮海妻非蘇小妹〉條,辨話本及筆記中蘇小妹傳說的附會;〈雙漸〉條評述雙漸、蘇卿故事的演變;〈梁山泊〉條,講梁山泊地域的變遷和《水滸傳》裡地理的錯誤,各則所論,後人雖有道及,平氏創議之功,卻鮮有紀錄,而且各條之中還偶然有至今仍為人忽略的資料。

此外,〈濟顛傳〉條,指出《濟顛全傳》的一條史料(此條史料不見《中國小說史料》);〈小說有本〉條,介紹《綠野仙踪》的一條史料(《中國小說史料》沒有收《綠野仙踪》)。《中國小說史料》在《女仙外史》名下,收錄引自《萬曆野獲編》、《通俗編》及《茶香室叢鈔》的三條史料,平著則另引其它資料,而兼附考證,可與《中國小說史料》所提供的合起來用,對研究這部小說有用外,即對探討唐賽兒(1420年在世)史事的,亦有莫大裨益。這種彙集史料,兼事考評的情形,在〈《儒林外史》〉漫長一條中,更是明顯。其餘各條,考論亦富,不必盡舉。以後若有人重為小說史料集的編次,〈小棲霞說稗〉是不容再忽視的。

〈小棲霞說稗〉既是《霞外攟屑》的一卷,而有此收穫,順手翻翻其它部分,雖主要論述範圍不同,講小說的仍有好幾條:如卷四〈夫栘山館觚聞〉裡,〈朱存齋比部軼事〉條,考話本小說〈喬太守亂點鴛鴦譜〉的史實根據;卷六〈玉樹廬芮錄〉中之〈《娛目醒心編》〉條,追查這部小說(《中國小說史料》不收此書)裡若干篇故事的來源;同卷〈《聊齋志異》〉條,講該書中的冥婚故事;又同卷〈小說不可用〉條,論古文不宜用小說家語。這類考論,共七、八條之多。

如果要給清季民初,小說研究尚未系統化、科學化以前,對小說研究的成績結結帳,平步青的貢獻是應該得相當高的評價的。

後記

上文脫稿甫三月,尚未刊出,可補者已有五事:(一)胡士瑩遺

著《話本小說概論》，都八十萬言，考核精微，爲研究話本文學劃時代的鉅製，書內有專節論成化詞話，逐篇考釋，關索一篇自然亦在其評述之列。(二)羅錦堂，〈花關索傳說考〉一文，剛刊《中外文學》，9卷9期(1981年2月)，頁4-37，綜合發明兼備，是以後討論成化詞話及關索故事所不容忽視的報告。(三)謝國楨的〈平景孫事輯〉一文，除上文所引原刊及轉輯(有修改)外，並見氏著《明清筆記談叢》(北京：中華書局，1962年)，頁317-350。(四)研究平步青生平及學養的文章，除謝國楨一文外，尚有鄧之誠(1887-1960)，〈《香雪菴(該作崦)叢書》〉一文，在其《桑園讀書記》(北京：三聯書店，1955年)書中頁45-53，考論精詳，頗足參藉。(五)清人趙翼(1727-1814)《甌北詩鈔》內有〈關索插槍巖歌〉(見「七言古二」之部)，爲考研關索故事者從未引及的資料。趙書習見，不必全錄，然詩內有云：「……我讀蜀志典可徵，髯翁二子平與興，此外不聞更誰某，毋乃荒誕未足憑，然而滇黔萬里境，到處俱有索名嶺。若果子虛無是公，安得威聲至今永。……我來跋馬蒼山根，陰風颯颯寒荊榛，欲求故蹟已罕有，偏覺英朵垂千春，年深世遠不消蝕，此豈得謂無其人。嗚呼，書生論古勿泥古，未必傳聞皆僞史策眞。」趙翼長史學，擅考證，然則亦以爲關索果有其人。

1981月3月2日

──《中國古典小說研究專集》，4期
(1982年4月)，〈說林雜志三則〉中
的一則

《八命沉冤》即《警富新書》辨

　　清代後半期的小說，數量很多，在年代上距離我們也不甚遠，但我們平常看得到的僅是總數的一小部分。好些在小說史裡，甚至在一般性的文學史裡，經常看見的後期清人小說名目，待要找來一讀，才知道其渺不可期。《警富新書》就是一例。

　　吳趼人《九命奇冤》講的是雍正年間梁天來、凌貴興表兄弟間，因風水爭執而引起的悲劇。由於肇事地點的關係，這故事在廣東家傳戶曉，連小孩子都知道。這故事的流行，《九命奇冤》的寫得成功（胡適譽之為全德小說），自然是原因之一，而吳趼人所以要寫此書，則是由於原來寫這故事的《警富新書》太糟塌了一個好題材。基於這種關連，近人論《九命奇冤》，大多提一下《警富新書》，可惜往往是陳陳相因，看過原書的沒有幾人。

　　《警富新書》現知的本子，以嘉慶十四年（1809）翰選樓刊本為最早，以後即使有重刊本，流傳至今的，數目也很少。孫楷第《中國通俗小說書目》修訂本略記翰選樓本及其它較後的本子。阿英《晚清小說史》（1958年修訂本），記自藏有一種早期本子，全書的卷數卻交代得不夠清楚，既說是四十四回（頁154），又說是四十回（頁156）──以後者為正。孫楷第書為目錄，不多談內容，而阿英書則引述了兩段原文，可供比勘考辨之用。

　　1972年前後（書中無出版日期），臺北文海出版社刊出一套影印小說叢書，收的都是冷僻雜品。其中有一本薄薄的《八命沉冤》，講述的正是梁凌的糾紛。影印本沒有說明版本來源，看版式，則類

似二、三十年代上海出版之物。當然，即使如此，也不足說明甚麼。在這裡，值得注意的是，此書既述梁凌事件，又恰巧有四十回，書到結尾時，復請讀者繼續看《警富後書》。這樣說來，《八命沉冤》和《警富新書》有沒有是同書異名的可能？

除了《中國通俗小說書目》及《晚清小說史》外，臺灣商務所印行的《續修四庫全書提要》亦供給若干消息。三書所述《警富新書》的情形，處處與《八命沉冤》脗合，後者無疑是同一本小說。

至此，仍有一問題待解決。阿英引自《警富新書》的兩段文字，一段在《八命沉冤》同回中（第一回）出現，文字亦無嚴重分歧，但是引自第二十回的一段（頁157），卻大有分別。《八命沉冤》那一段，在中間多了差不多八百字。阿英徵引該段時，卻聲明這是全文，並且用該段文字來證明《警富新書》的粗拙。《警富新書》這段文字，首尾不連貫，自是敗筆。遇到這種版本問題，有兩種解釋：一是阿英所用的本子在該處有脫落；二是此段文字的毛病很明顯，後人代為補上。阿英沒有交代他用的是甚麼本子，但在介紹《警富新書》時則說該書有嘉慶翰選樓本，即現知最早的刊本，說不定他的引文就是來自此本。可惜，阿英的《晚清戲曲小說目》的著錄範圍始自光緒，沒有收較早的《警富新書》，不然可以多知道一點他所藏《警富新書》的版本情形。不過，《八命沉冤》為《警富新書》改訂本的可能性，根據上述種種，是可以成立的。

這種看法，另有證明。阿英評《警富新書》時說：「每一次訴訟，總要全錄雙方稟詞全文、官憲批語，總計起來，四十四回書中，這一類的公文竟有二十篇以上，且更插進一些時辰鐘時刻表、風雨推測方法表，一類毫無關係的東西。」公文方面，在《八命沉冤》僅能檢出長短十六篇（有兩篇連在一起，還可以算作一篇），比阿英的數字最少差了六、七篇。另外，風雨推測方法表是有的，在第三十五回，但在《八命沉冤》內並沒有時辰鐘時刻表。這種大同小異的情形，可以說證明《八命沉冤》是《警富新書》的改訂本，

稍有增削。

　　當然，這種情形，正如《水滸傳》、《西遊記》諸書的演化過程一樣，是可以反過來解釋，說《警富新書》是《八命沉冤》的改訂本。梁天來故事早在雍正、乾隆時已有印本流行（見下引李育中文），嘉慶十四年刊本出現以前，因與事件本身已有一段相當時差，必有更早的本子，《八命沉冤》說不定正代表這種早期本子。如果說，《警富新書》多增訴訟文字，可能性是存在的；加入時辰鐘時刻表也是可能的。但如果說，把第二十回那段原來還算通順的文字，刪去中間幾百字，弄到文理情節斷然不屬，則是頗費解的事。真相如何，要待看到嘉慶十四年刊本，或者更早的本子，才能有下斷語的機會。

　　此外，尚有兩事可附帶在此說明。十年前，我購得一批香港五桂堂的坊本小說，取價特廉，買時並沒有特別目標，有多少便購多少。五桂堂旋即關閉，香港也就沒有印行坊本小說的老店了，剩下來的書籍，一旦流入書商之手，轉眼變成古籍，漫天喊價。當年整批購入可說把握了最後機會。

　　在這批那時買入的坊本小說當中，意想不到地有《梁天來》一書，拿來和《八命沉冤》比對，竟是如出一轍，連第二十回那八百字的一段也一樣。由此可見這種不起眼的坊本小說，有時也保存了不少不易找到的僻書。

　　另外一事，就是藉此介紹一篇考證《警富新書》的文章。這部寫得極不高明的小說，如果不是用來解釋《九命奇冤》的寫作由來，很少人會作專題研究的。正面討論，我所知者，僅一篇，寫得相當不錯，卻登在極冷門的地方，大有一提的必要。那就是李育中，〈最初的梁天來小說〉，《羊城晚報》（廣州），1963年2月7日（「晚會」副刊）。文內說《警富新書》尚有《一捧雪》的別名。最重要的消息則在道出作者的本名來。以前大家僅知作者是「安和先生」，姓名均未能考出。李育中根據凌貴興墓表，說明安和先生是

鍾鐵橋,廣東番禺縣人,屬梁天來一黨;又據其它資料,指出《警富新書》不合史實之處。

《警富新書》這部次要得很的小說竟給我們帶來這樣多的問題,希望上面所說的話能夠有點澄清作用。

——《中國古典小說研究專集》,4期
(1982年4月),〈說林雜志三則〉中
的一則

後記

最近才看到篇舊文,香坂順一,〈《九命奇冤》の成立〉,《日本中國學會報》,15期(1963年10月),頁179-196,頗有用。但該文的重點在說出《八命沉冤》(香坂用的本子叫《八命伸冤》)和《九命奇冤》的演化關係,並不在證明《八命沉冤》和《警富新書》是否為同書。

本集〈評說五本古典小說辭典〉一文評論的幾部辭典都沒有把《八命沉冤》和《警富新書》是否同書作為一個問題來討論。

2006年5月28日

《續修四庫全書總目提要》通俗小說戲曲條項的作者問題

　　寫〈《全像包公演義》補釋〉一文時，有一懸而未決的問題，即於抗戰期間在日據區替日人機構東方文化事業委員會主持的《續修四庫全書總目提要》計畫撰寫通俗小說和戲曲條項者是否孫楷第。這問題十分重要，因為原先的《四庫全書》僅收可列入國學範圍的文言小說，而不收通俗小說和戲曲，故相應的總目提要也不管這類作品。《續修四庫》的一特色就是重新補入此等作品，撰寫相應的提要也就成了破天荒之舉。這些提要如果由開創小說研究（以及在較有限的程度創始戲曲研究）的孫楷第來執筆，意義自是非凡。但撰稿人是否孫楷第這問題近來方有解答的可能。孫楷第生前確有意整理出自其手的提要，選出有關條項後，惜未竟其功而逝。幸終經戴鴻森完成校次工作，並用孫楷第之名刊為《戲曲小說書錄解題》。惟臺灣商務所刊的《續修四庫全書提要》雖未必齊全，小說戲曲部分的條項仍較孫書多出不少。孫書的出版並未解決了問題。

　　剛見上海師範大學教授潘建國修訂其博士學位論文而成的《中國古代小說書目研究》（上海：上海古籍出版社，2005），頁422-434，據王雲五（1888-1979）在臺灣商務版《提要》的序文所提供的消息以及其它類似的資料，把見於臺版《提要》中的小說條項定為出自孫楷第、傅惜華、董康三人之手。雖然潘建國僅管小說條項，戲曲條項按理亦可用同樣辦法去把作者圈出來。

　　這答案似頗完美，其實不然。所以不會如此的原因要先講明。

王雲五的話看似可靠,實則連表面考驗也難過關。消息的來源是主持續四庫提要的橋川時雄告訴往訪的香港學者何朋,何後來轉告王。消息的核心是提要分為五十六類,由八十餘人執筆。其中有小說類,而無戲曲類;小說類的負責者說是傅惜華。如何分類並不是大問題,但專治戲曲的傅惜華怎會擔起籌劃小說條項的責任?橋川年老失憶,或手邊紀錄不全都可以是他為何會這樣講的原因。此外還有材料局限性的問題。

臺灣商務據以編刊的是時局尚容日人油印出部分提要並寄往京都的印件。數量僅及總數三分之一。在這情形之下,收入臺版《提要》的小說戲曲條項是不能期望足百分之一百的,用此版去指認提要作者也就免不了有先天局限。

幸而這局限僅存在二十餘年便因提要稿本全部影印行世而消除了。這部由中國科學院圖書館根據館藏的整套稿本整理出來,並由齊魯書社(濟南)影印刊行的《續修四庫全書總目提要(稿本)》(1996)(以下簡稱稿本),厚厚大型精裝共三十八冊(最後一冊為各種索引),平素恒在圖書館消磨時間者都不易走眼。況且當有關單位安排全份提要稿本影印流通時,免不了宣傳一番,因而一度撼動整個文史學界,故治文史者自此經常檢用此書是理所當然的事。潘建國卻不知道這套書的存在,參與他的博士學位考核流程和「博士後」訓練的眾多學者也沒有一人提醒他,而讓他拿成了廢書快二十年的臺版《提要》來大做文章。「捨近求遠」(對潘建國來說,地域和年代都是捨近求遠)很難找到更貼切的例子。

如果用的是影印行世快十年的稿本,《續修四庫全書總目提要》各條項的作者是誰絕大部分都列得清清楚楚,凌亂的祇有後期寫出來的一小部分。整體而言,並無難指認作者的問題,根本不用猜笨謎。這情形看看通俗小說和戲曲的條項便會明白。潘建國既定出孫楷第、傅惜華、董康三人分撰小說戲曲各條的結論,我們查檢稿本就從這三人入手吧。在這套影印稿本裡,此三人執筆的條項分

布如下：

　　傅惜華：冊3，葉182上至503下

　　　　　　冊36，葉594上至624下

　　董　　康：冊4，葉755上至783下

　　孫楷第：冊12，葉695下，至冊13，葉415下

　　先清除最易處理的董康。董康爲《提要》所寫的條項數目很少，且悉爲一般的詩文集，全與通俗文學無關。潘建國竟把他說成是小說條項的主要撰寫人之一。

　　餘下的傅惜華和孫楷第同爲通俗文學研究的大師，且治學均以版本、目錄爲基礎。他們之間倒有一顯著的分別：傅惜華很少寫小說研究的文章，孫楷第則雖以小說研究爲核心活動，卻經常兼治戲曲。故若按一般情況，讀者會意料孫楷第撰寫的條項以小說爲主，戲曲爲副（戲曲指全國性的雜劇和傳奇），而傅惜華則充其量祇會寫些少小說條項。因爲研究起來，小說與戲曲往往是交織的，雖然潘建國祇管小說，按《提要》稿本來做作者的統計還是應該小說和戲曲並檢。

　　中國科學院圖書館整理《提要》稿本時，還用不同角度去編索引，確是功德無量。其中雖然沒有分條項的提要撰人索引，但首冊的〈提要撰者表〉已提供足夠線索，祇要和分類目錄配合來用，便可詳細列出何人負責何條項。分類索引諒出中科院人士之手，不似是稿本所原有，但做得夠平穩，無遺漏，據以點算，相當可靠。

　　統計所得，表列出來便十分清楚：

條項總數	孫楷第	傅惜華	其它人士	紀錄不詳
小說*：200	143	29	25	3
戲曲#：623	276	322	5	20

＊包括索引中小說類之「講史」與「小說」兩組
＃在索引中爲詞曲類的「雜劇傳奇」組

　　這就是說，小說條項百分之七十二出自孫楷第筆下，百份之十

四點五由傅惜華撰寫。二人在戲曲條項的比例則爲孫楷第百分之四十四，傅惜華百分之五十一點六。無論單算小說，還是小說戲曲並計，孫楷第始終是這類提要最主要的撰稿人。

荷蘭高羅佩與中國小說

　　荷蘭漢學家高羅佩是個絕世奇才和傳奇人物。他一生獻身外交界，未嘗在大學任職，這和一般漢學家的活動情況已經很不一樣。他的特異之處，其實還多著呢。

　　歐美漢學家中，學植深厚，多所發明的，代不乏人，但每逢要在文稿內加上幾個中國字，絕大多數都寫得風雨傾搖，有形無貌，甚至缺筆漏劃。高羅佩的蠅頭小楷，斗大行草，則到了可以為人寫字幅和對聯的程度。

高羅佩的書法

除了少數的日本和韓國漢學家外(吉川幸次郎、金文京、崔溶澈等都可以爲例),外國人治漢學的,主要講求閱讀能力,都沒有中文寫作的訓練,勉強寫來,不是洋腔西調,便是和味難免(偶然在報刊見到的,皆爲央人筆受,而僅書口述者名字而已;如不信,可請他們即席揮毫,必無能過關者),高羅佩則可以用中文寫章回小說,他的《狄仁傑奇案》(新加坡:南洋印刷社,1953)便是例子。此書的中文版刊行了十多年後,英文本才出版,即其 *Judge Dee at Work* (London: Heinemann, 1967)。不單如此,他的文言文更寫得相當到家,試看他在《明末義僧東皐禪師集刊》(重慶:商務印書館,1944年)書內所用文字的典雅,許多現今在歐美授中國文史課程的中國人都無法辦得到。此外,他的彈古琴,集書畫,考骨董,治印章,都是風雅的餘韻。

高羅佩治學的特點,也是他成功之秘,就是徹底和不畏難。譬如他因爲覺得猿猴在中國舊籍內屢見不鮮,在《西遊記》中還扮演如此重要的角色,爲了考察之便,竟在家中先後飼養四隻猿猴,後來配合各種文獻資料,在逝世前寫成 *The Gibbon in China: An Essay in Chinese Animal Lore* (Leiden: E.J. Brill, 1967) 一書,書後還附有猿啼唱片一張。讀者要憧憬李白「兩岸猿聲啼不住,輕舟已過萬重山」的情景,可得一助。

提起高羅佩,一般人的直覺反應是他的性學研究。這的確是至今後繼無人的學問。對中國性學書籍的搜集,對中國人房事歷史及社會因素的探討,他是抱著極嚴肅的態度。他本來對這門學問無甚興趣,二次世界大戰後不久,他用英文撰寫一部 *The Chinese Maze Murders* (The Hague: W. Van Hoeve, 1956) 講迷宮命案爲名的狄仁傑(630-700)偵探小說(以後繼續寫了十多部以狄公爲主角的小說),想在日本出日文版。書商堅持以裸女像爲封面,高羅佩覺得行不通,以爲中國人爲禮教約束,沒有裸體畫那回事。書商還是請他試試看,那知一試不可收拾,先後自京都、上海等地找到《花營

錦陣》等明代套色秘戲圖冊，和各種小說禁書，整理和研究，同時進行，成為他一生學問的主幹。

高羅佩處理這類禁籍的嚴謹，可從他的流通工作看出來。他覺得他有保存文獻之任，更有使這些資料不亂傳之責。1951年，他以《花營錦陣》為主，配上其它秘籍，編成了《秘戲圖考》(*Erotic Colour Prints of the Ming Period*) 線裝三巨冊，自費在日本印了五十部，分贈各國著名大學、研究所及博物館，後隨即毀版。

他在1961年所出的綜合研究報告，《中國古代房內考》(*Sexual Life in Ancient China*)，情形亦類似。此書由歐洲著名的E.J. Brill出版社刊行，自然是公開發售，所以引文和插圖都很乾淨。遇到非引不可而原文又有問題的地方(如徵引《金瓶梅》的部分)，他便翻成拉丁文。這是傳統的歐洲作風，認為性學是健康的，但僅具學養的人始有審斷的能力，看不懂拉丁文的，該自知其蔽，不必多問。

性學研究，除了房中術手冊、秘戲圖冊外，小說(特別是明末清初的)當然是主要材料。高羅佩所搜集的小說禁書，必有一可觀的數目，其中當推《春夢瑣言》一書最著名。此書中土久佚，各家書目不見著錄。高羅佩在1950年重印了兩百部，送給圖書館和友好。哈佛、耶魯、劍橋、萊頓等大學圖書館都有他的印本。

這部文言小說，頗用騈體文句，從序文的日期看，最晚也該是明季之作，正是中國性學書籍的黃金時代。這書內容很簡單，說韓生郊遊，至一大宅，遇李姐棠娘二美，享盡一夜風流。次晨起來，竟睡於李樹與海棠之間。二美原來是樹精，韓生乃悵然而返。簡單地說，這書和唐傳奇〈遊仙窟〉近似，不無摹擬之跡，祇是沒有〈遊仙窟〉的氣勢，也沒有〈遊仙窟〉的「清秀超脫，逸趣橫生」(鄭振鐸評語)。故事的重點在揭寫媾合之感，曲盡抑揚，是強弓硬弩，真鎗實彈一派，而不是纏綿幽怨，賺人熱淚一類。不過，以中國小說禁書而言，這書已算是正派之作，沒有《肉蒲團》的講求各

種匪夷所思的架式和外科手術，也沒有《野叟曝言》的以描述變態性心理為號召。

高羅佩所藏的小說禁書，從他自己的引述，可知起碼有《僧尼孽海》、中國版的《肉蒲團》（此書大家看的多是和刻本）、《繡榻野史》、《株林野史》、《癡婆子傳》、《昭陽趣史》、《隔簾花影》等幾種。明末清初的小說禁書，今日尚存者，數量很有限。有傳本的，我初以為高羅佩最少會有半數。

高羅佩逝世後不久，外界盛傳他的藏書要整批出售，因索價過昂，無法成交。1973年夏天，我趁往巴黎參加東方學會議之便，會後專程去荷蘭海牙（The Hague），希望看看高羅佩的藏品。雖然事前我已和高夫人水世芳女士聯絡好，準備看書三日，到後才知高夫人有遠遊，僅留正在大學念醫科的幼子在家，而彼當日下午即要返校。我祇得半天，可說無從下手，因為書籍都是裝在大小不同的盒內、箱內、櫃內，重重疊疊，堆滿整個車房。積滿灰塵不要說，放置更無次序可言，較易找到的都是二十四史、《四部叢刊》之類習見之書。這和陳之邁（1908-1978）在《荷蘭高羅佩》（臺北：傳記文學出版社，1969年）書中所說，書主生前對書籍的愛護，藏書如何整齊，不可同日而語。

在沒有辦法之餘，我問問有無藏書目。答案是有，是按英文字母排列的，每書一卡，裝釘成小冊子。資料用毛筆小楷寫成，每書交代得頗詳細，遇到是叢書的話，每一子目各自分列。可惜功夫花得太多，僅做了一小部分。我翻看一次，裡面一本通俗小說也沒有，性學書籍也沒有。

後來我再沒有去海牙的機會。1977年夏天，在萊頓大學任教的友人伊維德教授告訴我，高羅佩藏書已於1976年底由其家族盡數贈送給高羅佩的母校萊頓大學，並全放在該校的漢學研究所（Sinologisch Instituut）內，裡面有小說禁書若干種。書在萊頓，自然比較好辦，待以後有機會再說。

——《當代》（香港），4期（1980年12月）

後記

高羅佩的藏書歸公後不久，瑞士書商 Inter Documentation Company 旋選其精者，複製爲膠卷，取名 R.H. van Gulik Collection，公開發售。高羅佩藏書究有何精品也就不再是謎了。入選之書性質頗雜，除大部分爲小說外，戲曲、辭典、畫冊、堪輿書籍等類都有些。不易一見之物確有若干，如葉德輝（1864-1927）編刊的《雙梅景闇叢書》和其故弄玄虛搬出來的僞書《金虜海陵王荒淫》，以及寧稼雨，《中國文言小說總目提要》，頁386，指爲未見的費源（清）《群珠集》（在高羅佩的藏書中，此書附在《玉荷隱語》內）。但如果以爲高羅佩既以性學研究著稱於世，又喜集說部之書，其所藏明槍明刀式（hard-core）性慾小說必定質量均佳，則與事實有一段距離。雖然有些這類小說他得到不衹一個版本（如《杏花天》、《肉蒲團》），整體而言，質量都稱不上眞的夠特別。可以如此下斷語，因爲現在有了足作衡量依據的準則。陳慶浩、王秋桂編，《思無邪匯寶》按明槍明刀與否定取捨，收書四十六種，是這類書籍現有存本的大彙集。入選的書當中，高羅佩有藏者十二種：《桃花艷史》、《杏花天》、《如意君傳》、《昭陽趣史》、《癡婆子傳》、《肉蒲團》、《怡情陣》、《株林野史》、《貪歡報》（即《歡喜冤家》）、《春燈迷史》、《燈花記》（即《燈草和尚》）、《情海緣》（至於《僧尼孽海》和《繡榻野史》之未見，則或因高羅佩雖有而 Collection 不收），比例並不算高。眞相的認識有時確夠弄人。這樣講對高羅佩樹創中國性學研究和在西方宣揚中國公案小說傳統的功蹟並無絲毫影響。

2005年12月20日

附錄一
序梅節、馬力《紅學耦耕集》

　　馬力(1952-)和梅節兩位，一是舊雨，一是新知，都是我敬佩的小說研究同道。他們博覽、慎思、明辨，勤於著述，做到這行頭鮮能臻達的境界。現在他們把多年來分別撰寫的紅學論著彙集成書，囑我說幾句話，對於我這個從來沒有膽量去碰紅學的人來說，真是卻之不恭，受之有愧，勉強應付，聊博方家一笑而已。

　　《紅樓夢》研究是一門既盛且亂的學問。五四以來古典小說研究可讀的論著，紅學諸作至少占了半數。這門本來已夠先聲奪人的學問，近來更是風起雲湧，銳不可當，各種珍本的廣爲影印流通，全國性及省市性研究會紛紛成立，期刊與專書的爭相面世，國際研討會的相繼舉行，都是任何古典小說所望塵莫及的。

　　這樣的一套顯學卻紊亂不堪。《紅樓夢》這本在「假作真時真亦假，無爲有處有還無」命意下寫成的小說，對不同的解釋容納性特強，各種矛盾的說法既彼此排斥，亦相賴並存。研究任何其它的古典小說都難享受到這樣的自由。百家爭鳴固是好事，這種自由卻是紅學所以紊亂之原因，以致各種大小問題幾乎沒有一個有共同承認的答案。

　　在這種眾說雜陳的情形之下，要創新立異而言之成理，談何容易。馬、梅二位往往能夠直指前說之陋，代以新解，實屬難得。如集內提出曹雪芹卒於甲申之春，以取替舊有之壬午、癸未兩說；史湘雲結局之異常平淡；棠村小序說之不能成立等等，破立之間頗有迎刃有餘之感，二人考證功力之深可見一斑。

　　正因爲紅學發展迅速，集內所收諸文，早者爲八九年前之作，近者也有四五年，其間討論的問題有何變化？提出的新觀點行內有何反應？讀者必多想知道。要補充這些資料，本來在各文末尾添加後記便可以了。現在校樣已排好，或已太晚，但仍可在書後增一總補記，逐一交代原文發表以後的新進展。

　　這種補訂的必要，不妨舉一例來說明。梅先生曾數度考論王岡《幽篁圖》的像主是否曹雪芹（集中收三篇），結論是此人當爲兩江總督尹繼善（1696-1771）的長年幕客俞楚江。像主之不可能爲曹雪芹十分明顯，他的身分卻不易弄清楚。梅先生做的主要是推論，並未提出實物證據。這類實證，後來劉世德（1932- ）、陳毓羆（1930- ）在謝墉（1719-1795）的《聽鐘山房集》內找到一條，證明像主爲金梯愚（陳毓羆、劉世德，〈五論曹雪芹畫像問題〉，《紅樓夢研究集刊》，9期〔1982年8月〕，頁391-411〔講金梯愚的部分在頁399-409〕）。因此，在沒有發現別的新資料以前，像主的指認應以金梯愚爲準。梯愚爲別署，其本名尙未詳；劉、陳兩位說此人就是狀元金甡（1702-1782，字雨叔，號海住），同樣是想當然式的推論。

　　正如上述，紅學不是我的興趣所在，說到這裡本該順勢收筆了。但正因爲我不治紅學，旁觀的感受或者可供局內者參考，平時卻不易有機會說出來。雖然這些意見大多和馬、梅兩位無關，而紅學的情形實際上是整個中國古典小說研究界尖銳化的縮影，這種涉及整個行頭的話，在此占些篇幅，想他們不會反對的。

　　我懷疑紅學之盛，除了《紅樓夢》本身的創作成功，讀者的普及各階層，以及各種爲當前政治服務的推動力外，紅學家抱著一種惟恐局面簡單，讀者容易理解的心態，該是原因之一。試看帶有脂評的鈔本，哪一種不是給扣上好幾個簡稱。如有正本、脂戚本、戚本，根本就是同一個本子，再加上這個本子的兩種別本（這還不算有正本尙有大字本、小字本之分）──脂寧本（又稱戚寧本）和脂滬本（其實遇到這種情形，應仿程甲本和程乙本之例，用甲乙次序爲

別，簡單易記多了），無異架床疊屋，除了靠搞紅學（以及日趨走火入魔的曹學）去維持生計者外，誰不感覺到這是一種無謂的負擔，不必要的紛亂？簡稱祇是方便大家識別版本的符號，為何不能仿效天文學星體命名的辦法，除非遇到含糊不清的情形，簡稱就應依從最早的命名，何必庸人自擾，改來改去？

可是，紅學正是亂中求盛的玩意。數年前曹雪芹佚詩真偽的爭論，最近靖本發現和迷失經過的辯難，都是雙方喋喋不休，自以為是，互發膿包的活劇。真理愈弄愈奧晦，讀者卻隔岸觀火，愛看熱鬧，報章期刊也樂於登載這類備受歡迎的火辣辣文章，很易便煞有介事地成為中國文化界的頭條新聞。

這樣以量取勝，企圖維持紅學文章不斷在不同性質的刊物內出現，表面看似鼓勵百家爭鳴（也不見得，當年李希凡［1927- ］、藍翎［楊建中，1931- ］輩挾後臺勢力，圍攻俞平伯，俞氏有多少自辯的機會？明哲保身者有幾人敢說句公道話？），其實是紅學家保障籌碼的絕招！

紅學既有這種容納性，這門學問也就偽品最多，單看最近十來年「出土」的，甚麼曹雪芹遺稿、字蹟、故居、食譜、筆山、繪像、塑像、書箱、英文史料等等，爭相出籠，蔚為大觀。發展了幾十年的紅學，不管各家意見正誤如何，早已精細入微，齷齪者自不容置言，不願錯過這條登龍捷徑的，便祭起偽造文物的不二法門。遇到質問時，他們不是硬著頭皮，節節力辯，以爭取最後發言權（在這種場合，最後一次攻擊者，總是占上風），便是擺出不屑回答的高姿態。奇怪的是，平素治學嚴謹的學者竟有不少信此一套，替作偽者辯護，使他們趾高氣揚，以堂堂正正的態度出現。

學者的縱容，多半由於採寧可信其有的立場，以為總是繼續研究的好，何必下判語，殺風景。這其實和煙草業至今仍竭力爭辯抽菸致癌並沒有絕對可靠的證據，一樣可憐。這種歪風蔓延，當局有意無意的鼓勵也要負相當的責任。我有一個治比較文學的韓國同

事，兩年前應邀訪北京，當局安排他去看西山那間把不同來源的詩句亂七八糟抄得滿壁都是的老房子，對他說是中國大文豪曹雪芹的住所，喜得他回來以後和我說起仍手舞足蹈，以爲是此行最大的收穫。這同事的曹雪芹故居遊，恐怕還是相當慣常性的娛賓節目。這種亂點鴛鴦譜不是惡作劇，簡直是冤孽！

在這種情形之下，難怪最近還有曹雪芹第五代後人曹儀策和其女兒曹悅的出現（這是否表示仍是絕後？）！下次出土的不知會是甚麼驚人把戲，說不定會是曹雪芹的自訂年譜呢。記得1983年初夏，西德有人僞造希特勒手書日記六十二冊，轟動一時，事敗後鋃鐺入獄。我眞希望中國的當政者和有識之士能夠拿出同樣的勇氣去面對現實，糾正歪風，寧可教紅學減幾分熱鬧，也不要讓那些混水摸魚的無聊分子橫行無忌，妖言惑眾。

容許僞品如此充斥，還與紅學家的另一種態度有關。許多紅學家視《紅樓夢》不單無懈可擊，而且還是包羅萬有的百科全書。因此一代風箏大師這類殊榮也和曹雪芹搭上鉤。談《紅樓夢》也就形成幾乎祇可以讚，不可以彈的局面（魯迅研究也是這種極端之例）。治學如此一面倒，究竟是否好現象，我不必多說。

此外，異常固執也是紅學界常見的事。紅學家一旦對某問題提出了意見，往往終生不渝，以後不管多少新資料的發現祇可以證明他以前的見解確是精切不移。許多強詞奪理的爭論都是由此而來。至今仍有人堅持《紅樓夢》爲石頭作的反清復明之書，這種莫名其妙的冥頑不靈亦可以從此角度去理解。對於追求眞理的學者，爲何承認錯失和接受別人的意見會是這樣難辦得到的事？

或者有人會問，我既不治紅學，爲何要對紅學開刀動手術？我並沒有挖苦紅學家的意思，不少熟朋友都是這行頭內的中堅分子。理由在上面所說的各種情形並不是紅學所專有，其它小說的研究同樣如此，祇是因爲紅學家數目多，出版密，一切顯得更尖銳化而已。紅學界的毛病正代表中國古典小說研究界的毛病（中國大陸方

面特別如此）。以我較熟悉的《水滸》研究爲例，上面所說到的政治推動力、贗僞橫行、固執己見、誇大作品價值，諸如此類，悉數齊備。我說了這許多話，無非希望大家明白弱點所在，以後時間、精力、物質可以善爲利用，減省無謂的重複，摒除贗品和政治的干擾，增加不同觀點的考察，避免意氣之爭和固守己見。小說研究和其它「正統之學」，並駕齊驅之日是可以預期以待的。

　　拉雜說來，浪費不少篇幅，還請馬、梅兩位和讀者諸君原諒。

1987年7月31日於宛珍館

——梅節、馬力，《紅學耦耕集》（香
港：三聯書店，1988年）

附錄二
我的《水滸》研究的前因後果

　　研究進行了一段時期以後，要解釋前因並不困難，擬交代後果則殊不易。研究總會帶出新課題，甚至改變原先的看法，企圖來個總結必會覺得時間仍是未到。我沒有這種顧慮，因《水滸》研究對我來說基本上已是過去的，完結了的工作。

　　《水滸》雖然是我接觸的第一部古典小說，小學三四年級時（約1950-1951年間），梁山頭目一百單八人的姓名和綽號均能背誦（現在嚴嚴正正地研究了二十多年，反而沒有此本領了），但自我正式入行，以古典小說研究為專業以來，過了好一段日子，傳奇和話本，以及在包公文學傳統內的長短篇小說都花過不少功夫，仍未嘗考慮列《水滸》入研究範圍之內。最主要的原因在沒有把握能達到我治學的恒常自我要求：天下間尚存的主要一手資料（即罕本等原始資料）早晚得全部集中在手邊，近百年用中英日法文發表的研究報告（即二手資料），不管在世界那一個角落出版，都要有終能悉數用原版配齊（不用海盜貨和隨意翻印之物，更絕不看無法保證準確的翻譯品）的可能。後來還是經一位治詩詞的美國同事提醒，掛起治小說招牌而衹在短篇小說和二三流的章回小說裡兜圈子，卻不在《三國》、《水滸》、《西遊》、《金瓶梅》、《紅樓》這五大小說中立一專區，始終是逃避的行徑（他當時最令我驚醒的話是，「這五大小說性質截然不同，怎會沒有一部合你口味？」），遂下決心，按興趣所在，選了《水滸》為專攻的目標。搜集原始資料，「萬事起頭難」的第一關也因兩位牛津大學的朋友龍彼得（Piet van

der Loon, 1920-2002）和杜德橋的幫忙順利通過。有此心理和實質的
基礎，我的《水滸》研究便在1980年初正式開始。

這就是我的《水滸》研究的前因。

在隨後的二十多年裡，進展時快時慢。新資料何時出現是無法
預知的，搜集資料何時能到手也祇能順其自然，無從強求。回頭
看，走過的路還是頗呈規律的。新資料帶出新問題，新問題的研析
增進對《水滸》的認識。總之，沒有新見的陳陳相因之作，以及綜
彙不到世界各地研究成績的文章我都不會浪費筆墨去寫，機械化地
報告版本細節的工作也減到最低程度。這求真務徹之旅，祇管耕
耘，不計收穫，確是一段歷時不短，十分享受的經驗，而且到頭來
成績也夠豐碩，夠創新。

除了增加資料性的新知外（如考述個別版本的性質），從這長途
之旅究竟得出甚麼結論來？涉及的問題和尋找答案的歷程雖然往往
很複雜，所得還是可以歸納起來的：《水滸》是長期增刪拼改，經
歷不知多少人的參與才演化而成之書，不可能僅出自一兩個人之
手，施耐庵、羅貫中這類象徵性的名字根本就不消提；《水滸》成
書於十五世紀末葉至十六世紀初年，即約略為弘治、正德兩朝，絕
不可能是元末明初人寫的；負責編寫今本者是一個對北方冬天景況
所知有限的南人；見於《水滸傳》的梁山和魯西的梁山風馬牛不相
及，單說地形即全不類；近年流行民間的《水滸》人物傳說悉為無
聊文人看到有市場才炮製出來的；今本《水滸》並非成書之初的原
貌，是經過不祇一次大改動後的產品，正因如此，不少梁山人物排
座次的名位就無法據今本故事去解釋；排座次以前的情節不盡由互
扣的環節來組成，如何串連這些環節顯然是《水滸》寫作成敗關鍵
之所繫。連繫之功出自「架空晁蓋」這條貫穿前七十回的主線；爭
論七八十年，向無定論的簡本繁本先後和演化主從問題已因有足夠
的插增本供分析而達到結論，簡本祇可能是從繁本刪出來的；現存
繁本以容與堂本為最古，可靠程度也最高，而該本自排座次過後至

受招安的一段是今本《水滸》中最能反映初成書時原貌的部分；簡本種類繁多，分別又大，相互關係復複雜，現尚不知其詳，但這並不妨礙達到簡本全皆後出的結論；招安以後的故事，不管獨見於簡本，還是兼見於簡繁兩系統，都是後出的，且有寫得極劣的（如簡本中的田虎故事），但簡本獨有的故事仍有可助理解今本《水滸》出現前的演化過程者（簡本所講王慶自稱爲王以前的故事便是一例）。

　　主要的收穫大概如此。讀者要知細節，可自《水滸論衡》和《水滸二論》兩書中得之。

　　《論衡》初刊於1992年，是我的《水滸》研究文章的第一次合集，到《二論》出版（2005）已是十三年後之事了。研究不可能一步到位，甫開始便事事看得清楚準確。我治學從善如流，並不固執，任何初發表時以爲十分得意的見解，若遇到充分反證，都樂意修正，甚至放棄，而不會像不少紅學家的樣子，不管新出來的證據多有力，自己先前講過的話卻一定對，不惜窮一輩子之力去維護。《二論》的出版給我不少修正以前意見的機會，故凡遇到兩書所說有別時，應以後說代表我最終的看法。這次《論衡》出簡體字本，我不更動內容，就是要爲治學進階的歷程保持紀錄，兼示不墨守原見，肯修訂，敢於提出新見和接納新思維是學者應具備的崇眞精神。

　　《論衡》和《二論》所收諸文，不管採何形式，都帶相當考證成分，而不是就書論書的文學評析之作。雖然我平素不大寫這類文章，卻曾因一度應報紙副刊索稿，而選《水滸》中人物在某方面配稱爲「最」者，寫了二十多篇長短不一的評論。這批文章先後見報後，臺北的聯經出版事業公司喜歡這玩意，便約我出合集。但有些人物雖想到了賣點，仍未執筆，便爲了合集再多寫幾人。書名不必費腦筋，《水滸人物之最》（2003）再適合不過。

　　這三本書現由北京的三聯書店用系列的形式，重排爲簡體字本。交流和迴響的幅度與深度必隨讀者的增加而擴大，論公論私都

足欣幸。

這三本悉由聯經出版的書以外，我還有一本《插增本簡本水滸傳存文輯校》（2004）。此書把現存最早（按成書期而言）的兩種簡本（插增甲本和插增乙本，均為殘卷）和現存整本完整的簡本中之最早者（評林本，最早指存本的刊行日期）校對後，分三欄平行排列。散存歐洲的兩種插增本殘卷以我搜集得最齊，故把這項工作做出來，並藉以探索簡本系統的性質，以及簡本繁本間的關係，可說責無旁貸。不過這樣的書太專門了，為了簡化公布的過程，我僅用電腦印製了一百二十套（每套兩冊，共八百多頁），分送給各地圖書館和專家便算大功告成了。後代學者可按《二論》書中所列獲贈這套輯校本的圖書館和研究機構去索閱。

簡言之，我研究《水滸》二十餘年，考證、評論、校勘三個途徑的路都走過了。再走下去，儘管可以深化，路始終還是那些。我決定不再列《水滸》入主項研究了。

這就是我的《水滸》研究的後果。

為甚麼可以這樣說？研究之為物，永不可能替所有想知道答案的問題找出解答來。況且一個問題甫解決也會因而帶出很可能不祇一個的新問題來。研究一旦上了軌道，終生不渝是常規。決定替我的《水滸》研究差不多劃上句號主因有二。

適可而止是其中一個主因。我研究《水滸》之初，即寄厚望於版本，以為祇要配足存世罕本，進行詳細校勘，必能找出《水滸》成書的演化歷程。待我花了超過二十年，終集齊了天下所有珍本，擺在眼前的事實卻很明顯。此等本子之間的異同祇能幫助理解今本《水滸》出現以後的後期更動，而不能希望可藉揭示自成書至今本出現這時段內曾發生過，卻從未見紀錄的種種變化。我相信揭祕的關鍵在內證，而非在現存諸本之間的異同（這就是說，我的版本之旅走了不少冤枉路）。要找可助發微的內證，可用的工具主要得賴現存百回繁本最早最全的容與堂本。我做過幾個算得上成功的實驗

（招安部分的化石性質、朱武武功和芒碭山事件的顯示作用、穆弘和時遷的事功和排座次問題），起碼足證今本出現以前的《水滸》和今本《水滸》在內容上分別很大。追查下去卻困難重重。可以找出這類內證的範圍很有限，指認起來更是全憑一時的靈感，無法強求。對馬上就要退休的人來說，這種費時費力而收穫毫無把握的工作太不划算了。工作還是讓志同道合的年輕接班人去做吧。

　　除了零星題目外，與《水滸》有關之事僅餘一項是我仍會全力承擔的，即校注《宣和遺事》。此書不單關係水滸傳統的源流，更是企圖理解早期講史發展所不可或缺的。可惜此書太蕪雜，連它的成書年代也尚未能說得清楚。幸而這是耕耘與收穫會成正比例的工作，況且天下間的《宣和遺事》善本早集中在手邊（多數在七十年代已配齊），連它或曾用作史源的資料也多找到罕本和鈔本。既早做了這基礎功夫，若干問題的答案也有了腹稿（如成書年代問題，我會採用一個很特別的角度去解決它），不確切去完成這工作實在太可惜了。不過，除此以外，任何小說充其量僅保留在研究範圍的邊緣了。例外就是歸入包公文學傳統內者（這點隨後再說），但那些作品多數連三流都稱不上。

　　另一個主因是時間無法足夠分配。我是單治一門學問不能滿足的雜家。和我有關的幾個不同行頭，最惹人注目的莫若海軍史。這並不是研究宋詩的人也留心唐史，或治明史者兼及金史那樣簡單，甚至可說順理成章，而是小說與海軍之間不僅了無關連，治海軍史還需要掌握一套特殊的、受明顯時限影響的技術知識（即已過時的，不從有關時段的書刊探求就無法明瞭的知識）。我的《水滸》研究其實算不上眞的特別。集齊版本和主要原始資料，不拾人牙慧，立新說不在標異，而在圖能撥雲見日，祇是一般治學法條，別人都做得到。我治海軍史的本領倒是絕學，因爲我遍讀十九世紀後半至二十世紀中葉（我的興趣範圍自鴉片戰爭至國共內戰）的歐美海軍書刊、年鑑和學報，明白當時世界海軍發展的情形。在這段時間

裡，海軍是發展極速的兵種，三年一小變，五年一大變，十年一劇
變，時至今日，觀念、艦種、兵器、作戰方式，早不知徹底改觀過
多少次了。如果不追讀昔日的刊物，何由明瞭昔日的海軍究竟是怎
樣子的？但誰有機會逐種逐期去細讀當時數目繁多的歐美海軍學報
和年鑑，並用同樣態度去查閱檔案和報紙？情形既如此，能找到接
班人的機會就幾近零（雖然我認識了好幾位學識豐富的年輕朋友）。
自己趁有生之年盡量清整和撰寫是唯一可行之方，也確難免有張岱
（1597-1689）所說「盧生遺表，猶思摹楊二王，以流傳後世」
（〈《陶庵夢憶》序〉）的心態。況且要《水滸》和類似的研究項目
讓路，論時間也差不多了。我研究小說和治海軍史是同時起步的，
即高中時期（五十年代末）。在這接近五十年的歲月裡，究竟時間多
花在小說還是在海軍是無法準確計算的。起碼講小說的書已出過好
幾本，而談海軍的尚未有一冊，今後把研究重點移向海軍理所當然。

其它研究項目由於興趣特濃、已拖延太久等因也要分占時間的
還有中西交通（以鄭和為止限）、本草學（助治中西交通）、包公文學
傳統（冰鎮了三十五年的學位論文）。這些都不必細表。總之，若非
《水滸》讓路，眾多的其它研究就難有發展。

為研究《水滸》出了四本書，其中三本還是篇幅相當的，加上
即有簡體字本代擴展普及地域，自己又確知有何收穫和甚麼可留待
後代去續研，在研究劃上句號時能說出這些「後果」來，不是每個
學者都這樣幸運的。

——簡體字本《水滸論衡》、《水滸人物
之最》、《水滸二論》（北京：三聯
書店，2006-2007年）三書的總序

索引

中文索引

英文索引

實事與構想：中國小說史論釋

2007年9月初版　　　　　　　　　　　　　定價：新臺幣580元
有著作權·翻印必究
Printed in Taiwan.

著　　者　馬　幼　垣
發 行 人　林　載　爵

出 版 者　聯 經 出 版 事 業 股 份 有 限 公 司　　叢書主編　沙　淑　芬
台 北 市 忠 孝 東 路 四 段 5 5 5 號　　校　　對　陳　龍　貴
編 輯 部 地 址：台北市忠孝東路四段561號4樓　　封面設計　胡　筱　薇
叢 書 主 編 電 話：(0 2) 2 7 6 3 4 3 0 0 轉 5 2 2 6
台 北 發 行 所 地 址：台北縣汐止市大同路一段367號
　　　　　電 話：(0 2) 2 6 4 1 8 6 6 1
台北忠孝門市地址：台北市忠孝東路四段561號1-2樓
　　　　　電 話：(0 2) 2 7 6 8 3 7 0 8
台北新生門市地址：台 北 市 新 生 南 路 三 段 9 4 號
　　　　　電 話：(0 2) 2 3 6 2 0 3 0 8
台 中 門 市 地 址：台 中 市 健 行 路 3 2 1 號
台 中 分 公 司 電 話：(0 4) 2 2 3 1 2 0 2 3
高 雄 門 市 地 址：高 雄 市 成 功 一 路 3 6 3 號
　　　　　電 話：(0 7) 2 4 1 2 8 0 2
郵 政 劃 撥 帳 戶 第 0 1 0 0 5 5 9 - 3 號
郵 撥 電 話：2 6 4 1 8 6 6 2
印 刷 者　雷 射 彩 色 印 刷 公 司

行政院新聞局出版事業登記證局版臺業字第0130號

本書如有缺頁，破損，倒裝請寄回發行所更換。　　ISBN　978-957-08-3165-8（精裝）
聯經網址：www.linkingbooks.com.tw
電子信箱：linking@udngroup.com

國家圖書館出版品預行編目資料

實事與構想：中國小說史論釋/馬幼垣著 .
初版 . 臺北市：聯經 . 2007 年（民 96）
424 面；16.3×23.8 公分 . 含索引 22 面
ISBN　978-957-08-3165-8（精裝）

1.中國小說-歷史　2.中國小說-評論

820.97　　　　　　　　　　　96009665

聯經出版事業公司信用卡訂購單

信用卡號：　　　　　□VISA CARD　□MASTER CARD　□聯合信用卡

訂購人姓名：　　_____

訂購日期：　　_____年_____月_____日　　　　（卡片後三碼）

信用卡號：　　_____　_____　_____　_____

信用卡簽名：　　_____(與信用卡上簽名同)

信用卡有效期限：　_____年_____月

聯絡電話：　　日(O)_____　夜(H)_____

聯絡地址：　　□□□_____

訂購金額：　　新台幣_____元整
　　　　　　　（訂購金額 500 元以下，請加付掛號郵資 50 元）

資訊來源：　　□網路　　□報紙　　□電台　　□DM　　□朋友介紹
　　　　　　　□其他_____

發票：　　　　□二聯式　　　　□三聯式

發票抬頭：　　_____

統一編號：　　_____

※如收件人或收件地址不同時，請填：

收件人姓名：　　_____　□先生　　□小姐

收件人地址：　　_____

收件人電話：　　日(O)_____　夜(H)_____

※茲訂購下列書種，帳款由本人信用卡帳戶支付。

書名	數量	單價	合計
		總計	

訂購辦法填妥後
1.　直接傳真 FAX(02)2648-5001、(02)2641-8660
2.　寄台北縣(221)汐止大同路一段 367 號 3 樓
3.　本人親筆簽名並附上卡片後三碼(95 年 8 月 1 日正式實施)
電　話：(02)26422629 轉.241 或 (02)2641-8662
聯絡人:邱淑芬小姐(約需 7 個工作天)